花深处
——我的阅读与赏析

雍小英 著

江西高校出版社
JIANGXI UNIVERSITIES AND COLLEGES PRESS

图书在版编目(CIP)数据

藕花深处:我的阅读与赏析/雍小英著. ——南昌:江西高校出版社,2024.5

ISBN 978-7-5762-4463-2

Ⅰ. ①藕… Ⅱ. ①雍… Ⅲ. ①雍小英—文集 Ⅳ. ①I217.2

中国国家版本馆 CIP 数据核字(2024)第 004848 号

出版发行	江西高校出版社
社 址	江西省南昌市洪都北大道96号
总编室电话	(0791)88504319
销售电话	(0791)88522516
网 址	www.juacp.com
印 刷	永清县晔盛亚胶印有限公司
经 销	全国新华书店
开 本	880 mm×1230 mm 1/32
印 张	10
字 数	270千字
版 次	2024年5月第1版
	2024年5月第1次印刷
书 号	ISBN 978-7-5762-4463-2
定 价	52.00元

赣版权登字-07-2024-26

版权所有 侵权必究

图书若有印装问题,请随时向本社印制部(0791-88513257)退换

藕花深处

（自序）

此心安处是吾乡。

东坡此句不知安慰了多少生活波折、心境不宁的人。

从某种意义上讲，心安一切皆安。在如今这个高效率、快节奏的时代，口是心非、薄情寡义不是个案，见利忘义、权衡利弊屡见不鲜，心安大不易。想要安顿心神，总要爱点什么。于我而言，读书可养心静神，阅读是最稳妥、最环保、最美好的精神疗养。浩瀚的书海像是无边的荷塘，那里有参差斑驳的清荷翠盖，有洁白或粉嫩的含蓄与盛放，也有残荷般的冷峻深广。每一个寂静的黄昏或者漫长的深夜，每一个不知做什么的节假日，每一个外表沉静如水、内心兵荒马乱的时刻，当你按住内心的焦躁不安，孤独地走进"藕花深处"，你总能在字里行间寻找到某种沉静的精神品质，是藕花一样"出污泥而不染""香远益清"的清雅文格和人格。它们安抚你，净化你，让你的灵魂不再纠缠于俗世的贪念嗔痴，让你走出孤独，走进独属于自己的馨香广袤世界。

阅读和赏析，让我的内心如阳光明媚，如月光温情，如藕花一样清香。我喜欢精读细研原著精髓，并结合现实生活和文艺理论，阐述原著蕴含的广博思想和文化内涵，以饱满质感的文字解读每一部（篇）作品，既注重见解的独特性，又注重表达的个性化。近十年，我在各大报纸杂志上发表过多篇评论，也深得朋友、同行或者老师们的支持与厚爱。这本文论集子，主要收录发表过或取得一定反响的作品，并在原有基础上增删调整，包括中外名著的细读札记和单篇小说评论，以及少数影视剧随感。此文集致力于纠正一般评论文章的佶屈聱牙，打破大量引用摘抄的惯例，注重阅读的直观感受，遵从文艺作品原本特色以及其蕴藏的思想，并从中窥见小说的特色和深层思想。读进去，走出来，结合时代特点赋予文学原著新的生命，努力发掘深层的文学价值和意义。

走进藕花深处，感悟经典文化蕴藏的大智慧大视野，不断丰盈个人境界。在书中学习，吸纳从驳杂生活中提炼的智慧，开阔视野，传播文化，丰"我"精神，强"我"筋骨。在大力倡导全民阅读的新时代，阅读不是一个口号、一句空话，如何把全民阅读落到实处，如何通过阅读提升国民综合素质，增进整个社会的文明程度，传播经典文化显得尤为重要。我想，对作品的解读，不一定要给出确定的谜底。解读可以是理性的，也可以是感性的。因为这是艺术解读，不是科学定义。如果把文本看作一个谜面，我们的解读可以是另一个谜面，一个美丽的语言造景。我打开的这扇"窗户"，也许能为其他的阅读者提供双重美丽，提供寻找谜底的多重意指……

如是，我心甚慰！

忏悔和救赎构筑的人性丰碑
　　——读《追风筝的人》　　　　　　　　／054
探寻"爱"的秘境
　　——读《霍乱时期的爱情》　　　　　／057
对与错的区间，爱在歌唱
　　——读胡赛尼《群山回唱》　　　　　／058
心灵艳遇之下的逃离和寻觅
　　——读《蛊惑》　　　　　　　　　　／065
微笑或遗忘，残片或断章
　　——读《笑忘录》　　　　　　　　　／067
人生的全部隐喻
　　——读《绿野仙踪》　　　　　　　　／071
一个男青年的奋斗史
　　——读《红与黑》　　　　　　　　　／075
命　运
　　——读《巴黎圣母院》　　　　　　　／082
无声处听惊雷
　　——读《礼拜二午睡时刻》　　　　　／086
似懂非懂间，放胆撼大树
　　——读福恩斯特《我们的土地》　　　／088

第二辑　远益清
中国经典文学作品

《红楼梦》阅读札记　　　　　　　　　　／098

目　录

第一辑　别样红
外国小说系列

煨罐煮牛系列
　　——《悲惨世界》阅读札记
听得见哀伤，找不到归路
　　——读《小王子》
小说世界里动人的爱情
　　——读《荆棘鸟》
一场阅读的盛宴
　　——读《大师与玛格丽特》
非如此不可
　　——读《不能承受的生命之轻》
我们都需要一场朝圣
　　——读《一个人的朝圣》
自由与禁锢
　　——读《生活在别处》

《金瓶梅》阅读札记 / 120
精微处见大宇宙
  ——王方晨小说特色探析 / 140
通向心灵自由的门票
  ——读丁小村《路书》 / 150
蝴蝶飞不过沧海
  ——读阿南《傻瓜的盛宴》 / 155
兄弟，怎一个"情"字了得
  ——读惠雁《兄弟》 / 157
给责任以担当
  ——读亢霖《遭遇斯宾诺莎》 / 160
寇挥小说中的"路" / 163
爱是强大的力量
  ——读寇挥《金武士俑》 / 165
穿行在记忆和现实里
  ——读寇挥《普罗米修斯》 / 167
爱的初始模样
  ——读铁凝《火锅子》 / 169
廊桥一瞥刺痛人心
  ——读《青木川》 / 171
于无声处听惊雷
  ——评《人民文学》2015年第9期温亚军《空巢》 / 174
迎面扑来的生活气息闪疼了谁的心
  ——读云岗的小说《八爷的爱情》 / 176

有云岗峻
　　——读云岗散文集《苜蓿》　　　　　　　　/ 179
流年如歌
　　——云岗小说集《罕井》一观　　　　　　　/ 182
也谈"水浒"美女　　　　　　　　　　　　　　　/ 187
张弛有度，余音绕梁
　　——读《暴力倾向》　　　　　　　　　　　　/ 193
发卡的命运
　　——读丁小村《玻璃店》　　　　　　　　　　/ 195
入赘后被阉割的人生
　　——读《二十年》　　　　　　　　　　　　　/ 198
我读冯骥才　　　　　　　　　　　　　　　　　　/ 201
一个人的"宿命"
　　——读《解剖》　　　　　　　　　　　　　　/ 203
《尘埃落定》的思想取向　　　　　　　　　　　　/ 206
由一场约会窥见的人性百态
　　——读须一瓜的《老闺蜜》　　　　　　　　　/ 211
短篇的张力，小说的诗化
　　——读叶弥《桃花渡》　　　　　　　　　　　/ 216
一次死亡全过程的体验
　　——读《丁庄梦》　　　　　　　　　　　　　/ 220
妙文绘趣友
　　——读沈从文《一个戴水獭皮帽子的朋友》　　/ 222
未来狂想与现实关怀
　　——读王十月《如果末日无期》　　　　　　　/ 227

安神定性，诗意栖居

　　——读王方晨短篇小说《凤栖梧》　　　　／ 230

给灵魂插上翅膀

　　——读郭小奇散文集《光影浮动》　　　　／ 232

很爱李煜词　　　　　　　　　　　　　　　／ 236

给灵魂安个家

　　——读《作品》2022 年第 10 期冉正万《醒狮路》／ 239

时间迷宫

　　——读《作品》2022 年 12 期《时间控制仪》　／ 242

寻找人性本真之美

　　——读《作品》2022 年第 5 期《哈桑的岛屿》　／ 244

跨越千年的反调

　　——同题诗《枫桥夜泊》的比较　　　　　／ 246

一切都会过去

　　——读铁凝《无雨之城》　　　　　　　　／ 248

回归心灵的花园

　　——读《大浴女》　　　　　　　　　　　／ 251

纵是戛然而止，也要千古一活

　　——读 2023 年第 4 期《作品》之《戛然而止》／ 255

孤独永恒，找寻永无止息

　　——读刘震云《一句顶一万句》　　　　　／ 257

机村的拉加泽里和达瑟

　　——读阿来《空山》　　　　　　　　　　／ 266

最后一个祭师

　　——读阿来《云中记》　　　　　　　　　／ 269

女性立世的哀歌
　　——读黄孝阳《一男一女》　　　　　　　　/ 274

第三辑　听雨声
那些曾经热炒的影视

唯有爱可战胜一切
　　——观电影《阿凡达——水之道》　　　　/ 282
三个女人的自救之路
　　——有感于《梦华录》之"半遮面"茶楼　/ 286
荒漠中走出一条生之道
　　——浅评电影《沙丘》　　　　　　　　　/ 289
大团圆背后的人生隐忧
　　——电视剧《平凡的世界》结局浅析　　　/ 291
电视剧《白鹿原》：史诗和当下的融合　　　　/ 296
梦回大唐，看见遗留的诗篇
　　——观电影《长安三万里》　　　　　　　/ 305
"潘生"的救赎
　　——观电影《孤注一掷》　　　　　　　　/ 308

第一辑 别样红

外国小说系列

主教似乎是一束光,一束纯净唯美的来自天外的灵魂之光,在这光的浸泡和清洗中,世上何来罪恶?

煨罐煮牛系列
——《悲惨世界》阅读札记

《悲惨世界》是法国作家维克多·雨果在 1862 年发表的一部长篇小说,其内容涵盖了拿破仑战争之后十几年内发生的事件。故事的主线围绕主人公土伦苦刑犯冉·阿让的个人经历,融进了法国的历史、革命、战争、道德哲学、法律、正义、宗教信仰。这是一部经久不衰的世界名著,其思想的穿透性、突破时代和年代的无限前瞻性、观照社会世情的深刻性、哲学思辨的科学性,都具备不朽的品质,值得反复阅读,且常读常新。作为一个普通读者,我真正细读《悲惨世界》大概两次,零星跳读或走马观花似的阅读也有四五次。编进本文的内容是前后两次比较详细的阅读札记。

综述:烛台上的上帝之光

重读《悲惨世界》,我是受北京十月文艺出版社出版的寇挥作品《我的世界文学地图》的指引。寇挥在阅读世界文学的三十年时光里,精挑细选出两部世界文学标杆,一部是《鲸》,还有一部就是受众面和知晓率颇高的《悲惨世界》。他说,人类情感结构的小说已被雨果写尽写透,再难出新。出于对此观点的好奇,我重新细读了这部伟大的著作。

我用了差不多半年的时间读完这部五卷本的小说,不仅深深为寇挥的眼光震撼,也为他高瞻远瞩的指引而深感幸运。当我们通过口耳相传或者粗线条的电影了解到这部法国19世纪的社会史诗，只知道故事梗概或者人物身份、关系时，那不算是了解到这部书的奥妙。只有通过细读文本，你才能了解到雨果的卓越和高大，你才能真正体会到经典小说蕴含的无比巨大的心灵震撼力。在故事之外，还有一种灵魂的精雕细刻和人性的纤毫呈现，这才是文学作品最为至高无上的艺术魅力所在。

1

主人公冉·阿让是被社会抛弃的苦役犯，但是雨果相信即便是被人类同族抛弃，人性根植于灵魂深处的爱与善始终存在，这种存在是支撑整个人类社会延续并走向文明的必需。只不过这个大爱极善的神性光芒反照现实，唤醒人类的良知和道义，是需要付出极大的痛苦和折磨的。当非人类的极刑苦役到达顶点和极端，再也没有什么媒介可以呈现于世时，那种深居灵魂深处的本真才能发挥出来，从而救赎人类。

2

我依然被银烛台感动得不能自禁，那是一个多么黑暗寒冷的绝望之夜呀。没有这一对银烛台光亮的指引，冉·阿让会怎样呢？假释后的冉·阿让没有去处，没有家，没有亲人，又饿又冷，无处落脚，遥远的阿尔卑斯山雪光闪耀，冷风刺骨的荒野毫无人气，大路边荒草园子的狗窝都是暖和温馨的，可是那两只虎视眈眈的狗都不肯给他让位。所有的门都对他紧闭，教堂边角落里的主教之家却接纳了他，19年的苦役折磨没有消耗掉他与生俱来的诚实，即便他十分愤怒和绝望，也毫不隐瞒自己的身份和前科。他恶狠狠地告诉给他打开门的主教，凶狠地陈述自己的罪过：坐过牢、杀过人、做过坏事，是苦役犯，从监狱里逃来的。

主教让他进屋同桌吃饭，给他收拾好了干净雪白的床铺。可是，19年的惊恐折磨让他没有安全感，他还要逃，偷走了主教家的银器餐具。警察抓住了他并送他回到主教家，主教将计就计，送他银烛台并放他走。主教这么做，只有一个念头："我赎的是你的灵魂，我把它从黑暗的思想和自暴自弃的精神里救出来。"主教用宽容和信赖点醒了冉·阿让，让他蒙受耻辱和苦难的心灵有了一丝明亮的光。他内心积压19年的仇恨化解了，他本性的大善迸发出来，击溃了愤怒与仇恨。

在银烛台光亮的指引下，他当工人研制新产品，当市长促进原本贫穷落后的市域国民经济发展，舍生抢救即将被马车压死的嫉妒者格风老爹，极力拯救被迫下岗、为抚养私生女走投无路、当妓女还被殴打的孤女芳汀。可是他还是被冷酷法律的代言者、恶魔化身的走狗沙威抓进了监狱。在监狱里，他冒死抢救命悬一线的货轮钢绳上即将坠海的工人，救人后逃生。他为完成芳汀的遗嘱去拯救她的私生女珂赛特，并藏身于巴黎修道院十年，用全身心的爱把这个可怜的孤女养大成人，又在枪林弹雨中释放沙威，救回珂赛特深爱的男子马吕斯，并给他们60万法郎作为嫁妆，自己却在孤独中老死。他用坚韧的生命救助、成全着更多孤苦的生命，把他们送到阳光之下，完成使命后归于沉寂。

3

说到底，人类社会是由人与人之间的各种情感状态联结而成的。因为有人性之光的永恒存在，唯利是图的无恶不作之徒也会被感化，人类始终会在"爱"与"善"中延绵不绝。

世俗之恶源于对金钱不择手段、丧失人性的无休止贪迷，德纳第夫妇二人就是以诈骗和偷窃为手段，聚敛金钱、丧失起码同情心和耻辱感的基层贫民代表，他们虐待被男友抛弃的姑娘芳汀的女儿珂赛特，变本加厉地讹诈在工厂打工无依无靠的芳汀，逼她为了支付昂贵的抚养费不得已当妓女，终致死亡。在巴黎街区，他们一家化身穷人居住在教堂边，专骗冉·阿让的善款，因行骗暴露被抓进监狱，还是本性不改，越狱也要进行盗窃骗财之举。这样奸邪之人，处处行恶中反而做了好事，帮助自由党青年学生马吕斯澄清了对冉·阿让的误解。伟大作家雨果心底的悲悯始终支撑着小说的走向，他创造的坏人不完全是无用的，他们无意识中也能做出点好事来，而且是在关键时刻。这样一对恶人夫妻，却培养出了一个充满正义、心底无比纯善的女儿。她恋慕马吕斯，愿意为他传递情书给情敌珂赛特，在自由党和保皇党的街垒战中更是为马吕斯挡过一枪而死去。

德纳第抢劫上校钱财时，把他从死人堆里拖了出来，作恶中行了善；德纳第榨取了芳汀的血汗钱并逼死了她，却抚养了她的女儿珂赛特5年；德纳第想要勒索冉·阿让的钱财，却在一墙之隔中让马吕斯知道了冉·阿让财富的来源，以及是冉·阿让把他从枪林弹雨中救出来的。这一组正反事件的巧妙发生，让二元对立达到和谐，把复杂人性和人际关系多角度、多线条地呈现给读者。

4

小说的男主角之一沙威是法律的忠实卫道士和代言人，他秉公执法本来无可厚非，但是这个法律本身是违背人性的。冉·阿让为饥饿难耐的外甥偷一个面包就被判处4年徒刑，越狱4次徒刑加至19年，越狱后不管为社会创造了多少财富、为穷人谋取了多少福利都是枉然，他始终是被社会抛弃的受终身监禁的苦役犯。沙威就是冉·阿让的灾星，他恶魔一样缠住冉·阿让，火眼金睛般盯住冉·阿让。他无视一个城市的经济繁荣，人民安居乐业，是源于冉·阿让化名的马德兰市长的功劳；无视格风老爹即将被马车压死，冉·阿让冒死抢救的情景；无视冉·阿让一直接济穷人的善举；更无视一个可怜的女子被几个嫖客暴打而要抓她。他唯一秉公执法的是眼前行善积德的这个人是不是冉·阿让，一经确认立刻就把他抓起来关进监狱。他逼得冉·阿让在修道院带着个孤女隐姓埋名十多年。可是，当沙威混进自由党暴露了身份要被枪毙的时候，冉·阿让却放了他。冉·阿让从城市街垒战中救出了马吕斯并从下水道把他背出去。沙威再次带着使命抓冉·阿让，可是这一次他的人性终于复苏。冉·阿让无数次的善行，以及对他的宽容和救命之恩，使他的信念终于动摇。沙威终于认识到他所坚守的法律是多么荒唐，在人性和法律面前，他难以抉择，只有死，他必须为颠倒是非的行径忏悔而死。

冉·阿让以德报怨，以大善感化大恶，他战胜了冰冷的国家机器，唤醒了人性的回归。这是一种更大的情感结构：人性和法律的较量；个人情感和国家冷机器的对垒。大爱极善是无坚不摧的，只是以大爱战胜邪恶付出的代价无比巨大，是生命的难以承受之重。

5

爱情、家庭温情，这是人类社会最基础的情感结构。雨果照样把它们写得刻骨铭心，让人无比动容。马吕斯去公园读书，珂赛特和父亲冉·阿让在公园长椅上坐着谈心，偶尔散步。远远地看一眼，两颗年轻的心便有所属，爱情发生了，热烈万分。冉·阿让知道这件事后，万分难舍，可是他还是成全了他们。冉·阿让冒着枪林弹雨，历经千难万苦救活马吕斯，并答应珂赛特和他结婚，还给了他们60万法郎的资金，让他们过上贵族生活。自己却郁郁寡欢，孤独终老。当马吕斯对冉·阿让冰释前嫌时，冉

·阿让已经走到了生命尽头。临死前他把当年主教送的那对银烛台送给了女儿珂赛特,并告诉女儿、女婿:"孩子们,你们永远相爱吧。世上除了相爱之外几乎没有别的了。"

他是那样爱珂赛特,面对她的离开几乎不能忍受,但是他克制了自己,成全了一对深爱的人。作家把冉·阿让失去心爱女儿的心理写得格外深刻,读之感同身受,悲伤难禁。你好像能看见在幽深偏僻的巷子里,每天都有一个老人艰难地走来走去,之前他能够走到珂赛特家的楼下远远抬头看,尽管他看见的只是女儿居住的房子,但是他心满意足。年复一年,季节换了又换,老人逐渐走不动了,直到最后连自家楼也下不去了。

这种爱就像网上流传的一个段子:婚礼上,新娘父亲对女婿说:"第一个抱她的人是我而不是你,第一个亲她的人是我而不是你,第一个爱护她的人是我而不是你,可是,能陪伴她一生的,我希望是你而不是我。如果有一天你不爱她了,不要背叛她,不要打骂她,不要跟她说,跟我说,我带她回家!"新娘当场给父亲跪下,下跪那一刻全场泪奔!冉·阿让绝对不会说这些话,他从不为自己辩解,哪怕不明真相的女婿马吕斯认为他是个坏人,他也丝毫不解释,一切都默默承受。他的爱太深沉,只能藏在心里。

在银烛台的映照下,冉·阿让艰难地度过了十几年,他一直行善,一直东躲西藏,一直担惊受怕。在养女家庭美满、生活幸福时,冉·阿让终于走到了生命尽头。但是银烛台的烛光依旧明晃晃地传承下去。

第1节　勾魂细节
——第一部《芳汀》

两个主角，主教卞福汝和刑满释放的犯人冉·阿让。

这是《悲惨世界》第一部《芳汀》第一、二卷的两个人物。

须得注明：我阅读的版本是李丹、方于夫妇译注的，人民文学出版社 2018 年 7 月出版的五册本。

对这部巨著的阅读，大概是第四次了，这一次，人到中年，我似乎读出了不朽的奥妙所在。

我在开篇便被世界级大作家的渲染、烘托的大手笔镇住了，更被纤毫毕现的细节之美迷住了。我还暗自惊叹作家在构筑小说大厦的不紧不徐中编织内部结构的技法。主教近乎天神般的情怀和心胸，得益于隐居荒野、与世隔绝的国民公会代表 G 的点化，冉·阿让愤怒的复仇心转化为宽容的慈悲心又源于主教神明般的暗示。这似乎是一个紧密相联的链条，环环相扣，步步层递，互为因果，彼此奠基。生命的接力、人类生生不息的传承都源于一个"善"字，雨果在构筑小说大厦的第一块砖时就定了这个调子。

写活一个人物，先要写活一个环境。在举步可达甚至意念中到过数次熟悉的环境中，出现一个特立独行、与众不同的人物，才能让你于千万人之中无须找寻，一眼便看见他。这便是环境渲染与烘托的效果。在混乱、肮脏、是非不分、毫无同情心的无序社会里，总有少数人，他们秉持人性的善，固守人性中的纯净。《悲惨世界》中迪涅教区的主教卞福汝就是这种人。当教会披着慈善的外衣搜刮民财，享受奢华，以上帝为幌子炫耀权威，伪装正人君子的时候，卞福汝反其道而行之，他精打细算，把工资和募捐来的为数不多的钱财合理规划，全部用于当地的医院和接济穷人。雨果把他放在皇皇巨著《悲惨世界》第一部中的第一卷，便为全书奠定了基调——拯救，宽宥，慈悲。因为主教的圣洁感召，便有了冉·阿让灵魂的转变，他是苦大仇深的冉·阿让的精神导师和灵魂摆渡者。

冉·阿让的出场，更是做足了功课。主教卞福汝以灵魂拯救者的身份站立在冉·阿让出狱后的十字路口。19年的牢狱之灾结束后，冉·阿让带着"黄牌身份证"走进社会。整个城市谈起他就像世界末日到来一样，破烂不堪的农民旅馆排斥他，最温馨的三口之家要拿枪消灭他，包括野狗都不接纳他。这个时候主教出现，冉·阿让重生了。19年的压迫和灾难，剥夺了穷困、善良的青年一生的黄金时代，他27岁入狱，四十六七岁出狱，还被当成危险人物。一次次的越狱带来一次次更加严酷的压迫和折磨，强健了他的体魄——每一个毛孔都蕴藏着巨大的力量，仇恨充满了他的内心——每一个细胞都喷射着愤怒的火焰，他要复仇！当他处处被侮辱、被驱赶，最终受到卞福汝主教的款待、信任、宽宥、庇佑的时候，他的灵魂震颤了。在凶狠报复与化解仇怨的心理较量中，荒野中出现的流浪小孩瑞威尔就是一块试金石，就是他灵魂重生的界碑。

细节的魅力着实迷人。细节之一是对冉·阿让心理活动的描写。在阅读外国名著的过程中，大量的心理描写都是冗长累赘得让人厌烦的，比如卢梭《一个孤独漫步者的遐想》漫步之六的主题思想是：好心换来仇恨，防止祸害的做法就是不做好事。这样一个思想用了20页来陈述，不知道卢梭本身的语言就是这样喋喋不休，还是译者吴桐翻译出的问题，我咬着牙关，读一段跳三段，一目十行也没有耐心读完，干脆凭感觉捕捉每一页的句子和词汇。我甚至不识好歹、胆大妄为地想：卢梭这样私人化的情绪表白，却能够成为举世著名的哲学典范，普通人这样啰唆怕是要被口水淹死。在记忆中，我曾为某些细致到神神道道的长篇大论生气（现在想来，实在是可笑）。但是在《悲惨世界》里，作者对冉·阿让心路历程的描述，却让我十分投入。我沉浸在每一个词句中细嚼慢咽，如饮琼浆，甘甜而纯美，我在无限精彩的片段里欲罢不能。雨果对冉·阿让所思所想的陈述由小放大，层层推进，先审视个人行为——"我"是有罪的，"我"可以乞讨，但不能砸破玻璃伸手去偷，即便是为了姐姐那八个饥肠辘辘的孩子也不能偷，或是饿死也不能偷；再到审视社会责任——想靠劳动换取食物，但是不给"我"劳动，或者出了重力拼命劳动却换不到果腹的食物，这不是"我"的错，是社会的错；最后审视一个国家的制度——"我"偷个面包至于判5年苦役吗？"我"越狱未遂，至于逐步加到19年吗？这一系列的反思和审视，环环相扣，句句在理，步步追问，像巨锤直叩人心。

　　细节之二是对人物动作的描写。冉·阿让深夜醒来产生恶念，要偷盗主教房间壁橱里的六件银器。忽明忽暗的月色，屋内门栓的响动，主教在月光下熟睡的表情，以及冉·阿让反反复复的细微的动作，这些描写都极其细致，让你似乎能够听见他们的呼吸和心跳，能够嗅出他们两人各自每一个毛孔里发出的特有的气息，这种感觉妙不可言。你大气不敢出地加入其中，参与了这一场月夜房间内主人眼前的盗窃案。然而，你知道：门板的咯吱声，风吹窗帘的响动，月光和着风窜进室内的寒气，对人的意识具有极强的唤醒作用，主教是佯装熟睡的清醒者，他在成全一个苦役犯的行为或者维护其尊严。这一幕场景，盗窃者似乎不是盗窃，他无须假装，只需按潜意识行事。主教似乎是一束光，一束纯净唯美的来自天外的灵魂之光，在这光的浸泡和清洗中，世上何来罪恶？我似乎也来到了世界之外，在清冷皎洁、纤尘不染的环境里和冉·阿让一起进行彻头彻尾的月光浴。

　　冉·阿让慢条斯理地按自己的意识拿走了银器，而后又被警察送回来。主教顺水推舟，再送给他没拿走的银盘。于是，在偷走—抓回—赠送的过程中，冉·阿让沉睡在仇恨、愤怒、屈辱中的灵魂苏醒了，19年来，他第一次流泪，第一次骂自己是无赖。他的愤怒瓦解了，他已脱胎换骨，新的征程将继续。

第2节 迷宫相遇
——第一部《芳汀》

"如果没有遇见你，我将会是在哪里，日子过得怎么样，人生是否要珍惜？"邓丽君的歌是唱给芳汀的，唱给冉·阿让的，无关爱情，关乎相遇、拯救。这相遇是乱世黑暗的火苗，这拯救是自我救赎，也是救赎他人。他们都是底层小人物，都是为了活下去，在人生的迷宫里，遇见并发生密切的联系，是造物者创造的奇迹。如果没有汴福汝主教的收留和宽恕，没有他悲悯和慈善的感化与召唤，就没有冉·阿让的脱胎换骨；没有冉·阿让的脱胎换骨，就没有芳汀死亡之前感受到的安宁和踏实，她的女儿将重复她惨不忍睹的人生遭际。因为有不一样的冉·阿让，在茫茫人世间，芳汀撞见了他，于是，一切都变得不一样。珂赛特不再受罪，悲剧不再重演，因为所有的悲剧都被冉·阿让包揽了，这世间珂赛特不再是孤儿。

我惊奇的是作者编织人际关系十分娴熟，似乎一切都是水到渠成的，每一个人的诞生或者出现，都是为了遇见另一个人，并和他（她）完成一段前世注定的机缘。即便他们相隔天涯海角，即便他们的身份、地位、品性相差万里，即便他们的前半生有天壤之别，经过重重险阻他们也要跨越万水千山走到一起，哪怕临死之际。

芳汀，一个滨海城市的孤女，流落巴黎的女工，上苍虽给了她无与伦比的美貌，却让她孤苦无依，于是青春年华中，她被好色男友欺骗并怀孕，遭遇抛弃之后生活无着落，只好把女儿寄养在唯利是图的小镇店主家，自己回乡打工挣钱，给女儿邮寄托管费。可是她被无良女总管辞退，失掉了赖以生存的工作，为了支付托管女儿的高额费用，不惜卖掉两颗门牙、一头金发，沦为公娼。遭遇巡警欺负，她跟巡警吵架，反被巡警抓捕。5岁的女儿珂赛特羊落虎口，沦为别人敲诈母亲芳汀的人质。芳汀自己也走到了人生尽头。这对无依无靠、处处受欺负的母女即将成为社会等级碾压下的牺牲品。可是此刻，芳汀的命中贵人出现了，那个被工厂管家婆用来当挡箭牌的冉·阿让，蒙特勒伊市的市长冉·阿让出现了。他救了她，并把她送进了城里的疗养室。

于是，二人相遇了。

芳汀的贵人出现了，苍天没有给她生的安慰和快乐，却给了她死的安心。

芳汀之女珂赛特的救星出现了，她的人生从此不同。

冉·阿让一生的另一桩使命开启了——在救养珂赛特和被终身监禁的两难之间，冉·阿让人生的炼狱之门被沉重打开：

19年的牢狱之灾，冉·阿让的肉体受到了巨大摧残；8年的市长经历，振兴地方经济、救护穷人的行善之路，终究没能让他安宁地活下去，他人生更大的灾难劈头盖脸地汹涌而至——被关押与救护抚养孤女珂赛特之间形成不可调和的矛盾，人无法分身，事情却必须去做——不能让别人顶着自己的罪名去死，不能对芳汀食言，不能让一个幼小的孤女从此更加无依无靠，再次沦为社会的牺牲品。

不知走了多远的路，经历了多少屈辱和非人的折磨，一个被欺压被侮辱的孤女，一个受市民敬仰的市长，就这样紧紧联系在一起。

一瞬间有一万种可能。人生是迷宫，时间是迷宫，人在冥冥中的迷宫里像一个瞎子，无论怎么横冲直撞或者谨小慎微，终究难逃宿命。遇见谁，遇见哪些事情，怎样度过属于自己的时间，从来都是猜不透的谜。然而，该遇见的终究要遇见，该发生的事情终究要发生。该偿还的债，该报答的恩，该享受的优待，都会在适当的时候一一涌现。

但是，冉·阿让的遇见并不轻松，他面对的是无解的难题。

他经历了彻夜难眠的思量，两难的命题让他心力交瘁，一夜之间白了头。他不会任由别人当替罪羊，良心的使然让他无法再为民谋福，尽管他和被顶替的人都没有罪。于是，他日夜兼程赶至法庭自首，被关押后越狱去救珂赛特，此后，带着与自己毫无瓜葛的女儿珂赛特逃亡，过着提心吊胆的生活。

珂赛特成了他的宿命或者是重生后的使命。他在完成一场生存的挑战，更在完成一次自我升华的精神之旅，只是太残酷。

对芳汀母女而言，这是多么幸运的相遇，这是历经磨难之后命运的优待。尤其对于流浪孤女芳汀而言，她的生命在延续，在近乎神灵般的冉·阿让的庇护下，她的女儿珂赛特不再是世道的牺牲品，她是非亲非故的冉·阿让的宝贝，没有灾难，健康成长，并得到了圆满的爱情。对于冉·阿让来说，这是人生注定的遭际，是雪上加霜的炼狱，但是他心甘情愿，没有这个炼狱，卞福汝主教传递给他的能量何处安放？他如何能打开但丁的天堂之门？我们如何能看见那一束耀眼的来自人性本善的金光？

第3节　冤家路窄，揪心的瞬间
——第三卷《马吕斯》

德纳第是滑铁卢战役中的一个中士，其实就是一个以盗窃为生的小偷。这个人生性凶残猥琐，贪财害命，无丝毫人性。他利用战争间隙,溜进死人堆里搜刮死人身上的财物。他拿掉了负重伤、被压在死人堆里的上校彭眉胥手腕上的金表,正准备转身走时,被尚有知觉的上校抓住了裤脚。上校告诉他自己兜里还有些金币,自己得救了之后,可以把身上值钱的东西都给他。为了上校的钱财,他把濒临死亡的上校背到了山谷里的路边,把上校身上值钱的东西全部搜刮了。昏迷当中的上校不明就里,反而把他当成了救命恩人。这个贼干这种勾当有了一些钱,战争结束后就在小镇孟费郡开了一家客店。在巴黎打工的孤女芳汀生女后遭遇恋人抛弃,又失了业,没法在巴黎立足,回滨海城市老家的途中路过德纳第的客店,因看到老板娘在门口草地上逗两个宝贝女儿玩,被母女温馨的场景感动,决定把自己三岁的女儿珂赛特寄养在这一家,按月付给抚养费和生活费。可怜的珂赛特从此进入了狼口,从三岁到八岁的五年间,珂赛特不仅是德纳第家的摇钱树,还是他家客店免费的勤杂工。德纳第变着花样敲诈勒索芳汀。芳汀原本在冉·阿让的烧料细工厂做女工,后遭人排挤失去了工作,入不敷出,贫困潦倒,为了支付德纳第高昂的敲诈费不得已卖身,最后死去。芳汀病重期间,冉·阿让知道了详情,便想方设法给她治病,无奈芳汀病入膏肓无药可医。她死后,冉·阿让依照她的遗嘱去德纳第客店找到珂赛特,还清了德纳第满口胡言的欠费,又给了他1500法郎的补贴,领走了珂赛特。德纳第认为,冉·阿让带走了他的摇钱树,因此怀恨在心。

  此后,冉·阿让历经艰辛给珂赛特找到了一个安全的与世隔绝的成长环境——巴黎女修院。八年后,珂赛特在冉·阿让的抚养下出落成美丽的如花少女。上校彭眉胥结婚三年后,妻子因病去世,留下唯一的儿子马吕斯被极端保皇派岳父抚养。老古董岳父拒绝上校接近儿子,以继承财产作威胁。贫困的上校为了儿子的将来,一直没有跟儿子相见。直到在郊区以侍弄花草为生的上校咽下最后一口气,儿子才来到他身边,并在父亲的好友神父那里了解到父亲生前的事,也看到了父亲留给他的遗书——找到当年的"救命恩人"德纳第,并报答他。

马吕斯看清了外公的丑恶嘴脸,离开了外公家,独自租房住在巴黎偏僻的戈尔博老屋。他每天会去一条偏僻的幽巷散步,常常看见小路尽头坐在椅子上聊天的珂赛特和冉·阿让。半年里,大树下一对聊天的父女和这条路上一个散步沉思的青年,他们没有交集,没有谈过话。珂赛特和马吕斯只对视了两眼,马吕斯便深深爱上了穿着讲究且长相美丽的珂赛特,可是警觉的冉·阿让再也没和珂赛特出现在老地方。

故事梗概讲到这里,你肯定会想:马吕斯、冉·阿让和珂赛特、德纳第一家,他们虽然有着剪不断的联系,但是生活轨道差之万里,这样啰唆有什么用呢?

是的,我读小说时,也是怎么都想不到他们该如何相遇,有什么必须的瓜葛才能顺理成章地让他们集中起来。德纳第的恶,冉·阿让的善,马吕斯对珂赛特的爱,对父亲遗言——报答德纳第的落实,被作家戏剧性地扭在一起,密集结实,扣人心弦,让你半天喘不过气。

侦查员沙威,这个催命鬼,这个活阎王,这个很长时间没出现的法律代言人,此时出现了!此时的沙威就是一根引线,他把所有的人都重新组合在一起,组合得天衣无缝。

前面交代的巴黎的小偷团伙、黑社会在这里都有了着落。德纳第的客店破产后,他带着妻女来到巴黎重操旧业——他是地下贼团的首领。德纳第的身份又坐实了他打仗参军干的都是偷窃,那是怎么也改不了的。德纳第一家人流落巴黎,也在戈尔博老屋租房住,和两耳不闻窗外事的青年马吕斯是一墙之隔的邻居。这一处是极富戏剧性的:马吕斯到处打听父亲口中的"恩人"德纳第,德纳第时刻等待当年被他救的上校的报答。他们住在隔壁,彼此能听见对方屋里的动静,但是两不相知。矛盾就这样被作家埋下了：面对"恩人"和所爱的人，马吕斯该如何做？德纳第带领一帮无恶不作的比魔鬼还可怕的浪荡青年专干绑票、盗窃、欺诈、谋杀的事。他的两个十五六岁花儿一样的女儿，现在是他的行窃工具。他每天无所事事，专门伪装自己是艺术家、演员，给巴黎有身份有钱的人物写信求助要钱，他的大女儿就是送信人。终于，冉·阿让这位市区的慈善家自动落入他的圈套，带着珂赛特亲自登门送上过冬的衣物和钱财。羊入虎口，冉·阿让的善再次使他身陷囹圄。冉·阿让的行善，德纳第在黑屋子里的阴谋，都被一墙之隔的马吕斯看了个清清楚楚，他去报警了！接到报警的正是沙威。真是无巧不成书，你看，他们就这样连在一起，如此自然巧妙！只是，这一次沙威、冉·阿让的相遇实在太突然，你的心猛然被狠狠地揪紧。我们差不多把沙威忘记了，也差不多忘记了冉·阿让糟糕的命运，认为一切都向好的方向发展。

冉·阿让被老奸巨猾、可恶至极的德纳第认出来了。他要报复，报复当年冉·阿让领走了他的摇钱树珂赛特。他的黑帮出动了，当晚就在那间肮脏破烂的屋子里勒索冉·阿让，他不光要敲诈冉·阿让一大笔钱，还要绑架珂赛特。马吕斯在自己的房间，站在半截柜子上，透过天花板上的一个小洞，把隔壁发生的一切都看了个明白。冉·阿让被黑帮抓住，沙威及时冲进屋子控制了德纳第的黑帮。在沙威与德纳第团伙斗争的时候，冉·阿让跳窗跑了，这是他第三次干好事，却要被法律代言人沙威抓捕。

不妨回顾一下冉·阿让三次重大善举后的被迫逃亡：

1. 振兴了地方经济，从根本上提升了一个地方的GDP，但是有人被误当作当年的冉·阿让被判终身监禁，古板冷血的沙威故意把这个消息透露给他怀疑的市长马德兰（冉·阿让在主教下福汝感化后隐姓埋名，在滨海蒙特勒伊市改进了工业生产方式，改变了城市面貌，被人民和政府拥戴当了蒙特勒伊市市长）。经过极端痛苦的思想斗争后，冉·阿让跑到法庭自首，被再次监禁。

2. 再次入狱，在服苦役期间，有人即将坠海，冉·阿让奋不顾身地搭救遇险者，然后潜海逃亡，去完成芳汀的遗愿——救孤女珂赛特。他救了珂赛特，住在偏僻巷子戈尔博老屋，因为经常接济附近的穷人，被沙威怀疑。

3. 在警察的追捕下，冉·阿让冒着生命危险翻越修院高大的围墙躲过一劫，历经艰辛才在修院站住脚跟，按说该过上稍微安稳的日子。可是他收到了德纳第化身的穷苦知识分子的求助信，于是，送钱财衣物上门，行善的举动让他再次身陷囹圄。

处处行善，却处处遭殃。受助者恶意猜测，还有克星沙威梦魇一般如影随形，冉·阿让已经不是一般意义上的人，他是一种精神象征，一种与邪恶抗争的正义的显形，一股和贫穷、孤苦、不公等誓死斗争的不灭的力量。

第4节　德纳第
——"恶"的代称

提起《悲惨世界》中的德纳第，我就想起"狗改不了吃屎""坏人活千年"这样的咒骂式语言。话丑理端，中国的民间语言是最精准、最直接、最一语中的的语言。所以，我毫不避讳地写出来。

当然，用词的选择完全能代表个人对某事某物某人的喜好或憎恶。我憎恶雨果在《悲惨世界》中创造的恶棍德纳第，他毫无人性可言。他只爱钱，甚至不顾自己的两个女儿和一个儿子，只把他们当成他骗取钱财的工具，害得最小的儿子和十一二岁的大女儿在街道壁垒战中被打死了。这样一个恶毒之徒从小说开始一直活到小说结尾，所有的角色都尘埃落定，包括那么悲辛的冉·

阿让都死去了，那么凶狠的沙威都自杀了，这个坏人还存活在世上，继续害人，到美洲干贩卖黑人的勾当。

很多人都变了，在大主教银烛台的隐喻召唤下，在法国18世纪末和19世纪初大历史背景的洪流冲击下，他们顽强地活出了一条属于自己的路：救赎与被救赎。这种人生历程的代表人物就是苦役犯、市长、孤女珂赛特的养父、马吕斯的救命恩人冉·阿让，被冉·阿让人格唤醒的法律代言人警察沙威，还有被冉·阿让抚养长大的孤女珂赛特和被珂赛特、马吕斯的爱情唤醒的老顽固——马吕斯的外公吉诺曼。但是，这个在夹缝中、在阴暗的角落里专干坏事的德纳第却秉性难改。

先来梳理一下德纳第的人生轨迹：他在战场上专偷死者身上的遗物，靠贩卖遗物有了钱，在小镇上开旅馆，狠狠敲诈了女工芳汀一笔寄养珂赛特的费用，之后旅馆倒闭，到巴黎贫民区居住，率领三个未成年孩子加入巴黎盗窃黑团伙。他被马吕斯举报后遭警察抓捕，就只顾自己逃到下水道，后来又混进城市，狂欢节那天和唯一存活的二女儿戴假面具，寻找新的敲诈勒索对象，终于找到和珂赛特结婚并任律师职务的马吕斯，企图告诉马吕斯关于冉·阿让的真相勒索一笔钱财，反而替冉·阿让亮明了身份，帮马吕斯解开了关于冉·阿让的谜团。结果，他得到了马吕斯的一大笔钱，逃到了美洲。

在小说中，德纳第是一个桥梁，把小说人物通过千丝万缕的关系拉到一块儿，他和主人公们真有剪不断、理还乱的纠葛。

首先，德纳第和马吕斯之间有很深的关系。小说开始用了一节专门写他在黑夜的战场死人堆里搜刮有用之物，从而被昏迷中的上校、马吕斯的父亲彭眉胥误认为是救命恩人，立遗嘱给儿子要找到他并报答他。可是马吕斯和外公产生了矛盾，搬出外公家租房住，偏又和德纳第一家成了一块木板之隔的邻居，他曾趴在天花板上亲眼看见这一家贼人的恶劣行径。当德纳第和贼团打算对前来救助他们的冉·阿让父女谋财害命时，马吕斯亲自报了警。最后二人的正面接触，德纳第充当了澄明事件真相的见证者。他的歹心反而帮助了冉·阿让，解除了冉·阿让与女婿马吕斯的重重隔阂。这是让读者十分欣慰的结局。只是，雨果先生难免心胸太宽广，他没有让这个以偷盗、敲诈为生的坏人死去。虽然德纳第受到马吕斯的鄙视，但马吕斯也满足了他对钱财的渴望，让他拿着钱远走高飞，眼不见心不烦。说到底，这是小说家对各种生命状态的包容和理解。

德纳第和冉·阿让的关系，完全是因芳汀寄养在德纳第家旅馆的女儿珂赛特而产生。冉·阿让按照女工芳汀的临死遗言，专门到德纳第的旅馆接走了珂赛特，并付给了德纳第想要的一笔巨款。在巴黎的一所隐秘住宅区，德纳第专靠给当地善良的有钱人写求助信过活。冉·阿让成了资助德纳第的大善人，他定期给德纳第一家送衣物和钱财，人心不足的德纳第竟然动了谋财害命的歹心。这是大善与大恶的第一次交锋。冉·阿让和德纳第的第二次交锋是在下水道里，街道壁垒战中马吕斯身负重伤，命在旦夕，冉·阿让背着他穿越政府军的枪林弹雨，钻进下水道，经过重重生死博弈，把马吕斯送到安全的外公家养伤。在下水道的出口处，藏身此处的德纳第又得到了冉·阿让的一笔钱，才让冉·阿让通过铁栅门上到地面找到出口。在奇臭无比的暗道中，德纳第想的还是敲诈钱财，真是本性难移。因为有这样一个戏剧性的相遇，才有了小说结尾的德纳第"告密"反而做了好事的闹剧。

小说家的悲天悯人心怀还在于，他自始至终没有让珂赛特和虐待她的大恶棍相遇。对于纯净美丽的、如同天使一样的珂赛特来说，德纳第一家无疑是她童年时的噩梦。珂赛特的婚车经过狂欢节的闹市和德纳第去见马吕斯时，作家都没有让德纳第与珂赛特见面。读到此处，我十分感谢雨果，为珂赛特庆幸万分。珂赛特四五岁就失去了母亲，在这世上她是个彻头彻尾的孤儿，可是上天派来了冉·阿让，这个她生命的保护神，让她的成长没有经历任何波折。她在冉·阿让的种种保护下嫁给心爱的男人马吕斯，衣食无忧，受尽宠爱。冉·阿让也给她留了60万法郎的储备金。

主人公或者是亲人之间的疙瘩靠德纳第的坏心眼解开了。坏人到远方作恶去了，大善人冉·阿让走了，那个坏人会变好吗？

第5节 不能承受的心灵之重

要怎样强壮的心脏才能承受生命中不能承受之重？冉·阿让活着总有无穷无尽的灾难和憋屈，东奔西逃地躲避抓捕，没完没了地行善救助，就是他一生的写照。雨果以纤毫毕现的笔力，把一个人身处囹圄时心里万般纠结的历程写得直捣读者心扉，让人喘不过气来。

第一次是心里的自我战斗，是出狱后的无路可走，野狗都不给他容身之地。大主教接待了他，在神明一样的大主教面前，他有过来自灵魂深处的震颤，但却最终没有放弃邪念。这时候的他带着对社会、对人生的莫大怨气。他太想过正常人的生活。

第二次的内心斗争猛然升级，那是一次致命的自我心理绞杀，只恨分身无术。临死的女工芳汀托孤，冉·阿让得完成死者最后的嘱托，去孟费郡接领五岁的珂赛特。可是警察局在抓捕一个叫商马第的"冉·阿让"替身，商马第是犯了错，警察局老账新账一起算，把商马第当成越狱的苦役犯冉·阿让审判，判处死刑。冉·阿让要救商马第，也要救身处险境的失去母亲的孤女珂赛特，而且两件事同时发生，每一件都刻不容缓。病床上奄奄一息的芳汀在等待冉·阿让能接来女儿，见最后一面，他得担负起抚养孤女的重任，可是商马第事件开庭在即，迟一步，商马第就会成为冉·阿让的替死鬼。

冉·阿让日夜不停地赶路，赶在庭审中途冲进法庭自首，解救罪不至死的商马第，之后入狱。但是他还有重任在身，只能再次越狱，这一次他是搭救命悬一线的轮船工人，坠海逃亡的。他接走了珂赛特，逃进了修道院，并通过重重关卡取得在修道院工作、生活的合法身份。他一直陪伴、养育珂赛特九年零三个月。九年中，他做慈善，为躲避沙威幽灵般的追踪，不停地变换住所，资助德纳第一家，参加街垒战营救珂赛特爱上的青年马吕斯。东躲西藏，战战兢兢，他活着的全部意义就是抚养珂赛特，给她安宁圣洁的生活环境。

第三次心灵的战斗是致命的。80岁的冉·阿让在珂赛特婚后，很快老去并无疾而终。他给珂赛特编排好了身份，准备好了体面的嫁妆，让她成为尊贵的男爵夫人，享受一个贵族应该有的体面富足的生活。而他却远远地躲开他们，躲开他为之付出半生的养女，在自己破烂灰暗的屋子里奄奄一息。他隐瞒自己的身份，隐瞒送给珂赛特60万法郎储备金的来源，隐瞒舍命搭救马吕斯的事情。他怕自己的身份影响了一对幸福的眷侣，却又无时无刻不在牵挂着珂赛特。在这种矛盾中，他每日里的工作就是步行到珂赛特的住所附近，凝视那座房子，因为心力交瘁，他所能行走的距离一天天缩短，直到躺在床上再也无力起来。他将自己的生命能量一点点耗尽。恶棍德纳第向马吕斯兜售他掌握的信息，才使得真相大白。马吕斯重新认识了这个了不起的岳父——他是穷人的救济者，设立医院，开办学校，探望病人，给姑娘们钱做嫁妆，援助寡妇，抚育孤儿；他是苦役犯冉·阿让，是滨海城市蒙特勒伊市的市长马德兰，是修道院的园艺工人割风，是珂赛特的养父。

这么多的身份、职业和名字，差不多60年的逃亡生活，他是极其悲惨的受难者，却是他人的保护神。为了他人活着，他经历了三次冒险的逃亡。但是,他依然认为自己是苦役犯,为了姐姐的孩子偷了一块面包的贼。

然而,小说家只给了他清白离世的结局。在弥留之际,他因为养女和女婿了解了真相而得以瞑目。回顾他的一生,那简直不是肉体凡胎能承受的,他拥有铁打的筋骨、钢铸的意志,刀山火海、枪林弹雨都不能阻挡他来世一遭的使命:活着!拯救需要拯救的!

小说家以几句轻描淡写的诗结束了巨著,也结束了这个受难者和拯救者的一生:

他安息了。尽管命运多舛,

他仍偷生。失去了他的天使他就丧生;

事情是自然而然地发生,

就如同夜幕降临,白日西沉。

怎么能自然而然呢?"我"只是偷了一块面包,"我"就要经历非人的生活,"我"就要用半生来赎罪,来拯救苦难的人。这也罢了,那么多次不可调和的心理重压,那是比千疮百孔的外伤更不可忍受的折磨!

第6节 幸福的空气甜醉了他

你们相爱吧!

你们幸福吧!

要尽情欢乐,要像魔鬼那样热恋,如痴如醉。

人们难道会嫌过分,玫瑰花开得太多,歌唱的黄莺过多,绿叶太多,生命中的清晨太多吗?难道人会爱得过火?难道双方会相互喜欢得过火?注意,爱丝特尔,你太美丽了!小心,内莫朗,你太漂亮了!这纯粹是蠢话!难道相互会过分迷恋、过分爱抚、过分使对方陶醉吗？难道生命的活力会过多？幸福会过多？欢乐要节制。呸！打倒哲学家！欢天喜地就是智慧。你们兴高采烈吧！让我们兴高采烈吧！

幸福吧！不要挑剔，要盲目地服从太阳。太阳是什么，就是爱情呀。

亚当是什么？他是夏娃的国王，对夏娃来说，是没有一七八九年的。

…………

请原谅我抄了这么多文字，但我相信没人不喜欢。况且这些话出自一个93岁的老顽固之口，他喋喋不休，语无伦次，说了这么多，中间还掺杂了别的很多话，他是一口气说下去的。这是他在外孙马吕斯男爵的婚礼晚宴上，手持大杯香槟站起来，对新婚夫妇说的祝辞。他神谕般的祝福比教堂的颂诗更真切，更迷人，更动听！所有的人都沉浸在劫后余生的幸福空气中，甜美、知足、幸福地说胡话。这是现实生活中想象不出的场景，太神圣、太迷人、太醉人！

怎能不醉人？

93岁的吉诺曼老人，他失而复得的外孙马吕斯终于结婚了。外孙曾跟这个外公势同水火，搬出去宁愿自己受苦住贫民窟，也不愿听从外公对未来的安排。因为外公吉诺曼老人是忠诚的保皇党，他偏执，从未认同滑铁卢战场上英勇无畏的上校女婿，剥夺上校唯一的儿子，让他在失去妻子，不得见幼小儿子的情况下孤独死去。马吕斯是孤儿，被外公当继承者抚养，可是马吕斯在政见上始终和外公背道而驰。街垒战之后，冉·阿让把血肉模糊、奄奄一息的马吕斯背还给他，这个已经风烛残年的高龄老人如获至宝。他和二女儿一起悉心照料，加上冉·阿让每日带着珂赛特来探望，生命奇迹在爱中发生。马吕斯复活了，不只是肉身的复活，他的爱情如日出东方般光芒万丈。

这个老人，在偏执古怪的性情中，终于活通透了，外孙马吕斯的结婚，使他所有的古怪性情全部消失。他把外孙媳妇当作无与伦比的宝物，当成了他生命中永恒的天使、永恒的光芒。这种救赎般的第二次生命，是珂赛特带来的，她是一切幸福的源泉。这个源泉原本属于冉·阿让，但是冉·阿让要让珂赛特幸福，他舍命满足养女的一切需要。所以，在新婚之夜的家庭晚宴上，外公这一家之长激动地说祝福语的时候，冉·阿让推说自己胳膊负了伤，没来参加婚宴。他独自在屋子里跟自己进行最后一场严酷的灵魂之战。

每次读到热闹的婚宴上外公昏了头的幸福，冉·阿让独自蜷缩在小屋内承受撕心裂肺的痛苦，我就想起黄安的一句歌词：由来只有新人笑，有谁听到旧人哭？这是作为读者的我的肤浅想法。我的心既甜蜜又悲痛。我在书上曾写下这样的话：一边是幸福的天堂，每个人都被甜蜜陶醉；一边是苦难深重的往事重现和蚀骨的孤独。爱的双重表现以如此敌我对峙的方式呈现，人心该怎样承受？你又会被哪一种情绪所震撼？

不妨再读读同一时间，与狂喜的外公截然不同的冉·阿让的内心斗争吧：

闻所未闻的恶斗！有时是失足滑脱，有时是土地塌陷。这颗狂热追求正义的良心多少次把他箍紧而压服！

多少次，这个不可逃避的真理，用膝盖压住他的胸膛！

多少次，他被光明打翻在地，大声求饶！

多少次，主教在他身上，在他内心点燃的这个铁面无私的光明，在他希望看不见时，却照得他眼都发花！

多少次，他在斗争中重新站起来，抓住岩石，依仗诡辩，在尘埃里打滚，有时他把良心压在身下，有时又被良心打翻！

多少次，在支吾其辞，在以自私为出发点的一种背叛的似是而非的推论之后，他听见愤怒的良心在他耳边狂呼："阴谋家！

无耻!"

多少次,他执拗的思想在无可否认的职责前痉挛地辗转不安!

多少次,他重新站了起来,鲜血淋淋,受了致命伤,碰到挫折,于是恍然大悟,心里绝望,灵魂却宁静了!他虽然失败,但却感到胜利了。他的良心使他四肢脱臼,受到百般折磨,筋断骨折之后,就站在他上面,令人望而生畏,这良心光芒四射,在安详地向他说:"现在,平安无事了!"

小说家用6个页码来深刻描写冉·阿让的内心撕扯。他最终放手,认为自己不该介入养女新的生活,不该携带之前的阴暗跟一对新人在一起。他费尽心思安排好了他们的幸福生活,却从他们的生活中隐去。他只是远远观望,最后油尽灯枯。

身心陶醉和肝胆俱裂。

这都是爱!

因爱圆满,因爱放手。

最后的冰释前嫌,我们看到了圆满:幸福的空气甜醉的不只是93岁的外公吉诺曼老人,还有两个年龄相加不到40岁的新人!这种甜蜜是冉·阿让遗留下来的,是一种永恒的精神遗产!

听得见哀伤,找不到归路
——读《小王子》

小王子像一棵树一样轻轻地倒下去,因为是在沙漠上,他倒得悄无声息,如一缕轻烟消失在茫茫沙漠中,似乎他从未来过这里,"我"也从未遇见过他。——我的心深深地沉下去,巨大的悲凉袭遍全身,作家怎么能以这样沉重的方式结束如此美好的故事，或者说给予如此美好的书名以这样的悲剧收场？一直以来，我都以为这是写给孩子的书，是一个科幻童话，借助童话的体裁讲述一些地理知识，借助不同微小星球上的人来讽喻现实的人。而孩子只需要了解小王子到达地球后经历的事就够了。所谓小王子的经历其实是作者想借小王子之口告诉孩子宇宙中稀奇古怪的事。但是我逐字逐句地读完后，发现远不是这么简单，话题沉重到刺痛人的心。这是一个爱情悲剧，地球人不能幸免。小王子只是来地球一趟，待了一年，他便再也无法回到自己的星球。因为他的心里装下了那么沉重的责任，他再也没法克服一路的艰辛，回到只有一座房子、一棵猴面包树、三座火山、一朵玫瑰花的B612星球。

1."蛇"的双重作用。

故事开头作者以第一人称的口吻说自己原本想当画家，而且画了人生第一幅画——巨蟒吞噬了一头大象，但是大人们却说那是帽子。为了更清楚地表明自己画中的用意，"我"干脆画了一只剖开肚皮的蟒蛇，大象在蛇的肚子里走来走去，但依然没得到大人们的理解。故事开头出现的蛇，是以6岁孩童天真淳朴的心思画出来的。故事结尾是一条金蛇和小王子的对话。事实上作家以"我"的身份出现在小王子跟前的时候，毒蛇已经咬了小王子一口，他从断墙上倒下来，"我"刚好跑过去接住他。蛇咬他第二口后，他就倒下了，就此离开了人世。作者继续以"我"——小王子来地球认识的朋友的语气，开始寻找这个患难中结交的朋友，在不同地点重复地寻找或询问，完全把读者带入"上穷碧落下黄泉，两处茫茫皆不见"的荒凉悲怆之中。"我"画的蛇没人能理解，当二十几岁的"我"作为一个飞行师因飞机故障降落在撒哈拉沙漠中时，小王子恰巧来到地球，"我"给他看那幅无人理解的画，他只一眼就说那是一条巨蟒，腹内有一头大象。我们惺惺相惜，因而在相处的日子里，我们彼此成了患难之交。

蛇在文学作品中大多数被当成欲望和原罪的代称，在上帝的果园中，在蛇的唆使下亚当、夏娃偷食禁果，被上帝逐出伊甸园，蛇就成了罪恶的诱惑者，被上帝惩罚终生爬行并吃土。书中的蛇便是伊甸园中的那条蛇，那是爱，是日夜不绝的挂念。这爱就是小王子对自己星球上唯一一朵玫瑰花的爱。但是这条蛇却咬死了小王子，它又是冷血的。这也许表明了这样的观点：爱情是唯一的、美好的，但也是冷酷的。我又想到许多包含爱情故事的文学作品，因为爱情不得圆满作品才永世流传，才以悲情恒久来打动人心。梁祝如此，杜丽娘、柳梦梅如此，崔莺莺、张生如此，白素贞、许仙如此，罗密欧、朱丽叶也如此。作者往往于心不忍，于是给个美好的念想，安慰受伤的心。只是在小王子身上，作家没有打破生死界限，留给了读者或者世人更广阔的念想，以小王子的话给"我"安慰，大意是：你找不到我的星球，当你在众多星球中寻找我时，你会觉得每个星球上都有我的笑声；我看不见我的那朵玫瑰花，我能想出每一个星球上都有我的那朵花的样子。

于是，在《小王子》中，蛇，由画到实物，就具备了双重作用——表达爱与哀愁，结构故事。

2. 生命不堪承受之重，终究是责任和挚爱。

小王子离开星球的原因很简单，他爱着的玫瑰花虚荣心强，总是不停地试探他，恨不得要他一刻不停地关注自己，绕着自己打转。小王子烦了，觉得这花太爱慕虚荣，太矫情。于是，他们互相赌气，小王子要走，玫瑰花明明万分难舍，不想让他走，可是她还是表现出无所谓的样子，祝他旅途愉快。小王子终归放心不下，他给她做好了保护罩。到达地球后，他看到了成片的美不胜收的玫瑰大花园，一下子觉得自己星球上的那朵玫瑰花太普通太平常了，对她产生了嫌弃、鄙夷之情。幸好，他遇见了一只狐狸，狐狸执着地要小王子驯化它，小王子真的驯化了狐狸。智慧的狐狸点化了他，让他明白了：真正重要的东西，是眼睛看不见的，是心应该看见的。因为你投入了，付出了，你们有过约定，就应该担起一份责任，这就是驯化。小王子幡然醒悟，他的玫瑰花怎么可以跟五千朵玫瑰花比呢？五千朵玫瑰花再美，终究与他无关，他放在心上的真正属于他的只是那一朵，他留在自己星球上的唯一的那一朵。他开始想念她，牵挂她，他看到星空中满是他的那一朵花，那是爱情之花。

  小王子对那五千朵玫瑰花说："她单独一朵就比你们全体更重要，因为她是我浇灌的；因为她是我放在花罩中的；因为她是我用屏风保护起来的；因为她身上的毛虫是我除灭的；因为我倾听过她的怨艾和自诩，甚至有时我聆听着她的沉默；因为她是我的玫瑰。"之后，小王子用生命完成了对玫瑰花的爱，也向世人展示了爱的真谛，即爱是责任。

  来人间一趟，因为距离和时间给心里添加的分量，他终究找不到归路。"蛇是恶毒的，它们常常随意咬人"，这是小王子告诉"我"的。"我"没被蛇咬，"我"只是得到了小王子的真诚陪伴，度过了孤独绝望的时刻。"我想听见你的笑"，"我不要你离开"，尽管"我"反复对小王子说，但是"我"也只是见证了一个外星来者如何承受了心里的重负后找不到归路。"你确信再咬一口不会让我疼痛很久吗？"再咬一口，他就怀着希望或者遗憾永远离开了，多么荒凉而绝望！

小说世界里动人的爱情
——读《荆棘鸟》

　　《荆棘鸟》是澳大利亚作家考琳·麦卡洛在1977年写的爱情小说，描写了在宏阔的历史背景下演绎出的旷世爱情，被誉为澳大利亚的《飘》。我看的是凤凰出版传媒集团译林出版社于2008年出版的曾胡翻译的版本，封面色调沉稳，右边黑色为窗户边框，中间是窗外茫茫的大海，隐隐的灰色中透出暖色的粉。一扇开着的飘窗上放着玲珑剔透的紧口圆肚玻璃瓶和几个青花瓷样的茶杯，一根尖利的刺从书脊下角斜伸出来，穿透一只鸟儿的身体，鸟儿姿态安然，似乎正在婉转歌唱。这根尖刺和鸟儿的右下面以诗歌的形式写着："它把/自己的身体/扎进/最长、最尖的/荆棘上，在那/荒蛮的枝条之间/放开了歌喉。"封面最上端用桃红色的字写着"十周年典藏纪念版"。接下来就是书名和作者名字。我喜欢这个封面的设计格调，它几乎把小说的韵味囊括进去了：人生就像一片汪洋大海，你不知道岸在哪里，你无法预知潮汐变化，而那美好的东西就在那里，透过一扇窗吸引你、诱惑你。你总是在追逐梦想，而要得到那最终属于你的美好，却是需要付出极大代价的，你得把自己的身心交付出去，穷尽一生才能体会到那绝世吟唱的魅力。

　　全书共七部，以人名为每部题目，以年代为顺序安排人物，从1915年到1969年，写了一个家族的兴衰，三代人和一片广袤牧场的生死相存。贯穿全书的是梅吉和神父拉尔夫的爱情。拉尔夫是德罗海达牧场所在区域天主教堂的神父，牧场主是梅吉的姑姑，她继承丈夫遗产富甲一方，因为善于主宰一切又怕巨额财富落入他人之手，所以情愿保持高贵的身份寡居三十多年。这个富婆姑姑没有继承人，唯一的儿子在摇篮里就死了。她老了，不能独立料理这片广阔的牧场。梅吉一家是奉姑姑之命从新西兰搬到牧场来照管这里的产业的，牧场的经纪人是神父拉尔夫，实际拥有权属于教堂。梅吉和拉尔夫的爱情，从梅吉一家九口（七个孩子，一对父母）自新西兰来到澳大利亚一个叫基兰博的车站的时候，就开始萌芽了。神父是奉命去车站接梅吉一家的。他们第一次相见，梅吉9岁，神父26岁，此后梅吉一直在神父的关爱下成长，到了二十几岁，梅吉在无望中听信神父之言嫁给了长相酷似神父的牧场剪羊毛工，拉尔夫也顺利地当上了红衣主教。然而梅吉所嫁之人是个十足的财迷和自私鬼，他的信念是拼命地挣钱买一块牧场，跟梅吉结婚也是因为看上了神父给梅吉积攒的雄厚财富。神父在信念和爱情之间徘徊，他信奉上帝，并追求红衣主教的地位，但是始终不能放下对梅吉的爱。梅吉远嫁他方，被丈夫安排在一个富裕家庭当仆人，好在这家人对待梅吉犹如亲人。为了消除寂寞，梅吉想尽办法有了丈夫的第一个孩子，可是那个财迷丈夫拒绝抚养这个孩子，梅吉难以忍受生活的折磨，被主人家安排去度假散心。神父要到罗马任职，离开德罗海达两年时间，他终于不顾一切地找到了梅吉所在的度假海湾，在那里他们度过了一生中最美丽的一个星期。梅吉有了神父的孩子，她彻底和丈夫决裂，重新回到了德罗海达牧场，一心一意抚养她和神父的孩子（神父并不知道这个孩子是自己的）。他们的孩子戴恩长大成人，痴迷于神学，最终跟着神父（自己的父亲）学习神学，也当了神父。可是天意弄人，这个被梅吉和拉尔夫视为珍宝的儿子，却在希腊海岸度假时，因为搭救落水女孩而牺牲。拉尔夫回到德罗海达给他做弥撒之后，梅吉告知了神父真相——那是他们的孩子。七十几岁的神父难以接受儿子死去的噩耗，在和梅吉温馨悲凉的谈话中死去。

人间最让人迷恋的爱情，一定是上苍赐予的。相隔万里总会相见，第一面便是一生爱的开始。麦卡洛笔下的爱情，和人生一起成长，和时间一起推进，无论距离、地域还是职业都不能将彼此分开。五十年，半个世纪，爱情和面容一起慢慢变老，最后融进生命，不可分割。他们在车站初次见面，彼此的倾慕和欣赏便在生命里开始生长。一个九岁的小女孩什么也不懂，但是她的神态确实让人惊异。"梅吉独自一人站在他们的背后，张着嘴，像是瞧着上帝似的傻呆呆地瞧着他。他似乎没注意到自己的哔叽长袍拖在尘土之中，迈步越过了那些男孩子，蹲下身来，用双手搂住了梅吉，那双手坚定、柔和，充满了友爱。'啊！你是谁呀？'他微笑着，问她……"神父带着这一家人到富丽堂皇的女主人玛丽卡森姑姑的宫殿去见面的时候，他抱着梅吉，梅吉的那双小胳膊紧紧地搂着他的脖子。姑姑是喜欢神父的，他希望神父能接管她的遗产，可是神父不为所动。神父和梅吉一家朝夕相处，胜似亲人，他教会了梅吉骑马，送她去上学并充当她的监护人。他从来不曾断过对她的关注和关爱。

梅吉和拉尔夫的爱情深远广阔，就像德罗海达一望无际的牧场，风景无限，花草繁盛。爱情和羊群、草场、河流、草原上奔腾的各种小动物一样生生不息。没有世俗的烦扰，没有俗套的插足，有的只是神与人的斗争，但是无疑，神在人类真爱面前却步了。他信神，信奉上帝，但是他也要爱，爱得一心一意，至死不渝。这多么像仓央嘉措与玛吉阿米的爱情传说："世间安得两全法，不负如来不负卿。"

这就像《霍乱时期的爱情》中一见钟情、一生守望的爱情。邮递员阿里萨送信时瞥见了骡子贩卖商的女儿费尔明娜一眼，从此跌入了相思病的深渊，此后他活着的意义便是能够见到她、得到她。他为此奋斗一生，继承叔叔的遗产后当上了河运公司的董事长。在等待爱情的53年多时间里，阿里萨以和600个女性发生性关系来抵抗内心的挣扎和爱而不能的折磨,但是所有的逢场作戏和短暂的真情都是为一生的等待吹响前奏曲。他失恋后的逃离、写诗,返回来以后在代笔门街道替人写信、参加诗歌颁奖庆典、在俱乐部里喝酒、继承叔叔的遗产,所有的事情都只是他生活的细枝末节,都是走向他心中的花冠女神所做的准备和伏笔。这是一种匪夷所思的爱情。53年之后,心中女神的丈夫死了,他终于有希望了,可是这时候,生命就像天边的残阳一样摇摇欲坠,人生也像滔滔的加勒比河水一样一去不返。他们的爱情漂在河流上和水一起绵长。但是不管怎样这都很悲情,这期间爱情对人心的折磨让人难以想象。太过漫长,太过不对等的爱情,很难说赢得的是时间还是真爱。

我还想起《不能承受的生命之轻》中骨科医生托马斯和酒店服务员特丽莎的爱情。他们的爱情被裹挟在动荡的时局里,他们被跟踪、被陷害、逃亡直到死亡。在挣扎、矛盾、战乱中运行的爱情,无疾而终,让人心酸。

还是梅吉和拉尔夫的爱情更加温馨吧,尽管他们在最美好的年华里是分开的,可是他们终究彼此爱慕,忠心不二。

这是小说里的爱情,读着让人羡慕和动容。可是在烟火翻卷的现实里,美好的爱情怎么都不能持久,不能一直鲜活如初?多少人一生都遇不到属于自己想要的真正的爱情。尤其在这个花花世界里,爱情早已被金钱、车子、房子所替代。但是谁都知道:爱情不是物质,不能以物质来衡量,尽管爱情需要物质来保障,但是终归与物质相去甚远。

再看看这段刻骨铭心的爱情生长的地方风光吧:魔鬼桉高大茂盛,紫玫瑰遍地开放,丛林灌木间袋鼠奔跳,成群的老鼠、兔子在嬉闹。雄鹰飞翔,风起草卷,牛羊成群,羊倌骑马围羊。猎狗狂吠传遍万里。草场中间宽阔的大路上马车奔忙。刺眼的阳光下,牧场中间地势高的地方,乔治王朝时代的宫殿高高在上,金顶廊柱熠熠生辉，长廊光影斑驳，花藤缠上花架傲视骄阳。这就是澳大利亚德罗海达牧场。

爱情和美丽风光一起自由生长，完美结合成一部跌宕起伏的生命交响。

（刊载于2016年8月9日精简版《汉中日报》）

一场阅读的盛宴
——读《大师与玛格丽特》

《大师与玛格丽特》是俄国作家布尔加科夫用12年时间，几易其稿才完成的一部世界级文学巨著，是20世纪最好的俄语小说，是魔幻现实主义的开山之作，被马尔克斯誉为"精妙绝伦"。可是这样的一部作品在作者离世26年后即1966年才得以发表，在穷困与尊严的纠结中，在压抑与自由的挣扎里，作家的激情和热情、理想和追求终究被排挤得一干二净，他由求助到绝望到宽恕再到宁静，在痛苦的生活折磨中以小说创作当精神慰藉，用12的时间以文学和现实对抗，他无疑是赢家。

小说分两部，上部18章，下部14章。上部从魔鬼撒旦潜入莫斯科体察人心切入，以杂耍剧院为中心，原有的秩序被打乱，魔鬼的踪影遍布这个城市。杂耍剧院上演了一场魔术表演之后，相关人员失踪或者精神错乱。莫斯科花园街50号是文学刊物主编柏辽慈的住所，在他死去之后，就成了魔鬼化身的魔术师沃兰德和他两个助手、两个仆人的鬼窝。荒诞离奇的事情一桩桩接连发生，恐怖、诡异充斥了人们的生活，现实和幻境不分彼此。各种人物纷纷登场，犹太总督、约书亚和他的门徒、大祭司、有眼无珠的恶毒编辑、杂耍剧院经理、社区房管会主任、底层的妇女等都在这场怪异的事件中被牵扯进来,社会万象得以充分揭露。当各种人物和事件错综纠缠在一起,铺垫到位,主人公才在下部隆重登场,作者才着重讲述大师与玛格丽特。作者借助撒旦无所不能的力量,拯救大师与玛格丽特,并对上部中人物的处境以及命运做了最终的安排。最后在撒旦的指引下,大师与玛格丽特走出困境,走向属于他们的理想寓所。

小说每章独立却又彼此联系,故事离奇怪异,精彩迭起。布尔加科夫以奇妙无比的构思将现实、神话和历史交错融合,创造出一个让人眼花缭乱的世界,每一件事都出乎意料,每一个人都处在这个庞大的网中,彼此相连,不可分割。

杂耍剧院盛大的魔术表演现场下起了卢布雨,深夜50号楼幻化为金碧辉煌的豪华舞场,玛格丽特涂上神奇润肤霜后骑魔刷在城市夜空自由飞翔,烈日炎炎下约书亚被钉在十字架上行刑等等,这些章节无疑是精彩中的精彩,荒诞到了极致,瑰丽大胆的想象绝无仅有,极大地冲击读者的思想和视觉,满足了阅读的新奇感和刺激感。

小说不愧是世界文学文库中的精品,构思匠心独具,情节彼此交错,人物关系环环相扣,无不让人眼花缭乱,惊心动魄。

1. 沃兰德讲犹太总督本丢·彼拉多的故事

魔鬼撒旦起名沃兰德,在开篇第一章就以魔术师和历史研究员的身份出现,他要了解莫斯科人的内心是否发生了变化。他接触的第一批人是"莫文协"主席、大型文学刊物主编柏辽慈和流浪诗人伊凡。在莫斯科牧首塘畔椴树下的长椅上,主编和诗人正在讨论历史上的耶稣,主编要求诗人的诗反映出根本没有耶稣,诗人的诗却是对耶稣的全盘否定。主编博闻强识,大谈无神论,听得诗人目瞪口呆。就在这时沃兰德来到他们中间,加入了他们的谈话。他绝对相信有神灵在主宰人类,也绝对相信有耶稣。正

如开篇的导语,节选自歌德《浮士德》中的句子:

"你究竟是谁?"

"我是那种力的一部分,

总想作恶,结果却总是行善。"

沃兰德在整部小说中正是以这样的一种身份和行为在办事,他打乱了看似井然有序的局面,却拯救了被高压统治下饱受排挤的人。所以他给两个文学家讲犹太总督本丢·彼拉多的故事。彼拉多讨厌耶路撒冷这个城市,他只有一条狗相伴,整天头疼。在审判耶稣的过程中,他通过详尽的谈话对耶稣产生好感,在认知上达成共识,他的头疼减轻了,并打算无罪释放耶稣。但是在圣殿大祭司的坚持下,他自身为了保住罗马总督这个职位,加之内心胆怯,不得不违心地判处耶稣死刑。他企图杀死告耶稣的叛徒,但是终究没能获得良心的安慰,之后在麻雀山的月光台上长跪一千年来忏悔自己的罪恶,最后得到大师的宽恕。他和耶稣沿着一条通向云天的月光路消失在天尽头。

这些内容出现在第一部第2章,你会认为魔鬼沃兰德很了解历史,对千年前的这位总督了如指掌。你暂时分不清是虚构的故事,还是历史。可是读到第13章,你就会知道魔鬼讲的内容正是大师被扼杀的小说《本丢·彼拉多》中的内容,这是故事中的连环套。

2. 大师创作小说《本丢·彼拉多》

大师在租来的地下室内创作这部小说,整个写作如鱼得水,非常顺畅。大师和玛格丽特都认为这是一部伟大的小说。"正是这样!彼拉多飞一样接近尾声,接近尾声,连全书的最后一句话我都想好了:'……第五任犹太总督,骑士本丢·彼拉多。'""自称大师的人,狂热地撰写他的小说,不知名的女子也把整个身心沉浸在这部小说中。""她预言他将一鸣惊人,鼓励他……"

在玛格丽特的支持下，大师去投稿，却被编辑部无头无脑地审问一通，之后小说自然没有被刊登，却无端地遭到了来自好几个评论家的狠毒攻击。大师最终精神崩溃，万念俱灰，贫穷和恐惧致使他躲进了精神病院。大师翻越栅栏来到诗人伊凡的病室聊天，他说："我手捧小说进入生活，于是我的生活就此结束。"

一部小说毁了一个天才的作家，毁了一段美丽的爱情。文学路上有太多的阻拦，一个自由创作的天才作家注定会成为"官方"舆论的牺牲品。

大师迫于强大的洪水般的诋毁只能选择逃避，总督为了效忠罗马皇帝和保住官位只能处死无罪的耶稣。这就是小说揭示的思想之一："胆怯是人最可怕的缺陷。"

3. 耶稣与红发獠牙的魔鬼阿扎泽勒都读《本丢·彼拉多》

阿扎泽勒是沃兰德的随从，可以理解为他的打手，负责外出办事。他奉命邀请玛格丽特去参加撒旦在 50 号楼举办的盛大舞会。玛格丽特正百无聊赖地坐在一年前她和大师坐过的地方。思念让她万分憔悴，甚至想到了死。她孤单地坐在长椅上，心里在默默地跟大师对话，那是一种怎样叫人心疼的模样啊！一拨拨的人来了，主动搭讪的，好奇看她的，她都无心搭理。这时阿扎泽勒来了，他诵出一段大师小说中的话："……从地中海袭来的黑暗笼罩了这座总督憎恶的城市。圣殿和威严可怖的安东尼塔楼之间的吊桥不见了。无底的漆黑从天而降，淹没了赛马场上空的双翼天使、遍布枪眼的哈斯莫尼宫、集市、板棚、小巷、池塘……伟大的耶路撒冷骤然消失，仿佛它从未在这个世界上存在过……"这段话是玛格丽特从花园房子中出来时，在自己的小黑屋匣子里翻出大师的小说稿念过的话。这些话写在烧焦的残缺不全的稿子上，这稿子是她从大师焚烧的书稿中抢救出来的。此时听到一个模样古怪的陌生人诵出来，玛格丽特万般好奇，她不再排斥他，说只要能找到大师，她什么都愿意做。于是她接受了魔鬼给她的润肤霜，答应一切听他的安排。她由此参加撒旦的舞会，充当了舞会一夜的王后，并以自己的善良、美丽，对爱情的忠贞不二赢得了复活亡魂变成的舞者的朝拜、亲吻。

被阿扎泽勒和玛格丽特念过的大师的这段话，在第二部开篇第 19 章出现了两次，第三次在语言上与这两次不同，但是情景完全一致，出现在第 29 章。在这一章，50 号楼已化为灰烬，门徒利末·马太奉耶稣之命，请求沃兰德赐予大师和玛格丽特安宁的生活，沃兰德答应了这个要求，他命令部下重建一所漂亮的楼送给大师。这一章结尾如此写："西方袭来的这片黑暗笼罩了庞大的城市。桥梁、宫殿全都不见了。一切骤然消失，仿佛它们从未在这个世界上存在过。"

耶路撒冷的这场淹没一切的暴风雨，可以理解为大师惨遭诋毁的那段日子，也可以理解为耶稣无罪却被定罪行刑的政治事件，大师和耶稣都是黑暗统治下的牺牲品。但是第三次描写意思截然不同——和过去的黑暗诀别，光明和安宁的日子即将到来。这来之不易的安宁和光明是耶稣的旨意，是他阅读了大师的小说《本丢·彼拉多》之后的愿望，魔鬼替他完成了。

这真是一种奇妙的构思。事实上整部小说也是以《本丢·彼拉多》为主线发散想象的。小说中套进小说，小说里的人再讲解小说中的人，这个小说中的人似乎完全活动在整部小说中。人神共处，在魔幻的情境中没有时空的概念。像一个无限扩大的光圈，不断地向四周荡漾，历史的人、现实的人、虚幻中的人完全被荡进来，诡异的事情被框进来。小说家凌驾于这个光圈之上，用一只神手肆意搅动，让故事不断变换模样，不断出现意想不到的怪相。在光圈荡漾中原有的秩序被搅乱，在混乱之中小说家借助魔鬼之手惩罚、教训作恶者。

主人公的三重身份

　　小说的主人公无疑是大师,但他又不是唯一的主人公。沃兰德也是主人公,自始至终他都在主宰故事的进程。他翻云覆雨,一切乱象都由他一手制造,所有人的命运似乎都在他的掌控之中。他是大师幻化的另一面。小说还有一个主人公,那便是作家本人。可以这么说,大师和沃兰德就是作家的化身。

　　布尔加科夫出身于基辅神学院教授之家,学医之后转而从事文学创作,创作的讽刺小说不被接受,出版了几部小说之后便与小说绝缘。1940年,仅49岁的作家去世,留下了大量未发表的小说。极具讽刺的是,他活着时不被看好的作品,在他去世后却陆续被发表和上演,继而享誉世界,成为世界经典文学。

　　1930年,他给斯大林写了一封信,请求说:如果苏联不能使用他的讽刺文学才能,请让他移民国外。斯大林本人给他回了电话,拒绝了他。斯大林比较欣赏他的戏剧,便安排他在莫斯科一家小剧院工作,后来又调他到莫斯科艺术大剧院。然而他在剧院的工作并不成功。他从1928年开始写《大师与玛格丽特》,三年后也就是1930年得知自己的作品被禁时,绝望地烧毁了写好的小说稿,一年后重新开始写《大师与玛格丽特》,1940年离世后,他妻子即玛格丽特的原型又用一年时间修改好了小说。

　　《大师与玛格丽特》的艰难问世,正好印证了作家艰难的创作历程。他把自己的信仰、理想、爱情以及全部的生活感受都融进了自己的小说。在小说里,他坚信自己是大师。把真实的生活和小说融为一体的内容在第13章。在精神病院,大师跟流浪汉诗人伊凡聊天,他说自己的遭遇,其实是作家的独白。他说自己如何遇见心爱的女人,自己的小说如何被打击,如何被评论家恶毒地诬陷,又如何进了这所精神病院。现实中作家的小说确实被禁,他也确实焚烧了《大师与玛格丽特》初稿,而且死前十年里他与妻子正是小说中描述的情景:"自称大师的人,狂热地撰写他的小说,不知名的女子也把整个身心沉浸在这部小说中。"小说中的大师就是他自己,玛格丽特就是他的妻子。

小说中的大师是软弱胆怯的,他是历史学家,在莫斯科博物馆工作。偶然的机会中了十万卢布的大奖,于是他辞职租了两间地下室,专门从事小说创作,后来就是他说的"我手捧小说进入生活,于是我的生活就此结束"。

再说沃兰德。他是一个魔鬼,但他并不干坏事。他具有超能力,可以洞察人心,打破不合理的秩序,并让之恢复成理想中的样子。这无疑是作家所向往的,是作家坚信正义必胜的诉求:不被邪恶所压制,坚持信仰和理想。作家坚信,一切看似井然有序的表象之下,都暗藏着罪恶和祸患,在一片形势大好的随波逐流中,一切所谓的正义和光明都是虚假的。他就创造出这样一个撒旦(即沃兰德),这个撒旦像是一个哲学家,又像是一个预言家,某种程度上还像一个慈善家。

正常的人会在金钱面前变成疯子。他进入剧院,演了一场魔术,下了一场卢布雨,观众在漫天飞舞的卢布雨中原形毕露,彻底疯了。他又在舞台上变出女人用品店,使得虚荣爱美的女人们疯抢名牌衣服和化妆品。之后人们抢的卢布变成废纸片,穿着从魔术舞台上抢来的华丽时尚装的女人们,到了街上顿时成了赤身裸体只穿内裤的女人。人们的贪婪、自私被披露得赤裸裸。小说中这样说:"人终究是人。爱钱,历来如此……人类爱钱,不管这钱是用什么造的。用皮革、用纸、用青铜,还是用黄金。唉,轻率……怎么说呢,恻隐心有时也会打动他们……人就是人……总的来说,跟从前没什么不同……只是住房问题使他们堕落了……"

魔鬼会在正义勇敢、美丽善良面前变成无比谦恭友好的人。

一场盛大的舞会，玛格丽特以爱和美丽的形象占据舞会的王后位置，所有罪恶的灵魂都对她顶礼膜拜、俯首亲吻。爱，是至高无上的，可以融化世间一切罪恶。这是作家赋予的人物的思想，也是作家想要表现的思想。

大师、撒旦、作家三重身份的分离与融合，正好全方位展示作品的思想——对现实清醒的认识，对人的胆怯、腐败、虚假的讽刺，对个性、尊严的坚持。

哲学思想的小说表达

作家把对事物的看法通过小说人物沃兰德、耶稣、利末·马太来表达。

1. 对强权政治的看法，作者让耶稣来完成。总督审问耶稣时，耶稣重复他对犹大说过的话："任何政权都是对人的暴力，迟早有一天，无论该撒的政权还是别的什么政权，都将消亡。世人将进入真理和正义的王国，根本不需要任何政权。"这些话都是犹大极力让耶稣说的，却成了他犯罪的证据。就此两句话，耶稣成了政治犯，犯了唆使民众捣乱圣殿的罪。人类进入一个自治的理想社会，这是社会文明发展的未来。作者在那个年代就想到了。这是小说具有现实前瞻性的思想，是对正义、自由和理想的呼唤与追求。

2. 关于阴暗和邪恶，作家用辩证的思维让被利末·马太称为邪恶鬼和阴暗王的沃兰德来阐述。"听你的语气，似乎你不承认阴暗，也不承认邪恶。你能不能费心想想这个问题：要是不存在恶，你的善能有什么作为？要是地球上没有阴暗，地球会是什么模样？要知道，阴暗是物和人生出来的……"存在即是合理，事物总有两面性，这是一个常规道理。一味地强调或者夸大事物的某一面，都是错误的言论。这大概是作家隐喻的当下时局，抑或是表达作品被封杀、被评论家一棒子打死的不满。

3. 获得自由的艰难历程在诗意的叙述中呈现。宽恕一切罪过，获得彻底的自由，找到灵魂的乐园，只有远离忧伤的人世，灵魂和天地的融合才能实现，这是多么忧伤的表述。小说的最后一章，沃兰德和他的队伍带着大师和玛格丽特在暴风雨的黑夜中飞越城市上空，他们将从这个城市消失，而大师和玛格丽特将在他们的安排下回归爱情和文学的伊甸园。一场空前绝后的骚乱即将结束，一场魔鬼造访莫斯科的盛宴即将闭幕，灵魂即将回归永久的安宁。

"夜晚的大地多么忧伤！沼泽上空的雾霭多么神秘。只有在这雾霭中徘徊寻路的人，只有在死亡前历尽磨难的人，只有背负力不胜任的重荷在这大地上空飞翔的人，才会知道这一切。精疲力尽后知道这一切……"脱离人世的悲伤与艰难，获得自由与安宁，灵魂破茧的过程多么漫长，沉重而忧伤。

"……黑夜在下面十分遥远的地方点亮了无数忧伤的灯火，这灯火现在既不使玛格丽特和大师感兴趣，也不为他们所需要，那是他人的灯火。"人世的磨难远离他们，人世的欢乐也不属于他们，他们死比生好。

这些文字给读者带来无边的忧伤，像乌云堆积心底，像雾霾掩盖了太阳。但是作者并不绝望，他在结尾写道——晨光熹微中，大师和玛格丽特携手走过苔藓斑驳的石桥，桥下溪水潺潺。过了桥就是一条铺满细沙的林荫小路，小路前面是一座威尼斯风格的小屋，弯曲的葡萄藤爬上屋顶。他们回到了永久的寓所，大师彻底自由了，他也让他创作的小说主人公本丢·彼拉多自由了。多么美好的归宿，胜过梦幻般的伊甸园，让你饱受冲击的心灵得以安顿，不管这个结果是现实的还是荒诞的。

纯粹爱情的盖世无双

大师和玛格丽特的爱情虽是一见钟情式的，但却是最牢固、最纯粹的，是超越世俗的物质、地位、财富、权力之上的纯粹爱情。

大师准备到附近小街上的一家餐馆吃饭，恰巧遇见玛格丽特手捧花黄正要拐进一条小巷，她回头看了一眼，大师便看见她眼中非同寻常的孤寂。于是他们一起走进小巷，进行了简短的对话。大师近距离正视她的刹那，就被震住了："我突然，完全出乎意料，意识到我一生所爱的正是这个女人！""她说，我俩当然相爱已久，尽管彼此还不认识，还未谋面……"初次相见彼此都仿佛相爱了很多年，在小街相遇，诧然间就找到了一生的真爱，这是上天的安排和指令。这与《红楼梦》中"这个妹妹我曾见过的"十分相似。

而彼时，大师已辞去博物馆的工作，租住在阴暗的地下室写小说。玛格丽特却是一个英俊潇洒的年轻发明专家的妻子，她才30岁，住在一栋独立的花园式楼房里，什么也不用干，发明家十分宠爱她。可是她不爱发明家，内心极端孤独。他们就这样毫无阻拦地相爱了。她每天都来地下室给大师打理生活，他的小说很快写完了。

小说完稿时也是大师与玛格丽特的爱情遭难的时候。大师在精神病院整整待了一年，而玛格丽特在无尽的寻找和思念中艰难地过了一年。直到属于他们的命运之神沃兰德出现，他们才得以重逢。

小说中描写的相遇、相爱，被无数人演绎，什么"转角遇到爱""只是因为在人群中多看了你一眼"……自以为完美的相遇、美好的词汇，却不知几十年前就被作家描写过了。我由此便想到了：经典的文学作品囊括的内容，被当今很多人变着花样重新翻版，还自以为独步天下，沾沾自喜，岂不知终究只能算是拾人牙慧，这就是出不了经典作品的原因之一吧。

还回到话题上来。大师和玛格丽特的爱情是经典的，是人类爱情的范本，不受外界影响，只从心底出发，因而盖世无双。

本书三十多万字，书写修改十二载。无论是小说的思想内容、表现方法，还是小说的人物塑造、构思技巧、语言叙述，都堪称绝妙。阅读这样一部小说，就是让心灵参与了一场前所未有的阅读盛宴。

非如此不可
——读《不能承受的生命之轻》

外国小说有个共同点，开头平稳缓慢，注重大段的铺设，要耐得住性子才能读下去，否则往往读不到三五页就会放弃。你一旦冲破了开头的阅读障碍，很快就会发现小说蕴藏的万水千山。读到三分之一处，你完全可以体会到外国小说与中国小说的千差万别。外国小说蕴含的哲理和社会意义，是国内通俗小说望尘莫及的。这不是崇洋媚外，是文化差异、价值观、宗教信仰和国度特色所致。

《不能承受的生命之轻》也不例外，开头好像看不出是小说，倒很像哲理性的杂文，由于语言习惯不同，读起来并不顺畅。读了一节才会发现，这是一部富含哲理和社会意义的好小说。作家无比智慧，笔触无比灵动，讲故事与讲道理穿插，且毫无裂缝；爱情与时政对接，却水到渠成。富含哲理又不乏诗意的语言，处处都彰显着分量——小说存在的意义，构成小说的技巧。

对于一个普通读者，我认为从三个层面来解读比较好理解，也才能把整部小说解读清楚。

其一，时政小说。

1968年苏联入侵捷克，捷克首都布拉格混乱一片，外敌的武力征服使国家深陷灾难。著名脑科医生托马斯写了一篇《俄狄浦斯王》的读后感，被报社编辑之后发到报纸上，引起了一场轩然大波：先是被指控污蔑执政党，文章说执政党应该为对国家和民众造成的灾难挖掉眼睛以示忏悔。冠以这个罪名之后，他被贬职到小镇当医生，给当地居民发放一些常用药，如阿司匹林。时隔两年后他又被加上了新的罪名，如亲苏、谴责知识分子等。他拒绝认罪，不在声明书上签字，被革职，成了一名擦玻璃工，但还是免不了被追查、被监视。他离开了布拉格，住到了偏远的乡下，最后在一次车祸中丧生。

这一层面揭露的是当局政治的高压专横、普通知识分子的多舛命运，是对被政治化了的社会内涵的揭示、个人命运在特定历史与政治语境下的呈现。

托马斯反对"媚俗"，他虽然憎恨入侵者，同情反抗者，却不愿用行动支持他们，不愿为他们签名，也不愿签名帮助政府。托马斯认为，为谁签名都是一种媚俗行为，他不愿替别人充当制造声势的工具。所以当警察找他在声明书上签字，以示他可以因此而免于罪责时，他坚决不干，而且认为自己"非如此不可"。忠于自己，坚守个体信念，比取悦大众，获得吹捧、鲜花、赞扬、苟且生存更加重要。正如作家昆德拉坚信的：当整个价值判断体系完全失重，美与丑、善与恶、好与坏无从判别，甚至形成一体时，生命在外界和内心的沉重抗击之下也就变得无所适从，变成了不能承受之轻。托马斯就是这样一步步坚守固执的尊严和价值观，由著名医生到乡野村夫，实现了他人性的完美，对读者而言是悲怆人生的旅程。

其二，爱情小说。

托马斯有众多情人，最为亲密的情人是画家萨宾娜。他们相处和谐且自由，甚至有共同点——讨厌"媚俗"。他们的关系一直维持到托马斯死去。即便是苏联入侵捷克，他们逃难到中立国瑞士的日内瓦，也还保持密切联系。她对他极端迷恋和顺从，甚至帮他为特丽莎发表照片。他的第二任妻子是特丽莎，是偶然认识的，也是他最珍惜、最心疼、最爱的女人。有一次，托马斯到郊外的一个小镇上出诊，他做完手术，准备回到布拉格，最后一个小时里，他在小旅馆的餐厅休息，被服务台上举止特别的特丽莎吸引，他们认识并产生好感。托马斯认定特丽莎是被装在草篮子里漂到他跟前的，他爱她，跟她结婚是上天的意思。小说里这样写："七年前，特丽莎家乡的医院碰巧发现一例复杂综合性神经病。他们请了托马斯所在的布拉格医院的主治大夫去会诊，可主治大夫碰巧坐骨神经痛，行动不便，于是派托马斯去代替他。这个镇子有几个旅馆，托马斯碰巧被安排在特丽莎工作的旅馆里，又碰巧在走之前有足够的时间闲待在旅馆餐厅里。其时特丽莎碰巧当班，又碰巧为托马斯服务。正是这六个碰巧的机会把托马斯推向了特丽莎，似乎并不是他自己决定与她结合。"在特丽莎看来，与托马斯的相遇也是机缘巧合的命中注定。请看这一段："他在最后一刻塞给她的远不止一张名片，而是对所有机缘的召唤（那本书，贝多芬，数字六，黄色的公园长凳）。这一切给了她离开家庭去改变命运的勇气。也许正是这些机缘，使她爱情萌动，并给了她力量的源泉，使她一生永无怠倦。"

特丽莎在布拉格是摄影爱好者，外敌入侵的时候，她拍下了侵略者屠城、贫民惨遭杀害的图片并转交外国记者。特丽莎和托马斯为躲避迫害到了日内瓦，可是她在那里无事可干，难以忍受托马斯和别的女人发生性关系，留下一封信后回到布拉格。她走后，托马斯感到极度空虚，随即也回国，过边境线时，他的护照被没收。再次回到布拉格，她除了被爱的独一排他性折磨，还受到内务部警察秘密跟踪调查，陷入了极端的恐惧中。之后，他们一起逃离了这个极端没有安全感的城市，到了乡下定居，过上了与世无争的田园生活。在这里他们爱得更加痴迷纯粹。一日，托马斯驱车带领两个朋友去附近小镇的舞厅跳舞喝酒，这个偏远的乡下小镇歌舞厅也有内务部的秘密特务监视他们，并对他们的卡车做了手脚，致使他们驱车回家的时候，车翻人亡。

托马斯对特丽莎悲悯的关爱，对她的迁就和照顾，处处表现出爱情的真谛：是灵与肉的合体，是失去你便会感觉空虚的心理状态。上流社会的知名医生爱上小镇上旅馆的服务生，他的爱，没有门第和等级。在他们的爱犬死后，他们一同去小镇舞厅跳舞喝酒，他稳稳地坐在那里，充满爱意地看特丽莎和别人跳舞，他的眼里、心里充满了对她全部的爱。而特丽莎自从遇上他，就心无旁骛地爱他，因为她爱得专注、唯一，所以她不能忍受他身体的背叛，她压抑、痛苦、哭泣、做噩梦，整夜失眠，以至于身体虚弱不堪。他像哄小孩般地抱着她，说一些言不达意的短句子使她入睡。在挣扎、矛盾、战乱中运行的爱情，越来越牢固，越来越让人心酸。

"非如此不可"是托马斯认定的爱情，小说中反复说"六个碰巧"，意在强调他们之间的爱情就得有这样的经历和波折，彼此有裂隙却又牢不可分。

其三，哲理小说。

小说充满哲理。开头的内容摘要就是一段哲理的解读："最沉重的负担压迫着我们，让我们屈服于它，把我们压到地上。但在历代的爱情诗中，女人总渴望承受一个男人身体的重量。于是，最沉重的负担同时也成了最强盛的生命力的影像。负担越重，我们的生命越贴近大地，它就越真切实在。相反，当负担完全缺失，人就会变得比空气还轻，就会飘起来，就会远离大地和地上的生命，人也就只是一个半真的存在，其运动也会变得自由而没有意义。那么，到底选择什么？是重还是轻？"七部的标题也含对比的词汇，第一部"轻与重"，第二部"灵与肉"，第三部"不解之词"，第四部"灵与肉"，第五部"轻与重"，第六部"伟大的进军"，第七部"卡列宁的微笑"。辩证思想很是浓郁。

小说在叙述部分注重对事物多面性的解读，而且不乏饱含哲理的语段。

1. 对宇宙生命哲学的文学化想象

例如："也许在宇宙中存在一个星球，在那里人第二次来到世上，同时还清楚地记得以前在地球上的人生和在尘世间获得的所有经历。也许还存在着另一个星球，在那里人可以第三次来到世上，带着前两次活过的人生经验。也许还有许多其他的星球，人类不断地重生，每一次重生都会提高一个层次，多一次人生经验，日臻成熟……"这是对宇宙无极限的思考，对宇宙生命永恒的假设。即使没读过有关宇宙黑洞等的学术著作，这段话大概也触及了这些作品所产生的假想及思考范畴。

2. 对人性本真的还原

国学启蒙教材《三字经》开头句子"人之初，性本善"是对人性原貌的概括，和小说中这段话极为贴合："夜间，墓地里布满星星点点的烛光，仿佛众亡魂在举办儿童舞会，是的，儿童舞会，因为亡魂都如孩子一般纯洁。不管生活有多残酷，墓地里总是一片安宁，哪怕是在战争年代，在希特勒时期、斯大林时期，在所有的被占领时期。"

3. 对社会世相的高度概括

现实中我们常说"功名利禄，生不带来，死不带去"，但是作者却在书中把社会世相的追名逐利用哲学的思考表述得淋漓尽致，无以复加："公墓里的众生根本没在死后变得清醒起来，反倒比生前更为痴癫。他们在铭碑上夸耀着自己的显赫。这儿安息的不是父亲、兄弟、儿子或祖母，而是名流、政要和头衔及荣誉加身的人物，哪怕只是个小职员，也要在此摆出他的身份、级别、社会地位——即他的尊严——供人瞻仰。"

作者把这三个层面的内容用娴熟的小说技巧，巧妙地揉捻在一起，通过主人公爱情的轨迹来阐述这些内容；同时，采用插叙、倒叙、说理、心理描写、场面描写的手法，使得小说的思想性、艺术性、社会价值得到全方位体现。

(刊发于 2015 年 10 月《西乡文艺》第 5 期)

我们都需要一场朝圣
——读《一个人的朝圣》

英国南部小镇 60 岁的酒厂退休司机哈罗德，某一天忽然收到 20 年前一个女同事奎林身患癌症的告别信。于是毫无准备的哈罗德计划徒步走到英国北部贝里克疗养院去看她最后一面，他坚信：只要我走，她就一定能活下去。他走了 87 天，横跨整个英格兰，一路上风餐露宿，伴随整个旅程的是他对前几十年的追忆和反省。他回忆小时候家庭的四分五裂，回忆母亲对他和父亲的遗弃，回忆父亲的嗜酒如命，回忆如何认识妻子莫林，回忆儿子怎样亲手断送自己的生命，等等。他每走一个地方都会寄一张明信片，都会给奄奄一息的奎林买一个纪念品。一路上他结识了很多善良友好的陌生人，也认识了一些不幸的人，他们帮助他、理解他、支持他、鼓励他、追随他。他一度成了英国报纸杂志以及电视新闻的焦点人物。当一部分人为了出名虚情假意地和他一起徒步去看癌症患者的时候，他反而厌弃这种虚无的徒劳。这部分人冒名获得了徒步看病人的虚荣之后销声匿迹，他和他们分道扬镳，坚持独自走到了疗养院。他看到了老友，躺在病床上的已经被肿瘤折磨得不成人样的奎林在模糊意识中看到他的时候，咽下最后一口气离世。他和前去接他的妻子莫林终于和好如初，手挽着手消失在苍茫的海边。这就是英国剧作家蕾秋·乔伊斯的处女作《一个人的朝圣》。

  小说结构简单，直线型的叙事中以回忆构成主干，主人公的一段段回忆丰满了小说的内容。可以说这是一场徒步者靠坚定信念履行承诺的朝圣，也是一场自我反省、自我发现、自我审视的朝圣。本书四指宽的腰封上有宣传语：2013年欧洲首席畅销小说，仅英美德三国累计销量1000000册，感动36国，台湾地区读者彻夜捧读，入围2012年布克文学奖，同名电影筹拍中。之所以畅销，就是因为小说类似于纪实，故事接近生活现实，主人公的徒步和执着信念，让我们看到了人性美的闪光，让我们羡慕这种徒步并心存念想：一个人活着，不在乎多么轰轰烈烈，在生命弥留之际，如果还有人为挽留自己的生命甘愿付出一切，这一生就真的死而无憾了。哈罗德无疑是作者创造出的一座精神的大山，这座山有情有义，无比坚韧。这座山的形成是诸多苦难铸就的结果。人生不可预料，在不同的时段会有无穷无尽的考验和坎坷，当以诚实认真的态度对待生活中的每一场赐予时，一切都可以化为活着的养料。当回头时，一路走过的都成了美丽的风景。我们其实一直走在金色的阳光里。

  宽恕所有的罪过，把它看成生活的必然，就像母亲为了追求自己的幸福对孩子弃之不顾，就像父亲沉迷于酒色对孩子置若罔闻。反思自己的过失，把它看成生活的经验，就像对待孩子过于迁就和溺爱。不负他人的信任，为了这种信任哪怕不可为也要拼尽全力。这些都是哈罗德朝圣路上留给我们的启示。结合当下，面对纷纷扰扰的世界，或许我们每个人的心灵都需要这样一次朝圣，我们都需要哈罗德这 87 天的陪伴。

小说打动人的就是这种人性美的内涵，并非小说的技巧和庞杂的内容体系。简单的内容牵扯出对人性的叩问：我们该怎样生活？我们为自己和别人做了多少有价值、有意义的事情？生活的信念是什么？在我们生存空间里的万物之美，我们到底看到了多少？其实很久以来，我们都在时代的裹挟下匆匆赶路，就像奔赴火葬场，没有一丝喘息。停下来向后看一下，审视一下自己走过的路，看看周围熟悉实则陌生的风景，人生或许就有了更多的精彩。这大概是作家想告诉我们的。

（刊载于 2015 年 8 月《茶香知音》）

自由与禁锢
——读《生活在别处》

米兰·昆德拉是捷克作家，作为一个业余喜欢读书的闲人，我读他的书时常有断层感。具体说就是他的小说完全不像常规小说有主线，有一以贯之的故事情节，而是跳跃性的，像奔腾在原野上的马，无拘束，收放自如，出入随意。作家就是自己小说王国中的王，手持大刀声东击西，什么时候想狂奔厮杀，什么时候想停下来歇气闲聊，什么时候想独坐在阳光漏进来的角落里沉思，什么时候想彻底放纵，都是他的自由。且不说《不能承受的生命之轻》中开头几节的哲学思辨性叙述，让人瞬间蒙住：这是小说吗？《生活在别处》也有雷同的小说错位感——小说原来可以这样写，无固定章法，可以随着作者的驾驭能力变换不同的形式。此类小说我们阅读起来虽然感到陌生,倒也有欲罢不能的新奇感。

故事梗概

男主角雅罗米尔从牙牙学语开始,母亲就认为他有诗人的天赋。在母亲的精心培养下,雅罗米尔果真以写诗为荣,尽管他没有写出真正的好诗。他需要被肯定、被诗歌的光环笼罩。在专制母亲的培养下他具备了诗人羞怯懦弱、敏感多疑的性格特点。母亲像个幽灵渗透到他生活的方方面面,20岁左右的人了,连穿内裤母亲都要干涉。母亲把他当成私有宠物,使得他的心理素质极差,最终死于别人的羞辱。作者写这个故事,以诗人出生、成长中的经历显示诗歌的无力和毁灭感,显示一个人的激情和追求被限制、被打造的可悲感。

人物成长空间的逼仄压抑感

母亲是富商的女儿,父亲是工程师。母亲和父亲没有因新生命降临世间而开怀,反倒为在哪儿受孕怀上孩子而纠结、猜测、判断。工程师在其父母的敦促下和怀孕的富商女儿成婚,一对反常的父母,必定生出反常的儿子。父亲对儿子的漠视、母亲对儿子的有意雕琢形成对立。儿子一直在这个对立中成长,他胆小怕事,甚至和人说话都战战兢兢,要事先打腹稿。最具讽刺的是,儿子和女友在家里相爱,母亲却在门外大喊大叫地干涉。儿子对女性有好感,母亲就要想办法阻止儿子谈恋爱,这是一个不健康的心理扭曲的母亲。

显然,在这里母亲已不是血肉骨亲的母亲,而是一种隐喻。儿子的成长、生活都在这个强大的以亲情为名义的天网下,不得自由。这是一种对人性的压榨和极端限制。诗人在这样的气氛中是难以有存活机会的,他在青春勃发的19岁死亡,死于自己诗歌带来的屈辱中。"诗歌死了",前提恐怕是人性自由死了。生活在"由刽子手和诗人联合统治"的极权时代,诗人和他周围的人以不同的心态体验了这一时代恐怖与抒情的奇异交织所产生的荒谬感。诗人试图摆脱母亲对他的精神影响和心灵束缚,去过无拘无束的生活,听凭身心的舒张和激情的宣泄,但无论他走到哪里,都难以摆脱母亲对他的情感和精神监护。"别处"的异样生活成为诗人向往的伊甸园,他寻求爱情,使自己得到一张真正的男子的证书;他崇尚离经叛道的艺术,以证明自己的勇气;他投身革命,以证明自己肩负的责任。的确如此,满怀真诚地、神圣地投入革命,集体狂热式的人们,热情高涨地寄希望于一个绝对的新天地,他们不容许妥协折中,无论是在爱情上还是在政治上都是如此。政治高压、禁书和合法谋杀,成了当时诗人崇高而悲惨的结局。雅罗米尔正是以这样满怀病态的激情和狂热全身心地投入新生活的,但是处处碰壁,结果是以生命为代价的。

作家创作的自由感

故事的发生与作者的写作、读者的阅读同步进行,不同于单一的唯恐打断故事连贯性的叙述,这种写作极其自由。

作家可以叙述故事情节,也可以暂停对故事的叙述,直接加入另一个角色,或者停下来讲一讲另外的一些诗人、文豪的事情。为了潜入人物意识中最隐秘的角落,作者采用了意识流的叙述方式:不同时期、不同地点所发生的事出现在同一段叙述中;现实与梦幻交织,一个梦套一个梦,让你分不清是现实还是梦境,是过去还是现在。读的时候,你好像也在梦中了。第二部完全就是主人公雅罗米尔的一场梦境。小说文本中出现这样的话:"他在别处,在另一个房间里,另一个梦里。""他在另一段生活里,另一个故事里,他无法在他目前所处的生活中拯救他已经不在场的生活。"情节的跳宕,故意模糊主语的陈述,这就是作家小说表达的自由之感和新奇之处。小说内容的无序感、不真实感,人们在阅读时就处于一种打破常规的混乱无序之中,但却不能够停下来,是带着糊涂和犹疑的阅读。

在最后一部《诗人死去》中,作家的语言十分顺畅,抒情的成分浓郁多了。列举或者简练回顾了文人大腕的死亡,比如拜伦、莱蒙托夫、马雅可夫斯基、普希金、雪莱的妻子、保罗·策兰等,为诗人雅罗米尔的死做了铺垫。诗人参加晚会时人格遭受到猛烈的攻击,并和人决斗,从此寒意浸体得了肺炎,意识混乱,再次周旋于梦境和现实中,并和这些名人的死相互印证。

多角度、多层次、跨越式的叙事,把一个人乃至和他有牵连的很多人的故事糅合在一起,以梦境、幻象的形式把人物不同时段的事情交叠呈现,彼此相连又并非密不可断。这是《生活在别处》明显的特点之一。描写小人物的成长、生活,但是总和大时代的气息搅和在一起,革命、谋杀、罢工、阴谋,个人被裹挟在这样的事件之中,每一次的激情和追求都是一次个体存在的突围。这是小说明显的特点之二。

哲学性、探索性、抒情性,或许在小说中都具备。在译文小说和汉语小说语言习惯的明显差别下阅读,仅仅一次还不够。探究性阅读和自娱型阅读也是阅读者的自由。

忏悔和救赎构筑的人性丰碑
——读《追风筝的人》

阿富汗富商、慈善家的儿子阿米尔和他家仆人的儿子哈桑情同手足。阿米尔从小性情懦弱，父亲恨铁不成钢，仆人之子哈桑却是聪明伶俐、敢作敢为。父亲更爱哈桑一些，作为少爷的阿米尔一直想得到父亲的认可和更多的爱。1975年，在阿富汗一年一度的风筝节里，哈桑倾力协助阿米尔，遭到少年恶霸阿塞夫一伙三人的性侵和侮辱也在所不惜。阿米尔获得风筝节的冠军，得到了父亲的赏识并以此为荣。可是阿米尔从此遭受到良心的谴责，因为在捡拾最后一个跌落的风筝时，在狭窄肮脏的角落，他亲眼看见哈桑遭受流氓侮辱的全过程，却不敢出手相救。事后为了掩盖真相更为了心灵平静，他故意以偷盗的罪名诬陷哈桑，哈桑父子不顾老爷百般挽留坚决选择离开。他们到了一个亲戚家暂居，后来哈桑的父亲阿里和亲戚死于战争，哈桑和妻子艰难度日。当替阿米尔父亲看护家园的父亲挚友拉辛汗生病不能照看家园的时候，哈桑不计前嫌，带着妻子替他们照看家园。

1980年苏联入侵阿富汗，阿米尔一家为躲避战乱离开了阿富汗的喀布尔，到了巴基斯坦的白沙瓦，之后又移民到了美国的旧金山。在旧金山，阿米尔成家立业还成了作家。父亲去世后，他接到父亲当年最好的合作伙伴和挚友拉辛汗的电话，要求他回巴基斯坦一趟。他回到了一直被拉辛汗照看的家，得知哈桑是他同父异母的弟弟，并得知哈桑和他的妻子以及哈桑的母亲死于塔利班之手，留下一个七八岁的儿子在恤孤院。于是他费尽周折从塔利班首领阿塞夫手中虎口逃生，救出遭受阿塞夫性侵的孩子，最终回到美国，一家团圆。2002年春天，在美国的特定区域阿富汗移民们又组织了一场风筝节，40岁的阿米尔带着哈桑的儿子、他的亲侄儿索拉博又一次赢得了冠军，这一次他完全靠自己的力量，解开了多年的心结。

故事的背景是饱受战乱、破败不堪的阿富汗，苏联的入侵，塔利班的胡作非为，北方联盟的趁火打劫，使得阿富汗满目疮痍，贫穷、饥饿、孤儿成了阿富汗的代名词。故事的主旨却是对亲情、友情、人性善的讴歌，风筝是这种主旨的代称，追风筝也成为一场灵魂的救赎。

小说采用纪实的笔触，以温情的语言娓娓叙述，不紧不慢。你会以为这是一部波澜不兴的线性叙事的小说，但随着故事的推进，在平静的叙事之下，你会体验到惊涛骇浪对心灵的冲击。作者看似没有技法的叙事高招，使阿富汗战争中人性的善良和丑陋尽数呈现。苏联对阿富汗的战争，就像一场瘟疫遍布阿富汗的每一个角落，人们的生活完全没有着落，活着就是一场冒险、一场无止境的逃难。

作者笔下的阿塞夫是噩梦的化身。他从小就拉帮结派欺负哈桑和阿米尔，但在父亲面前他总是装出一副彬彬有礼、懂事厚道的好人形象，以至于阿米尔的父亲对他赞赏有加，甚至把阿米尔与他比较。他欺负了哈桑，后来又欺负哈桑的儿子，把哈桑的儿子当他的私人玩具。外敌入侵时，这个本土大恶霸却是无时无刻不作恶。幼年的阿米尔就怕他，成年之后为了救哈桑的儿子，不得不再次面对这个恶魔，并和他徒手死战。阿塞夫的形象就是作家创造的恶势力的化身，他如鬼影般横插在别人的生活中，叫人不得安宁。作者或许是想说：一个民族自身不能互相抱团取暖，欺凌自家人，那外敌入侵根本是囊中取物。同时，作者也想揭示出阿富汗教派之间不能相容的事实。

阿富汗等级森严，为奴为主似乎是天经地义。哈桑父子属于哈扎拉人，是底层人。他们先前承蒙阿米尔祖父和父亲的厚爱，在阿米尔家当奴仆，却被主人当亲人一样看待。可是风筝节之后，他们不能忍受阿米尔的冤枉终究离开了阿米尔家，住在北部哈扎拉人的聚集地，好像住进了难民营，在垃圾堆里搭个棚子，为了填饱肚子在废墟和垃圾堆里劳碌。但是哈桑原本和阿米尔一样，是应该享受好生活的。哈桑的父亲阿里没有生育能力，哈桑的生母长得很漂亮，在阿米尔母亲怀孕期间，父亲和阿里之妻发生了关系，随后就有了哈桑，迫于名声，哈桑的母亲只能离家出走。父亲愧疚万分，却没有办法认养亲生儿子哈桑。所以他总是偏爱哈桑，尽可能地弥补他。因为哈桑是下人阿里的孩子，所以他不能享受父亲的家产，不能在战争爆发之后和父亲一起逃难到美国，最终死于战争。这一段曲折的经历小说中一直没透露，直到父亲的好友拉辛汗要求阿米尔回国，阿米尔才知道这一切，可是都晚了，哈桑和他流落在外多年的母亲已经去世。阿米尔舍命救哈桑之子，其实是担当了双重救赎义务：自己和父亲对哈桑一家的亏欠。这个情节是小说最为打动人心之处，使得故事平添了波澜和可读性，也更好地诠释了阿米尔的父亲一生不断做慈善，像亲人一样对待哈桑父子的缘由。金无足赤，人无完人，懂得赎罪才能使罪过有所减轻。一对父子拼尽一生都在为自己的行为赎罪，阿米尔和父亲都是追风筝的人，他们追求的是良心的安宁和人性的纯善。

在战争的废墟中，在难民流离失所的逃生路上，在死亡的关口，良善的花儿依旧绽放，人性的本真依旧像风筝一样高远。有了这份情怀，作者便无畏无惧，款款叙来，字字温情，句句触动人心。小说写得这么平静，让读者在战火气息中嗅到花香，在满目疮痍中看到花儿绽放。

（刊发于 2016 年 10 月《西乡文艺》第 5 期）

探寻"爱"的秘境
——读《霍乱时期的爱情》

　　生命是物质的,生命的内核是灵魂的和精神的。物质是个外壳,情感是物质运动的结果,并以隐形的气质支撑生命运动,使其呈现出多样性。肉质的个体如果没有了灵魂,那就是一具木乃伊、一个空壳。

　　生命以爱为支撑。马尔克斯在《霍乱时期的爱情》中创造的女主角费尔明娜,她才是真正幸福的女人。她个性高傲,行事果敢,有体面的家庭,有一个在社会上声望、能耐都很高的丈夫,最重要的是有一个一辈子暗恋深爱她的男人,七八十岁了还能乘坐专属她的爱情专号徜徉在爱情的海洋里。在生命的长河里,疾病、灾难如影随形,唯有爱情可以拯救生命,抗拒死亡,摈弃杂乱。爱情之舟在死亡之河里依旧光鲜迷人。

　　走向爱情之舟的路很漫长。男主角阿里萨送信时看见了少女费尔明娜,一眼情定,一生不渝,却遭到女方之父的全力反对。眼看挚爱的人成为他人妇,一向柔弱沉默的阿里萨自我意识逐渐复苏,在等待爱情的53年多的时间里,阿里萨和600多个女性有染,但是所有的逢场作戏和短暂的情爱都只是为一生的等待吹响的前奏曲。失恋后的逃离、写诗、在代笔门街道替人写信、参加诗歌颁奖庆典、在俱乐部里喝酒、继承叔叔的遗产,所有的事情都只是他生活的细枝末节,都是他走向心中花冠女神的伏笔和必经之路。

　　他确信只有不断的性释放才能确保生命能量的持续,能够使他最终抵达费尔明娜的心里。命运对他是仁慈的,半个世纪之后，他们的爱情之舟在霍乱旗帜的掩盖下，沐浴加勒比河金色的阳光轻装起航。过去几十年里，那些无休止的吵嚷和凌乱销声匿迹，生命的杂质荡然无存，生命的现时性通过爱情凸显了出来。霍乱是检验真正爱情的试剂，真正的爱情能够经得起时间的检验和死亡的威胁。

爱的语言如深谷幽兰。小说以男女主角各自的生活为两条叙述的线索。开头和结尾部分的叙述有很强的冲击力，开头几个大场景的迅速切换，瞬间就抓住了读者的心：医生的老牌友摄影师死亡，医生去看他之后自己也从梯子上摔下来死去。故事便由此回溯，交代清楚这些人的来龙去脉。小说结尾部分，文字中透露出从未有过的安静与祥和。过往的吵闹都远去了，世界从此安静下来。小说语言清丽葱郁，恍若娇嫩含露的莲花散发着幽幽的芬芳。

爱是世间最美的事，也是最难的事。唾手可得的爱，逢场作戏的爱，都不是真的爱。上帝在人类通向真爱的路上设置了太多的诱惑和岔路，俗世间多少人迷失在岔路上，一生独自挣扎着，终其一生不过是生活的俘虏。爱的秘境，乱象丛生，诱惑遍地，马尔克斯以预设的爱的多种可能性验证：爱的秘境是心的栖息地，唯有坚守和坚持方能抵达。

（刊载于2017年3月17日《汉中日报》）

对与错的区间，爱在歌唱
——读胡赛尼《群山回唱》

《群山回唱》是胡赛尼2013年出版的第三部长篇小说，评论界普遍认为这是他最好的一部小说。以阿富汗的社会背景为底色，以家庭为轴心，以亲人、朋友、邻里等人物的悲欢离合为主题，跨越60年时光谱就一首伦理亲情之歌。小说人物的活动范围由阿富汗喀布尔延伸到伊朗、希腊、巴基斯坦乃至法国、美国。广阔的人物活动背景、丰富庞杂的人物经历带给读者新奇的体验和内心真挚的感动。在复杂的故事中，天涯之遥和时光之河由爱的主旋律浓缩成一团温暖的火焰。同胞兄妹帕丽和哥哥阿卡杜拉亲密无间，帕丽3岁时，因为家庭极度困难，通过舅舅纳比撮合卖给喀布尔富人之家，5岁时随养母移居法国。一对兄妹分离50多年，她60岁时才和曾经流亡巴基斯坦，之后定居美国开阿富汗餐馆的哥哥重逢，年逾古稀的哥哥因为老年病不认识这个让他思念了一辈子的妹妹。故事就以他们两个人为主线，蔓生出养母一家和主仆、朋友、邻里之间各个人物的不同故事。

悲情故事奠定"爱"的基调

小说以帕丽之父讲《魔王的城堡》的故事开头，隐射人物归向和父亲的心思，凸显人物内心的矛盾冲突。小说第一章就以强大的魔力深深吸引读者。家住农村的父亲萨布尔带着帕丽兄妹，靠一头驴子长途跋涉，经过破败的村落、荒凉的沙漠，千里迢迢赶往喀布尔。孩子只知道父亲带他们去探望在富人家做厨师兼司机的舅舅，去见大世面，却不知道这一去就是帕丽与家庭的永生别离。一路上风餐露宿，在荒无人烟的沙漠里和满天星斗之下，父亲给他们讲故事：一个干旱的村庄里住着贫穷勤劳的人家，村外遥远的山顶城堡上有一个魔王专抓小孩吃，每家必须交出一个孩子，由魔王装进口袋带到遥远的山顶魔王城堡去。如果哪家不给孩子，全家的孩子都会被吃掉。一个父亲养育三男两女，他个个也舍不得交出，无奈之下通过抓阄的方式，小儿子被抓走了。父亲因为思念儿子变得呆呆傻傻，还遭到了村人的指责和漠视。

后来父亲孤注一掷，带着一把刀历经艰辛找到了魔王城堡，要杀死魔王救回儿子。高大威猛的魔王被瘦弱疲倦、衣衫褴褛的父亲的勇气和毅力征服，不但没弄死父亲，还让他隔着玻璃看到了被抓的孩子们幸福生活的场景。那里像世外桃源，孩子们无忧无虑地快乐成长，比生活在家乡贫穷的村子里饿死冻死强过百倍。父亲忍痛割爱，最终没带儿子回村子，后来郁郁寡欢，思念成疾。

怎样爱更合适？爱的两难、爱的矛盾在这个故事里一览无余。

先说父母之间的亲情之爱。村落的寒冷、干旱、荒凉和极度贫穷，与魔王城堡的繁花似锦形成一组鲜明的对比。贫穷落后的村子就是阿富汗，魔王城堡就是美国，孩子在魔王城堡里就是生活在文明现代的城市。作家构思的巧妙在于：通过小说人物讲故事把后来小说事件发生的地点和环境直接摆出来，并暗示下文故事的走向，而且把一个虽然贫穷但是朴实勤劳，对子女有着深沉之爱的父亲形象呈现出来。他勤劳善良，深爱子女，可是生活的窘迫使他没法让孩子过上丰衣足食的生活。在20世纪40年代的阿富汗农村，贫穷饥饿困扰着人民，就是现在这种问题依然存在于不同国家的偏远地区。为了维系一家人的生活，卖掉部分孩子保全剩余的孩子是唯一的出路。"只能靠她了。我很抱歉，阿卜杜拉。非她不可……砍下一根指头，才能把手保住。"哥哥难以承受妹妹被送人的痛苦，继母只好这样安慰他。故事中敢于和魔王斗争的父亲其实就是帕丽的父亲，作家以故事中父亲的行为暗示帕丽父亲的做法，既是对孩子苍白的解释，也算是一种良心的忏悔和赎罪。父亲悲苦的心境难以释怀，孩子小还不懂，他只能用故事告诉他们，而不管他们将来是不是能够理解。

作家胡赛尼出生于阿富汗，15岁时随父母定居美国，38岁时以母国历史或现状为素材创作小说《追风筝的人》，由此取得巨大成功。他时刻怀着一种矛盾的心情：一方面有着对本民族落后的不满,一方面又不忍心它的支离破碎,同时还抱有强国富民、安居乐业的希望。可以说他的创作是怀有一定负罪感的,忏悔和赎罪始终隐藏在他的小说中,《追风筝的人》就是这种思想的集中体现。阿富汗的守旧,教派之间的不相容,城乡之间的贫富悬殊,首都喀布尔的混乱浮躁和人们的自负,在他的小说中并没有回避。但是仅写这些他似乎于心不忍,他相信在战乱之后,在各国的援助之下,勤劳友爱的阿富汗人民会崛起。《群山回唱》第二章第五节中写父子三人来到舅舅打工的富人家里,女主人妮拉·瓦赫达提夫人对父亲说:

喀布尔其实就像一个岛。有人说它在不断进步,这话也许不错。我看这么说确实也挑不出什么毛病来,可它也和我们国家的其余部分失去了联系。……我衷心拥护这座城市一切进步的议题。真主知道,我们的国家会从中获益。不过有的时候呢,以我之见,喀布尔有点儿过于自得其乐了。我可以肯定地说,这座城市沾染了自负。

小说中人物对阿富汗首都的评价就是作者的看法。作家看到了阿富汗的不足,也希望它进步。他没有鲁迅式的哀其不幸、怒其不争,有的只是温情和悲悯、希望和叹息。

三段插曲诠释爱无疆界

爱,离不开忏悔和赎罪。对与错之间没有绝对的标杆,或许错误的举动恰恰是缘于爱。妹妹妒忌姐姐长得漂亮,能得到自己心仪男人的青睐,一念之间酿成大错,而后追悔莫及,负罪累累。怎么办呢?胡赛尼在一个小插曲中给出了答案。

帕丽出生后母亲大出血死去,父亲萨布尔是个卖苦力的老实人,他无力拉扯两个年幼的孩子,就给孩子们娶了个继母帕尔瓦娜。帕尔瓦娜有个孪生姐姐马苏玛,姐姐从小就深得家人及邻居的喜爱，并传言会嫁给自己暗恋的萨布尔。帕尔瓦娜十分嫉妒姐姐，13岁时趁一次玩耍的机会巧施心计把姐姐从树上推下摔成瘫痪。帕尔瓦娜从此受到罪恶感的折磨，开始照顾马苏玛的生活，照顾她的饮食起居，陪她玩耍，再脏再累都毫无怨言。姐姐不愿妹妹那样辛苦，最终说服帕尔瓦娜，把自己抛弃在荒野中自生自灭。随后帕尔瓦娜嫁给了丧妻的萨布尔。

作为一个继母，帕尔瓦娜对待孩子没有外心，她勤劳善良，恪守一个母亲、一个家庭主妇的责任和义务。对待幼年时犯的错误，她不逃避，而是事无巨细，尽最大可能让姐姐生活得舒服一些，忏悔和救赎在帕尔瓦娜的身上得以呈现。姐姐的爱是广博明智的，她以德报怨，宁可牺牲自己也要成全妹妹的人生，这是一种至亲至爱的自我牺牲。作家在主线故事中插入这一笔，无疑使得小说更具人性化和生活味儿，似乎在提醒我们：亲人之间血脉相连，难免犯错，懂得以行动赎罪才是化解仇怨的出路。

人性是复杂的，但是善良温情的一面总是潜藏在我们的意识里，不过有的人表现得明显，而有些人在粗粝的生活中其善良温情渐渐被掩盖，作家在书中大量表现的是前者。苏联入侵阿富汗后，塔利班的恐怖行动、军阀的趁火打劫，使阿富汗民不聊生，混乱不堪。国际援助组织相继进入阿富汗，提供医疗等服务。希腊整形外科医生马科斯来阿富汗帮助当地儿童，住进了帕丽养父母家并与纳比相识。马科斯和母亲一样善良有爱。他母亲的好友是一名演员，她的女儿被狗咬伤毁了容，她就以演出为借口把毁容的女儿交给马科斯之母。马科斯从小和被毁容的女孩玩耍，并成了一位整容医生。被毁容的女孩在马科斯母亲的抚养下成家立业，成了一个电器修理工。

这个插曲在小说中阐述的是爱无疆界，朋友之情深化成一种责任和担当，这种毫无血缘关系、真诚无私的爱成全了一个被生母抛弃的残疾孩子，让她的生命不因身体缺陷而黯淡。

同样诠释这种爱的是帕丽的养母——突破阿富汗封建保守思想，为妇女权益而奋斗的漂亮夫人妮拉·瓦赫达提。她风情万种，生活随心所欲，不受阿富汗对妇女清规戒律的限制。通过仆人纳比介绍买来帕丽之后，她便以帕丽为重，为了让帕丽受到更好的教育而移居巴黎。一个出入风月场的美丽女人，对待没有血缘关系的女儿同样倾其所有。

这三段故事在小说中占的分量不多，但是格外动人。胡赛尼用细腻的笔触刻画孪生姐妹受到的不对等待遇，以及后来妹妹对过失的尽力弥补，让读者感受到这事儿就像在身边发生过。而三岁的帕丽到了新家之后，妮拉夫妻由原先的彼此冷漠、无话可说变得和睦，三口之家的天伦之乐，纳比看在眼里喜在心上，也成了幼小的帕丽恒久回忆的画面，所以很难说被卖出去的帕丽是不幸的。

纳比的坚守和责任

由一个人物贯穿整个故事，不是主人公，却无处不在。他好像游走在故事中，并坚守在故事开始的地方等你回来，他就是胡赛尼塑造的仆人纳比。纳比是帕丽继母的哥哥，他厨艺高超，驾驶技术娴熟，十几岁就在喀布尔打工，20岁左右做了瓦赫达提的私家厨师兼司机。他见证了这个喀布尔富商的生活点滴，并为他养老送终、守家守业。国难时期，当那些游历国外或者为非作歹的人在本土大发战争财的时候，他却把遗传来的大院免费提供给国际救援医疗队居住。他是那些虚假的慈善家的有力参照。这一点和彼时阿富汗的历史现状应该是吻合的——那些人战时离开，战争结束后回来要产业，还美其名曰缅怀逝者，故土难舍。而他们一旦到过外国就给自身镀了一层金，在这片伤痕累累的土地上享有特权，被人仰视。他们施舍一点财物给穷人，从喀布尔收回去的却是巨额财产。

　　这一点和我们的现实别无二致，多少人在国内不学无术，平平庸庸，因为有钱就可以到国外去走一遭，不管是否学到本事，回来后就是海归，可以受到特殊照顾，享用特权。

　　话题回到纳比，四十几年的仆人生活造就了他义不容辞的责任感和深入血脉的良善。他一直在忏悔——因爱慕女主人妮拉而促成姐夫把女儿帕丽卖给她，感觉生命将止的时刻，给远在巴黎五十几年、没任何讯息的帕丽写信，告知她的身世，并把这座宅院继承给她。这封信他当然没法直接交给帕丽，而是通过居住在这里的整形外科医生马科斯转交。在此之前，他悉心照顾下肢瘫痪的男主人瓦赫达提，直到他咽下最后一口气。作者在这里让人物关系复杂了些，男主人爱恋着纳比，但从未表达，他甚至连话都不多和纳比说。这一点作者从一开始就有埋伏，只是我们在阅读的时候并不在意。我们会被惯式蒙蔽——主仆之间有着森严的等级。男主人一天到晚主要工作就是画画，除了必要的外出和聚会，他都待在二楼的窗前看着窗外作画，可是他到底画了些什么纳比从未见过。妮拉带5岁的帕丽移居法国，临走的时候和纳比说了一句莫名其妙的话：原来是你呀。纳比以为是一句闲话而忽略。直到男主人病重，纳比给他整理房间时翻出柜子里一大沓画才恍然大悟：所有的画都是不同时段干不同的活的纳比。真相明白后纳比想离开，他们之间说了几句悄悄话，作者没有明说，但是男主人临死前，纳比亲吻了他，而后他安然闭眼。由此可以知道他们之间的关系可以亲密但不会越级，他死前纳比只要吻吻他，他就可以无遗憾了。作家给这段人物关系以美好的结局，让人心安，更增添了主仆的人格魅力。富商知恩图报，仆人不负厚爱，他们共同完成人性的至善至美。

　　小说表现的主题是"爱"，胡赛尼的高明还在于：他用13世纪波兰苏丹派诗人鲁米的诗贯穿整部小说的情感，并穿插以访谈的形式来构建主线之内不好表述的枝干。开头主角的分离和结尾主角的重逢相呼应，也是小说的一大亮点。

小说分为九章，一些章节可以独立成文，但也造成了小说的一个缺点：断层现象明显，好像就是为了交代一个完整的故事。在主干之外，插入相关人物时没有足够的铺垫。尤其是中间忽然插入了某某杂志的采访，读者搞不清楚：是编者搞错了还是小说本身如此？最主要的是在刻画兄妹的情感方面力度不够，有些不合常理。3岁的女孩和10岁左右的哥哥，他们在失去母亲的3年里相依为命，之后颠沛流离。从阿富汗到美国开餐馆，这中间得经历多少磨难和波折，哥哥怎么会在此后的50多年里一直思念妹妹？相比小说的主角，非主角舅舅纳比才是刻画得最完美、最有血有肉的，也是最真实可信的。

心灵艳遇之下的逃离和寻觅
——读《蛊惑》

勒克莱齐奥的短篇《蛊惑》（原载于《世界文学》1991年第2期），读完之后这部小说一直萦绕在心里，我又间断读了两次。我最先被小说故事中透出的若即若离之感、人物散发的孤独忧郁气质以及诗性化的语言美感所吸引，再读了两遍之后还读出了别样的内容：民族歧视和大都市繁华掩盖之下的破烂、颓废。我没有想到获得诺奖的勒克莱齐奥的短篇这样具有中国风，甚至怀疑原小说是不是这样的语言和风格，会不会是译者翻译成了这个特质。内心很遗憾不懂法语，否则就可以验证一下。我更没想到：小说的故事可以这样简约明晰，小说的语言可以这样纯净、自然。

小说采用倒叙的方法，把回忆和当下交织进行。主人公以成人的眼光审视回忆少年时代，然后推翻当下生活的虚无和做作，在当下的自我中追寻过去的彼我。13岁的少年认识了一对吉普赛婆孙，她们住在主人公上学必经的路旁一处低矮的犹太人公寓的地下室里。主人公多次看到在通向地下室的斜坡路口的草坪上，外相凶恶的婆婆照看着穿黑裙的小女孩在那玩耍，他被女孩的迷人魅力吸引，但却从不敢主动跟她说话。有机会单独和女孩相处时，他却胆怯地逃离了。后来房子被拆，穿黑裙的小女孩跟随外祖母不知去向。18年之后的一个夜晚，在一家餐厅里，进来一对兜售发焉玫瑰的婆孙。婆婆衣衫褴褛，苍老不堪，跟在她身后一袭黑裙的妙龄少女却掩盖不住勃发的青春气息。少女天生丽质，曼妙迷人，美艳得使人眼花缭乱。端坐餐厅中央的主人公目睹她们进来并遭受到贵族们的歧视和鄙夷。由似曾相识到确认这就是年少时认识的婆孙，他一厢情愿地认为这对婆孙是来找他的，感到恐惧、不安，但又不愿意她们受到食客们的蔑视。他没有勇气跟她们相认，甚至连个招呼也没打。在无数次的意念呼唤中，他和吉普赛少女终于四目相对，少女惊艳的美丽使得主人公的不安情绪全都化为乌有。他感到如痴如醉，被一种难以名状、荒诞不经的幸福攫住。少女看了他几眼就继续跟着老祖母走了。

　　故事情节简单，以回忆构成主干，当下只是一个引子，是回忆的衔接点。男主角自始至终坐在大厅中央众多食客之间，从目睹她们进来到看着她们消失，完全靠回忆支撑小说主体。这期间主人公的心理活动、婆孙二人的举止行为，尤其是对吉普赛少女的气质、容颜的描写扣人心弦，精美万分。作者以诗性的语言构建的感官体验，让读者深陷其间。然而读罢之后，小说的深层用意就浮现出来：以男主角由少年到壮年的一场心灵艳遇，反映种族歧视、等级观念的社会现状，贵族与贫民、上层与底层之间即使有彼此吸引的可能，也从无融合、平等的可能。作者崇尚自然的野性美，崇尚无拘无束的流浪生活，却逃不出当下生活造就的自我意识。在本小说中，作家通过这一场延续18年的心灵艳遇告诉我们：心灵追求高于现实状态，精神寻觅高于当下的苦难。

微笑或遗忘，残片或断章
——读《笑忘录》

第三次阅读，我总算读完了昆德拉的《笑忘录》，完全不像读《不能承受的生命之轻》那样轻松自在。首先小说没有完整的故事情节，加之昆德拉一贯的叙议穿插、跳跃间断式的表达特点，我读着读着就出现了迷惑——他到底要说什么？昆德拉被称为反极权的政治书写者，他的小说有固定的地点、固定的时代背景和固定的思想指向。《笑忘录》也不例外，依然立足于布拉格之春，描述了俄罗斯入侵之下布拉格人思想意识领域的变革以及混乱局面。

小说分为七部，每一部之间好似没有必然的连贯性，但又存在着某种内在的无法明言的指向。昆德拉好似一位闲谈者，在一杯咖啡、一支烟的陪伴下，伫立时间之外任由记忆和微笑在遗忘和悲怆间漫游、迂回。政治、哲学、爱与性、音乐与天使在他的小说里交织成一段一段的行程。

1. 遗忘或铭记

第一部和第四部都命名为《失落的信》，但并不重复，截取的是不同领域人物的篇章。第一部讲政治恐怖：布拉格之春后，苏联入侵，政府成了侵略者的傀儡、爪牙、走狗，那些不甘屈服者或者曾对国家有用的人才不是被流放，就是被侵略者赶走，而坚持正义的良知者却成了政府抓捕的对象。言论自由、出版自由受到监视；身边的人谁都可能成为告密者，包括曾经相好的情人，就连一个一无所有的看大门的文盲老妪都以告密陷害为乐事。事实被颠倒，真相被无关紧要的事情掩盖，人们关注的焦点被不断地切换转移，意识被不断地干扰，以至于达到清空思想的状态。米雷克是一个建筑工人，因为出色的科研才能曾经被政府重用，一度成为名人。俄罗斯的坦克开进布拉格之后，一切都变了，米雷克不可避免地成了政府的敌人，被监视和跟踪。在工地上他的胳膊骨折以后，他想起了20年前写给情人的信件，他想找回那些信件并把它们销毁，他要遗忘过去的一切。可是想忘记的不会忘记，因为那个曾经的丑女情人不会让他轻松得到，那些情书成了情人举报、陷害他的证据。以前单纯的情爱语言诸如"感情爆发""并肩战斗""知识分子"均成了米雷克犯罪的证据，米雷克被判6年徒刑，儿子和十几个朋友都没能幸免。

  人类历史不分种族，总有相似的地方。昆德拉看得很清楚，而且他以叙述和议论的方式把它们揉进他的文学作品中，在必要的时刻他似乎担心读者不够明白。在第六部《天使们》中，他干脆挑明了说，1969年俄罗斯人扶植胡萨克为捷克斯洛伐克第七任总统，这个总统被称为"遗忘的总统"，对民族文化进行了一次史无前例的大洗劫，145名历史学家被逐出。昆德拉借助一位历史学家的嘴说："为了消灭那些民族，人们首先夺定他们的记忆，毁灭他们的书籍，他们的文化，他们的历史。另外有人来给他们写另外的书，给他们另外的文化，为他们杜撰另外的历史。之后，这个民族就开始慢慢地忘记了他们现在是什么，过去是什么，他们周围的世界会更快忘记他们。"希特勒说过："要消灭一个民族，首先要瓦解它的文化；要瓦解它的文化，首先要消灭承载它的语言。"岂不知，这一论调早被秦始皇践行过，焚书坑儒、文字狱都是人类历史上的文化浩劫。捷克也不例外，昆德拉写得透彻，以个人命运来讽喻极权专制。

小说第四部讲的是女主人公塔米娜和丈夫非法离开波希米亚去旅行，怕离开后国家没收住房，或者路途上遭遇警察搜身，就把记事本和夫妻私生活档案放在了婆婆家的一个抽屉里。路途中丈夫病死，塔米娜孤身一人在一家小咖啡馆做招待。她想留存和丈夫生活的记忆，希望把那些信件带在身边，可是这个愿望难以实现，婆婆不会给她，记忆被强行剥夺了。

在政治恐怖下，米雷克想遗忘，塔米娜想记住。一个是为了自己和朋友的清白和安全，一个是为了生活能有一丝希望和温存，遗忘和铭记都不由自主。遗忘和铭记之间，是自由、信任、安全感的丧失。

2. 牧歌重建，心理平衡

第五部的题目是"力脱思特"，在小说里，作家用一个小节来解释这个词。不擅长游泳的大学生和曾是游泳运动员的女友去游泳，女友先前照顾他的情绪，总是让着他，最后冲刺她得了第一。男友以害怕女友受伤为借口打了她一记耳光获得心理平衡。小说中这样定义力脱思特：突然发现我们自身的可悲境况后产生的自我折磨的状态。自我折磨后产生出报复的欲望，让被报复者和我们一样可悲。由此，虚伪、报复、自虐都能够和力脱思特匹配。"力脱思特"一词的定义包含了两个部分，即"自我折磨"（可悲的处境）和"报复后的平衡"（秩序被打破）。因此，力脱思特的来源并非痛苦，而是被打破的秩序。这种自我折磨的状态如何修复被打破的秩序，不论是东方还是西方，都印证了"天将降大任于是人也，必先苦其心志"的格言，这句格言与其说是催人奋进的良药，不如说是逆境中的一种心理安慰和自我暗示。在这句格言之下，一切苦难都包含了"我所承受的一切痛苦都会得到回报"的暗示。正是这种暗示给本身毫无意义的苦难赋予了更高的价值，而遭受苦难的人们也被赋予了神圣的光辉。这足以抵消之前受到的侮辱，甚至在地位上不降反升，被打破的和谐秩序得以重建，人们内心感到平静和愉悦（牧歌重建）。

在这一部里，作家以远视的触角构建了"牧歌似的爱"，让诗歌与爱融为一体。他给文人俱乐部的人都起了一个世界文豪的名字，让他们复活，让他们跨越年代彼此交流、争吵，甚至是诋毁，如伏尔泰、薄伽丘、歌德、莱蒙托夫等。大学生搞姐弟恋，帮恋人索要歌德的签名书。大学生作为纽带贯穿了这一部的几个小节，而这几个小节则以"力脱思特"为主题展开，其目的是映射捷克斯洛伐克力脱思特的历史。"捷克人的历史是不断反抗强权的历史，是连续不断的光荣失败，这些光荣的失败，推动了世界历史的进程并导致了发动这些侵略的民族的衰落。"

3. 儿童岛上的癫狂世界

第六部，作家命名为《天使们》，而我阅读之后，完全不是这样的，所谓的天使不过是一群6至12岁的儿童，他们有着成人的狠毒，却依然是儿童的面孔。他们群居在一座小岛上，像一群变态的失去人性的小动物。他们是一群被驯服的害人工具。塔米娜莫名其妙地被带到这个小岛上，而且整个过程中，塔米娜近乎是丧失心智的。在小岛上，塔米娜成了这群小孩的玩物，他们群起戏弄她。这一群儿童没有廉耻和敬畏之心。塔米娜在他们中间失去了廉耻，失去了灵魂，成了任由一群孩子摆布的傀儡，她逃不出去，最后淹死在海洋里。反复出现的句子是：孩子们，你们是未来。未来就是这样一群狠毒的被驯服成整人工具的小动物吗？

在这一部里，作家写了很多的"微笑"，带塔米娜到小岛上的人不说话，一直保持着微笑。作家还掺入了对音乐的几重奏的理解。孤岛、野蛮的孩子、不怀好意的微笑、美妙的音乐、孩童们对塔米娜裸体的戏耍，构成了一组凌乱无序的镜像。这就是外敌入侵时反动政府想要的结果：愚民，洗脑，遗忘。

这本书是一部变奏形式的小说。相互连续的各部分就像是一次旅行的各个阶段，这旅行贯穿着一个内在的主题、一个内在的思想、一种独一无二的内在情境，其中的意义已经迷失在广袤无际之中。——这是作家在小说中的自我评论，读者无须再赘言。

（刊发于2017年2月《西乡文艺》第1期）

人生的全部隐喻
——读《绿野仙踪》

《绿野仙踪》被教育部新课标规定为小学生必读书目。在儿童的视野内，这是一部典型的童话历险故事，类似于《汤姆索亚历险记》《小飞侠彼得潘》等儿童历险小说，是关于寻找、成长、回归的好听故事。透过唯美的童话故事，我们看到的远不是单纯的童话，本书完全是一部关于人生、关于"我从哪里来，我到何处去，我该怎样度过这一生的厄运和幸运"的深度探索故事，多层面、多角度深刻地揭示了生命历程的真相。

我从哪里来？

这是一个深刻的哲学命题，自古都被无数次追问，个体生命的抽象来源无法具体解释，从医学角度似乎很容易解释清楚，但凡事怕寻根问底，继续追溯下去，谁能简单明了地说清？在《绿野仙踪》的故事中，作者没有试图去说清楚女主角多萝西究竟来自何处，她父母早亡，和叔叔婶婶生活在堪萨斯州的大草原上。这里广袤无垠却又荒凉干燥，说是草原，其实没有草原的碧草连天、牛羊成群。被耕作过的大片农田在烈日的暴晒下尘土飞扬，呈现出灰白色的基调，这样的环境是否类似于宇宙洪荒的开端？

一场可怕的龙卷风，把多萝西和她的小狗狗托托连同她住的小房子卷上了苍茫天空，幸运的是她和小狗处于龙卷风的中心点，因而落地时安然无恙。一个美丽温柔的女孩从此背离家乡，降临到完全陌生的东方国土，碰巧的是，她的小房子落地时压死了鱼肉百姓、作恶多端的东方恶女巫，因而做了一件大好事——解救了被恶女巫奴役欺压的东方居民芒奇金人。从此，东方国土的居民安居乐业，这里环境优美，像世外桃源。芒奇金人对多萝西感恩戴德，热爱她、拥护她，希望她定居于此。被顶礼膜拜、众星捧月的多萝西完全可以乐不思蜀，可是"梁园虽好，不是久恋之家"，她要重回草原上去。没有人知道多萝西来自何处，她想要回去的家到底在哪儿？芒奇金人告诉她，只有一个办法可以帮助她重返故乡：遥远的土地上有一座翡翠城，那里的国王奥芝是个了不起的魔术师，可以帮助她重返家园。为了重回故乡，她决定带着小狗去往远方的翡翠城。可是她的鞋子破烂不堪，没法走很长的路。芒奇金人脱掉了恶女巫脚上的银鞋子送给多萝西，她穿上刚好合适。

寻求答案的路途充满未知和变数，幸运的是，她遇上了渴望拥有聪明大脑的稻草人、渴望拥有一颗心的铁皮人、渴望获得胆量的狮子。他们结伴而行，一同去找魔法师奥芝，以求得他的帮助，实现各自的愿望。

实际上，稻草人并非愚笨，路途中每当遇到困难都会努力在第一时间想出绝妙的主意：前方出现沟壑，稻草人立刻想到让伐木工砍倒大树做桥；庞大的狮子被毒倒在罂粟花丛中，稻草人想办法制作担架，集结伙伴的力量将狮子抬出花海；遇到毒蜂，稻草人立刻想到将自己的稻草掏出，铺在多萝西和狮子身上以保护他们的血肉之躯。

铁皮人并非没有心，他自始至终都处处为人着想：他连踩死一只小甲虫都会流泪；在田鼠被野猫追的时候，他毫不犹豫地出手相救；他不愿看到任何小动物受到伤害，否则就会流泪使自己生锈。

狮子经常感到胆怯，他在漫长的旅途中经常需要独自面对许多事情：

遇到凶猛残暴的怪兽卡利达，狮子胆战心惊，却勇敢地转过去挑战他们两个，将多萝西护在身后；路上遭遇温基人，狮子勇敢吼叫，赶走了袭击他们的温基人；即使狮子被抓，成了邪恶女巫的阶下囚，狮子也毫不服软，倔强地与女巫死磕到底。

他们所需要的智慧、勇敢都在漫长征途上逐一具备，只是自己不知道。

该如何度过这一生？

低微渺小如我者，或许和稻草人、铁皮人、狮子一样，生命中都有或多或少的缺憾。于是，我们不甘心，我们时刻盼望能有贵人相助，尤其在紧张无助的时候，特别希望得到他人的提携支持。我们用一生来追逐理想，通过各种学习、各种途径弥补缺憾，想要自己的人生圆满一点、丰盈一点。在追寻理想的路上，一路风雨泥泞，似乎被命运推动着在痛苦或难得的细微快乐中一直向前。有幸遇上志同道合者，彼此鼓劲取暖，当然是最幸运的。《绿野仙踪》的作者是善良的，他相信人间有爱，人间情谊重于一切，在绝望的时刻总能峰回路转。所以，四个伙伴儿彼此互助，渡过了路途上的重重险境。这让人想起《西游记》，唐僧师徒四人历经八十一难，到达西方取得真经。唐僧师徒四人和白龙马，恰巧与《绿野仙踪》里的多萝西、稻草人、铁皮人、狮子和托托相对应。多萝西和唐僧都是团队的核心人物，为队伍中其他人指明方向。他们彼此护佑去达成目标，实现理想，但是道路很曲折，那么多灾难一样不能少，那是冥冥中注定的劫难，你只有坚韧不拔，降妖除魔，坚守信念，方能渡过劫难，得到想要的结果。

　　大河拦路，壕沟难垮，被西方恶女巫抓捕，四个伙伴命途多舛，但是都无法阻断他们寻求答案和帮助的雄心。在彼此的顾念中，他们的友谊日渐深厚，他们生命的韧劲越发坚不可摧。他们历经千辛万苦，到了翡翠城，完成了奥芝最后安排的使命，却大失所望——他们历经艰难通过了奥芝的重重考验，却发现奥芝是一位没有魔法的普通人。他乘热气球从天而降，被当地居民误认为拥有魔法而拥戴他当领主。他依靠腹语和魔术得到威望，实现统治。但是，奥芝却是善良的。他用手工制作了"大脑"、"心"和"勇气药水"。稻草人、铁皮人和狮子在奥芝的暗示下获得了他们想要的东西，成为不同地区的领导者。

　　每个人都能成为自己的英雄。渡过重重生死劫，必定破茧成蝶，练就金刚身。在漫长的多灾多难的旅途上，稻草人获得了思考的机会，铁皮人大显身手做重活，狮子在危难关头变得胆大勇敢。最终，他们在不断磨砺中，获得了自己想拥有的能力。你看，把希望寄托于他人，到头来我们还是依靠自己实现愿望，果真自己才是自己的救世主。

　　但是不管如何，追寻的过程是迷人的，心中有目标才有不顾一切地走下去、活下去，战胜一切磨难的动力。远方一无所有，然而远方一直吸引着人们的脚步，因为未知才好奇。这一生，我们大概也在寻求一种自以为最佳的生活状态，总以为最好的都在以后，所以不停地寻找。在寻找中，我们早已战胜了自身的诸多弱点，成就了自己更好的内在品行，只是我们自己尚不明了。

　　人生总要做一些"无用功"，正是这些"无用功"丰盈了长长短短的一站式人生。《绿野仙踪》给了明确答案：过程是精彩的，结局是自己创造的。路遇能够相伴一程并彼此帮助的人，就好好珍惜，毕竟生命各有归处！

归去来兮。

是否造物主创造人的时候，都给了每个人一样重要的法宝，不至于让你空来世一遭？所以汉语有很多励志的名言警句，如"车到山前必有路""天无绝人之路""山重水复疑无路，柳暗花明又一村"。多萝西脚上的银鞋子，在她落地东方国土的时候就已经有了，只是她没有经历磨难，没有遇到该遇到的朋友，不能轻易回去。只有在她经历了苦难，获得了友谊，阴差阳错地救助了许多人之后，她才能凭借这双鞋回归来处。银鞋子，就是一个人一生最终的东西，带你走遍天下，吃够苦头，也帮你实现愿望。

鞋跟相碰三次，鞋子带着她飞了，转眼间落在草原上老家门口，婶婶和叔叔在温馨的家门口等着她。而那双载她回归的鞋子消失在茫茫沙漠。

（刊发于2023年4月25日《汉中日报》）

一个男青年的奋斗史
——读《红与黑》

如同错误解读《项链》中的女主人公卢瓦泽尔夫人一样，《红与黑》中的男主人公于连也是被极大误读的。我学生时代没读过外国小说，教科书上说的、老师讲的，都是不可违拗的真理。卢瓦泽尔爱慕虚荣，不自量力，丢掉项链背上巨额债务是活该，十年的艰辛生活是应得的报应。于连是个小人，是不知羞耻地扯着贵族女人的裙裾向上爬的小丑。不仅这些被选入教科书的外国小说被误读，甚至不清楚中国古典四大名著的全貌。课堂上学生听老师灌输经典名著的中心思想，死记硬背固定不变的一套程序:"以什么为主线,主要记叙了什么,极大讽刺了什么,表现了什么……"于是,为了考试学生死记:《红楼梦》揭示了清政府的没落腐朽,批判了封建贵族的骄奢淫逸;《三国演义》批判了奸雄曹操的虚伪奸诈,赞扬了家天下的皇室继承人刘备的菩萨心肠;《水浒传》中的英雄路见不平、拔刀相助,都是救民于水火的天神下凡。这些理念在脑中盘踞多年,成年后再读这些小说,我才明白这都是狭隘的见解。

我不仅为小说中家喻户晓的这些主人公叫冤,也为作者深感遗憾。

1. 都是虚无

我花了很长时间,像学生做阅读题一样精读《红与黑》,书上写满了密密麻麻的笔记;跟着司汤达的小说的铺排,见证了底层农村青年于连的成长和心路历程。他出身卑微,是小木匠的儿子,但从不甘心被社会分出的等级,他追求人人平等,什么公侯伯子男,在他眼中都是一样的,他要挤进"太太客厅"去,他要消灭贵族阶级的傲慢和偏见,要他们平等对待自己。这注定是一场惊心动魄的心理战争,在尊严和理想之间,他丝毫不妥协或退让;在胆怯和勇敢之间,他做自己的心理咨询师和强大后台。他近乎单枪匹马地冲进贵族的阵营,步步为营,迂回作战,最终冲上了理想的塔尖,可是天意弄人,他被教会神父揭发,一切都落了幕。摸爬滚打之后,他认清了生命想要的到底是什么。无非是"爱",这人类最纯最真的爱情,他得到了,他满足了,他死而无憾。23岁的生命,像是经历了几百年你死我活的血腥战争,在带着枪声的曙光中,他走完了一生。

阅读期间,我紧张过,微笑过,痛苦过。翻到最后一页,心里一下就空荡荡了,和读很多小说一样,在经受了充分的心理折磨后,随着主人公的离世,极大的虚无吞噬了自己,一切都是梦幻泡影，不着边际。《百年孤独》中，历经七代兴盛，一切复归荒蛮，布恩迪亚家族好像从没来过地球。《静静的顿河》中，格里高利被风起云涌的革命裹挟，九死一生，最终寂寞地死在家门口。《荆棘鸟》中，徘徊在宗教权欲和深沉爱情中的拉尔夫，得知因救人而淹死的是自己的儿子后悲痛而亡。《金瓶梅》中，翻云覆雨的主角死相那样难看，庞大的西门集团在主人尸骨未寒时极速作鸟兽散。《如果末日无期》中，高科技无所不能，权贵们暂得永生，但是最后的结局只剩下死寂无人的空茫宇宙，地球重新回到了混沌未开的纪元。小说中的人生波澜壮阔，几乎穷尽生命过程的种种可能。

小说源于生活，人生亦如小说。

这或许就是注定的宿命，生生死死，形形色色，游离这世界一番后归于沉寂，明知终将虚无，还是不肯善待这一程。每个人都带着与生俱来的梦想和义务为看不见的明天奋斗、挣扎，或功亏一篑或梦想圆满，或遍体鳞伤或鲜花着锦，到最后殊途同归。只是这个过程太不可捉摸，太耗费心力。不过，既然每个人都是向死而生的结局，不如还是有些目标、有些念想吧，生活过，奋斗过，生命也会因此更加丰富。

2. 艰难的奋斗历程

追求理想，追求平等，是于连短暂一生想要实现的愿望。他珍藏着拿破仑的画像，曾想当一位叱咤战场的将军，实现一个热血青年的英雄梦。战事停息，看到教会的巨大影响力他又想当一位神父，神父有钱有权，可以进入上流社会。这种追求是人之常情，尤其对一个日日从事繁重体力劳动，还要遭受父亲和兄弟毒打的小青年，这种追求就是他摆脱困顿处境的途径。他在本堂神父谢朗那里学《圣经》，他的拉丁语水平在维利埃镇上首屈一指，于是当上了市长家两个孩子的家庭教师。市长夫人温柔通达，他以获得她的爱情为胜利的标志，在相处中，他做到了，而且不屑与倾慕他的女仆相好。收容所所长一心要当上神父，认为于连是自己的竞争对手，于是埋下了祸根，在收容所所长和女仆的监视与阴谋下，于连和市长夫人的情人关系被曝光。于连不得不离开市长家。幸亏谢朗神父如父亲般关爱、守护他，让他到巴黎自己的好友所在的神学院念书，为将来当神父打基础。在神学院待了不久，他就被神父介绍到巴黎侯爵家当了秘书。

在这里，他认清了巴黎上层贵族们的空虚和无能，以及他们的道貌岸然、颐指气使。他下决心要跟他们平起平坐，公爵、伯爵、皇亲在他眼里都是敌人。他以征服侯爵之女玛蒂尔德为胜利的标志。在侯爵之女忽冷忽热的古怪态度中，他一次次鼓励自己要主动接近她、占有她，如果不被接受就自杀。这是一段漫长的心理煎熬，他无时不感觉被侮辱被冷落，他时刻想着要惩罚这些小看他的人。他成功了，侯爵之女为他怀孕，并向父亲坦然相告。侯爵的惊恐不言而喻，在那样森严的等级社会中，一个木匠之子想要娶侯爵之女，简直是天方夜谭。女儿以死相逼，侯爵没有退路，于是给于连假造伯爵之子的身份，给他封地和财产，并让他们赶往封地。看似一切都遂人愿，于连觉得胜利在望。可是侯爵收到了来自维利埃的揭发信，市长夫人德瑞纳在维利埃新任神父的强迫威胁下，揭发了于连在维利埃的所作所为。于连怒火冲天，他冲进教堂，对着正在做祷告的德瑞纳夫人，这个深爱着他的无辜夫人开了两枪，被关进监狱。

德瑞纳夫人没被打死，负了轻伤，她再也顾不得荣誉，甚至她信赖的上帝，她公开在监狱中陪伴于连，跟他述说自己对他深沉的爱。也是在枪声之后，于连才顿悟自己多么爱德瑞纳夫人，他们在监狱里度过了安静的两个月。故事的结尾，于连被枪毙，玛蒂尔德怀抱着他的头离开刑场。三天后，德瑞纳夫人怀抱着自己的孩子永远闭上了眼睛。

故事的主线就是这样。阶级的固化，等级社会对个人的戕害，想要摆脱受凌辱蔑视的地位，追求人格平等和尊严的代价就是付出生命。于连只活了23岁，19岁那年被父亲和神父送进市长家，凭着真才实干和坚韧不拔的意志，他貌似已跻身于上层社会。可是，人生如戏，四年后被枪毙，陪葬他的是两个上流社会的贵族女人。一个追随他而死，还有一个作家没有讲，我们也无须再关注。作家已经把他想要表达的全部呈现出来，留给读者的就是阅读和思考。

3. 人间有小温

四年是很短暂的，相当于上大学的时间。于连在这四年里或者说在他的成长过程中，他遇到了维利埃教堂的神父，在这里他得到了神父赐予的父亲般的教导。遭遇家暴的他似乎生来就是被欺负的，父亲粗野狂暴，两个哥哥见他就打。在繁重的体力劳动后，在谢朗神父这里，他可以安静地读《圣经》，学习拉丁文，这也是他走向社会的敲门砖。在深山里开木材厂的富凯是于连最为忠实可信的朋友，每当于连拿不定主意或者疲倦的时候，他都会翻山越岭去木材厂见这位朋友，就是临刑前，也是富凯带走了挚爱他的两个女人。

谢朗神父在巴黎的好友彼拉神父再次充当了于连的救助者。神学院学员之间彼此戒备，多亏神父开导他、救护他，最后还把他介绍给拉莫尔侯爵。于连帮他打官司，管理产业，甚至协调上层关系，凭着干练的办事能力深得侯爵信赖。在那个等级森严的社会里，这些人对于连而言无疑是人间送小温，也是他的理想或者说野心得以实现的必需。

在生命的最后时刻，出入监狱为他奔走的也是这些人，好友富凯、谢朗神父、两个女人，或者他们就是于连存活于世的靠山吧。

4. 红与黑的对立统一关系

现在可以说一下《红与黑》题目的意思了。我不是专家,没有研究过小说反映的那个时代的社会政治背景,我也不会把小说归结为反映社会的政治小说,我只看到了一个农民青年奋斗的一生。

我理解的"红",便是年轻的于连所具有的理想和奋斗精神,这在任何社会都是提倡的,也是时下提倡的正能量。他在自家木材厂劳作的间隙里如饥似渴地读书,发誓要当战士或神父,个人理想没有被不堪的家庭现实击碎,这是难能可贵的。

我理解的"黑",大概是指于连在实现理想过程中的虚伪、作假等手段。比如,他三番五次地试探、挑逗侯爵之女玛蒂尔德,表面上是为了追求她的爱,实际上是为了征服她,显示自己的能力,维护自己的尊严。他对玛蒂尔德没有爱,或是某一时看见她被她的美貌吸引,那只是暂时的。像中国古典戏曲《西厢记》或者《金瓶梅》中的桥段,他为了满足征服欲,消除内心因为白天备受冷落的煎熬,夜半时分报复式地爬梯子翻进玛蒂尔德的房间,在他欲擒故纵、不露声色的拿捏中,贵族小姐诚服在他脚下,叫他主人,甘愿当他的奴隶。他的自尊心爆满,他的胜利感无以复加,但是他还不满足,还要让贵族小姐发誓一直对他好,一直爱她而不会丝毫冷漠他,直到玛蒂尔德剪下一撮头发给他,他才心满意足地离开。可是当他入狱,面对怀孕的玛蒂尔德,他却丝毫没有爱她的心思,他不愿意玛蒂尔德为他申诉请律师。

民间有俗语"红黑不要脸",把不要脸面说得透彻极了。"一颗红心""黑心肠"把两种思想也表现得很到位。红与黑是一对反义词,是对立的。但是在此小说中,红与黑集中在于连一个人身上,似乎得到了统一。为了实现"红",难免会犯"黑",这一对对立又统一的事物让于连走向终点。于是红与黑就和谐了。

5. 心理叙写的百转千回

司汤达的《红与黑》完成于法国1830年七月革命前,波旁王朝复辟后取消了众议院。司汤达很自信地说:我将在1880年为人理解,我看重的仅仅是在1900年被重新印刷,或者做一个在1935年为人阅读的作家。作家的话是谶语,何止是1935年,140年后的2020年,如我一般的普通读者还在阅读,我相信致力于名著研究的人还在研究。但不得不说,这确实不是通俗读物,很不好读。先不说译文语言本身的表述特点,单就大篇幅的人物心理刻画,就够考验阅读耐心的。

幸好,我的耐心经受住了考验。

重新翻开原著,我找到了阅读时因为产生厌倦感,我生气似的写在书上的话,当时那种恨不得把书甩开的阅读感受现在还很清晰。这段话写在下卷第29章《烦恼》的前面,我把它抄下来:"反复的疯狂的虐恋,反复的疯狂的蔑视,玛蒂尔德在爱与骄傲(身份)之间喜怒无常,冷热交叠。于连在偷情的巨大幸福中满足自尊心和征服欲,又在被冷落中灰心失望。这是一场征服与被征服、虚荣和尊严的较量,作者极尽能事写心理活动,真是不厌其烦,絮絮叨叨,反反复复,纠缠不清。"于连这种反复无常的心理活动描写从16章就开始了,一直写到29章,还在试探,还在彼此折磨。一个太看重尊严,一个太看重身份。在此篇小说中,人物的心理纹路和律动被剖析得纤毫毕现。如此,真考验阅读耐性。可是一旦读进去,便是一个全新的世界,你好像钻进了一个大活人的心里,像孙悟空一样在主人公的五脏六腑中随意走动,感受他的喜怒哀乐。

读一部经典小说,像是经历了一场生死轮回。俗话说,看戏流眼泪,忽然间,周华健的歌就从心里唱了出来:

花花舞台多缤纷，走着走着岁月无痕。浮浮沉沉爱恨回荡歌声，惹得你忘了现实的真……蓦然回首，是谁的人生……

（刊发于 2020 年 8 月《西乡文艺》第 4 期）

命 运
——读《巴黎圣母院》

正如副主教佛罗洛在墙上写的字一样，一切都是一种叫"命运"的东西在作祟。神父、敲钟人、吉普赛女郎，甚至那个失去孩子的半疯半癫的麻袋女，他们都是受自然虐待或者社会虐待的不幸者，是被"命运"作弄的可怜人。

1. 男女主人公身世

爱丝美拉达，是一位走投无路的妓女的私生子，母亲长到 16 岁的时候，因为生活所迫不得不卖身求存，之后生下精灵般的女婴爱丝美拉达，她们住在穷人区的公租房里。母亲视小女为生命，给一岁左右的她做了一双精美无比的小绣花鞋，并用一个香囊把其中一只装进去作为项链挂在她的脖子上。一天母亲出门了一会儿，回来时听见有孩子哭，进屋后发现小女儿不见了，却看见一个奇丑无比的畸形男婴。于是这位母亲疯了，她到处找孩子，但再也没有找到。她把自己关进了圣母院围墙下的一个小洞里，那是密闭的，只有一个小窗子，并用叉型钢筋封住。这个窗子是石屋和外界联系的唯一通道，石墙边还有一本厚厚的经书。石屋所在墙体和圣母院大街被一排钢筋围栏隔开。她疯疯癫癫，披着麻袋，成天骂吉普赛人，从此就被称为麻袋女或隐修女。爱丝美拉达被吉普赛人偷走后当宝贝抚养，她美若天仙，能歌善舞，在吉普赛人聚集区的丐帮中享受着女神般的待遇。再说那个在房间里啼哭的丑陋男婴,他就是卡西莫多,因为出生畸形被抛弃,后来被放了圣母院门口台阶边的弃婴台上。21岁的神父弗罗洛出于同情自己弟弟的本能,收留并养活了卡西莫多,教他识文断字,并让他当了圣母院的敲钟人。从此,卡西莫多就视神父为父,是他唯一的亲人。他对神父言听计从,并把神父奉为神圣不可侵犯的至尊。

初入人世的遭际,把这一对极美和极丑的人绑在了一起,他们命中注定再也难以分开了。

2. 替人作恶者受到受害人照顾

狂欢节那天,16岁的她在圣母院的广场上敲打着手鼓边唱歌边跳舞,巴黎市民们聚集在这里狂欢。卡西莫多被一大群底层人包括丐帮的吉普赛人选为了丑大王。他们用八抬花轿抬着他走街串巷,当玩物供所有人取乐,从塞拉河边的河滩广场游行到了圣母院广场。神父佛罗洛看到这一丑剧,穿过人群来到轿子前,卡西莫多翻身滚落下来,匍匐在神父脚下,神父带着他离开了。广场上人群渐散。爱丝美拉达和她的乞丐兄弟们也要撤退,在街道拐角处,她被劫持了。她拼命呼救,皇帝护卫队及时赶到,抓住了劫持姑娘的卡西莫多。爱丝美拉达回到了丐帮。卡西莫多被绑在广场耻辱柱上示众,疯狂的人群谩骂殴打他,向他扔各种破烂恶臭的东西。在烈日下,卡西莫多饥渴难耐,爱丝美拉达看不下去,走上绞刑台给他喝水。

调包后时间过去了15年,他们以这种方式相遇,卡西莫多受神父指示,替他抢掠美人未遂,却被国法整治,不仅再次成了市民们的玩物笑料,还遭受了肉体的极端蹂躏。这个被自然虐待的残疾男人生来就是被欺负、被侮辱的。幸好,这个美的化身,这个人群中唯一有同情心的爱丝美拉达给了他水喝,善的种子、爱的种子在极端绝望中深深地种在了敲钟人的心底。他,从此以命相抵，从此成了她的守护神。

3. 滴水之恩，生命相报

英雄救美的故事不是中国专属，在《巴黎圣母院》中，这个英雄虽然是假英雄——吃喝嫖赌、虚伪至极，但是在美人心中却种下了祸根，从此她的命运便和不该爱的坏蛋扯不清楚了。护卫队头领浮比斯从卡西莫多的臂弯里救下了爱丝美拉达，情窦初开的16岁少女爱丝美拉达看了他一眼，便不可救药地被他的外表迷惑住。他们约会了，可是神父却暗中窥伺，妒火中烧。当浮比斯要亲吻爱丝美拉达时，神父从背后给了浮比斯一刀，他倒在了血泊里，她吓晕了。清醒之后，她成了杀人犯，要被执行绞刑。

卡西莫多闯入绞刑台抱走了爱丝美拉达，把她藏在了圣母院的救赎室。他送她吃喝的东西，在门外守护她。可是副主教佛罗洛不仅不为自己的犯罪事实忏悔，还对爱斯美拉达淫心不灭。他要利用教堂可以救人的砝码逼美人儿顺从自己，否则就让她死。美人不从，他心生歹计，煽动丐帮以救爱丝美拉达的名义抢劫圣母院，制造混乱，他趁机偷走爱丝美拉达，逼她就范。不知情的卡西莫多孤军奋战保卫圣母院，误把丐帮当大敌，却不知真正的敌人是他奉为至尊的副主教佛罗洛。当看到可怜的、迷人的爱丝美拉达再次被绑上绞刑架时，卡西莫多终于认清楚了佛罗洛的真实嘴脸，他把佛罗洛推下了圣母院的高楼，然后赶到埋葬爱丝美拉达的万人坑里，紧紧抱着她一同归于大地深处。

在救赎与反救赎的斗争中，卡西莫多这个奇丑无比的敲钟人是真正的神父，他誓死保卫着教堂，保卫着人类信仰的圣洁之地，可是那个真正的教堂主人却违背神的旨意，屡屡作恶。他救赎不了邪恶，便只有和人类的美、善同归于尽，让灵魂达到至高境界。

4. 被压抑的必将以极端方式爆发

在谈副主教佛罗洛之前，我想到的是如今的极端事件，那些骇人听闻之事频频发生，让人惊骇的同时，也引人深思。以弑母案为例，2015 年 7 月，北大学生吴谢宇弑母封尸，招摇撞骗。事发之后，网上频传的是该生如何品学兼优，该母如何尽心尽责抚养儿子。可是母子情深的一对，儿子如何能够狠下心来毫无畏惧地杀母碎尸呢？是不是在成长过程中，教育过多地成了干涉和压制？究其深层心理原因，这一点肯定是有的。当天性被极端压制，压到一定程度就会反弹。副主教佛罗洛曾是一个上进、博学、有爱的青年，父母在世时，他一心只读圣贤书，如饥似渴地涉猎不同知识领域。父母双亡之后，他念及幼弟可怜，担负起父母的责任抚养弟弟，并为他做善事领养丑八怪卡西莫多，还发誓一生不娶。一个身体健康而且学养丰富、长相帅气的青年男人，就这样被生活推向了禁欲。这一压制人性的做法，本身就是反人类的。即便你是圣母院里的副主教，当人的本能被极端压制，时时就有迸发的危险。何况 16 岁的少女那样圣洁美丽，一个正常的男人不爱她才是不正常的。爱丝美拉达就如一丝星星之火，她点燃了一个男人压制已久的欲望，于是，他忘了身份职责，忘了清规戒律，不惜铤而走险，以牺牲他人生命为阶梯，满足自己的欲望。从这一点来说，副主教就是一个悲剧，虽然他曾是悲剧的制造者。

教堂、宗教、神父都是信仰所在。但是压制人与生俱来的本能，尤其是禁欲，这是不对的。社会的文明越来越发达，我们期望每一个人都能活得有尊严。

（刊发于 2021 年 8 月《西乡文艺》第 4 期）

无声处听惊雷
——读《礼拜二午睡时刻》

《礼拜二午睡时刻》是加西亚马尔克斯的短篇小说。短短五千字左右的小故事,把一个家庭的悲剧、一个母亲的悲伤、一个教父的无奈、一群人的不明就里或者麻木冷漠刻画得淋漓尽致。一对穿着褴褛丧服的母女,乘坐空荡荡的满是煤烟气的三等火车,经过一个又一个小镇,来到同样凄清荒凉的小镇公墓祭奠儿子。这是八月天气的午休时刻,整个小镇死寂一片。她们来到了神父的住处,要求拿到公墓的钥匙,要去给上个礼拜一被枪杀的儿子上坟。母亲穿着破烂,身材矮小,语言不多,但是她语言坚决,不容驳斥。在她几句简短的话中,神父的情绪一点点瓦解。当母亲在神父的记录簿上签了字,拿着钥匙准备出门的那一刻,群众全都看戏法似的聚在神父的门前,当母亲带着女儿决然走出大门时又忽然销声匿迹。这是一个多么简单的故事,但是它蕴含的内容和力量却是如此惊心动魄。

孱弱苍老、身材矮小的母亲,面对神父以及门外守候的人群,变得高大硬朗,坚韧不拔。她爱儿子,相信儿子,可是儿子被打死,小镇上的人们认为他是小偷。在母亲眼里,儿子是一个很好的人,是一个拳击手,他曾经被拳击者打得满身是伤,连牙齿都没有了。小说中简短甚至不太连贯的对话,就把故事的内核,一个隐形主角活脱脱地刻画了出来。穷苦孩子短暂的一生,母亲的无奈和悲伤,神父的无能为力,都在如下的对话中表现出来。

神父吁了一口气:"您从来没有想过要把他引上正道吗?"

女人签完字回答说:"他是一个非常好的人。"

神父看看那个女人,又看看那个女孩子,看到她们根本没有要哭的意思,感到颇为惊异。那个女人还是神色自如地继续说:"我告诉过他不要偷人家的东西吃,他很听我的话。过去他当拳击手,有时候叫人打得三天起不来床。"

"他没有办法,把牙全部拔掉了。"女孩子插嘴说。

"是的,"母亲证实说,"那时候,我每吃一口饭,都好像看到礼拜六晚上他们打我儿子时的那个样子。"

"哎!上帝的意志是难以捉摸的。"神父说。

上面对话的信息量是巨大的。儿子饥饿,却不能偷东西吃,因为他听妈妈的话,为了忍住不吃东西,拔掉了自己的牙齿。他当拳击手被人殴打,礼拜六也被别人打,被寡居28年的女人持枪打死,也没偷到东西以解饥饿。这就是另一个版本的冉·阿让,冉·阿让偷面包想要给姐姐饥饿的孩子吃,只是伸了手就被抓捕,而后就是漫长的19年牢狱之灾。在此小说中,年轻的独生子于八月的雨夜来到小镇丧了命,还被冠以小偷的罪名。母亲自始至终不哭,在火车快到小镇时,母亲还叮咛12岁的女儿:"你要是还有什么事,现在赶快做好!往后就是渴死了,你也别喝水。尤其不许哭。"不哭,是对人情世态的绝望:哭给谁看?儿子活着时忍饥挨饿被欺负,死了就不受苦了,何必哭?

在圣经故事中,礼拜二代表着教诲日和审判日。教诲谁,又要审判谁呢?母亲和女儿用她们坚定的神情昭示天下:该审判的是活着的这一群麻木的大众,抑或是破烂腐朽的时代。所以,当围观的群众看到这一对走向公墓的母女,只能暗自散开,销声匿迹,这种集体无声的行为是忏悔也是觉醒。

不急不慌的流线型叙事,沉稳节制的语言,让整篇小说在荒凉炎热、破败陈腐的色调中进行,个体命运的枷锁和深刻的悲哀都掩藏其中，让人更觉悲恸和压抑。沉静的力量远胜于众声喧哗，呼天抢地的歇斯底里远比不过内心的惊涛骇浪和蚀骨绝望。

似懂非懂间，放胆撼大树
——读福恩斯特《我们的土地》

2021年11月1日起，我开始读一本世界级的大书，墨西哥作家福恩斯特写的《我们的土地》，林一安翻译，作家出版社2021年8月出版。这本书分《旧大陆》《新大陆》《另一个大陆》三部，96.3万字。这三部分别对应着作者着力描写的三个地方，欧洲、美洲与乌托邦的完美世界，旧大陆大概指的是西班牙帝国。我隔三差五断续阅读到2022年1月22日，才算读完，读得似懂非懂。

要想完全读懂这本世界级的大书，我感觉自己的知识储备量非常匮乏，关于16世纪西班牙、墨西哥、法国或者中东宗教之地的历史知之甚少。我认为，首先要弄懂弄通《圣经》，要把十字军东征这一段历史弄明白，要把中东、耶路撒冷这些地方的历史搞清楚，对西方世界的宗教信仰以及宗教战争也得了如指掌。这些复杂的知识恰是我的短板。除此以外，还得弄清楚《鲁滨孙漂流记》《老人与海》《理想国》《堂吉诃德》《悲惨世界》《百年孤独》《希腊神话》等一系列的世界名著，这太难了。甚至还要弄懂秦始皇兵马俑这个庞大的地下宫殿是如何建造的。没有第一手充沛的历史史料，没有海量的阅读积累，没有超凡的想象力，无论如何都难以捉摸这部小说的价值和深意。但是如着魔一般，我没有放弃，在腾云驾雾的梦游状态中断续读完了，现在把粗浅模糊的阅读体验写出来，算是对过去一年阅读的总结。

阅读时间跨度大，阅读记忆不深刻，在仅存的记忆中，在前700多页中，只有两个地方感觉是写实的。《太阳岛》中，年轻的王子费利佩、农民佩德罗、铁匠的妻子塞莱斯蒂娜以及神学学者路德维科，他们四人在海边造一艘船，想要建立一个新的世界——"太阳岛"。在这里我感觉作者描绘了一个自由、富足的共产主义社会的雏形，也就是人类美好生活的乌托邦。接下来我读懂的近乎写实的是：每只脚都有六个脚指头，背上有红色肉十字的海难遇险者或是朝圣者，他在海边遇到了农民佩德罗的船，然后他们一起在船上漂流，准备去寻找新大陆。在海上漂流的几个月当中，他们经历了海上风暴，看见巨浪中巨鱼的恶斗，然后遭遇海难，这些在有些电影大片里我们似乎可以看懂。最后又写到了热带丛林居民，类似于印第安人，写了他们的生存方式、生产方式、群居方式以及对上帝的崇拜。除此以外，作家的想象怪异鬼魅，无拘无束，很难弄清楚其精要。

一、异质的人物，纷乱的讲述及其他

书中人物众多，修女、厨娘等，但是正面出场贯穿三部且给我留下深刻印象的人物，有以下几个：

1. 旧帝国见证人、幽灵般存在的已故国王的疯王后胡安娜，她肢体残缺，高位截瘫，只有一个机灵的头脑和一双洞察一切的眼睛完好。她守护着老国王的遗体，乘一辆大车巡游帝国，一心要延续帝国传承，巩固帝国至高无上的统治。她年轻时得不到荒淫无度的老国王的爱情，死后要独霸他的遗体。她身边放着被香料防腐剂和白布装扮一新的老国王，以为最终拥有了他。巡游结束后，遗体就藏进了新一代国王费利佩修建的地下宫殿。这座宫殿集先王陵寝、修道院、教堂、剧院于一体。她躲在一个黑暗的角落，时不时地教导她的儿子，向他陈述先王事迹，叮嘱他如何施政或者如何禁欲自处。疯王后年轻时摔倒在后花园，国王率兵出征回来才拉她起来。穿着多层紧身衣服的王后在地上躺了三十多天，结果腿坏了。更不可思议的是，国王和她的唯一的儿子，费利佩是出生在厕所里的。王后因恨和得不到专一的爱情而不肯死去，虽然她已经腐朽得近似骷髅。

2. 发霉腐烂，浑身长满肿瘤，卧榻不起或是躺进灵柩的国王费利佩。他借助身边侍从古斯曼和猎犬黑嘴发号施令，拟定圣旨，勒令书记官书写帝国历史。他总是倾听朝圣者讲述新大陆的种种，或者沉浸在梦幻中，或者在一幅巨大的油画面前大脑翻江倒海，整个土地上的一切事都通过油画装进了他的想象中。他的终极使命就是修筑好地下宫殿，安放十三代帝王的魂灵，而他成了巨大地宫实际意义上的守墓人或者被埋葬者。这个腐朽臃肿、神智昏聩的国王，曾经是充满正义、背离王权、向往完美世界生活图景的热血青年，他对四个朋友农民、学者、修士、巫婆描述的乌托邦图景，自由热闹，人们各司其职。在对异教徒的征战中，在世袭王权的腐化下，他最终变成了奴役百姓、没落残喘的行尸走肉。

3. 铁匠之妻、疯王后的侍童、吉普赛女巫三种身份合一的不老女农民塞莱斯蒂娜。这是一个重要的线索人物，是她把不同男性牵扯在一起，是人物关系的纽带，是作者非凡想象力腾飞的起点。她在小的时候，跟随父亲去森林里，亲眼看到老国王奸污一只母狼。和铁匠的新婚之日，她却被老国王破了处，并生下了每只脚有六个脚指头、背上有红色肉十字的男婴。男婴后来进宫跟疯王后身边亲信女侏儒成亲，做帝国的傻王子。疯王后巡游时，又把塞莱斯蒂娜招为随身侍童。后来她和朝圣者也就是老国王与母狼的儿子成了情人，他们之间的情爱结束了小说。

4. 三个模样类似的青年，都是老国王费利佩一世的儿子。这三个人"每只脚有六个脚趾，背上有肉十字"，他们都在灾难角被发现。第一个海上遇险者叫堂胡安，是费利佩一世与儿媳，即费利佩二世的妻子伊莎贝尔的孩子,日后做了伊莎贝尔王后的情人,他们在床上交合日久后成了一体,人性全部改变,成了兽类一样互相残害的畜类;第二个海上遇险者是费利佩一世与母狼之子,被发现后成了费利佩一世妻子疯王后的随从,是小说中的朝圣者,小说结尾他与塞莱斯蒂娜结合;第三个海上遇险者是傻王子,即费利佩一世与塞莱斯蒂娜的孩子,他被疯王后当成第三代国王,领进地下宫殿后让他躺在老国王的干尸上,企图让他与老国王合二为一,与疯王后的亲信侏儒结婚。

这三个变体实际上是一个人的不同身份或者侧面,就如塞莱斯蒂娜的几个身份一样,扭曲变形,身份叠加,以便于作家想象的驰骋。帝国的腐朽没落以及王族的丑恶和苟延残喘通过这些变体人物呈现出来,他们都不是正常人。老国王的脏病传染给宫内多数人,导致这些人非残即傻,神志恍惚,就像梦游一样活着,都居住在坟墓一样的权力大厦内,行使最后的权力,维系最后的呼吸。所以,乱伦是地宫内普遍存在的恶行,背叛和言行不一是亲信一贯的伎俩。这个家族最终没有了正常的继承人,自己断送了王朝的命运。类似于《百年孤独》中布恩迪亚家族的幻灭一样,没有人伦道德,没有朴素的人性关怀,都在无限膨胀的欲望中灭绝人性,丧失最起码的社会法则。

5. 路德维科,神学学者。他曾经和帝国储君费利佩、农民佩德罗、修士西蒙、铁匠之妻塞莱斯蒂娜一起寻找新大陆,去到太阳岛。他和国王亲密谈话,陪伴塞莱斯蒂娜一伙人游走。老年的他眼睛已瞎,衣衫褴褛,但是思维清晰,洞察世事,恍若先知。

还有被老国王杀掉的三个儿子、被没收田地的魁梧农民佩德罗、修女伊内斯、书记官、修士西蒙、宫廷厨师、医官,甚至是部落首领记忆老人、蝴蝶夫人等,均参差在各个章节,对于宏大的整部小说来讲,实难理出他们各自的事迹和个性来,读一遍也实在难以弄明白。

没有完全弄清楚又何妨呢？残雪的小说也很难懂，但那是另一种风格，充满神秘的诱惑，让你欲罢不能……在能够看明白的地方做个停留，大胆写出你的感受，也是阅读的意义。

二、谁在讲述？

在这部"天书"中，讲述占据了整部小说的大量篇幅。到底谁在讲述？朝圣者对国王讲述新大陆的见闻，国王对着宫廷油画的自言自语，或者国王和镜子之间无休止的对话，或者疯王后对国王呓语般的回忆，等等，这些都有。

小说的第二部《新大陆》，是灾难角海上遇险者，即朝圣者向他的兄弟、现任国王费利佩二世讲述他在"新大陆"美洲的所见所闻。他的讲述类似于听长辈们讲一个海上历险故事，你能想到《鲁滨孙漂流记》的惊险章节，甚至有哥伦布发现新大陆的奇幻惊险。这一部分是整部小说中比较好懂的。译著语言优美，画面感强烈，有亲历般的紧张刺激感。

小说的第三部有一大段关于油画的描述，这一段在我看来统领小说精髓，破译好这一段，似乎能找到读懂整部小说的人物关系或者是内中密码，像是看电影大片结束后剧中人物的大合影。这一部分在第三部《另一个大陆》，小节题目是《复原》，无法确定陈述者是谁，似乎是疯王后在对某人或者众多人说话，但也不是，人称有你、他们、老女王、她等。914 页至 916 页，把整个帝国的概貌，借助小说形式做了归总，不妨抄下来以飨读者。

那是一幅奇特、大型宫廷肖像画。而这宫廷，只能是西班牙宫廷，而且也不是一代宫廷，是所有的王朝宫廷。数百年来，聚集在仅仅一条灰大理石长廊里，在暴风雨般的阴影拱顶下。画面上，占据首要位置的，是一位双膝跪地的国王，他神情悲戚忧伤，手里拿着一本祷告书，一条机灵的猎犬依靠在他身旁。这是一位身穿丧服的国王，面相感情压抑，外形瘦削淡泊，厚厚的嘴唇半张半合，颌骨凸出，眼神游离但是偏好探询，头发胡子纤细如丝，十分稀疏。

此段写的是费利佩二世，他在地宫内忏悔。全书第一次如此详尽地描述他的外貌，细致如斯，如临眼前。从"穿丧服"和"神情悲戚忧伤"可看出帝国命数已尽，从"跪地""祷告书"可看出他在忏悔罪恶或者祈求国运好转，或许兼而有之。年轻时代的他有朴素的贫民意识，年老以后的他想要权力高度集中，想要生命不朽，他几乎想把整个帝国的机器以及先王魂灵全部集中在平原下的地宫内，而他就处于这个中心。

在他四周，面对着他的，是一位服装华丽的王后，身穿繁复的圈环裙。裙环向前鼓起，皱褶领高高的，一只拳头上还停立着一头苍鹰。你从来没有在这么浅蓝的眼睛里，在这么白皙的皮肤上，看到过力量如此脆弱、心胸如此冷酷的表情。

这一段写国王费利佩二世的王后伊莎贝尔，这个王后有其名无其实，没有跟国王费利佩有过肌肤之亲。她原本是英国公主，来到西班牙，老国王费利佩一世是她的舅舅，占有了她，她生下了六个脚趾的男孩堂胡安。之后为了皇家颜面，她被修补了处女膜，成日睡在床上，老鼠曾经咬烂了她的私处。后来堂胡安进宫，他们便没完没了地睡觉，以至于身体再难分离开。

还有一位，是穿着猎务副总管服装的男子，他一只手握着佩刀把柄，肩上立着一只蒙着脑袋的猎鹰，另一只手紧紧掌控着一群猎犬。

这是费利佩二世的亲信古斯曼，照顾国王的饮食起居，拥有一人之下万人之上的权柄。他可以左右国王的思想，但是二人之间彼此防范。他训练一支持戟武士，只待伺机而动，夺取政权。看似奄奄一息的国王深知这一点。

左侧和背景里，进入画面的是一支送葬队伍，为首的是一个裹着黑布的老妇人，她肢体残缺，没有大腿也没有胳膊，简直就是一个黄眼珠半身人像，由一个女侏儒拉着大车送她。那矮婆子掉了牙，腮帮子鼓鼓的，短小的身材衣服皱皱巴巴、松松垮垮的。在她们后面的，是一名鼓手兼侍童，他一身黑衣，灰色的眼睛柔和温顺，嘴唇刺了青。侍童后面，是一副豪华的带轮灵柩和一大批随从人员，有各级地方长官、差役、管家、秘书、侍女、工役、乞丐、持戟武士、犹太和穆斯林俘虏。他们护送着这支没有尽头、渐渐消失在油画的背景里的灵车队列。灵车周围，是主教、副主祭和各级教士。

这一段把疯王后带着老国王的灵柩巡游帝国的场景写得具体细致。这场面和秦始皇巡游的场景何其相似。

画面右侧，是一个蹲着的笛手，一名皮肤油腻腻、绿眼睛凸出的乞丐。他后面，是一个巨大的怪物，它张大着嘴巴；那是鲨鱼和鬣狗的杂种，浮游在火海里，吞噬着尸体。

这一场面有《神曲》地狱的惊悚，很是恐怖。

画面中央，在以跪倒在地的国王黑色形象为首的圆圈之后，在原先由一群裸体男子占据的地方，是三个小伙子，也精光赤条的。他们互相交叉着，背对着观众。三人背上，印有十字标记，一个肉十字，嵌入肉内。

这是老国王费利佩一世乱伦后的三个孩子。他们和费利佩二世是同父异母的兄弟。

这幅场景之后，在灰大理石和黑影的深邃背景里，一群半裸修女渐渐消逝。她们用忏悔苦行带鞭笞自己，其中最漂亮的一位，嘴里全是碎玻璃，嘴唇在滴着血。拿着正燃烧着的长长的大蜡烛的教士游行队伍。一座塔楼和一名正在观察不可逾越的苍穹的红发修士。一座与其平行的塔楼和一位弓腰阅览陈旧羊皮纸文稿的独臂写手。一尊骑着马的修道院院长的塑像。平原上是酷刑、烟雾弥漫的木桩、刑椅、痛得扭曲变形给绑在木桩示众的人。战役和屠杀的场景。种种细节：破碎的镜子，火堆下从烧焦的土地冒出来的曼德拉草根，燃至半截的蜡烛，瘟疫蔓延的城市，一名戴着假面具、有着鸟喙的修士，远方一个海滩，修造一半的船只，手里握着一把旧锤子的老水手，一群飞逝的乌鸦，两列消失在画面边远处的队伍；列队里是王家灵柩、花纹大理石坟墓、躺着的塑像、纯粹的素描，那是没有穷尽的接连死亡，朝向无垠的令人眩晕的吸引力。画底越发黯黑，前方的色彩明亮和谐。蓝，白，金黄，鲜红与橙红。

以上即为讲述者和聆听者看到的油画内容。画面内容介绍完后此处的讲述者似乎又成了疯王后和骑士，或者疯王后和傻子国王，或者是三个孩子中的一个。整个地宫内的人物或者他们之间的关系，第一部中所做的事情都浓缩后集中在油画里。

第二辑 远益清

中国经典文学作品

我安安静静、小心翼翼地读，感觉稍不留神自己就会成为一个莽撞的闯入者。我担心一丝丝的毛躁和吵闹就会惊动小说中的他和她，以及他们相濡以沫的生活。

《红楼梦》阅读札记

新购一套人民文学出版社1982年初版，2017年11月第65次印刷的《红楼梦》上下册，是基于庚辰本的修订本。某夜雨疏风骤，我备好一杯新茶、一盏小灯，从第一页《〈红楼梦〉校注本三版序言》开读，读完120回目，又读完第一回和后面的校记，多处地方略显陌生。先从回目说起，第三回目和第五回目同以往乱读的版本有所不同，不禁迷糊了。某天和一位朋友说起，人家说要买忠于原著的版本，如程乙本。我竟狂言：其实吧，谁知道原本是啥样呢？一些词句的差别，我这样的读者怎能读出来？仅这一句肤浅之语，就让那位博学的朋友哑口无言，人家不再理我。

到目前为止，我应该是看过五遍《红楼梦》。第一次是高一第一学期，邻座的同学买了一套，大概是三本，淡淡的绿色封面，字迹清晰，印刷质量不错。我借来读过一半，但那时没有耐心，认字也少，只算是翻了一回。第二次是某年在一次秋交会上买的盗版书，书中缺了很多页，我却当宝贝读完了，依然是迷迷糊糊。第三次在2008年，那一年我读手机电子书，是读得比较仔细的一次。但是现在看来，那依然不是完整版，一些章节中少了很多内容。第四次花了72元，买了一厚本，比较仔细地读完了。第五次就是上下册的这一套，这一次，一边读一边做笔记，一边整理，于是形成了此篇札记。读此一部大书，打发许多闲余的无聊时光，真如书中所言："或避世去愁之际，把此一玩，岂不省了些寿命筋力，就比那谋虚逐妄，却也省了口舌是非之害，腿脚奔忙之苦……"

第1节　因欲而病，回光返照

前十六回中，曹雪芹三次详细写到人将死时的回光返照现象。第一次是秦可卿咽气前的魂魄游离，嘱托家族后事；第二次是跛足道人给贾瑞风月宝镜，让贾瑞在幻觉中死去；第三次是阴司催命鬼和阳魂的较量，让贾宝玉和秦鲸卿说了最后的话死去。这三次死掉的人都是因病而亡，病因都与纵欲相关。虽然死法不一样，但是在死前他们气如游丝的阳魂都经历了一番游离，也就是回光返照。

秦可卿气虚血亏，死的前几天吃了张太医的药，好像有些好转，能少许进一些流食，家人皆欢喜，可是没过几天就死掉了。她死的前一刻托梦给王熙凤，提醒考虑家族退路问题，要其在祖坟周边置地购田，造房办产业，以便供给家族祭祀和家塾花销，即使家产被悉数没收的时日，全家子孙还可以归田务农读书，说得事无巨细，入情入理；同时还暗示王熙凤元春晋升贵妃的喜事。秦可卿这样一个人见人爱的人，在生命终结时表现得如此远见卓识，考虑的全是家族未来。可见这是一个眼光远大、内心聪慧的女子。

如此一来，《刘心武揭秘红楼梦》所言的结局——贾宝玉没有做和尚，他和史湘云做了一对贫贱夫妻，在乡下艰难度日、相濡以沫，就显得有些依据了。因为他们有不动产，有退路，免官查封，被驱逐出京后他们可以回到祖坟所在地去生活，之后如普通百姓一样寂寂终老。这样，通灵宝玉幻化人形就把凡间人的各种生活体验过了。

贾瑞的死从文字中看来不值得读者同情，他的死似乎只是印证王熙凤的心狠手辣。他直接是被性欲折腾死了。跛足道人在此充当推手，生与死的可能全在于持镜者。可是在色诱情欲面前他宁愿去死，这也印证了之前贾瑞对王熙凤说的话：和婶娘好一回，死了也值得。悲催的贾瑞，恶毒的王熙凤，没法判断好歹的跛足道人，全是曹雪芹设想出的一场怪戏。这一回，曹雪芹表现了一个男人的"坏"。大活人王熙凤是阴曹地府派来的勾魂鬼。

秦可卿的弟弟秦钟也叫秦鲸卿，他的死源于姐姐丧礼期间，在铁槛寺和智能儿厮混，体虚之极，又受了风寒和老父亲的痛骂，就一病不起。他和贾宝玉也有断袖之情，贾宝玉把他和智能儿抓了个现行，之后贾宝玉说晚上再算账什么的。曹雪芹再次表现得调皮之极："（宝玉笑道）这会子也不用说，等一会睡下，再细细的算账。"曹雪芹以叙述的口气说："宝玉不知与秦钟算何账目，未见真切，未曾记得，此系疑案，不敢纂创。"每次读到这几句，我都忍俊不禁，觉得曹雪芹实在狡猾而可爱。

秦钟病重，阴司两个小鬼死拉活扯要把他拉进地狱去，可是他就是不肯走，磨蹭了一会儿。宝玉一进来，小鬼就被宝玉浓重的阳气吓退了，宝玉和秦钟说了几句话，然后秦钟就在宝玉面前咽了气。曹雪芹把阴司小鬼索命写得活灵活现，画面感十足。两个小鬼的争执写得尤其生动，一个说赶紧拉他走，一个拉不动，就说别急。秦钟在这一刻的回光返照应该是比较厉害的，他能犟过鬼呢。

不明白的是，为什么他们三人的死都是源于性欲呢？虽然秦可卿的病没有明显写出是这方面的原因，可是她月经不调，甚至两个月不来，家人怀疑有身孕，加上焦大公然叫骂的话，以及她卧房内迷魂的香气，这就明显可以断定了吧。

第 2 节　薛宝钗的绘画观

薛宝钗是公认的稳重内涵型美女，是曹雪芹笔下着力刻画，借以衬托"木石前缘"的重点角色之一。撇开她的美貌通达以及卧室陈设表现出来的寡欲冷峻不说，单说她对绘画艺术的见解，可见她是一个美术功力很不简单的女性。当然，这是曹雪芹借助他创造的角色在表达自己的艺术见解。那我们就在小说里来看小说人物的美学修养吧。

贾府早年的一个乡下亲戚刘姥姥，因家庭窘困，来贾府寻找一点接济，即"打秋风"，二度拜访贾府时，被贾母留着耍几天。彼时海棠诗社结社，史湘云因没赶上第一社，就在宝钗的资助和出谋划策下补办了一社"菊花题"，邀请了贾府的女人们海吃了一顿螃蟹宴，贾母以回敬史湘云的名义大摆筵席。恰逢刘姥姥来了，大观园内的众儿女便有了打趣的对象。贾母带着刘姥姥和一干儿女游逛大观园，在沁芳亭休息时，贾母问刘姥姥院子可好。刘姥姥一席话既真实又极尽吹捧夸赞之能事，说得贾母心花怒放。贾母便许诺让惜春照着院子画一个出来，让刘姥姥带回去给乡亲们显摆。惜春有了这个任务便要请假暂不参加诗社活动，而且深感任务艰巨，有畏难情绪。

此时，薛宝钗的重头戏就出来了，她先是表明构思这幅鸿篇巨作的注意事项，再说了具体操作的方法，然后对全套绘画工具做了一个统筹安排。这项活儿对薛宝钗来说简直是手到擒来，成竹在胸。在此处，薛宝钗的美术功力似乎超过了大观园内任何一个人，包括贾母指定的能画的惜春，艺术修养和审美水平极高的探春在这里都没吱声。

且看薛宝钗的总体规划：院子设计本身很是科学美观，不能照着原样画，那会出力不讨好。必须胸中有丘壑，总体把握，统筹安排。所以得注意三点：1. 要依据纸张大小，画面景物主宾分明，多少适宜，添减适度，藏露得当。2. 楼台房舍、盆景布帘等建筑的构图要符合空间几何的视觉。不能稍有偏差，看着歪斜扭曲。3. 人物的疏密高低、举手投足，裙带衣服的折痕等都要符合比例，几乎做到栩栩如生。三点中，薛宝钗说人物是最难画的。想象一下，大观园内那样多的亭台楼阁、小径湾桥，那样多的名花贵树，这已经很难形成画了，贾母还要求画成"行乐图"，即要有人的活动，这可把惜春难住了。而薛宝钗在分析这幅画的注意事项时，竟然直接要求把人物穿的衣折裙带也要画出来，那一群曼妙玲珑、水样花样的女子，穿得长长短短、里三层外三层的，什么内衫、裙子、坎肩、小褂儿、外罩衫，什么香囊、汗巾子等，那该有多么复杂，恐怕比《清明上河图》难多了吧，简直难以想象。

光摆出这些要求和注意事项，不提示怎么画，那就是给惜春传递信息：这太难画了，给你几年也未必能画出。这不难死小小年纪的惜春了吗？别急，薛宝钗又支招儿了：找来当初建院子的规划设计图，照着图样适当删补，再添上人物，初稿就成了。看看，这就是薛宝钗，思维缜密，美学修养深厚，理论一大堆，操作方法却简单，一下子就为惜春打开了思路，解了难题。

可是惜春还有难度：她没有画器，写字画画用的是同一支笔，也只有四样颜料、两支着色的笔。而这样一幅复杂庞大的园景行乐图，该需要多少画器呀。在此不做列举，实在太多了。宝钗说，宝玉记录，列单子，就是一大串。

薛宝钗的绘画水平实在是高明之极，她不光深谙绘画的技巧，对绘画的工具、颜色的使用、纸张的特点简直是了如指掌，烂熟于心。在整个设想过程中，探春、宝玉、黛玉简直就无话可说，宝玉在她眼里根本就成了画盲，狗屁不通，林黛玉也只有打趣的份儿。

曹雪芹借助他创造的人物薛宝钗给读者普及了绘画知识,尤其是画器的介绍如观摩一场工具博览会,开眼界、长知识。

第3节　大观园的责任承包制

王熙凤是荣国府的管家,内外大小事情一应操心。过了年忙了元宵节后,她就累小产了,只能静卧休养。府内外的事情王夫人着实不知头绪,就让李纨、探春、薛宝钗三人联手打理。起先大观园内奶妈婆子、小厮丫鬟们不把李纨、探春放在眼里,认为她们一个是菩萨心肠、一个是腼腆小姐,就可以为所欲为。尤其是赵姨娘,仗着是探春生母,就想享受特权,得到好处。探春铁腕治家,先从赵姨娘着手给大观园子民来了个下马威。园内人皆呼:倒了一个巡海夜叉,添了三个镇山太岁。为了方便,探春命令下人在院子一角的三间房内设了议事厅,每日在议事厅和李纨、宝钗商议家事,开源节流,制定新政。她们在震慑了园内众人之后,决定在大观园内实行责任承包制。

责任承包制的可行性:

第一步:实地考察。如同现在的政府机构或单位一样,在新举措、新政策开始前,执事者先要到各地去学习经验、走访、实地考察一番,然后结合当地实际情况决定是否推行某项改革或推广某种新技术。曹雪芹没有明写,可是他通过探春和李纨、宝钗的议事,借助探春的口把这件事情说得一清二楚,使得大观园的改革有了现实基础。事情是这样的:正月里贾府族人们、头等家奴们各家互相请客贺春。赖大家请客吃饭,探春看到赖大家花园有条不紊,从赖家女儿口里得知,赖大把园子承包给人,他们家女眷戴的花,吃的笋菜、鱼虾等都是自产,年底还能收到承包者

103

上交的 200 两银子进账，那园子还不到大观园一半面积。探春就动了心思，也可模仿赖大家把大观园承包出去。

第二步：理论支持。一项大的改革或者政策执行，必须得有过硬、可靠、可信的理论支撑，得有科学依据，否则就是无根之木，凭空想象。大观园前所未有的责任承包制也得有理论支撑，这个理论依据就是宝钗提出的朱柏庐的《不自弃文》。薛宝钗原是笑话探春不知道天下万物皆有用的道理，不料，就此书，她和探春看似彼此唱反调，实则坐实了承包制的可行性。探春说："从那日我才知道，一个破荷叶，一根枯草根子，都是值钱的。"薛宝钗说："天下没有不可用的东西；既可用，便值钱。……"《不自弃文》中的《庭训》大意说："天下之物，即便是顽石、蟒蛇、粪便、草灰等皆因其有一节可取，而不为世之所弃……"如此，原先偌大一个园子的花草树木不派上用场，真是暴殄天物，实行承包制刻不容缓。

理论依据很坚实，成功的样板在那摆着，大观园责任承包制还等什么呢？万事俱备，东风也不欠了。一切都是水到渠成，只要有魄力的人提出来，统筹安排后，一声令下，便可实行。

责任承包制的方法：

1. 知人善用。改革家探春先充分了解园内各老妈子的特长，做到心中有数，知人善任；然后集中老妈子们，向她们阐明承包政策，讲明义务责任，自愿承包，包一个园子揽一宗事情。稻香村由会种庄稼的老田妈负责，平时大观园内大小鸟雀、鹿、兔之类的宠物们所需粮食皆由她管理。竹林由老祝妈负责，大观园所用的笤帚、撮箕，吃的笋皆由她负责。鲜花香草园由叶妈负责（她有背后军师，宝钗的丫鬟莺儿妈是她的好友，也是香草行家），叶妈负责姑娘、丫头们的头花、室内插花、头油、香粉、胭脂等用物。如此种种，任人唯能分派下去，个个皆大欢喜。

2. 责任义务。除了规定的一宗事情外,所有的收获平时自由支配、卖钱、送人等均由自己安排,年终每个园子拿出几吊钱来分派给没有承包园子的其他老妈子们,作为她们平时接送姑娘、少爷,伺候鸟雀,端水递茶,划船抬轿,开关门的辛苦费。至此,园内有无承包地块的,都享受到了公平自由的待遇,自然是人人乐意、个个高兴。

责任承包制后续问题的解决:

笼络人心,杜绝贫富悬殊,实现有劳有获的公平制度。园子分派下去管理,有部分老妈子分工不同,就没园子可耕种打理,自然少了收成。为了避免贫富悬殊,实现基本公平,薛宝钗出了好主意:不用上交银子,但是年终应交几吊钱发给这些没园子的老妈子们,并动之以情、晓之以理地告诉她们平时看院子、守夜、侍候姑娘等诸事都要用心,要有主人翁的精神,要杜绝赌博之类的恶习发生。彼此要团结一心,为维护贾府好名声而奋斗。老妈子们感激不尽,着实觉得这是一项惠民好政策。薛宝钗这一招可真是厉害:其一,让她们受之有愧而更加忠于主子,卖力工作;其二,因为年终有分红,也就杜绝了偷偷摸摸把花草果菜据为己有的现象;其三,避免了上交银子引出的一系列麻烦,而又轻松解决了生活零碎的开支;其四,避免了分配不均引起的矛盾。薛宝钗可真是笼络人心的高手。

责任承包制的好处:

物尽其用,人尽其才,使荒废的园子体现出应有的价值。开源节流,自产自用,节省了生活开销。比如,鸟雀粮食、姑娘们的头油脂粉、清扫园子的工具等,这一笔开销节省下来,用探春的话说"取租的房子也能看得了几间,薄地也可添几亩",还省去了看管、清理园子的劳力,也省了有人来还得临时派人专门打扫整理的杂务。更重要的是,给这些老妈子们找了一个进财的机会，让她们有收入、有希望、有劲头，责任感强了，你争我吵的少了，增强了凝聚力，无声地整顿了大观园的秩序。

责任承包制的智囊团构成：

这个智囊团是由大观园的巾帼英雄组成的。起先只是李纨，接着补上了探春和宝钗，其中不可缺少的保驾护航者是凤姐的代言人平儿。她们配合默契，心有灵犀，各司其职又团结一心。如此一来智囊团就是四个人：探春、宝钗、平儿、李纨。年轻的探春是走在改革前沿的创业者和实干家，她出谋划策，身体力行，以亲妈开刀树立威信，大胆提出免除家里学堂补贴，免除采办每个姑娘每月二两的头油钱，大胆提出责任承包制。宝钗是负责弥补遗漏事项的，她考虑细致，精打细算，给出去一点好处要收回三分利来，而且还让交租者心服口服，极大地笼络了大观园仆人们的心。平儿是负责传达决策的，她充当凤姐和探春的联络员，事无巨细的传话，为探春的改革政策保驾护航。李纨是宣布政策的发言人，她干的都是现成活，但这事儿只有她有资格、有威信来干，毕竟是贾府大奶奶。四个女性把贾府凌乱的顽疾——不必要的开支，荒废的园子，吃喝嫖赌、聚众闹事等顺利解决了，主子、仆人各得其所，其乐融融。

探春的果敢、创新和公正，平儿处事柔中带刚的平衡力，宝钗的圆润周到，李纨的寡言，在改革事宜中充分凸显，这是曹雪芹写人的技法，不露痕迹又十分明显。

第4节 袭人的"心机"

女人之间的斗争相比男人来得更加隐秘而恶毒。大观园内除了贾、王、薛、史四大家族及其连带关系的皇亲国戚，其余的都来自底层，是下等人出身。可是下人之间也分高低贵贱。为了博得主子的信任或者给自己谋个好前程，彼此之间的明争暗斗往往表现得更血腥。

以贤惠、识大体出名的袭人在排除异己、为自己打算方面毫不含糊，而且做得不露声色。晴雯、四儿、芳官被王夫人一竿子打倒，撵出大观园，明里好像是王保善家的戳弄是非导致的，但实际上王保善家的只是助推了一把，真正的罪魁祸首是告密者袭人。这从四儿和贾宝玉私下说的混话都能被王夫人悉数知晓可以推断。晴雯无故被撵，宝玉悲伤万分，十分不明白自己和丫鬟平日里的私房话怎么都被王夫人知道得一清二楚。他问袭人："咱们私自顽话怎么也知道了？又没外人走风的，这可奇怪。"对宝玉的质疑，袭人总有理由解释圆满，可是宝玉是何等聪慧之人，他的疑问并不会因袭人的哄骗消解。他接着问："怎么人人的不是太太都知道，单挑不出你和麝月、秋纹来？"袭人一时答不上来，沉默半天后继续辩解。宝玉继续追问，说袭人是出了名的一等至善至贤人，麝月、秋纹又都是她调教出来的，自是找不出毛病来。

这一段对话看似含蓄，曹雪芹没有直接点明晴雯带病被撵就是袭人从中作梗，但是透过宝玉的步步追问、袭人的罔顾左右，我们能够看明白。还可以从王夫人的话中再次证明袭人的告密行为。王夫人在责骂四儿时说："这也是个不怕臊的，他背地里说的，同日生日就是夫妻。这可是你说的？打量我隔得远，都不知道呢。可知道我身子虽不大来，我的心耳神意都在这里……"她的心耳神意就是袭人，怡红院的风吹草动袭人都会丝毫不留地告知王夫人。怡红院有六个丫鬟，袭人和晴雯身份相当，都是一等丫鬟，曾经都是贾母身边靠得住的丫鬟，贾母把她们送给了宝玉。她们负责监管、安排宝玉房内的一应事务，麝月、秋纹、小红、四儿都是干活的。因王熙凤看上小红能干事就要了去，剩下三个干活的，麝月和秋纹又属袭人调教。这一次，王夫人直接把

107

和袭人平等的晴雯,不是袭人调教的四儿撵走了,宝玉的身边完全成了袭人的天下。

袭人很了解晴雯的性格,心性极高,得理不让人,带病卧床四五天,清水不搭牙,站都站不稳,被王夫人派人夹着胳膊拖出去,连病带气必死无疑。可是袭人安慰宝玉却说:晴雯出去才好,可以静心养病,以后请求贾母再要回来。连宝玉都知道,晴雯被撵"回家"(表哥嫂家)就像才抽出芽来的兰花送到了猪窝里,一定活不成。什么都明白的袭人却那样说,简直是睁眼说瞎话。当宝玉认为海棠花无故死了半边是晴雯要死的凶兆时,袭人立刻就露出了真面目:"那晴雯是个什么东西,就费这样心思,比出这些正经人来!还有一说,他纵好,也灭不过我的次序去。便是这海棠,也该先来比我,也还轮不到他。想是我要死了。"袭人的这一番话实在值得推敲,她看似在劝解宝玉,实则是和一个被她挤兑出去,已经毫无威胁的人争风吃醋,她还在摆自己的次序,她的次序无非就是王夫人定下的大姨娘身份,在她心里,晴雯不是东西,比不过她。这几句话一句比一句凶,直接暴露出袭人的凶相。

袭人借助宝玉挨打事件获取了王夫人的信任,为自己挣得了准姨娘的身份,又借助贾府内部的抄检排除了姨娘身份的竞争对手晴雯。在贾府打算为宝玉定亲的时候,她又在谋划怎样和正房和睦相处。曹雪芹明写她稳重实诚,平和善良,却又在字里行间时时显露她的心机,一明一暗,相辅相成,塑造出一个活脱脱的家奴形象。袭人在贾府的"晋级"之路,正是一个下层人在夹缝中安身立命的成长史。

第5节　当坏人遇上贵人

贾雨村的运气不是一般的好,背井离乡,穷困潦倒到栖身寺庙，可是他遇见了一个好邻居甄士隐。甄士隐不光隔三岔五请他喝酒聊天，还资助他五十两银子，准备好御寒冬衣，像父母伺候出远门的儿女一样对待他，让他上京赶考谋取功名。这个人时机到手片刻不犹豫，甄士隐醉酒未醒他就溜了，甄老爷想要替他安排个落脚处他都等不及。不仅如此，人家的丫鬟还成为他日后的正妻。而他"不过略谢一语"，多一句话都不说，还美其名曰：读书人不在黄道黑道，不讲究规矩，要以事情为重，不用当面辞别。这个人的脸皮可真厚。

他因恃才傲上，为官清明，当官后又被排挤陷害革职，再次成了流浪者。此时，他的第二个贵人林如海出现，这次更加不得了，直接和皇帝身边红人贾政拉上了关系。当了几年人家五六岁黄毛丫头的老师，学生多病，他的假期就多，他就可以轻轻松松拿工资，还被当成座上宾。他到处溜达，喝酒闲逛，一听说朝廷有官复旧职律令，又经朋友指点可找东家林如海办事，就急匆匆赶到林府。一开口不及说详尽，人家老早替他安排好了，推荐信、盘缠，包括交通工具都是现成的，不到两个月他就成了南京市委书记。这个人似乎格外得老天爷厚爱，别人做梦都盼不到的好运，他却连连遇见。之前当官遭同行排挤、被上头免官的事件竟然能成为他飞黄腾达的垫脚石，因祸得福在他身上实现了。

但是官越大他就越不是人。在薛蟠、冯渊争抢香菱的命案中，他身后的门子充当了他的打手。这个门子忠心耿耿、处心积虑为贾雨村上为官之道课，为他讲解官场潜规则，为他出谋划策。掩人耳目、假公济私地乱判糊涂案，使他有了向贾政邀功、巴结王子腾的机会，又为自己再次高升打下了基础。门子，这样一个官员的走狗服务生，对官场、对命案了解得如此之透彻，实在是骇人听闻，曹雪芹借助门子之口道尽了天下官场的黑暗。可是门子没想到他掏心掏肺的主子不是一般的阴险。门子对他的忠心不二反成为他整治门子的唯一理由，大概这也是官场的惯例。

对待香菱，对待门子，对待直接辅助他走上官场的甄士隐，他都不仅不报恩，反而利用他们，把他们作为自己官运亨通的垫脚石。

平平稳稳、不露声色地昧良心干坏事。忘恩负义、卸磨杀驴的贾雨村实在是上帝错爱的坏人，是曹雪芹对贾雨村式官员的本性解析。

第6节　王熙凤的绝情

近些年宫斗戏霸屏，每一出戏收视率都不低。从全民热看热议的《甄嬛传》到《芈月传》，再到如今的《延禧攻略》《如懿传》，吃瓜群众百看不厌，有同事还津津乐道：幸亏没生活在古代，斗不过人家，肯定会被整死，还不知死于谁手。真是佩服这些擅长写宫斗戏的作家们，抓住一丝历史气味就能编撰得栩栩如生，剧剧雷同还编得理直气壮，也难怪，有市场，有观众，何乐不为呢？

其实，说起宫斗戏的书写，祖师爷怕是要算曹雪芹了，早在雍正乾隆年间成书并流传起来的《红楼梦》中，也有好几出宫斗戏。王熙凤为独霸贾琏整死尤二姐，夏金桂为独占薛蟠整死香菱。这两出戏的共同点是双方实力相差太大，一个太过善良一个蛇蝎心肠，即便如此，蛇蝎心肠的王熙凤和夏金桂也都是费了一番心机周折的。先说王熙凤如何整死尤二姐。

王熙凤养病期间，贾琏与贾珍、贾蓉在东府里鬼混，在贾珍父子的撮合下娶了尤二姐，并大胆地在他和王熙凤的宅院后面小巷里收拾了一个院子，让兴儿和鲍二家的当管家，另起炉灶过起了小日子。尤二姐柔弱温顺，也漂亮风骚，迷得贾琏神魂颠倒。好景不长，底下人言谈走漏了风声，被平儿告知了王熙凤，这下不得了，醋坛子打翻酸倒一大批人。王熙凤威逼利诱，让兴儿把事情原委一一抖出来，然后计上心来，一步步实施报复计划。

第一步：使用攻心术——黄鼠狼给鸡拜年。

她选准了时机，趁着贾琏外出办事两月余的时间，快刀斩乱麻。她先和李纨说好，收留尤二姐；然后命令自己院内所有人素服简衣，带着几个心腹直奔尤二姐的住处，这副装扮俨然迎丧，气氛甚为阴森。王熙凤来到目的地和尤二姐诉衷肠，劝她搬到贾府居住，采取三步走的攻心术：1. 放低身段，怨自己没有及时知道此事，没及时登门拜访；2. 请尤二姐移步贾府自己院内，和自己姐妹相称，同心同德侍奉贾琏，共图家业兴盛；3. 如果不肯去，不仅破坏了自己的声誉，更玷污了贾琏的名声，那情愿自己搬来与尤二姐同住，侍奉她的衣食住行，给她洗脸、梳头、当丫鬟，只求她给贾琏说好话，收留自己。王熙凤是个变脸比翻书快的女人，言辞之恳切，态度之虔诚，说得尤二姐只把她当知己，大有相见恨晚的情势。可怜可悲的尤二姐，根本识不破王熙凤的阴谋，对她随行人员的着装，以及她言谈中的狠与颠倒黑白没有一丝觉察，想也不想，傻傻地、心甘情愿地臣服了王熙凤，跟着她到了贾府。

第二步：杀人不见血——瓮中捉鳖。

尤二姐顺顺当当上了她的钩，住进了荣国府，她便开始撤换尤二姐的一切心腹熟人，差自己的丫鬟专门"侍候"尤二姐，采用地道的阴阳大法，明里照顾有加、亲切融洽，暗地里从饭食、言语上虐待欺负尤二姐，让她有苦难言，打掉牙吞进肚子里。而且王熙凤还派太医给她吃打胎药，一个活生生四五个月大的男婴毙了命，最终害得尤二姐吞金自亡。她还逐步整治东府的参与者们，先是让贴心管家旺儿买通尤二姐指腹为婚的未婚夫混混张华，写了一封状子让张华呈递都察院，告贾蓉撺掇贾琏在国孝家丧期间婚娶，并跟都察院主事商量好此事只可假做，起到震慑贾蓉和其母尤氏的作用。王熙凤不仅从中得到一些银两，还由此事为自己赢得宽宏大量的好名声。王熙凤此举可真是狠毒虚伪至极，不仅让全府上下认为她做得得体，而且让尤氏母子受了侮辱还感恩戴德。她拉扯着尤氏又骂又抓，破口大骂一阵，痛哭流涕一阵，尽把鼻涕、眼泪擦了尤氏满襟，搞得尤氏惶恐不安、束手无策，任其蹂躏辱骂撕扯。哭闹累了够了，她在尤氏、贾蓉都害怕得胆战心惊，以为犯了天条会被抓进去的时候，换了一副面孔，说自己一时愤怒失态做得不对，然后擦掉鼻涕、眼泪，煞有介事地交代如何了结此事，真是贼喊捉贼，做得天衣无缝。

在这场宫斗戏里，王熙凤抓住了尤二姐的娇弱和贾琏外出办差的好时机，直接整死了丈夫的小三和腹内婴孩，又让此事的牵连者贾蓉和其母尤氏受尽了作践。幸亏她的帮手旺儿还残存一点良心，放过了张华，否则连无辜的张华也会随之毙命，那就是一案三命，她依然会安然无恙。她的残忍在于六亲不认——不认堂嫂尤氏，不认贾蓉是其侄子，还不念贾蓉是她最好朋友秦可卿的丈夫，不念尤二姐肚子里是贾琏的骨肉，毫无人味儿，欺上瞒下，阳奉阴违，部署之严密、手段之惨烈实在绝无仅有，令人发指。

第7节 海棠花的隐喻

"草蛇灰线，伏脉千里"是《红楼梦》笔法的显著特点。其中，不论是植物花卉的海棠还是饰纹雕案类的海棠，作为小说伏笔，在隐射贾府兴衰和人物命运中起到不可小觑的作用。

白海棠，贾府少男少女们的盛世芳华。海棠诗社名称缘起于白色秋海棠。贾府族人草字辈的贾芸，取得王熙凤的信任后在贾府谋得一个监管花草的差事，并不失时机地认贾宝玉为干爹，为讨好干爹，送给了贾宝玉两盆白海棠。中秋节前后，白海棠开得如雪似玉，贾府才子佳人们组团结社为海棠诗社。那个时候，元妃省亲不久，贾府运数正盛，众儿女搬进大观园，舞文弄墨争相创作锦绣华章，个个飞扬青春，狂喜不禁。妙男少女们的青春芳华堪与海棠争艳，合时而开的珍贵白色秋海棠在这里隐射了贾府的繁华奢靡。

海棠枯死半边，暗示红颜薄命。傻大姐在大观园内拾得绣春囊，贾府内部矛盾开始明确化，仆人之间钩心斗角，惹出一些麻烦。王夫人受王保善家的教唆并有袭人告密，在怡红院大搞"清君侧"的戏法，把怡红院里长得好看一点的丫鬟们都清理出去，结果，贾宝玉最珍爱最看重的晴雯被赶出去致死，芳官被逼当了尼姑。宝玉悲伤不已，和袭人说院子里的一株海棠死了半边就是凶兆，正应验在晴雯身上。由此还引起袭人醋意大发，她口出恶言，说晴雯不算东西，自己才配比海棠花。这一次从宝玉来看，是应验了晴雯的命数，对高鹗续书来说埋下了一个大伏笔。不可否认，高鹗借由海棠逆时而开切入，写贾府命数急转而下的情形，对海棠花这一线索的续接和铺开是成功而巧妙的。

海棠逆时而开，贾府厄运开始。高鹗在第九十四回大笔墨正面描写海棠，西府海棠本应在三月开花，怡红院里死去一年多的海棠突然在十一月盛开，众人议论纷纷，总体分为两派，以贾母为首的一派认为此乃吉兆，以贾赦为首的一派认为是花妖作怪的凶兆。高鹗这一回描写甚是精彩，通过对海棠花逆时而开的不同态度，把每个人的性格特点和心理活动刻画得入木三分。

贾母自圆其说，扯上气候倒是有些道理，这里既能显出贾母的季候学素养，又能窥见作为家族领袖一心渴望家族兴盛发达的必然心理。王夫人奉承贾母：老太太见得多、说得对，不足为奇。李纨作为孙媳妇和儿媳妇，唯长辈是尊，乐得随声附和，肯定了贾母、王夫人的看法，并加了一层意思：宝玉有喜事了，此花是报喜花。邢夫人老实巴交，不会拐弯巴结贾母，更不会附和王夫人，她单刀直入地实话实说：花都枯萎一年多了，这一回不应时候开了，是有缘故的。探春学养深厚，个性分明，没有说话，不奉承也不辩驳，心里比谁都清楚：顺者昌，逆者亡，草木知运，不时而发，必是妖孽。这就是清醒、理智的探春，把事情的来龙去脉看得清清楚楚、明明白白。贾宝玉想着花为晴雯而死，又为五儿的补缺而开，所以高兴。王熙凤倒是少有的清醒，还派平儿送来红绸，让袭人挂在树上转喜运消灾。

持反对意见的一派是贾府的男人们，贾赦认为是花妖作怪，要把树砍掉。贾政认为见怪不怪，花开不开随它去。其余男人们尚未发表意见，贾母就来气了，她根本不愿意听不吉利的话，把男人们哄走，单请三个小辈宝玉、贾环、贾兰来作诗凑趣。贾母的性格在这里又凸显了一层：作为家长，她宁愿事事往好处想，不允许说败兴的话。此番海棠不合时宜的开放，高鹗借此把每个人的性格特别彰显了一次，前面提到的各人性格倒是和前八十回一脉相承，唯独对林黛玉的描写和前面八十回有出入，林黛玉不会那样没脑筋地信口附和，更不会说"二哥哥认真念书"的话。探春、王熙凤能看出的不祥，冰雪聪明的林黛玉不会看不出来，诚如晴雯走时海棠死去，贾宝玉列举的事例一样，林黛玉不可能不知道这些植物应验运数的事。

从后文来看，海棠的反常开花真是花妖作怪，是贾府的凶兆。先是宝玉失玉变得疯疯傻傻，从而被王夫人、王熙凤、薛姨妈以唤醒贾宝玉的理智、冲喜为由，使用调包计完成她们心中的"金玉良缘"。接着林黛玉焚稿归天，元妃薨逝，探春远嫁，惜春皈依佛门……一个个女孩儿随风而去。贾家被抄，贾赦获罪被发配，贾母病故……贾家势运败落，树倒猢狲散。

《红楼梦》中关于海棠的诗、画、用具造型的描写也不少。第五回中首次出现海棠的诗画，秦可卿的卧室内香气氤氲，墙上一幅"海棠春睡图"与秦可卿高贵的身份、尊贵的地位相映成辉,在前后文字对比中又能读出一种暧昧的味道。刘姥姥二进大观园时,贾母带她在园子里游玩,来到栊翠庵,妙玉用海棠花式雕漆填金云龙献寿的小茶盘给贾母献茶。这是一次对海棠造型的用具的描写。宝玉生日时,怡红院众女孩夜宴祝寿,大家聚在一起行酒令、占花名儿,湘云抽中一枝海棠签,题着"香梦沉酣"四字,另一面写着苏轼的诗句:只恐夜深花睡去。这是对前人诗句的化用。巧的是,湘云醉酒后醉卧在了芍药花丛里:她枕着手帕包着的花瓣儿,睡得正熟,芍药花瓣儿撒了一身。嘴里还嘟囔着酒令。真是一支海棠醉卧芍药丛中。

作为文化艺术符号的海棠,在全书中衬托的基本是贾府的富贵和权势。作为植物的海棠在荣与枯之间对应着贾府的兴与衰。不论哪种海棠,在小说中作为一种线索,它推动了情节发展,丰富了人物性格。

第8节 看贾府气势恢宏的元宵夜宴

元宵节是中国的传统节日,早在2000多年前的西汉就有了。因其历史悠久且属于大众娱乐狂欢的节日,不论在现实生活中,还是在文人诗篇里,元宵节都被作为一项喜庆的大事,上自王公贵族下至黎民百姓普天同庆,其隆重热烈的气氛优胜于春节。关于元宵节的习俗也是精彩纷呈,花样众多,其中赏花灯、吃元宵大概是自古至今的保留节目。把元宵节的热闹繁华描写全面的非《红楼梦》莫属,曹雪芹在《红楼梦》中四次描写元宵节。第一回写元宵节,甄士隐五岁的独生女随家人去街上看花灯被人贩子偷走;第十八回元宵节元妃省亲,集中展示贾府的奢侈豪华景象;第二十二回写元宵节大观园众人在贾母的带领下猜灯谜狂欢，暗示贾府好景不长。作者浓墨重彩、大书特书的是第五十三、五十四回荣国府贾母开夜宴，这两回全景式展现了贾府元宵节的空前盛况。贾府属于钟鸣鼎食之家、诗书簪缨之族，他们的元宵节自然是豪华盛大，无与伦比。大观园的建筑陈设，贾府红男绿女的妖娆，众人的文学修养、闲情逸致和高雅情趣，现代高度发达的社会也难以模仿其一二。即便是硬件设施没有问题，人物的素养和情趣无论如何是难以匹敌的。设想一下，以现在的建筑技术模仿一座现实中的大观园大概不成问题，找齐一批会玩的人大概也可以，但是这一批人要具备贾府人物的情趣绝对很难：谁会坚持一夜都和家人一起说笑话、看大戏、击鼓传花、放烟花而不玩手机、电脑？闲话少叙，且来看看贾府绝无仅有的元宵之夜吧：

看点1：看戏，赏钱

第五十三回"宁国府除夕祭宗祠，荣国府元宵开夜宴"中，写了贾府元宵节挂花灯、看大戏的过程。这样写道：

元宵将近，宁荣二府皆张灯结彩。十一日是贾赦请贾母等，次日贾珍又请，贾母皆去随便领了半日。王夫人和凤姐儿连日被人请去吃年酒，不能胜记。至十五日之夕，贾母便在大花厅上命摆几席酒，定一班小戏，满挂各色佳灯，带领荣宁二府各子侄孙男孙媳等家宴。

花厅之上共摆了十来席，每一席旁边放一茶几，茶几上焚着御赐百合宫香，摆着布满青苔的山石小盆景，还有新鲜花卉、泡的上等好茶、成套的好茶具及装饰品。想想这排场比当今国宴还胜几分。贾母的席位又是不同："于东边设一透雕夔龙护屏矮足短榻，靠背引枕皮褥俱全。榻之上一头又设一个极轻巧洋漆描金小几，几上放着茶吊、茶碗、漱盂、洋巾之类，又有一个眼镜匣子。贾母歪在榻上，与众人说笑一回，又自取眼镜向戏台上照一回。"

赏钱也备好了:

一并将钱都打开,将彩绳抽去,散堆在桌上。正唱《西楼·楼会》这出将终,于叔夜因赌气去了,那文豹便发科诨道:"你赌气去了,恰好今日正月十五,荣国府中老祖宗家宴,待我骑了这马,赶进去讨些果子吃的是要紧的。"说毕,引的贾母等都笑了。薛姨妈等都说:"好个鬼头孩子,可怜见的。"凤姐便说:"这孩子才九岁了。"贾母笑说:"难为他说的巧。"便说了一个"赏"字。早有三个媳妇已经手下预备下簸箩,听见一个"赏"字,走上去向桌上的散钱堆内,每人便撮了一簸箩,走出来向戏台说:"老祖宗、姨太太、亲家太太赏文豹买果子吃的!"说着,向台上便一撒,只听豁啷啷满台的钱响。贾珍、贾琏已命小厮们抬了大簸箩的钱来,暗暗的预备在那里。听见贾母一赏……他们也忙命小厮们快撒钱。只听满台钱响,贾母大悦。

看点2:喝暖酒,吃元宵

这个环节现在家家户户也这么做,只是大家喝烧酒不必是暖的。《红楼梦》第五十四回"史太君破陈腐旧套,王熙凤效戏彩斑衣"中就描写了贾府元宵之夜喝暖酒、吃元宵的天伦之乐:

宝玉便要了一壶暖酒,也从李婶、薛姨妈斟起,二人也让坐。贾母便说:"他小,让他斟去,大家倒要干过这杯。"说着,便自己干了,邢王二夫人也忙干了,让他二人,薛李也只得干了。贾母又命宝玉道:"连你姐姐妹妹一齐斟上,不许乱斟,都要叫他干了。"宝玉听说,答应着,一一按次斟了。至黛玉前,偏他不饮,拿起杯来,放在宝玉唇上边,宝玉一气饮干。黛玉笑说:"多谢。"宝玉替他斟上一杯。凤姐儿便笑道:"宝玉,别喝冷酒,仔细手颤,明儿写不得字,拉不得弓。"宝玉忙道:"没有吃冷酒。"凤姐儿笑道:"我知道没有,不过白嘱咐你。"然后宝玉将里面斟完,只除贾蓉之妻是丫头们斟的……

一时上汤后,又接着献元宵来。贾母便命将戏暂歇歇:"小孩子们可怜见的,也给他们些滚汤滚菜的吃了再唱。"又命将各色果子元宵等物拿些与他们吃去。

看点3:击令鼓,传红梅

看戏赏钱,喝酒吃元宵后,接着就是娱乐节目:击令鼓传红梅。其实,就是民间常说的击鼓传花游戏。这是贾府逢年过节时的即兴节目。

凤姐儿因见贾母十分高兴,提议进行击鼓传梅的游戏,正合贾母之意。贾母提出游戏规则是:花传到谁手上,谁就喝一杯,并说个笑话。这个游戏吸引众丫鬟们都进屋来看热闹。贾府的说书艺人们对这一套是熟习的,敲鼓的时候抑扬顿挫、快慢高低毫无规律,随心所欲。文中写道:

或紧或慢,或如残漏之滴,或如迸豆之疾,或如惊马之乱驰,或如疾电之光而忽暗。其鼓声慢,传梅亦慢;鼓声疾,传梅亦疾。恰恰至贾母手中,鼓声忽住。大家呵呵一笑,贾蓉忙上来斟了一杯。众人都笑道:"自然老太太先喜了,我们才托赖些喜。"贾母笑道:"这酒也罢了,只是这笑话倒有些个难说。"众人都说:"老太太的比凤姐儿的还好还多,赏一个我们也笑一笑儿。"

贾母讲的笑话是十个媳妇争婆婆宠爱的问题,一个得宠,九个不服气去问阎王爷,结果孙悟空来了,就向孙悟空请教,孙悟空说喝了他的尿就聪明,显然是拿王熙凤取乐。

众人笑了一番,又击起鼓来。"小丫头子们只要听凤姐儿的笑话,便悄悄的和女先儿说明,以咳嗽为记。须臾传至两遍,刚到了凤姐儿手里,小丫头子们故意咳嗽,女先儿便住了。"凤姐说不出笑话,搪塞糊弄一番而已。

看点4:放炮仗和烟花

放炮仗和烟花,迄今为止依然是逢年过节和庆典活动最为普通的庆祝、娱乐方式。贾府的少男少女们却很害怕放炮仗和烟花。第五十四回是这样描写当时情景的。

当击令鼓、传红梅之后,贾母余兴未了便笑道:"真真这凤丫头越发贫嘴了。"一面说,一面吩咐道:"他提炮仗来,咱们也把烟火放了解解酒。"

贾蓉听了,忙出去带着小厮们就在院内安下屏架,将烟火设吊齐备。这烟火皆系各处进贡之物,虽不甚大,却极精巧,各色故事俱全,夹着各色花炮。林黛玉禀气柔弱,不禁毕驳之声,贾母便搂他在怀中,薛姨妈搂着湘云。湘云笑道:"我不怕。"宝钗等笑道:"他专爱自己放大炮仗,还怕这个呢。"王夫人便将宝玉搂入怀内。凤姐儿笑道:"我们是没有人疼的了。"尤氏笑道:"有我呢,我搂着你。也不怕臊,你这会子又撒娇了,听见放炮仗,吃了蜜蜂儿屎的,今儿又轻狂起来。"凤姐儿笑道:"等散了,咱们园子里放去。我比小厮们还放的好呢。"

说话之间,外面一色一色的放了又放,又有许多的满天星、九龙入云、一声雷、飞天十响之类的零碎小爆竹。放罢,然后又命小戏子打了一回"莲花落",撒了满台钱,命那孩子们满台抢钱取乐。又上汤时,贾母说道:"夜长,觉的有些饿了。"凤姐儿忙回说:"有预备的鸭子肉粥。"贾母道:"我吃些清淡的罢。"凤姐儿忙道:"也有枣儿熬的粳米粥,预备太太们吃斋的。"贾母笑道:"不是油腻腻的就是甜的。"凤姐儿又忙道:"还有杏仁茶,只怕也甜。"贾母道:"倒是这个还罢了。"说着,又命人撤去残席,外面另设上各种精致小菜。大家随便随意吃了些。用过漱口茶,方散。

这一夜在贾母的大花厅里热闹到四五更天方散去。灯火辉煌、笑声朗朗的元宵夜,贾府众人看够、乐够、喝够了,小厮们不仅乐了一夜,还得了赏钱,相当于抢到了心仪的红包,自上而下一片欢腾,但是这个奢华至极的元宵夜宴恐怕是贾府最后的奢华晚餐。

（分章节发表于 2019 年 10 月 12 日《西乡文艺》）

《金瓶梅》阅读札记

购得一套《刘心武评点〈金瓶梅〉》，上中下三本。无须赘述本书的价值和意义，坊间诋毁胜过肯定，百度一下就可知分晓。以下札记属于文本细读，仅是一点感悟。

《金瓶梅》是一部社会万象的大记录。本书以西门家族为波心，荡漾开整个社会的世道人心，把人性中最真实的一面赤裸裸地撕裂开来，如官场党派的明争暗斗，恶官揽权、罗织关系网的骇人伎俩，贵族之间错综复杂的关系网，商家的蝇营狗苟，贫民的寡廉鲜耻。整个社会道德沦丧，人伦坍塌。一切都以金银财宝来维持与衡量，争权逐利，妻妾与夫君之间，性成了活着唯一的出口。西门庆尤其如此，坊间只知道他是大淫棍、大恶人，岂不知在庞大的西门集团利益运作中，西门庆是何等的大手段、高智慧。他上能捋顺蔡京集团为己谋利，下能周全六房妻妾牵连出来的复杂社会关系，既能安顿好家族生意各部门经纪人的家眷，也能笼络好那一帮吃他的喝他的靠他的狐朋狗友。与不同的女人以各种难以启齿的方式满足性需要，为何不是他缓解压力和疲累的休闲方式？兰陵笑笑生洞察整个社会世情，混乱的一锅大杂烩在他扫描仪般的笔下，在社会这张巨网中穿梭回旋，游刃有余。

1. 女一号潘金莲

潘金莲作为故事的起点和终点，在全书中是重点描述的女一号，她的人生遭际所牵扯的众多人物故事，构成了全书的大框架，以她为例来说说命运的因果报应。

在《水浒传》里，武松办完公差从东京回来，知道哥哥去世，拿了殡葬师何九叔事先备好的证据（武大的两节骨头，西门庆给何九叔的封口费十两银子，一张纸上写的火化日期和送灵人）去县衙告状，结果县衙官员都收了西门庆的贿赂，告状不成。讲理行不通，只好来野蛮的。武松邀请了左邻右舍来武大家喝酒，在武大灵前当着众邻居的面，直接挖了潘金莲的心割了她的头，随后提着她的头到了狮子楼，杀了西门庆，最后把两个头摆在武大灵前祭奠武大。《金瓶梅》的故事则是在武松杀西门庆和潘金莲处拐了个弯，让他们两个不着急死，给他们延续了五六年的命。恰是这五六年的光阴，笑笑生就把整个大明时代的社会状况交代清楚了。武松办完公差回来，得知潘金莲和西门庆联手害死了亲哥，直接提刀赶到狮子楼杀西门庆，不料西门庆眼尖腿快，跳窗逃走。和他一起喝酒的县衙职员李外传还没反应过来，就被武松误当西门庆一刀结果了性命，做了替死鬼。毫无悬念，武松被抓进监狱，县里官衙受西门庆指示，判武松流放罪，远离清河县。西门庆和潘金莲则平安无事，潘金莲从此闪亮登场。

你不得不拍案惊奇了吧，作者多么会编纂故事，偏叫你杀不成，他俩活着就有好戏上演。作者让他两个演戏，让大家看到整个社会的淫乱风气，看到人性有多贪婪无耻、冷漠肮脏。接下来的六年，潘金莲在西门庆家可算是出尽了风头，享尽了荣华富贵。她认不清事实，唯我独大，身为西门庆第五个小妾，却偏偏要独霸西门庆，享受专宠。她妒忌心极强，待人心狠手辣、尖酸刻薄。她害得来旺儿家破人亡，害死西门庆的真爱李瓶儿和儿子官哥儿，勾引家奴当性工具，勾引西门庆的女婿陈经济，并为他怀上孩子。在她身上没有丝毫真情可言，她就是淫乱一词的肉身呈现。

先数数她手上的人命案。和西门庆偷情毒死丈夫武大，是她的第一个命案。第二个应该算是西门庆的家仆来旺儿的媳妇宋惠莲。来旺儿到杭州进货期间，西门庆和他媳妇宋惠莲勾搭上，来旺儿回来后得知此事，痛恨得咬牙切齿，醉酒后扬言要杀了西门庆。西门庆为了和宋惠莲偷情方便，打算继续派来旺儿到东京给蔡京送生辰纲。潘金莲此时出马了，她要把好差事留给来兴儿，还说来旺儿恨西门庆，怕路上拐走财物，并悉数告知来旺儿酒后失言骂西门庆的话。西门庆得知后火冒三丈，打算狠狠收拾一下来旺儿。西门庆收拾来旺儿的手段和《水浒传》中张都监整武松的方法如出一辙。先假借给他三百两银子，叫他在街前开个酒店。然后半夜呼喊有贼，来旺儿起床要去捉贼，被事先安排好的人捆住手脚当贼抓，那三百两银子早被西门庆设计调了包。来旺儿百口莫辩，被当成家贼关进了监狱，而后发配原籍徐州。宋惠莲在西门庆的欺骗和孙雪娥的欺负下，含恨上吊，自杀身亡。这件事纯属潘金莲仇恨宋惠莲，唆使西门庆引起的命案。可怜来旺儿一个好端端的家瞬间分散。

在这个命案中，来看看同样是偷情的两个淫妇潘金莲和宋惠莲本质上的区别。先说潘金莲的身世。九岁时，父亲去世，潘妈妈度日艰难，就把她卖到王招宣府里当艺伎培养，府里的师傅教她吹拉弹唱，作诗填词，就像上了艺术学校，倒也不错。可是天意弄人，六年后她十五岁时，王招宣死了，府里发散多余的人，潘妈妈把她领回家，又以三十两银子卖给张大户。六十岁的张大户禁不住潘金莲如花似玉的诱惑，把她当成了泄欲对象，被正妻发现，正妻迫使张大户将她送给了自己的房客武大郎。张大户想的是，倒陪嫁妆让她嫁给三寸丁谷树皮的武大，他可以继续享受肥美嫩草的鲜味，而且又只是一墙之隔，很是方便。不料，体弱纵欲的张大户不久就呜呼哀哉了。倒卖、送人，从九岁起到十五六岁，她接触到的两个男人，一个老弱病残、色欲浓重，一个奇丑无比。这一段青春年少的时光里，她不知爱为何物，没有享受到亲情的滋味儿。这大概也是造成她没有真情、不懂爱的直接原因。从这个层面上说，潘金莲是受害者，幼年的遭遇是她后来坏事做绝的根本原因。

嫁给武大的潘金莲，日子应该算是安稳了，她不再受别人欺负和管制，不愁吃穿。可是人生无常，谁料到潘金莲一竿子就打出了一段风流孽债。一日夫妻百日恩，潘金莲丝毫不念这一层，跟西门庆合谋杀死丈夫武大郎，其心何其狠毒。后来她有意无意地性虐待般弄死西门庆，也是少了起码的常识。而且在两任丈夫灵堂前，她如出一辙地和别人偷情。在武大的灵堂前，一帮和尚在做超度，她和西门庆偷欢，肆无忌惮，连一帮和尚都把持不住。在西门庆的灵堂前，她和女婿陈经济偷情，都不怕西门庆尚未冷却的灵魂惩治她，她的做法实在让人瞠目结舌。

宋惠莲作为西门家奴来旺儿之妻，和主人西门庆偷情，但是她自始至终心里有来旺儿，她只盼着西门庆照顾好她的老公，自己心安理得和西门庆厮混，压根没想到要害死老公。当得知老公被冤枉关进监狱的真相后，她万念俱灰，含恨自缢。潘金莲和孟玉楼、庞春梅说起宋惠莲的时候，还把人家的风流韵事一股脑儿抖搂出来，言语间满是鄙夷和不屑。俗话说"老鸹别嫌猪黑"，潘金莲都忘了自己是何等货色。

潘金莲第三个命案是害死西门庆的儿子官哥儿。潘金莲从李瓶儿怀上胎后就起了歹意，满月酒那天，她趁屋里只有奶妈如意儿，强硬抱出官哥儿，打算把他摔死在石阶上，把一个刚满月的孩儿高举头顶准备狠摔下来时，被吴月娘逮了个正着，犯罪未遂。可是官哥儿惊吓过度，当晚啼哭不止，还高烧不退，李瓶儿和吴月娘都知内情，但是谁也没有给西门庆说。这两位是西门庆的心腹之人，一个是明媒正娶的世家贵女正妻，在西门庆死后替他把持门面维护家族利益，一个是给他生头胎儿子的小妾。她们都息事宁人，怕给这个复杂的家庭再添乱子，尤其怕再让西门庆为家事烦恼，因而无形中纵容了潘金莲的歹行，埋下祸患，最后直接导致李瓶儿母子惨死的下场。

在潘金莲眼中，西门庆对谁好，谁就是她的死敌。她处心积虑要整死官哥儿，养了一只白猫叫雪中送炭，也叫雪狮子。她调教白猫，把生肉用红布裹着甩出去，让白猫扑过去把肉撕扯开来吃。夏日午后，官哥儿穿着红衫坐在床席上玩耍，雪狮子蹿进去把官哥儿当生肉撕扯抓伤，不多久官哥儿就死了。李瓶儿悲伤过度，加之血崩，也冤死了。潘金莲使出这一伤天害理之招，却能安然无恙，继续她的疯狂淫乱。

她的第四个命案当算是西门庆。李瓶儿死后，西门庆对性的需求更加癫狂，他不到一年时间就吃完了印度和尚送的强力丸药。那一日回到潘金莲房内，身体虚弱到昏迷不醒，可是潘金莲不但不找大夫医治或是叫他休息，竟然一口气拿烧酒给他灌下三粒春药，她百般蹂躏折磨身体困乏、春药发作的西门庆，让他精尽而亡。这个结局甚是滑稽俏皮，作者让西门庆这样死法，可算是对他的诅咒，也算是对他宿命的解释。他初遇潘金莲，潘金莲就在他头上打了一竿子。这一次是致命的又一竿子，潘金莲真是西门官人的前世冤家和夺命鬼。

间接导致西门庆速死后，她的陷害对象转移到女婿陈经济身上。和女婿乱伦还怀胎，潘金莲暗地里堕胎弃婴，自以为做得天衣无缝，最后还是被发现，并被吴月娘退还给王婆。王婆变卖潘金莲要一百两银子，想发一笔财，陈经济还没筹到钱来赎回她。不料武松六年期满大赦回家，武松用一百零五两银子买下潘金莲，并假装举行婚礼，在婚礼上武松一刀解决了她，结束了她罪恶的一生。

故事从哪儿起就从哪儿结束，潘金莲的结局真让人有瞬间梦醒的宿命之感。俗话说，自作孽不可活，杀人偿命，欠债还钱。潘金莲杀死武大后虽还活了六年，但结果还是在武松的大刀下死去了。这就是兰陵笑笑生文脉中氤氲的因果报应观。

2. 女二号李瓶儿

李瓶儿是《金瓶梅》的二号女主角，出生于上元节，即正月十五。她生下来时，有人送来鱼瓶，遂起名李瓶儿。李瓶儿嫁给西门庆前有过三任丈夫，第一任是梁中书，第二任是花子虚，第三任是蒋竹山。她嫁给西门庆后，为他生了一个儿子，这个儿子一岁零两个月时被潘金莲害死，随后她气血攻心也死了。花子虚在时，她性情冷漠，和翻墙而来的西门庆偷情成瘾。嫁给西门庆后，她性情大变，善良敦厚，息事宁人，温婉懂事，想博得个地久天长，可是不到三年就香消玉殒，死时大概 25 岁。她和西门庆是有真爱情的，她死后西门庆百般不舍，哭得死去活来，以最奢华的葬礼安排后事。很长一段时间西门庆还睡她睡过的床，去她房间静坐，夜夜做梦还梦见她。西门庆上东京答谢蔡京，并受领朝廷文书，在东京的夜里，他孤枕难眠时，想的全是李瓶儿。一个月夜，凉风送香气，李瓶儿身着一袭柔软的白纱长裙飘然而至，跟西门庆述说离别之苦。西门庆抱着她，哭得柔肠百结，似乎久别重逢，诉不尽的离殇。

李瓶儿短暂的一生，经历十分坎坷。她随养娘冯妈妈嫁给梁中书做小妾。梁中书是蔡京的女婿，他的妻子是妒妇，他虽有小妾无数但不得靠近。成群的小妾被狠毒的蔡京之女害死后，统一埋在一块野地里。李瓶儿和养娘一直不能靠近丈夫梁中书半步，只能远远地看那个潇洒威武的夫君跟正房如胶似漆，恰是不能靠近挽救了她的命。

某年李逵杀进梁中书的家，梁中书带着正妻慌忙逃命，根本不管李瓶儿。李瓶儿和冯妈妈携带梁家的珍珠、黄金好几大箱子逃到东京（即开封）投靠亲戚，遇见朝廷当红太监花子虚的叔叔花太监。花太监把李瓶儿介绍给侄子花子虚，结婚时还送给李瓶儿十几大箱子金银财宝。李瓶儿成了真正的大富婆。花子虚是西门庆十大结拜兄弟中的老二，也是西门庆家的邻居。花子虚不争气，放着绝色美人李瓶儿不享用，成天逛窑子玩女人。李瓶儿初见西门庆，眼睛大发绿光：我的天啊，天底下还有这么潇洒英俊的男人，这不就是梁中书转世吗？她瞬间就爱上了，瞬间就想和他上床，瞬间就想和他过一辈子。于是，她找借口：大官人要劝劝我家老公，让他别成天不回家，别老逛丽春院。西门庆每至半夜就带花子虚回家，后来她懒得管花子虚是否着家，只盼他永远别回家才好。一来二去，西门庆翻院墙去和李瓶儿共度春宵就上了瘾。天公作美，花子虚家堂兄弟之间争家产，打了官司，花子虚的财产要被兄弟们分了去。花子虚被关起来了，家里十几大箱子金银财宝被李瓶儿送给西门庆保管，这可正中西门庆下怀，也乐坏了他的五房太太。他们腾挪房间，找下人帮忙存放李瓶儿送来的宝贝。李瓶儿一边转移家产，一边托西门庆走关系解救花子虚。官司打赢了，花子虚回家了，可是李瓶儿竟然把好大一个院子十分廉价地卖给了西门庆。花子虚只好在狮子街买了一栋楼住下来，一惊一吓，大病一场，卧床不起，后来病死了。李瓶儿就和西门庆商量着结婚之事。马上要到婚期，西门庆家出事了。西门庆的亲家惹上官司，牵一发动全身，如果朝廷一溜子查下来，西门集团的产业也将化为乌有，还会有性命之忧。西门庆不惜重金派小厮上东京走关系。家里则关门闭户，不许人出门走动，以防被盯梢、被抄家。

　　两三个月下来，李瓶儿相思成疾，病来如山倒，性命堪忧，幸好有太医蒋竹山给她把脉看病。蒋竹山被李瓶儿的美貌迷得颠三倒四，不能自已，于是和盘托出西门家的官司，并添油加醋，说西门庆家彻底完蛋了，没救了，要她再别想嫁给西门庆了，那是自寻死路。于是在一来二去的看病过程中，李瓶儿害怕独处，就招赘了蒋竹山，并在狮子街给他开了个药房。可是，蒋竹山性功能不行，缺少风情，懦弱怕事，李瓶儿左右看不上他。恰巧，西门家平安无事。听说李瓶儿和蒋竹山结了婚，还开了生药铺子和西门家争生意，西门庆气歪了鼻子，找了两个社会混混砸了蒋竹山的药铺。蒋竹山不仅不能保护好铺子，还被打得吓破了胆，气急之下关了药铺。李瓶儿撵走蒋竹山，然后委曲求全，自找上门要和西门庆重归于好。结婚当晚，西门庆让李瓶儿脱光衣服，跪在地上，用鞭子狠狠抽打了李瓶儿，还质问她：嫁什么人不好，我不如蒋竹山吗？打完了，他又被李瓶儿的甜言蜜语迷得没法，于是夜夜缠绵。李瓶儿说：爹呀，任何人都不能和你比，你就是医奴的药。我有了你，啥也好了，这辈子啥也不求了。

她说到做到，从此不使性子，不和另五房太太争风吃醋，别人欺负她，她装着不知道。她倾尽所有想要维护好五房太太之间的关系，不给西门庆添任何烦恼，对待下人也如亲人，好得不得了。可是潘金莲，这个尖酸刻薄、心狠手辣的淫妇怎么也容不得她，害死她的命根子——一岁零两个月的儿子，她活着的希望就没有了。相比潘金莲，李瓶儿简直可算是完美，她有足够的私人财产，比西门庆原有的还多；她长得比潘金莲还美，浑身皮肤雪白细嫩；她比潘金莲更懂风情；她的性情敦厚和善，有中国古代妻子的美德。可是她败在了潘金莲的魔爪之下。一个女人一旦找到真正的爱情，便可以把女性与生俱来的风情月意、温婉善良完全施展出来。她的每一个细胞都散发着暖意和情意，每一寸肌肤都充满了对身边人的爱。李瓶儿遇到了西门庆，就遇到了真爱，她的心安了，人更聪慧懂事了。可是作者弄人，并没有给李瓶儿和西门庆完美的结局。她和西门庆真心相爱三年，有了孩子又失掉孩子后，重病附身一命呜呼。她死时内心极度不舍，但天命难违。她是有遗憾的，但更多的是知足吧。因为她死在西门庆的怀里和眼泪里，之后很长一段时间她还活在西门庆的梦里。

3. 两个六儿

《金瓶梅》中有两个六儿，都是二十五六岁的风流少妇。一个是潘金莲，西门庆的第五个小妾。她是潘裁缝的女儿，自小生得好看，缠了一双三寸金莲，排行老六，小名潘六儿。一个是西门集团绒线铺伙计韩道国的老婆，她是杀猪匠的女儿，在家排行也是老六，叫王六儿。两个六儿都是风月高手，最后是她两个合伙让西门庆精尽而亡。

潘六儿是作者塑造的淫荡的化身，她的人生目的好像都是为了满足性欲，先后和四个男人有染，18岁时被60多岁的张大户占有，不久张大户一命呜呼。她被张大户嫁给武大后，勾搭西门庆毒死武大。她在武大的灵堂前和西门庆偷情，在西门庆的灵堂前和陈经济偷情，一刻不消停。西门庆死后她公开和女婿厮混，还带上贴身侍女庞春梅玩二女侍一夫的把戏。她没有感情，不爱任何人，包括潘妈妈。她尖酸狠毒至极，控制欲极其强烈。她嫁给西门庆后一门心思独占西门庆，西门庆对谁好，谁就是她的死敌。长相俊美、温柔敦厚的李瓶儿直接成了她的手下冤魂，她处心积虑养白猫害死西门庆唯一的儿子——一岁零两个月的官哥儿。她活着就是性的代言者。

这样一个命运悲惨的女性，她却有文化，会填词唱曲，弹得一手好琵琶。西门庆被李家妓院当财神供奉半个月，十五六岁的李桂姐缠住他不让他回家时，潘六儿会写一封情深意长的情书，表达相思意。西门庆看到情书立刻就会回家。西门庆死后，她跟女婿陈经济乱伦怀了孕，打胎后被吴月娘退还王婆。在王婆家里等待陈经济筹钱来赎她时，她又提笔写情书，搞得陈经济恨不能立刻飞到她身边。

作者塑造潘六儿，怕是违背社会伦理，是对程朱理学灭人欲的高歌反抗。一方面偷情乱伦是要被判刑定罪的，一方面市井小民对性的渴望迫使他们纵欲而没有底线。物极必反即是如此。

王六儿纯属市井小民，唯财是图，她手段犀利，把西门庆勾引得欲罢不能，目的只有一个：不断地从西门庆身上得到想要的财富。她身材高挑，皮肤黑，五官貌相很好。初识西门庆，是因为她和小叔子偷情，被街坊小混混捉奸在床要送官府，她的丈夫韩道国央求西门庆出面，打退小混混，反咬一口说小混混私闯民宅行盗窃之事，吓得那一伙七八个地痞流氓再不敢乱骚扰。她和西门庆偷情源于女儿经西门庆介绍嫁给蔡京管家翟谦之时，而且每次和西门庆行事，丈夫都主动回避，事后夫妻二人坐在一起算账：这次得到了多少好处。

西门庆是仗义之人，尤其对待兄弟和女人。兄弟有求，他会在原有基础上再多给一些银两，比如应伯爵给儿子办满月酒，本来要"借"10两银子，他出手直接给50两，还要搭上满月酒那天的礼物。应伯爵就是靠西门庆养活一家老小的。跟西门庆上过床的女人他更不会亏待。在床上勾肩叠股，王六儿会直接要钱，要衣服，要金银首饰，要侍女等，西门庆不会少给，还会多加，为她在狮子街买大豪宅，送她金银首饰无数。她为此卖力讨他欢心，并和丈夫韩道国直言不讳地讲与西门庆的种种床事。

韩道国也活得简单：你尽情和西门官人睡吧，只要你能为咱家多弄些金银财宝。西门庆和王六儿，简直就是现实版的老板和小三。明码标价，一个为钱，一个为色。你陪我纵欲，我给你想要的，双方是赤裸裸的情色交易。现实中还有一种奇葩：丈夫放任老婆出去勾搭男人，管你到哪儿和谁厮混，年底回家交钱就可以。于是出现了这样一群女人，她们打扮得妖艳至极，或在网上以谈情说爱的名义骗取钱财，或以打工可怜人的身份和瞄准的对象谈恋爱，骗取足够财富后消失得无影无踪。几百年前的笑笑生难道有一双洞穿时光的眼睛？

两个六儿，两个风月高手，同时瞄准西门庆，一个图的是地位和稳固的靠山，一个图的是无尽的财富。西门官人有着强大的社交圈子和无与伦比的商业头脑，肯定看得一清二楚，不过是一个愿打一个愿挨。

遇上两个猛虎一样的六儿，西门官人注定一命呜呼，万贯家财、高官厚禄都成了附庸和过眼云烟。印度胡僧的药是个引子，王六儿是他的催命鬼。在王六儿那里，他已经消耗掉了百分之九十的命，昏昏沉沉地回到潘六儿房里，本想着大睡一觉，可是潘六儿竟然给他下猛药，拿烧酒给昏迷的他灌进去三颗春药。于是，他必死无疑，而且死得那样窝囊难看。

4."扑蝶"的背后——《金瓶梅》和《红楼梦》中的"扑蝶"对比

细读《金瓶梅》，发现很多情节以及人物在《红楼梦》中都能找到匹配的对象，也难怪，《金瓶梅》就是《红楼梦》的参照范本，这不是我胡说八道，有很多名人言辞可以证明，即便没有这些名人大腕儿的认可，你自己对比阅读两部小说，自然会发现文学传承的痕迹。读《金瓶梅》时，我总会把西门庆当成贾琏，二者的经商头脑、玩弄女性的嗜好都是那样相似，以至于阅读过程中，竟然感觉这两位长得相似，高大魁梧中有一股阴柔气，对待女人都有怜香惜玉的一套把戏，会讨好女人，不会亏待跟自己好的女人。某时我还把吴月娘当成王夫人，把潘金莲当成了王熙凤，这是一种无意识的阅读联想，细想一下，除了西门庆和贾琏有相似之处，后两者明显差之万里。《金瓶梅》中诸多的家族饕餮宴席或者招待官场要员的宴席，和《红楼梦》中的奢华豪宴如出一辙。

《金瓶梅》和《红楼梦》中都有美人扑蝶的场景描写，对比来看颇有意思。两个作者都爱看美女扑蝶的动感画面，但又不是专门来写这个画面，扑蝶在塑造人物性情方面都只是一个引子，或是前奏。

《红楼梦》有五个最美场景：黛玉葬花、宝钗扑蝶、湘云醉卧、宝琴立雪、晴雯撕扇。第 27 回集中讲了前两个场景，作者对人物事件的安排十分巧妙，对比描写中渗透禅意，又凸显人物性情。扑蝶听墙根，葬花叹身世，蝶儿飞了，花儿零落入泥，终究都是一场空，这是作者描写中渗透的佛理禅机。作者使用障眼法，先描摹了一幅少女扑蝶图，让你先入为主醉在其中，实则这幅美丽的图景不过是揭示宝钗性情的一个由头。薛宝钗性格的多面性在这一回中完全显示出来，她不仅有善解人意、思虑周全的一面，还具有虚伪、阴损的一面。本来她是要去邀请林黛玉来参加饯花神活动的，但是看贾宝玉先她进了林黛玉的潇湘馆，就想到二玉是青梅竹马长大的，自己进屋后二玉说话不方便，还担心林黛玉会为她和贾宝玉同时进去吃醋，因此索性折身返回。恰巧看见两只团扇一样大的玉蝴蝶在花丛中上下翻飞翩跹起舞，她就忍不住轻手轻脚，拿着团扇去扑蝴蝶，一路追到滴翠亭，恰巧听见坠儿和小红在亭子里说悄悄话。坠儿替贾芸转交小红遗失的手帕（贾芸故意把自己的给小红，实则为定情物），并替贾芸讨要赏物。小红要坠儿发誓不泄密，为了防止有人偷听，决定打开滴翠亭的门窗。宝钗把二人的对话悉数听了个明白，还暗暗鄙视小红和贾芸有私情的行为。小红 16 岁，贾芸 18 岁，正值花样年华，少男少女彼此爱慕再正常不过，作为同龄人的薛宝钗有何鄙视的呢？可是她就认为人家是"奸淫狗盗"。门窗一开，正在左思右想的宝钗来不及躲闪，灵机一动，使了个金蝉脱壳计——拿林黛玉顶包，故意一边快步往前赶，一边喊道："颦儿，我看你往哪里藏！"小红和坠儿信以为真，认为她们的对话都被林黛玉听见了。更讽刺的是，小红还暗暗叫苦：宝姑娘听了不要紧，林姑娘听了会走漏风声。

作者的笔真是辛辣尖利到极点，把薛宝钗的虚伪、圆滑、冷漠、阴损写得十分透彻。先是通过心理活动及言语行为的虚假可笑来写她的置身事外，把自己听墙根的龌龊行径洗得干干净净，再通过小红的心理反应侧面加深薛宝钗的阴损，让读者不由得可怜起黛玉来，被无辜冤枉，被丫鬟小看，还一无所知。说实话，我每次读到这里都为黛玉叫屈。薛宝钗的冷酷在后面还有具体描述，刘姥姥进大观园，贾母带她到处逛，到薛宝钗的蘅芜苑，看到薛宝钗雪洞似的卧室，贾母十分生气，说是死人窖雪洞似的毫无生机。一个黄花闺女这样布置闺房是在变相咒骂贾母。用刘心武的话来说，薛宝钗故意把房间弄得空空荡荡，毫无生机，是在压制内心的烈火，包括她吃冷香丸，也是如此。这股猛烈的火是妒忌之火还是情欲之火，有待研究。

　　妙龄少女扑蝶本是无比美丽的画面，可是薛宝钗随即做的事情掩盖了这种天真无邪的纯洁美。我们明显可以读出来，作者不是专门要写宝钗扑蝶的美，扑蝶只是铺垫和引子，他是要写薛宝钗的另一面性格，也把小红和贾芸的恋情向前推进了一步。

　　《金瓶梅》中，潘金莲也扑蝶。有趣的是，潘金莲和薛宝钗扑蝶的时间都是在4月20日以后芒种到来之时。薛宝钗和大观园众儿女在园内打扮得花枝招展，用柳条花朵儿做一些马儿等造型，挂得满院子树上都是，然后她单独出去找黛玉时路上扑蝶。潘金莲扑蝶，是她单独走到芭蕉树后，在浓荫处看见蝴蝶就去扑，其时西门家花园里也在大搞欢宴，丫鬟主人一大群吃饱喝足后在院子里玩耍。潘金莲独自走到隐秘处，谁知女婿陈经济也脱离了人群，从她后面走来，说她捉不到蝴蝶，要帮她捉。二人走在一处，开始言语试探，触摸挑逗，恰巧被李瓶儿看见打扰了。潘金莲和陈经济从此就种下了情根，两人一心想找机会厮混。潘金莲是风月高手，西门庆满足不了她，她活着的唯一目的就是抓住西门庆，满足深不可测的情欲。作者写陈经济叫她，她转身的刹那，粉面汗津津的一回眸，真是风情万种。这和薛宝钗追蝴蝶时香汗淋漓、娇喘细细有同样效果。

扑蝶是古代的一种嬉春方式，闺阁女性都喜欢扑蝶。本来蝴蝶飞在花丛中都是绝美的画面，奇花异卉千姿百态，加上蝴蝶的戏闹翻飞，使画面丰富饱满，充满生命蓬勃的律动，再加上娇喘细细、香汗盈盈的美人手持团扇，金莲款款追随蝴蝶的行踪，花儿、蝶儿、人儿三美组合成最和谐动人的画面，让人赏心悦目。可是两部小说中的扑蝶却是对美中不足一词的最好诠释。一个是少女爱美之心的大挪移，一个是少妇勾搭奸情的别有用心，使得扑蝶这一美妙的动作包含了不同意义。如果薛宝钗不曾听墙根，或者听了墙根敢作敢当，不诬陷黛玉，那这个画面就是完美的。潘金莲追蝴蝶是她和陈经济乱伦的引子，蝴蝶迷恋花丛，就如陈经济垂涎岳丈的小妾，这一追便为后文重重地埋下了一笔。西门庆死后，潘金莲公然和陈经济厮混在一起，色胆包天，无所顾忌。为了掩盖乱伦行径，她甚至叫贴身丫鬟春梅也和陈经济行云雨之事，到最后肆无忌惮地为陈经济怀了孕。她毫无底线的伦理观念，最终要了她的命。

饯别花神的民间习俗已经退出了我们的生活。扑蝶的情趣永远鲜活在古人的经典诗词中，或许在乡间小儿的行为中也可见。可是，在文学作品中，这一日常的审美活动担负了更重要的任务，让我们见识到作家巧取素材的妙笔生花所呈现的深刻思想。

5. 商人西门庆是如何与太师蔡京勾搭上的

西门庆其人。

西门庆祖上是清河县药材商人，其父辈时生意已经惨淡。到了西门庆手里，因为他和县衙各部门关系好，是地方恶少，生意还说得过去。他有 6 个太太，正房是识大体、城府深的吴月娘。他 32 岁精尽而亡，死在潘金莲手上，树倒猢狲散，几个小妾都改嫁了，包括他最爱的婢女庞春梅。最终为他撑门面立门户的是吴月娘。其余五位是孙雪娥、孟玉楼、李娇儿、李瓶儿、潘金莲。李瓶儿是真爱西门庆，可是只做了三年夫妻就死了。其余四位和西门庆没有爱，更没有夫妻之间起码的嘘寒问暖和关怀。西门庆成为富豪的第一桶金来自孟玉楼，孟玉楼家开布行，资金雄厚。孟玉楼死了丈夫后，带着全部家产嫁给了西门庆。他的第二桶巨额资金来源于李瓶儿。寻花问柳，结交狐朋狗友，出入勾栏瓦舍是他的一大爱好。西门庆和东京（河南开封）太师蔡京勾搭，基本是犯了事给蔡京送重金以开脱罪责，重金贿赂后干脆认作了干爹。最终，西门庆和蔡京成了名义上的父子关系。这可了不得，有个一人之下万人之上的爹，呼风唤雨，无所不能。于是西门庆摇身一变，成了体制内五品官，成功商人加成功官爷合二为一。可是，纵然富可敌国，妻妾成群，锦衣玉食，他还是死了，死于纵欲过度。他庞大的家业也迅速凋零败落，败在家奴、妻妾、兄弟们的明争暗抢，瓜分掠夺。他一步步挤进官场，其开路机器便是海量的白花花的银子。

初交蔡太师。

武松替县太爷到东京寄存银两，办完事回清河县之前，给武大郎写了一封信，汇报归期。彼时武大郎已被潘金莲下砒霜毒死了。潘金莲吓破了胆，找王婆商量此事，和西门庆合伙火葬了武大郎，并急匆匆嫁到了西门府，做了西门庆的五姨太。武松回来得知此事，就去衙门告状，西门庆买通了县衙大小官员，武松告状不成，就到狮子楼杀西门庆。当天西门庆正好和衙门的差役李外传喝酒，西门庆的视觉、嗅觉都超级灵敏，一见武松上了狮子楼，赶紧从另一个门逃走了。李外传还没回过神来，就被冲上楼的武松打了一拳，正欲翻窗而逃，被武松抓回来打了几下甩出窗外，跌落街上摔死了。武松被捉拿归案，查究案情原委，西门庆杀死武大郎是起因，府尹不得不捉拿西门庆。西门庆央求杨提督杨戬找蔡京说情，清河县府尹是蔡京的门生。蔡京只需给他的门生一句话，所有天大的命案都可以一笔勾销，所以西门庆和潘金莲偷奸，毒死武大郎的罪行府尹完全忽略了。武松因误杀县衙皂吏李外传被判处流放孟州牢城营。这是西门庆第一次间接央求蔡京。天下衙门朝南开，有理无钱少进来。西门庆有钱，他和朝廷高官有裙带的亲情关系。西门庆是地方恶霸，他犯罪不叫犯罪，花点钱就了事。

（人物关系：西门庆前房老婆生的女儿西门大姐嫁给了东京禁军教头杨戬的亲党陈洪的儿子陈经济，杨戬和蔡京是亲家关系。西门庆通过亲家的亲家拉上了蔡太师的关系，而且越走越亲。）

花子虚的堂兄、堂弟三人要瓜分叔叔花太监留给花子虚的财产，把花子虚告到开封府。李瓶儿赶紧找西门庆到开封府救人，一出手就给了西门庆三千两金元宝，并把花太监给她的巨额私产转移到西门庆家。西门庆派下人拿银子到东京找杨戬，杨戬找蔡京写了一封书信给开封府杨办事。杨办事是蔡京的门生，本是清官，但出于杨、蔡二人威名，就把花子虚的两处房产和一处庄园卖了，银子分给三个堂兄弟，释放花子虚，了结案子。这是西门庆第二次贿赂蔡京。西门庆之所以如此肯干，一来花子虚是他十兄弟中的老二，不帮忙说不过去。最主要的是，李瓶儿在他家寄存了巨额财产，而且他也问清楚了，这一大笔财产都是李瓶儿的梯己财富，花子虚不知道。保释花子虚，这一大笔财富不会被花家兄弟追究。如果不帮忙，面子上也应付不了李瓶儿，此时西门庆还是个开生药铺的商人，看似帮助花子虚实则保全巨额财富。

蔡京指令从被杀黑名单上抹掉西门庆的名字。

北境叛乱，杨戬等人抗敌不力或是采取不抵抗政策，有官员上奏皇帝，告了这些人一状。皇帝大怒，让蔡京暂避风头，把杨戬等一干官员关押起来，准备流放充军，把陈洪等一干蔡京、杨戬的亲信关起来准备斩杀。陈洪得知消息，赶紧派儿子陈经济、儿媳西门大姐携带金银财宝到西门庆府上避难，半夜时抵达西门府。陈洪携带老婆逃到东京找关系去了。西门庆政治敏感度超级强，一看亲家有难，想到裙带关系，自己也没好果子吃，赶紧让家仆来旺儿、吴典恩携重金上京打通关系。二位仆人六天时间就从清河县赶到了开封府，可谓是神速。二位因常到东京走关系，已经认识蔡京家的小厮。小厮带领二人先见到了蔡京的儿子，又见到了蔡京的大管家翟谦，然后找到了朝廷机密文件，一看名单，被杀黑名单中果真有陈洪、西门庆的名字。于是他们又多方打听，找到了直接负责执行案子的执行官。执行官拿了银子，看到名单，直接把西门庆的名字换了个名字，西门庆就有惊无险地逃过一劫。这个事件中，蔡京拿到了西门庆的500两银子，杨戬也拿到了500两，蔡京的管家、小厮都不同程度地得到一笔财富。蔡京关系网内的人物都不同程度得到好处，个个皆大欢喜。至此，蔡京想忘记西门庆恐怕也是不能了，他三番五次地帮助西门庆，不间断地得到西门庆的金银财宝。他们的关系越来越牢靠。这一次，自蔡京之下，官场好几个人都在帮助西门庆。西门庆不仅免于杀头，还因祸得福成功打进了蔡京的朋友圈，从此，身价倍增。

别出心裁为蔡京过生日。

西门庆提前几个月准备寿礼，在送礼方面可谓是一掷千金，心思巧妙。他先找匠人打造款式新奇的器物珍玩，制作蟒衣华服，用尽心思；然后又派代安、吴典恩到东京送礼。蔡京收到礼物后简直是喜不自胜，赶紧找到皇帝给他的官员缺位名单，让西门庆直接当上正五品——山东省的提刑官，并封千户侯，然后又给送礼的二位封了县里的监察员等官职。代安、吴典恩屁颠屁颠回到清河县。至此，西门庆成了体制内高官，生意也是越做越大，有了药材行、生丝行、绢帛店，还放官债。钱、权都掌握在他的手里，真正可以呼风唤雨了。

这一节让人想起两个词：卖官位和逮捕令。前者论秤称金银，按金银重量给你填写任命书，干这活儿的是大宋朝的太师、宰相蔡京，西门官人送的金银多，给你个五品提刑官做，再给你的小厮做个县里某部的小提刑。后者看谁不顺眼，谁妨碍了自身利益，就把谁的名字写上去，反正上面有皇帝的印章，只需填名字就行了，以莫须有的罪名送你入大牢，干此活儿的是路易王朝的贵族们。前者是中国明朝作家兰陵笑笑生写的《金瓶梅》中的片段，后者是19世纪英国作家狄更斯《双城记》中的片段。一个是兜售官位，一个是草菅人命。不同时代，不同国度，统治阶级玩弄权势的方式如此类同，简直像儿戏。

为蔡京的管家翟谦找小妾。

翟管家年近半百无子无女，托西门庆找一个十五六岁的女孩，准备接续香火。西门庆托冯妈妈找到了西门集团项目经理韩道国的女儿韩爱姐，15岁，长得如花似玉。西门庆出钱出力置办全套嫁妆，亲自送到蔡京府上交给翟管家。从此，西门庆便成了蔡京府上最为亲近的常客。翟管家和西门府成了至亲关系。西门庆全方位加固了西门集团和蔡京集团的关系。

认蔡京做干爹。

东京新科蔡状元因家贫，在探亲途中路过西门府，西门庆热情招待，使蔡状元十分感动。蔡状元回京后告知蔡京西门庆有多么仗义和厚道。在蔡状元和翟谦的撮合下，西门庆专程进京拜蔡京为义父。西门庆至此完成了身份、地位的华丽转身，他转得如此高大上。至此，整个山东省各级大小官员对西门庆趋之若鹜，西门府上车水马龙、门庭若市。

读《金瓶梅》，并没觉得作者把西门庆写得有多坏，实则是他贪恋女色，一步步走上生命的不归路。如日中天的西门集团财大气粗，官运亨通，可他是空虚的，他的后院争名夺利、勾心斗角、男盗女娼，他要应酬各级官员的升迁造访，他的几房太太还得在后方与官太太、官小姐们互相拜访走动。处理家庭内部妻妾矛盾、家仆矛盾，所有东西他都得亲自过目安排，包括太太们出门拜访要送人的礼物，要穿戴的金银服饰。除了没完没了的应酬，他的空余时间便是和不同女性厮混，释放他吃了印度胡僧的猛药积聚的能量。在官场、商场叱咤风云、运筹帷幄的他，最终死在女人的怀里。这是作者给他安排的结局。

6. 西门庆的七哭

《金瓶梅》第 62 回，作者用 19 页来写李瓶儿从病危到死亡的几天，7 次写到西门庆的哭。满满的深情，感天地、泣鬼神。李瓶儿得病，西门庆到处求医问道卜卦，本是不信鬼神、佛、道的人，在爱妾李瓶儿吃药不灵、病情加重时什么都信了，能用的手段都用了。李瓶儿瘦得皮包骨头，不梳妆不打扮脱了人形，西门庆日夜守护离不开她，你还能说他是大淫棍大恶人吗？还能说他滥情没有真爱吗？

李瓶儿在死的前一天，挨个儿跟家人告别，送她们衣服首饰和银两，叮嘱她们今后注意什么，自己死后该如何自奔前程寻找出路。满屋子的人无不哭得凄凄惨惨，连西门庆正妻吴月娘也哭得不成样儿。作者详细写李瓶儿的临终告别，把她的为人和性情做了个通透的交代，可见作者是多么喜欢他塑造的这个白富美。李瓶儿一生坎坷，很小时候父母双亡，由养娘冯妈妈带大，之后嫁给蔡京的女婿梁中书做小妾，李逵大闹东京杀到梁府，梁中书携妻逃命。李瓶儿和养娘投靠亲戚被花太监收留，之后嫁给花太监侄子花子虚，实际一直被花太监留用。花子虚不务正业，因为家族财产纷争，怄气生病后死亡。李瓶儿又招赘了个上门女婿太医蒋竹山，后来蒋竹山无能被扫地出门。李瓶儿主动求和，携带巨额财产嫁给西门庆做了第六房小妾。在西门庆家受尽了潘金莲的欺负，一岁多的儿子也被潘金莲害死，她连气带病不治而亡。

李瓶儿病重时，西门庆请道士来做法事，企图挽留李瓶儿的生命。可是道士点灯做法显示李瓶儿寿数已尽。西门庆不信，进了李瓶儿房间后，二人抱头痛哭，彼此万般难舍，述尽衷肠。李瓶儿告诉他，西门家大业大，自己死后西门庆孤立无援，里外都得操心，让他善待正妻吴月娘，为西门家留个男根。少去逛窑子，勤奋上班，多待家里，少喝酒。自己死后再也没人劝他了。西门庆哭得刀剜心肝一样，鼻涕一把泪一把地直呼："疼杀我也，天杀我也。"在前61回中，西门庆从未难受过，更别说流泪、哭泣、心疼这样的悲伤表现，但是面对无药可医的爱妾，他难过得如此这般，真让读者跟着情动不能自已。当晚他要留宿李瓶儿房内，李瓶儿已经气息奄奄，下身血流不止。李瓶儿本身是个十分爱干净的白富美，得病后，房内两个丫鬟、一个养娘、一个奶妈手不停脚不住地换床单，换垫巾、薰香以保持室内的洁净。西门庆要歇在她房里，她怕委屈了他，执意不肯，西门庆只好到月娘房里休息。西门庆和月娘说起李瓶儿的病情，难过得无法控制，痛哭流涕，他不相信李瓶儿会死，还坚信会有奇迹出现。

　　天没亮就接丫鬟通报说李瓶儿断气了，西门庆奔到床前，伏在李瓶儿身上，双手抱着李瓶儿的脸边亲边哭，说自己要替她去死，说她在西门家三年，没过过一天好日子，都是自己坑害了李瓶儿。他哭得天旋地转，肝胆俱裂，惹得身边一干活着的妻妾妒忌死者。等停放好了灵位，西门庆还是控制不住，依旧抚尸大哭，声音都哭哑了。

　　一个30多岁的提刑官和千户大人，一个太师的干儿子，一个情人遍地的情种，全然不是平日里骑高头大马的那个现世潘安。他是这么重情、动情，抛开了尊严，全然不顾面子，全是因为用情至深后又永失所爱。阴阳先生算完了李瓶儿的前世、今生和来世，确定了下葬日期，西门庆再次痛哭不止。整整一天一夜，西门庆守着李瓶儿的尸体，不吃不喝，哭哑了嗓子，哭得神思恍惚，见谁来让他吃饭喝水，就打骂谁。西门庆的妻妾们看在眼里，妒在心上，毫无劝解办法，几个女人叽叽喳喳，你一言我一语地吃死人李瓶儿的醋，却没有一个人能劝动西门庆节哀保重。最后，应伯爵来了，三言两语，句句说到点子上，才劝住了西门庆。

西门庆的七哭，实在是凄苦，那么多妻妾、情人和朋友，都不懂他，他最心爱的李瓶儿死了，从此他的爱情也死了。作者着力刻画西门庆的情意，正面写他7次痛哭，表现对李瓶儿的深情，这还不够，还要在众妻妾们的议论中再次刻画一番。最终让他从巨大悲痛中走出来的竟不是他的任何一个妻妾或者情人。纵然妻妾成群，纵然处处散情，知心者，真爱者，没有第二个，这也是人生最悲哀的境况吧。

不由得想到《红楼梦》中秦可卿的死，她的公爹贾珍也是难过得死去活来，恨不得倾家荡产安葬她。这两对的身份关系虽然不同，但两位女主的葬礼有某些相通的地方，还有广博的空间值得读者细思量。

精微处见大宇宙
——王方晨小说特色探析

文学是想象的艺术，更是现实的映射。小说作为一种最直观、受众最广的文学形式，有着扎根土壤、以艺术形式映射现实的特点。现实为小说提供了素材，小说又折射出现实中的问题，以艺术的形式表达普世价值，抒发爱恨情仇。脱离现实生活基础的小说不叫文学艺术，记录现实生活的文字也不叫小说作品。

文学折射现实，什么样的时代必然有什么样的语素和语境。

山东作家王方晨着笔于底层民众生存状态的文化探索，在当代文坛独树一帜，犹如一颗璀璨的明珠，静静地闪耀在中国叙事的天空。他的小说创作寓象征于写实，寓大问题于细微处，寓大思想于小人物，赋予生命在生存诉求之上的另一种追求：关于人性、自然、大地的哲学思索。可以说，他的小说就是关于个体生命在大时代下生存的学问。

总体特色

提到生活叙事，我们就想到生老病死、亲戚邻里之间的爱恨情仇，那些千丝万缕又鸡毛蒜皮的纷争。然而在王方晨这里，没有这样麻糖一样纠缠的老套数，其作品是对中国民众生活的整体观照，透过一个村落或者一条街道上发生的一件事情折射出广阔的社会面貌，剖析出现实视域下的社会大环境，具有作家对现实的深刻思考和对普通民众生活的热切关怀。反思意识和忧患意识在具体的小说事件中纵深延展，却又不露凿痕，在涓涓细流般的叙事中暗藏惊涛骇浪，于平静淡然的表象下潜藏作家内心的极端愤懑和深刻忧虑。这一文学叙事寓刚于柔的特质，把社会变革中生命存在的意义和方式做了大胆揭示。他的中短篇小说兼有对生活现实的透露以及对现实环境的批判，其深度和广度甚至超越了某些所谓的经典长篇达到的效果。

小说取材及现实意义

时下，借助网络的自由和便捷，一些脱离真实生活、忽视逻辑和情理的写作，在消费文化的包装下大行其道，脚踏实地写出有质地、有生命的好小说者就显得难能可贵。王方晨的小说真实生动，合情合理，他完全立足脚下的现实土壤，善于从小民小户的日常生活中撷取题材，在微小的事件里关注人生和人性，于不怒不喜、不褒不贬中显山露水，引人深思，启迪心智。不妨就此分析几篇，以窥见王方晨小说的内核。

一、对女性群体的关注

《女病图》(《青年文学》2015第2期)是对城市女性群体的倾心关注，对女性生存所承受的种种压力和困境的披露。这是一群认真生活、热爱生活的女性，她们生龙活虎，根本没有病，生病的是她们生存的环境。女性当自强，但是也摆脱不了不良势力的侵袭以及无常命运的捉弄。上到大学教授，下到超市打工族，她们承载着太多社会责任和压力，如关于家庭、婚姻、爱情的不安全感，关于事业和追求的空落感。她们抱团取暖，抵抗生存环境带来的身心双重的侵袭，彼此互帮互助，自救也救人，可是无济于事，暂时的温暖和安慰终将不能化解自身处境的尴尬。读罢不禁质问苍天：世上的好男人都去哪儿了？

丘艳芳，因锅炉爆炸男人被烫死了，又嫁了个有心脏病的丈夫，还被迫离婚了。遇上一个想和她好的，这个人却是个性无能的五十几岁的骗子。在经历了重重灾难之后，她组建了舞蹈队，类似于建立起一个落难妇女的救助站，让丈夫出轨的、离婚的、家庭不如意的这些女人们聚在一起，唱歌跳舞，互相排解内心的愤懑，使得她们暂时忘却生活的苦痛和折磨。她为了忘却丈夫死难时的惨状，总是马不停蹄地忙碌，总在为别人操心解难，像陀螺似的停不下来，这是一个典型的自强自立型女人。大学教授兰沫闪婚后，缕缕出轨，生活过得奔放自由。朱小媛嫁了个爱吃烧鸡、以斗狗为生的胖老公，她老公还找了个情妇专门给他养狗。在抵制日货风潮席卷而来的时候，朱小媛连人带车一并被砸，成了植物人。就连老公的情妇也被老公制服成一个为他养狗的家奴，最终情愿为植物人的朱小媛充当保姆。这一群女人，在生活的支离破碎中想要突围，没有一个成功者。

工厂事故丧失人命，抵制日货的打砸抢，赌博成瘾导致的人性沦丧、责任感消失，这就是小说中这一群女人生病的原因。且不说女人是被疼爱的，是半边天，单说女人的生存尊严就受到了这样的威胁和践踏。症结所在，非女人本身，生病的到底是谁呢？这一引人深思的问题，不是短时期能解决的。当年鲁迅面对社会问题，发出"救救孩子"的呼吁，王方晨在此发出"救救女人"的呼吁，不过他没像鲁迅那样直接呼出来，但是通过小说夺人心目的标题和小说中这一群女人的人生遭际，可知这呼声响彻晴空。

二、对乡土家园的讴歌

乡愁是永恒的文学主题，就像爱情一样。乡愁和爱情对于文学作品的重要性就像空气和水对于人的重要性。时下，乡愁是由于社会发展的需要对乡村造成的破败所带来的。自然环境正在被我们根据需要大力改造，人们与自然的关系越来越远，与精神的故乡也越来越远。当我们乘着时光的高速列车穿梭在现代科技的迷宫中时，一回头，忽然发现，我们的故乡如此千疮百孔。村庄的溃散使乡村人成为没有故乡的人，根断了，回忆便淡了，精神的归宿地无迹可寻。乡村的溃散使得孩童失去了最初的文化启蒙，失去了被言传身教的机会和体会温暖健康人生的机会。农耕时代形成的优秀民族性格与独特品质，随着家园的消失在渐次淡去。幸好我们还有文学作品可以让家园留下来，还能让那些传统美德驻足，通过书籍得以传承。

《丰柔的买陂塘》（《广州文艺》2015第1期）就是这样一篇描写家园的小说，字里行间都弥漫着芳香的土地散发出的草木味道。买陂塘是科技社会中远离闹市的人间桃花源。周边草木茂盛、天水一色的鱼塘，鱼塘边的泥巴房子，散发着鱼腥味儿的旧书，长满茶垢的杯子，这些意象组合成一幅清新明快、寂静爽心的自然图画。丰柔的父母亲,是一对开明勤劳的农民;丰柔的公婆寡言少语,对待丰柔爱护有加,毫无婆媳之间的疏离之感。就连婆家的二哥二嫂、邻居"哑巴"都亲近得如同一家。丰柔父亲养鱼,丰柔出嫁后自己养鱼,而这鱼塘稳居青草绿树间,与村落相邻,生活就像鱼一样顺溜自在。

亲情和乡情被一方质朴浑厚的土地牢牢连在一起。家园就像个摇篮,养育着自然万物,也养育着这一方乡民。人与自然,人与人,人与生活,人与动物和谐成一个整体。

那些被青草、杂木、野花包围的鱼塘,与绿树、田地、庄稼和睦相处的老房子,鸡犬相闻的人间烟火,串门聊天、分享家常饭菜的寻常日子,正在被现代化的机器毁掉。人工垂钓山庄、水泥钢筋垒起来的高楼大厦、化学材料包装起来的高级饭店侵占了我们原本温暖踏实的家园,我们与土地牵手、睦邻友好的图景在人类的进程中正化为永久的历史。在扑面而来的新生活中,我们走得太快,丢了很多东西——与自然的平等共处、与人的友爱真诚、饭食的自然味道,于是我们不得不回味和追寻。买陂塘不是丰柔的,它是我们共同的正在渐行渐远的家园。

三、对乡村现状的揭露

《乡村火焰》(《人民文学》2000年第2期),着笔村主任家柴火堆着火事件,深刻披露底层干部以权谋私、耍阴谋稳固职位的伎俩,是官场现形记的浓缩版,同时一针见血地揭穿了满口仁义道德的父母官自私龌龊、唯我独大的心理,很有现实意义。村主任这个人物塑造得很是丰满,他有着笑面虎一样的外部表现,看似不拘小节,宽宏大量,内心却是处处算计。小说在写法上有大量留白,没有爱憎分明的直白描述,在揭露人物心理时点到为止。读起来轻松之中须得思考,方能感知。

"乡村火焰"这个题目有极深刻的隐喻意味。火焰,代表希望和激情,也能代表毁灭和仇恨。在此小说中,火焰就是村主任的希望,他可以借此机会烧掉部分村民对他的弹劾与不满,用不予追究或者饶恕纵火者的表现来笼络人心,彰显村主任风范。这还不够,作家又增加了另一层意思——借此培植自己的势力,让被怀疑的纵火者进入村委会任职。一场大火本来是寻常百姓家的灾难,可是到村主任这里就成了他的福气,他当着全村赶来救火的村民直呼:烧得好,烧得好。村民认为这是他气糊涂了说的胡话,岂不知这是他发自内心的真话。怎么会不好?柴火堆没了,村民们会自发给他捐柴火,他的新柴垛只会比烧毁之前更加高大。这场火对于村民来说就是灾难。他们将有口难言,继续视村主任为大,忍受他的统治。这柴火堆无疑就是一座压迫村民的高山,是权力的象征。正如结尾所说:在夜幕低垂的村子里,王光乐欢呼着走了下去。

波澜不惊的叙事中揭露社会现实流病,时过十多年,这小说的现实意义更为突出。

四、城市现代化建设的现世图

《大马士革剃刀》(《天涯》2014年第4期),以一把名贵的大马士革剃刀为轴心,把虐猫事件、老街拆迁、老实人被怀疑做了违心事郁郁而终这样几件事连在一起,表达对故土家园和传统美德——诚实、宽厚、睦邻友好的颂扬和追念。小说一万二千多字,可是表达的思想内涵相当宽泛,非常有现实意义。写作方法的巧妙精湛,隐喻、悬念、伏笔的熟稔运用,都叫人拍案叫绝。相比《乡村火焰》,这篇的隐喻用得更加巧妙精致。其铺垫和伏笔很是高明,使得全文内部结构相当严密。

"宽厚所里宽厚佬,老实街上老实人。"小说虚构了一条老实街,把民族几千年的人文情怀扎根在这样一条街上,街上的人亲如一家,以"老实宽厚"作为共同的传家宝,融进血液世代相传。"学老实，比老实，以老实为荣，是我们从呱呱坠地就开始的人生训练，而且穷尽一生也不会终止。我们无师自通，不但因为老实之风早已化入我们悠远的传统，是我们呼吸之气，渴饮之水，果腹之食粮，还因为，既生活在老实街，若不遵循这一不成文的礼法，断然在老实街待不下去，必将成为老实街的公敌，而这并非没有先例。"

这样一条承载中华传统美德的街道，因为外来人口的加入出现了虐猫事件，又因为街道拆建，原有的秩序被打乱，原有的和谐受到重创，连同根深蒂固的美德也没有了可以植根的土壤。这把乌兹钢锻造的外来稀有品剃刀，在小说里就有了深刻的象征意义，剃掉的何止是猫的毛发和人的头发？蒙羞的老猫一路狂奔跳进了大明湖，它要洗掉耻辱，只能以死明鉴。剃头匠被迫充当了破坏诚信和爱心的"嫌疑人"，无从自辩，郁郁而亡。保护城区老建筑的研究员，反对拆迁无效，面对一夜之间夷为平地的老街一怒之下移居国外。老建筑去哪里找？传承千年的美德在哪里生根？这是一把什么刀啊？

小说的微妙高明之处，在于并没有直接指定与头号老实人左门鼻如影随形的老猫是被谁刮光了全身的毛以及为什么要把猫毛剃光。你尽可以怀疑任何人。如果停留在表面，自然会想起前几年网上热议的虐猫事件，可是这显然不是对事件本身的小说化再现，而是以虐猫事件为依托，另有所指。这种模糊的处理方法，更加映射出一种无形的强大力量，这种力量无疑是对传统秩序和几千年传统文化的巨大冲击，几乎是毁灭性的。小说是可以这样隐喻的，可以在拉家常式的故事叙述中，透射出重大的现实意义，因而具备了四两拨千斤的力道。

这篇小说每读一次总能发现新的意义，越读越发觉小说的艺术性。无一处闲笔，无一段拖沓，插叙、倒叙、伏笔的灵活处理和安排宛若小李飞刀，绝无虚发，招招命中要害。

五、生存的惶惑与尴尬

1918年5月《新青年》发表了鲁迅日记体短篇小说《狂人日记》,鲁迅以辛辣简洁的白话文语言,以"狂人"自述式语气,揭示了封建礼教有据可查的血淋淋的"吃人"本质,批判了以封建礼教为主体的中国封建文化。2018年5月《作品》发表了王方晨虚构的中篇小说《新狂人日记》,王方晨以老道成熟、极富张力、疏密有致的语言,以第一人称语气插叙回想单位的人、事构建小说内容,反映出大时代夹层人生存的惶惑与尴尬,暴露出官本位衍生出来的一整套机关人事潜规则,由此造成了部分人失去勇气和胆识,却又不甘心憋屈窝囊、苟且活着的心理,洋溢出作家对个体生命在大时代下生存状况的隐忧。这似乎打破了时空界限,作家和刊物之间彼此心灵感应,默契而极具时代特征。

《新狂人日记》讲述一个部门科员,为了解决住房问题和妹妹的工作问题,想求助于上司"大人"。"大人"的言行举止直接影响着"我"的所有情绪,在"大人"的官腔官调和一些小事的处理上,"我"见识到"大人"不可捉摸的心理,从而产生极端恐惧,他像一个幽灵左右着"我"的语言和心灵,但为了改善生活状况"我"不得不有求于他。一个妻子的埋怨和变态,一个妹妹的谨小慎微、不合时宜,一个男人生活的憋屈无奈,就在风雪夜的这间简陋狭窄的屋子里搅和纠缠。作家把小说叙述现场放置于狭窄破败的屋子,让小说事件像炸弹般一颗一颗由妻子、妹妹的表现渐次射进来,制造出逼真的现场感。上级和下级间的等级与虚伪,亲人间的埋怨嫌弃,生活的捉襟见肘,外界的冷与刺痛感,这些情景彼此扶衬,自然衔接,使得小说具备了鲁迅《狂人日记》的辛辣讽刺气质,而且切中时代脉搏,具有寓言体的普世意义。言他人不言之事,赋予个体生存诉求中关乎心理、灵魂的叩问,即对平等、尊严、人性本真等命题的哲学思索。

小说意向丰沛，主题深刻，表达时而含蓄时而大胆直白，但总不乏诗意。改变现状，想要健康宽松的生存环境，作家说："大地一片白茫茫，才好个晶莹干净的世界……他们不知道他们的脚下还湮埋着怎样的丑陋和疯狂，他们长出丰美的头发和健康的四肢，用幸福的嗓音歌唱与交谈。"这是曹雪芹在《红楼梦》中发出的纯美希望，也是王方晨在日新月异的时代中发出的奇想和唯美的希望。

揭露一些道貌岸然之人的嘴脸，作家借助小说中和"大人"有说不清关系的女同事的嘴说："他连你们也比不过的。一个得天时的伪君子，一个掌权的混账。他妈的这世上混账也吃得开。"直面现实，敢说敢怒，强过众声喧哗的粉饰太平，睁大眼睛违背良心地打造神人、圣人，给混账们贴"人民公仆"的假标签，这对社会的危害才是巨大的。

强奸人意，唯我独大，让众多的人们无所适从，这又是一个官僚主义的症结。作家以叙述语气如此说："她不知道他们发表意见，便是不谦虚。他们不说，又是无用。他们提出疑问，便是不服大人。他们出了差池，便是不安心本职工作。他们俯首帖耳，又招得他们不屑。如此如此。"看看，这就是设置身份和位置后，大众处境的尴尬，谁读了不感同身受呢？

语言架构及烘托力量

小说的语言是衡量小说好坏的一个标志。古今中外经典小说无一不讲究语言的艺术性。写诗很优秀的作家能写小说，而且一些原本写诗的作家转换为写小说之后，同样能写出好小说。这不光是小说语言具有诗的韵律感和意境美，更要紧的是，小说需要丰富的想象和虚构，好的诗歌同样需要丰富的想象。

就小说语言风格来讲，不妨把王方晨和莫言做个比较。同为山东籍作家，莫言狂风巨浪、语流如注式的语言模式，自然能以极大重力冲击读者的感官和思维，让读者在其汹涌的语言狂潮中时而立于潮头浪尖，时而徘徊天上人间。在其幽默大胆的语言面前，我们有喘不过气来的紧迫感和新奇感。王方晨则与此不同，他的语言恍若涓涓溪流，一路跳跃着前行，散发着原野上草木的气息，不急不躁，不温不火，点点晕染，慢慢渗透，清清淡淡中绵里藏针，给人安安稳稳的踏实感和稳妥感。

"舒缓有致，话里有话"是王方晨小说语言的特点，这就注定了语言思想的深度感和智慧感，具备了中短篇小说"灵魂的深"（鲁迅语）。小说叙事离不开"闲笔"，在单一叙述的短篇中"闲笔"显得更为重要。所谓的"闲笔"是在正事叙述之外为后文埋伏笔或者回应前文某细节的部分，起到烘托氛围、渲染气氛、凸显人物性情等作用。"闲笔"在王方晨小说中显得舒缓、优雅而大气，极大增强了阅读的轻松感和愉悦感，对表现人物性格特点、彰显小说思想性起到了画龙点睛的效果。比如，《大马士革剃刀》中写老实街被拆后，"拆迁之日，老实街迎来了无数的人。他们或拿块画板，飞速地画，或端了相机，不分东西南北，啪啪乱按快门"。这一处语言看似很随意，相对于整篇小说，这并不是非要不可的段落，但是这一处闲笔一下子将小说和现实衔接在一起，你分不清这是现实还是小说，映射的现实意义不言而喻。前面那么多的生活细节，老实街上那么厚实的人文传统，人们之间宽厚老实、彼此敬慕的往昔随着老街道的拆除全部轰然倒塌。《女病图》中写女主角丘艳芳的生活遭遇：老公在一次锅炉爆炸中被烫死，再婚后又被二任老公逼着离婚，之后遇上一个想要去爱的，不料这男的却是个骗子。她抵抗和对付生活不快的方法也很独特——组织"受害妇女"组建女团跳扇子舞。小说中这样写："跳扇子舞，接触到的不过是两把粉红色的扇子，又明媚又实在。扇子虽不太大，却能真正地被她握在手里。举在眼前，也似乎挡得住整个世界的风和雨，并在咫尺之内凝固所有的人生绚丽。"这几句把一个女人的无奈和自强写到家了。现实是无助和苦痛的，把这种人生的悲哀搁置在飞扬的粉红色扇子里，用欢快的舞蹈驱散生活的阴霾，无异于黄连树下弹琴的味道。看似明媚的语言内在，是一种无尽的愤懑和抒发。

一处优美的自然风景（《丰柔的买陂塘》），一个人的穿着打扮（丘艳芳），一个地方的风俗习尚（老实街），看似和故事主线情节的发展没有多大的关系，但在这些物质外壳的建构上，作家却是匠心独具，无声胜有声地凸显了小说的气质，丰富了小说的想象空间。

不预设却能灵活把握从何处进入，到何处拐弯驻留，何处可以歇脚收尾，一切都是顺理成章，不露痕迹。行文无痕、叙述冷静、停留巧妙、描述优美，都是王方晨小说的特质。王方晨善于在散文诗一样的语言中安置宏大的思想，在和生活一样的小说世界中凸显重大的事件。他不写百年历史和家族史，却显示出历史演进的脚步。他的小说，像山涧小溪般热闹亲切，也像大海般宏阔深邃。

（刊发于2018年10月《中国作家研究》）

通向心灵自由的门票
——读丁小村《路书》

《路书》是一份心灵救赎的计划书，是一张通向心灵自由的门票，是一条永远实现不了的旅行路线。生活是一个樊笼，更是一个模具，每个人都在冥冥之中注定的位置上徘徊挣扎，逃脱不了，却总是想要逃离。结果，一切都要回归原点。在和现实的斗争中，在生活的磨砺中，在日益紧密的联系中，人与人之间却越来越生疏，心灵越来越寂寞。这种孤独寂寞感强烈地吞噬着每个人的心灵，无处述说，难以述说。我想起了这样一段诗："每个人都有一个死角，自己走不出来，别人也闯不进去。我把最深沉的秘密放在那里。你不懂我，我不怪你。"没人懂我，所以，我们多么渴望有人能懂。于是，我们寻找，我们不安，越寻找越寂寞，越不安越寂寞。是什么，让我们如此具有飘零感？是什么，总让我们想要逃离？是什么，让我们总会迷失方向？

"我寂寞，我寂寞……"咒语似的回音缠绕耳畔，好似空谷回声延绵不绝。独居深山的道士是寂寞的，时尚美丽的女人是寂寞的，工作稳定的中年男人也是寂寞的。所以，道士希望有人在这山里住几天，女人喜欢去陌生的地方游玩几天，"我"则是希望按既定的路线做一次旅行，到达一个地方无山寺。可是"我"没能到达，"我"偏离了自己的目标，继续回到烦事中来。

"我"认真对待生活，一丝不苟，就像精心侍弄那些花草；"我"认真对待工作，兢兢业业，博得上下一片赞扬。生活平淡不惊，可是一个男人，他是独立的个体，是有自己的信念和理想的，这样按部就班、循规蹈矩的生活，犹如一潭死水，怎能让人甘心？"我"的不满，"我"的喜怒哀乐，在妻子看来不值一提，而旁人更是不能体会。于是，"我"动怒。于是，"我"被一扇门长久拒绝。于是，"我"重新回归角色。尽管"我"再也闯不进任何人的心里，包括"我"的妻子，但是"我"更加用心地对待生活，"我"把花儿照顾得生机勃勃，"我"把妻子依然当成唯一可以倾诉的人。可是，她告诉"我"：她寂寞，即便是有"我"，她也寂寞。"我"不能消解她的寂寞，"我"的寂寞也没人能消解。生活原本就是寂寞。

为了一次旅行，那么小心翼翼，那么酝酿良久，那么坚定不移。终归只是纸上谈兵，甚至，"我"把它丢了，心灵还在烦事中。道士也是烦的，也是着急的。所以无山寺不存在，能在那里清修二三十年的高人老道也不存在。

生活的密码是咒语般的三个字"我寂寞"，无人破解，无人逃脱。

这不是现实中的普世心态吗？这个社会谁能摆脱寂寞啊？一切都那么快，一切都那么功利，一切都那么虚无。路书被"我"弄丢了，连希望也没有了，继续重复吵吵嚷嚷、利来利往，看似繁华实则落寞的日子吧。

我一直认为聪明的作家不会在小说里硬生生地表述自己的喜怒哀乐，总是以客观的思想和旁人般的心态在讲故事，把内心惊涛骇浪般的情感掩藏在字里行间的细节里，而且对一种社会现象从不直白地发表自己的看法，但是这个看法早已经渗透进文字里。所以，在一些看似无关紧要的述说中包含了无穷的内涵。读者完全可以透过人物的一个眼神、一个动作、一句话，或者一个场景，去了解体悟更多作者想要表达的东西。这是作家知识储备的展露，是作家写作的技巧和技能所在。

整篇小说，作者叙述的语气是何等平静，波澜不惊，一副无所谓的姿态，却在清新自在、灵动顺畅的文字里展露技巧。伏笔和暗示的出彩运用画龙点睛，妙不可言。看这样的句子：

"我妻子听说我要去旅行，把茶都喷出来了。"——这个伏笔埋得实在高明。"我"说去旅行，本是一件再平常不过的事，而"我"的已经离婚的妻子却笑得如此放肆。这是为何？你肯定想尽快得到答案。读下去，就知道，"我"是多么墨守成规的一个人。"我"习惯了被人指挥，一旦挣脱既定的藩篱，反而找不着路。所以，"我"出去旅行会走丢。所以，"我"单独旅行，想逃离既定的圈子，是不会成功的。妻子笑话"我"，就暗示了"我"的单独旅行不过是一个笑话。她还在笑话"我"方向感差，"我"一个大男人，为什么方向感那么差？是一成不变的生活磨砺得

"我"缺少独创精神。在单位,"我"按部就班,尽善尽美,无须标新立异,不能创造发明。所以,"我"已经被驯化得规规矩矩:把客厅收拾得有条不紊,把花儿打理得不染尘埃。这些活儿,本该是女人干的,却轮到了"我"。妻子给"我"讲故事,一个城市有一个中心点,城市的路从这个点出发呈射线状到达四面八方。这是多么没趣的事儿,这个点是什么?像个魔爪,牢牢地捆绑住所有人的脚步,所有的人都走直线,走多远都会被这个点吸回来,映射的社会含义,不同的人自会有不同的解读。

"也许我会再找到一个男人,你觉得你准备好了吗?"——我要找个男人,你会习惯吗?你早已习惯我的生活方式。你真的能离开我?

想想,现在我们干的工作哪一项不是既定的程式化,假大空,唱赞歌,做假档案,都得按照一个模式,丝毫不敢越雷池半步。而这些又有多少现实意义?

"她已经几次用嘲弄的口气对我说:别高人找不到,把自己给丢了。俗人可不少,我们不都是吗?"——高人是什么?高人有多少?蓄意已久的旅行夭折了,兜兜转转还是归到原点了。高人找不到,别把自己丢了。是啊,现实生活中,别把自己丢了。这是作者的忠告,是我们每个人活着的基础。

"我"的手放在衣服兜里,捏着那张折叠成小块的纸。

"手还放在衣兜里,捏着那张路书,路书被我折成个小方块,因为房间里暖和,我穿得厚,我发现手心里有汗,那小方块被我捏软了。"——两次写到"我"对这个路书的看重,"我"怕丢了,折成小方块紧紧地攥在手里。这是个细节描写,细节深处意象万千。"我"多么珍视这一次旅行,大有义无反顾坚决执行的派头。然而这只是路书,付诸现实是多么不容易。规划永远战胜不了变化。"我"握着这个路书,好似握着了一份希望。可是,"我"攥得这么紧,最后还是丢了。这是不是一张走向自由,心灵获得解放的门票呢？门票丢了，我们怎能走进那扇门，那扇可以呼吸新鲜空气，可以和山水对话，可以遵从心灵自由的美丽的门？重重压力，道道禁令和规章，束缚住了我们的手脚，心灵自由呼吸何其难。

短篇小说更能见证作者的构思技巧和讲故事的能力。因为篇幅有限，故事情节相对单一，行文就不允许有废话占据内容，所以言词要考究，细节要斟酌，构思要巧妙，唯如此才能用有限的篇幅表达无限的张力，安顿作者的写作意图。读者不能忽略一些貌似轻描淡写的地方。《路书》中客厅墙上挂着儿子幼儿园时期画的线条画，画得很是详细。两幅风景画的内容和线条正好显示了作者追求的一种生活状态：自然真实，不被外界挤压得变形。这也是主人公"我"拟定路书的目的所在。

渴望面朝大海春暖花开，而不是雾霾重重拥挤不堪；渴望简单明朗自由奔放，而不是沾染世俗的势利媚气；渴望展现自我，而不是逢迎苟活。所以，儿子稚嫩的简笔画"我"视为精品，"我"把心灵的渴望寄存在儿子的铅笔画里，挂在客厅电视墙上。可是渴望永远在画里、在纸上，现实中找不到，即便是大家蜂拥而至的无山寺也没有，因为道士说他也着急，他也寂寞。心灵无处安顿，在哪里都是寂寞的。你为什么走不到，因为生活中有一根无形的线时刻绑住你的手脚；因为世俗早已让人的心灵变得复杂，变得浑浊。

每一天都有很多人在写小说，章回体、章节式，长篇、短篇、纪实、演绎、历史、玄幻、言情、武侠，林林总总，不一而足。我看过一个报道，说是2013年中国出产长篇小说4000余篇，这肯定是个保守数字，即便是准确的，也是个不小的数目。好像还有个报道，30多年优秀长篇小说只有10部，三年才能出一部优秀的，这个比例可真小。千篇一律的海量小说，有多少是值得一读的？有多少是拾人牙慧的？莫言用书信叙述构成《蛙》，用二人对话讲前世今生、六道轮回构成《生死疲劳》，用镜头交错切换构成《丰乳肥臀》，他不愧是诺奖得主。《路书》则以一份邮件揭示小说主题，一反常规写作习惯，也更新了读者的阅读习惯，你感觉后面总还有内容吧？其实不然，邮件结束，小说戛然而止。结尾韵味悠长，让读者深思，读者会情不自禁地返回去回顾全文。于是，路书的象征和借代意义就出现了：这是一份向往自由的计划书，是一张寻求心灵解放的门票。

（发表于 2014 年《延河》第 5 期）

蝴蝶飞不过沧海
——读阿南《傻瓜的盛宴》

在一个充斥着传统礼教和限制个性自由的国度，个体的人不能有自由，不能有个性。追求自由反而会被彻底地、残酷地限制自由。《傻瓜的盛宴》就是一场追求精神清爽，给心灵找出口的旅程，盛宴开始的时候就是精神彻底被禁锢的时候。心灵找不到自由，蝴蝶飞不过沧海。小说创造了一个虚境，这个虚境不光是小说叙述的根基，也是一个代称——超越现实的精神栖息地，人性自由的乐园，通往灵魂得以净化之处的大门。

主人公马可游离半生，在南太平洋的岛屿上艰难游走，只为寻找传说中虚境的创始人庄思邈。他终于在一个遗世独立的小岛上见到了庄思邈，在虚境先生的指引下，他在丛林清溪间濯洗灵魂，把现实中沾染的一切污垢彻底从身体内荡涤干净。之后他回到了现实，现实的劳作奔波与他格格不入，他发给庄思邈的信一次次被退回。于是，他踏上了继续寻找精神自由代言人庄思邈的征途，可是当他找到当年到过的地方时，却发现一切如梦幻般消失,不留蛛丝马迹。他失魂落魄地穿梭游离在人群中,在一组现实人物的行为中,终于知道了"现实中的虚境"是什么——混迹于闹市,却能洁身自好,置身事外。

他为此欣喜若狂,不能自已。于是,他一路手捧玫瑰飞吻着向前狂奔,毫不掩饰地把自己心灵得到的自由和快乐传递出去,送给路上遇见的每一个人。可是苦寻心灵自由的他,彻底失去自由了,他被认为犯了猥亵非礼罪,患了精神障碍症。悲剧,就是这样一场宿命的噩梦——找到了心灵自由和解放的途径,但却被自由的行为扼杀了。

小说用魔幻现实主义的表现手法,将现实和幻境交错描写。在母亲的牧场上,工人们日出而作日落而息,他们的生活就是一成不变的。那个原先充满生机的小岛,人们在生活呆板的重复压迫下,个个变得死气沉沉,毫无生机。像僵尸一样零星戳在荒凉土地上的人们,干瘪下垂的双乳,痴呆木然的面孔,让人看不到希望,没有办法自由呼吸。这是现实,没有生机与活力,充满劳苦与腐朽的味道。主人公穿越让人窒息的场景,他要寻找那个清洗灵魂的山涧清溪。长途跋涉之后,他找到了在水中浸泡的长者——庄思邈的替身。他们开始对话,老者说:"让清水通过我的身体,带走沉积在体内的污秽。""我们的身体和灵魂一样沉积了太多的龌龊。"

"庄思邈先生也是这么说的!"马可受到鼓舞,欢欣起来,"他认为,长时间沉迷于现实当中,所有的污秽都将接踵而至,进而阻碍精神的解放。"

"你说的庄思邈先生是一位智慧的人。"老者附和了一句,接着道,"肉体的自由,为精神打开另一扇大门。"

由此小说想要表达的思想变得清晰可见了。

小说的气质充满庄子的味道:"观其同,则齐万物也。齐物我也……"倡导人的自然属性,主张精神上的逍遥自在和心灵的清爽洁净，否定了人性遭受奴役的可恶和厚此薄彼、我是人非的错误行径。行文以寻找虚境中的人物庄思邈为轴线，虚实结合，不落俗套。而小说的题目更是技高一筹，画龙点睛，含蓄美妙。傻瓜的盛宴，本身就充满了讽刺意味，预示了追求人性自由的不可实现性即悲剧性，也暗暗表达了作者内心的担忧和愤懑。

小说结尾堪称精妙绝伦，寥寥数语包含了无穷内容：民主自由和专制制度的矛盾；道法自然和世俗浅见的矛盾。小说以悲剧形式收束全文，极具讽刺意味。"最后一行盖有某机构朱红大印的落款她没有读下去。她手中一把世俗的菜刀落在地上，将一只正欲展翅飞去的蝴蝶切成了两段。"世俗的菜刀就是斩断人们追求自由的制度，展翅欲飞的蝴蝶就是追求"齐物我"的个体意识。菜刀斩断欲飞的蝴蝶，制度斩断个体解放的意识，这是作者的巧妙隐喻。这一匠心独具的巧妙安排，陡然提升了小说的表达力度和深层的社会含义，让人惊叹！

（发表于2014年《延河》第6期）

兄弟，怎一个"情"字了得
——读惠雁《兄弟》

《兄弟》讲述了一个很现实、很悲惨的故事。哥哥进城打拼有了自己的小超市，把在家人的怀抱中长大的弟弟也带进城来。弟弟按揭贷款买了房子，在哥哥的小超市里帮忙。可是没有一技之长，缺乏上进心的弟弟是一个依赖成性，极端缺乏独立，且被巨额贷款压垮了意志的人，他酗酒成瘾，挥霍钱财。无奈之下，哥哥没有让弟弟在超市里干了。弟弟自暴自弃，对亲哥心生怨恨，对酒精的依赖越发厉害，终究贷款买来的房子易了主人，落得个负债累累，被债主逼得东躲西藏。大年将近，弟弟不知去向，哥哥却被讨债的一帮人错认成弟弟，背了黑锅，惨遭暴打。与此同时，在山村老家，年迈的父母在大年的鞭炮声中孤零零地倚门翘首张望，期盼一对儿子能回家团圆。

小说以哥哥陈士俊的心理活动及其回忆体现这些内容。弟弟自始至终都是一个侧面描写的人物，然而他的形象却代表了一个阶层的农村中青年形象，即从小被父母长兄呵护，在心底形成了一个牢固的定式：所有的亲人都应该像父母一样给他无条件的厚爱，生活中所有的负担都应由亲情来兜底买单。所以，他的负债，他生活的困顿，他的醉生梦死，都是哥哥的错，都得哥哥来承担。连亲生父母也如此认为。哥哥万般纠结，有苦难言。一方面是自己内心对弟弟的担忧疼爱，是亲情的难以割舍；一方面是万般无奈的生活现状。最是"恼人"血脉情啊！

民间俗话说"亲兄弟明算账""人亲财不亲"，听起来有些不近人情，在经济普遍好起来的当下，或许更多人不以为然，但是在实际生活中，这话像偈语。反之，亲情便成了隐形的利刀，刮擦得双方都不能安生。小说中的手足兄弟便是如此，不光兄弟如此，连父母和乡邻也对哥哥有了成见——你在城里发达了，就该无条件地帮助兄弟姐妹，而不管兄弟姐妹是否能够自立自强。你好，他们就该好；他们生活不好，你也该处于水深火热中。总之，你得跟他们一样。殊不知，外表看起来的好，并不就是真的好。小超市赚不了多少钱，弟弟捅下的窟窿哥哥怎么填也填不满。哥哥还有妻儿，还有自己的生活。

在亲情的夹缝里生存，安置好自家的生活，处理好兄弟姐妹的生活，还要兼顾乡邻的求助，这对于一个在城里白手起家，毫无社会背景，靠辛苦挣钱为生的普通百姓来说，无疑是个大难题。现代社会肯定有不少人处在这个夹缝中。一个"亲情"，总让人左右为难，不小心就伤人伤己。

兄弟亲情，本是最牢固、最不可亵渎与怀疑的感情，是该抱团取暖、互相支撑和理解的感情。可是当一方拿亲情当消费品和索取的筹码时，这个亲情有多伤人伤己呢？

这并不是一篇十分优秀的小说，但绝对是一篇反映现实、引人思考的小说。除了反映亲情带给人的心里纠结之外，本篇小说还反映时下农村人进城后艰难的生存状态。在移民搬迁、城市化的进程中，只要你彻底将祖辈的土房子夷为平地，并与祖辈的户籍脱离关系，你便可以享受国家优惠政策，在移民搬迁区拥有一套鸟窝似的房子，你就会成为一个貌似风光的城里人。和土地彻底决裂，无一技之长的这批人怎么生活？外出打工，靠出苦力养家糊口且不管老来如何，倒也罢了，类似于弟弟这样没本事，又不肯上进，总想靠父母兄弟之情来兜底买单之辈可怎么办？

大规模的移民搬迁房子如春笋般冒出来，多少人负债成了城里人，却不能安定地过真正的家庭生活，成了飘来飘去的"候鸟"在不同的城市出力挣工钱。很多搬迁区，整齐划一的漂亮房子里常年是空巢，孩子成了留守儿童，年迈的父母待在空巢里，像丢了魂的孤雁，重复没有土地、没有鸟鸣、没有山泉的一日三餐。城里的生活带给了他们什么？这尚且是好的，至少还在为明天的生活奋斗。像小说中弟弟这样的人呢？吃喝嫖赌养成一系列的坏毛病，不知他们的明天会怎样？这个社会的稳定因素多了还是少了？

要过年了，弟弟没有下落，哥哥身负重伤，父母孤守乡下破旧的房子。生活像一团乱麻，没有两全其美的办法化解这些矛盾。父母老了，他们还要精打细算积攒毛票帮助弟弟，他们不知哥哥的情况，或许还在埋怨哥哥不能帮弟弟吧？兄弟，生活就是如此不易，怎一个"情"字了得？

（发表于2014年《延河》第7期）

给责任以担当
——读亢霖《遭遇斯宾诺莎》

校园题材的小说,多少显得稚嫩和肤浅,无外乎是一群荷尔蒙过剩的青年之间一波三折的青春逸事。但是亢霖的短篇小说《遭遇斯宾诺莎》却是另辟蹊径,写得很好看。他的小说并不是那种开卷就夺人眼球的类型,而是从散漫自如的常规表达切入,你开始读时不会觉得多么出奇,但是你不会放弃,好像有一种暗香氤氲在看似平常的节奏中。随着阅读的深入,你便不能自拔,在故事的推进中会被不断涌现的戏剧化的构思技巧彻底征服。随着阅读的推进,这种戏剧化频频出现,把故事引向高潮,把小说表现的主题彰显无遗。你不得不暗自庆幸:这是多么难得的传播正能量、弘扬人性美的好小说,幸亏没有错过。

小说以斯宾诺莎这个名字切入,用他的名言"迷信是由恐惧而生,由恐惧维系和助长的"推进故事,贯穿全文。小说中人物的遭遇和归宿很好地诠释了这句名言,以主人公的身体力行给这句名言以圆满呼应,使得看似惯常的校园题材增加了分量和可读性,并表达了深刻的思想:人要有所信仰,有所敬畏,要对自己的行为负责。命运和前途是无法预料的,但不能怨天尤人,以乐观的心态笑对人生才是王道。

主人公"我"在血气方刚的高中时代,出于哥们义气和逞强好胜,以及对校园女神隐隐的欣赏之情,在不知内情的状况下引起了一场文科班和理科班的打架斗殴,间接造成了几个同学命运的改变——女神王晓云因为绯闻高考落榜,为了维持家庭生活不得不成了一家夜总会的坐台小姐;铁哥们被开除后也没上大学,做起了名牌服装的代理商。而"我"是一个向前看的人,一手造成的这场风波并没有影响到"我"自己,大学顺利毕业后成了中央新闻单位的记者。故事仅仅如此,那就显得俗套老旧了。作者给小说注入了许多戏剧化的成分,给读者的阅读历程不失时机地注入一管兴奋剂,让读者的眼睛为之一亮,心灵为之一颤,继而全神贯注、迫不及待地读下去,并有所思考,有所启迪。

误会和重逢的戏剧化。邻居男孩和同学打赌,说跟邻班女生校花很熟,就对着女生教室喊她的名字。男主角"我"不明事理,以为是对女生的挑逗,冲上去就打。冲突开始,人物命运被改写。时隔多年,"我"去采访,消遣时分到夜总会巧遇昔日校花,当年事情的真相大白,但一切都已经无法更改,"我"的后悔和愧疚已不是语言可以陈述。这样的安排使常见的校园冲突增添了故事性,给小说的叙事涂上了一层可圈可点的人性光辉。

人物关系的戏剧化。班主任和他前妻生的儿子也参与了打架,但之前小说没有提到,结尾处老师生病住院,"我"去看他,老师才透露这个关系。参与打架的老师的儿子后来染上毒瘾,跳楼自杀,前妻进了精神病院。老师的遗恨和悲痛不言而喻。

结尾的戏剧化。"我"的盲目冲动,造成了文科班佼佼者命运的逆转。夜总会重逢,"我"明白了自己的罪孽深重。"我"决定放弃现有婚姻,要弥补年少轻狂时犯下的错误,承担责任,给学生时代就萌生的缘分以好的结局。

小说中双关语、暗示语用得极为精妙,对故事的发展起了推波助澜的作用。这些语句在全文中举足轻重,例如:"事实证明,王晓云尽管有美好的表情,但她的成熟程度,远远没有达到她的表情所展示出来的那种水平。"读这一段,再看后面故事的发展,读者就知道,这确实是一个不很成熟的女学生,在流言蜚语面前,她概莫能外地被打倒了,一直优秀的学生高考失利,而且复读照样名落孙山。暗示语巧妙地衔接了后文。

双关语，五味杂陈，很是劲道。高三两个班为一个女生打群架，三名男生被开除。文科班主任找男主角"我"和女主角王晓云谈话，不同时间、不同对象说了同样的话："别忘了事情是由你们引起的，珍惜自己的机会吧。"表面阅读，你会以为班主任缺少批评艺术，言辞贫乏。到后来班主任住院，道出对方参与者男生就是自己儿子时，你才能深刻理解这话的分量，也就能体会到老师当时内心经受的折磨和疼痛。是啊，自己的儿子被开除了，自己因为离婚没能管教好孩子，致使儿子的前程被毁掉了，多么叫人心疼。你们这些孩子还有机会，珍惜吧。这句话中饱含多少辛酸和无奈。后来"我"作为记者去看老师，躺在病床上的老师反复说"想不到啊……受惩罚"之类的话。想不到，一场事件之后，原本在一个起跑线上的孩子，踏上了迥然不同的人生路；想不到，参与过打架斗殴的"我"这么有出息；想不到，自己的离婚导致了孩子走上不归路，前妻成了精神病患者；想不到，自己现在病魔缠身。这是受惩罚，应验了一失足成千古恨的咒语。这句话不仅仅是暗示老师心酸的心情，还对不同的听者产生了不同的效应。"我"正面理解——珍惜时光，向前看，"我"成功了，成了知名记者。"我"的女同学王晓云却没从正面理解，内心充满了愧疚之情，她去看被砍的跟自己好的男生，却被对方家长再次羞辱，沉重的压力下，她的精神崩溃了，她失败了，成了夜总会的坐台小姐。

这就是一句话的力量，把人物的结局、关系、性格全部呈现出来了。

小说的线索在全文中贯穿得十分精巧。斯宾诺莎的名言和生平简历映射在小说人物身上，转承得天衣无缝。到故事结尾，名言所蕴含的人生信条自然呈现出来，小说思想的揭示水到渠成，无须赘言。

开篇引出线索——校花让"我"给她的作文提点意见，第一次出现斯宾诺莎的名言。时隔多年,在南方一个夜总会,当年校花现在上班的地方,墙壁上出现斯宾诺莎的照片,谈及这个哲学家,校花说:其实很多人都像斯宾诺莎那样生活,虽然必须去做一份谋生的工作,但还能做自己认为最重要的事情。临近故事结尾,名言再次出现:"我"到书店买了斯宾诺莎的神学书籍,看到这句名言,思考:我们的迷信是什么?恐惧又在哪里?这一处用得极为高明,迷信是什么——相信缘分,坚守责任;恐惧在哪里——对自己的行为负责,有所敬畏和担当。所以结尾干净利索——"我"说"我想离婚,和你"。这一句给故事画上完美的句号,含蓄巧妙,让人叹服。

因为有所畏惧,有所信仰,所以对自己的行为负责,即便是过了多少年,也不能抹杀掉应负的责任。"我"用实际行动践行责任,"我"不喜欢哲学,不研究那些生涩的理论,但"我"相信斯宾诺莎说的话:迷信是由恐惧而生,由恐惧维系和助长的。遭遇这个以磨镜片为生的哲学家,就是遭遇人性的本质:给责任以担当,给缘分以完美。

(发表于2014年《延河》第8期)

寇挥小说中的"路"

认识寇挥是在春暖花开的时候,源于《延河》2014年第1期上他的小说《完颜丹朱》。在粗线条、大跨度、大笔调的小说气质中,我一下子就被不落俗套、一反常态的故事框架和小说架构吸引了。这篇小说中提到的路,是从阴冷冰冻的河谷路到黄土高原上干裂扬尘的荒原路,再从北方穿越到南方都市中一条几乎是隐匿的狭长胡同，这一条故事中人物走出的路，纵贯中国南北方。与这条陆路并驾齐驱的是一条水路，从北方冷冻的河谷到南方充盈的包围着房屋建筑的河流。"路"和"水"成了我读这篇小说固定的印象。路，是无穷无尽的跋涉不完的路；水，是悠悠不绝、一路相随的水。这路是兵荒马乱的年代里，为了生活四处奔波的路，为了自由辗转迂回的路。

后来有幸读到《普罗米修斯》，关于"路"的概念就更加明晰化，在这篇小说里，路一直蜿蜒缠绕在黄土高原上，山谷、平原、高原、河流都无法阻断这条"路"。黄土高原有多少条山谷和多少个土台子，蜿蜒之上的路就有多少条，兜兜转转的路上，或者羊群成行，或者树木稀疏，路在小说中画出了深深的痕迹。这路是贫苦孩子们走的一条苦难的求学路。

《北京传说》中的路继续是陆路和水路的并行。城市的地下河，黄土高原上的土穴，是故事发生的两个地点。土洞，土台子，土台子下的窑洞，还有西北塬上成片的麦田，清澈明净的水鬼河，路和水把这些小说中出现的地点连在一起，一群水鬼就活动在这些区域。这是一条正义与邪恶较量的路，是对专制魔鬼不屈斗争的路。

尚未在大陆公开发表的长篇小说《日暮》，故事地点就在陕北，故事中人物的活动范围依然是黄土高原上无穷无尽的路。这一条路上，有无穷无尽的千沟万壑，有不计其数的大小窑洞，在高低错落、大小不等的窑洞里，一场改天换地的大事在预谋。知识分子在社会即将发生大动乱大变革的时期，想坚持正义，坚守个性，并以自身微不足道的力量改变局势，却是寸步难行，反而失去了自由。于是他们不知疲倦地奔走游说，举家出逃，成了命中的注定。穿越茫茫的沙漠，跨越滔滔的黄河，翻越无边无际的山峦，不停地走，从北到南，从内陆到西部边陲，停不下来，也无处可停歇。这是一条为民请命之路，是知识分子心怀天下的正义之道。

"路",好艰难、好曲折的一条路,在寇挥的小说中就成了一个意象和诉求。"路"该怎样走才是正确的,才是符合民主自由的?作家在探讨,在等待——这条路如此难走,何时才能走好、走对?

(发表于2014年《延河》第11期)

爱是强大的力量
——读寇挥《金武士俑》

女考古学家文艺临终前给儿子虞初讲了一个重大发现:成千上万的兵马俑中有一个金武士俑。金武士俑的内胎里藏着秦始皇的临终密诏。寻找到了它,就能知道秦始皇生命最后一刻的秘密遗诏了。制造这个金武士俑的是兵马俑总设计师、陶土雕塑家蜀青,她是秦始皇生前真正爱的女人。蜀青雕塑的这个金武士俑名叫巴生,是她青梅竹马的丈夫,死在战场上。这就是寇挥短篇小说《金武士俑》的故事框架。

小说以母子讲述的形式,用大胆的想象讲述暴政的自生自灭、爱的不朽。秦始皇灭六国成就霸权帝国,建立中央集权制的专政制度。他执政的十一年里战事不断,大兴土木,民不聊生。这样一个暴君在临终前幡然醒悟,深刻忏悔——人不能永生,海外没有长生丹;自作孽不可活;欺压剥夺人民自由和生命尊严的专制王国应该消失;还天下太平,还人民自由,让平等和博爱充满人间。他是在对人民充满忏悔的情形下死去的,他死时还爱着蜀青,尽管他从没得到过她的爱。

因为内心有了真爱,权贵不再鱼肉百姓,骄奢淫逸。害人者认识到了自己的逆天罪行，学会了反躬自省，不再祸国殃民。爱，唤醒了人性的良知，让生命回归了人性的本源。爱，就这样消除了杀戮，让世间恢复和平与安宁。这就是小说表达的诉求，是作家心怀苍生、善良胸襟的体现，又何尝不是天下万民的祈愿？

小说中两对深爱的夫妇事实上是一对，是强权之下扩张战争中无辜牺牲的生命的集合体。考古学家文艺和中越战争中消失在密林中的丈夫虞志，陶塑工程师蜀青和死在灭六国的战争中的丈夫巴生，他们就是天下劳苦大众的代表。作者用这样的映衬，表述自己对霸权政治的憎恶、对无休止掠夺战争的控诉，表达对平民百姓被奴役被摧残的命运的深刻同情。

爱，是小说的主题。作家一直心怀大爱，一直希望天下万民平等自由。寇挥认为：爱，就应该祥和安宁地白首偕老；活着，就要有足够的自由和生命尊严；人，是上苍杰出的创造，生来平等。所以，他颠覆了一代暴君的形象，赋予了地下军阵兵马俑传奇的色彩，让你好像站在兵马俑坑前思索：这些兵马俑到底是怎样创造出来的？这些士兵生前该有多少痛苦和仇怨？

"浑不懔"是《大家》主编对寇挥的评价，胸襟坦荡，思想磊落，有什么可怕的？这个评价多么好。作家反思历史，为无数的亡魂鸣冤，为那过去的不堪回首的黑暗统治敲响丧钟，为一段历史展开了寇挥式的奇异想象：面对庞大的秦兵马俑，作者构想了一个女工程师，她带领庞大的工程队伍用黄土塑造地下兵俑。"她要用艺术再现秦灭六国的战争图景，她立志要用艺术记录下秦国的残暴与六国的悲惨。"她爱丈夫，"她要用纯金雕塑巴生，并将他混淆到庞大的兵马俑阵营中，使他作为艺术而永生"。这就是作者的胆识和作为小说家的情怀。在以秦代历史为背景的小说中，这样的构思标新立异，一反常态，技高一筹，视角独特。作家通过旖旎的想象，呼吁生命的尊严，呼吁爱的回归。作家的爱和小说中人物的爱合二为一，在爱的强大感召下，一个暴君帝王都做了忏悔。爱的力量是强大的。

过而能改，善莫大焉。这是作者一直不变的诉求。对人民犯下罪的人，就应该忏悔，否则灵魂岂能安然。秦始皇，这个万恶的帝王，被小说赋予了理想化的精神。他罪大恶极，可是，他临终深刻忏悔："我把一个具有思考天才的世界变成了愚民的世界，我毁灭了一个百花齐放的世界，只留下专制集权这朵毒花……"至此，小说的大思想、作家的大情怀不言而喻。

给冰冷的历史以温暖的色彩，给狠毒的心肠以人性的醒悟，给不断演绎的人类社会以善意美好的畅想，这是《金武士俑》倾吐的衷肠，是作家寇挥的大爱。

穿行在记忆和现实里
——读寇挥《普罗米修斯》

谁是普救众生的神？在荒僻野蛮、被遗忘的地带，有一群人在坚守，他们是星星之火，点燃希望，照亮梦想。他们是引路者，在无尽的黑暗中为一方民众寻找光明。他们是贫苦人民智慧的救星，是隐没在荒山里被遗忘的神。没有人指使他们，没有人想到他们，是与生俱来的良知和责任促使他们一代代一辈辈坚守当地。他们，是荒山窑洞里坚持教书育人的乡村教师，是开掘人类文明的普罗米修斯。这就是寇挥小说题目"普罗米修斯"的深刻意义。

时光似乎倒退了很多年，贫困是人生的梦魇。"我"，一个寻梦的城里人，在现代都市里生活的"我"，在窑洞里当了一回三年级学生，记忆复苏，现实和记忆交错进行。在深山峡谷中寻找心灵微光的"我",目睹了师生们非人的环境和超越世俗的精神领域,"我"终于觉醒,"我"觉得自己必须履行义务——完成小学时没有完成的勤工俭学任务。可是,"我"不管怎样都弥补不了"我"的失职,"我"用偷盗完成任务,"我"的行为是更加不合格的。

  小说就这样把记忆和现实糅合在一起,你分不清这是现实,还是遥远的过去。你会在这种时空错乱中,产生恍惚的感觉。这是阅读的穿越迂回感,是作者想要表达一种诉求的新颖方式,似梦非梦,一半清醒一半迷糊。我在这种迷糊中思考并产生良心的叩问:我们忘掉过去了吗?在举世繁华之下,还有多少人在苦苦挣扎?

  我想起了四川凉山甘洛县的悬崖小学,学校建在海拔2800多米的山顶平地上。这座有两栋房子和一小块水泥操场的学校,是周围孩子接受教育的唯一场所。学校有十几个学生住在悬崖下,要爬天梯上学,他们全都靠教师李桂林夫妇接送。两个教师冒着生命危险,播撒着知识的种子,让这所远近闻名的"文盲村"变成了"文化村"。40多米的悬崖绝壁,用绳子编成天梯,是崖下孩子上下学的必经之路。这所学校,通过央视2008年感动中国报道之后,相信情况已今非昔比。但是,还有多少这样的学校不曾被我们知道?在华夏如此广袤的农村还有多少"悬崖学校"存在着?在现代文明进程中,在国家经济飞速发展的时代,在国势强盛的现今,这些孩子依然身居大山,依然靠小小的双脚跋山涉水、隔河渡水去上学。在陕西、甘肃这些西部省份,这样的学校存在着,这样辛苦求学的孩子存在着。

  这是现状。就像小说中的学校,孩子们深居黄土山底下的窑洞里,他们与外界的繁华不沾边,他们不知道巧克力是什么,他们只知道羊粪豆子是值钱的东西。他们只知道一个黑暗的狭窄的窑洞是他们的学校和教室,一个土台子是讲台,也是老师的床,暗夜里月色就是灯光。

小说中，出现玄幻的美景：夜晚的月色使得满峡谷像开了梨花，主人公走在黑夜里，恍如走进了梨花的世界。自然原本是美的，山川原本也是美的，可是在这种冷寂的美之下，活生生的自然人却见不到天光。这是一种隐喻，蕴含着多少复杂的情怀，是对自然的敬畏，是对一群人生活现状的悲悯。作者似乎喜欢用这种唯美的大镜头来表现极度的悲悯，在美中把愤懑和悲伤渲染得越发悲壮。

小说以老师对主人公的批评"你的心怎么这么硬啊？"结束，干净利落，韵味悠长。"我"用偷来的羊粪豆子去抵押多年前欠下的任务，被揭穿之后，又想用金钱来弥补过失，祈求无罪。现实意义就这样在一句话中凸显无遗。

小说一万多字，以"我"的一次寻根为线索，在记忆和现实中穿行。行文顺畅自在，语言张弛有度，意象切入恰当精妙。在有限的字数里，彰显丰富的内容。把深刻的问题放置在轻描淡写的文字里，这是一种能力，非他人能有。

爱的初始模样
——读铁凝《火锅子》

我安安静静、小心翼翼地读，感觉稍不留神自己就会成为一个莽撞的闯入者。我担心一丝丝的毛躁和吵闹就会惊动小说中的他和她，以及他们相濡以沫的生活。他们的故事从雪天的窗前拉开序幕，虽然小说中的时令是大雪纷飞的寒冬，可是字里行间都散发出淡淡的馨香和温暖如春的气息。读到最后，眼泪终于夺眶而出。

铁凝安静地讲述87岁的他和86岁的她在雪天涮火锅的每一个细节。"执子之手，与子偕老"不再是泛滥的话语表白，是火锅汤水中捞夹海带的具体行为，更是她的所想："她双手扶住碗，只想告诉他，天晴了该到医院去一趟，她想知道眼科病房是不是可以男女混住？她想要的，是和他住进同一间病房。"

他们老了，他们的爱情却一如初始。他们完全不像当下老人的孤寂心态——盼望儿孙环绕膝下，或者隔三差五做上满桌子美食等待儿孙回来享用，乐得一个短暂的团聚。他们需要的就是彼此手拉着手，看雪，吃火锅，打扫卫生，安安静静，你中有我，我中有你，相伴终老。与纷扰无关，与尘世无染，圣洁而干净。他一生没有任何爱的语言，情急处最多就是：你呀，我的老婆呀。她一生亦不曾表白，最多就是她给他捞出虾皮、海带，或者跟他任性、抵赖，然后他一如既往地顺从、呵护、满足她。

她牢牢记住他唯一的爱的表白，是在大女儿一岁半时，他们一同去百货商店排队买花布。女儿要撒尿，他带女儿出去，她继续排队。不多时她感觉背后有人在拨弄她的头发，她回头时，发现是他在指挥女儿的小手。这个微小的动作，胜过任何缠绵悱恻的情话。

一个上好的紫铜火锅子伴随他们几十年，从20世纪50年代的一次吃"共和火锅"相识相恋，到困难时期以虾皮替代肉片，再到孙儿媳妇的登门接待，再到雪天两个人吃火锅，他们的生活也如火锅一样温暖相融。他和她没有名字，他们该是芸芸众生中的任何一对，相濡以沫、白头偕老，相扶相持温暖一生。

爱，本就是持久、安静、温润的。可是在这个吵吵闹闹的时代，爱的模样早已千疮百孔，爱的味道早已失去纯正。铁凝用她饱蘸人间烟火的暖笔默默抒写人间至情，摒弃任何繁复的小说技巧，不需设置复杂的叙事迷宫，不用铺陈奢华的辞藻，从生活的细节中捕捉难得的人间温情，让渗入血液、融于生命的爱情保持恒温，并以鲜活的生机唤醒麻木的心灵，呼唤失去的真诚。

"雪还在下，窗外白茫茫一片。那棵小石榴树肯定不再像穿着毛衣，她恐怕是穿起了棉袄。"寒冷的日子，冷冻的世界里，因为有爱心中就有温暖。就像铁凝的小说，以不可抵抗的温暖给心灵以呵护和滋养。眼前又浮现出小说的最后一个镜头：均患有白内障的他们在火锅热腾腾的烟气中彼此给对方夹菜，他夹起了足有一根丝瓜长的长条，沉甸甸的，他以为夹起了一根大海带，便给她吃，她推让给他，最后一直爱吃海带的他坚决地说：我就是要你吃。她咬了一小口，有点咬不动，再咬时发现，他们把擦火锅沾了牙膏的抹布当海带放进锅里去了。隔着沸腾的热气，他问她好吃吧。她赶紧用一块白菜叶挡住连说好吃。不知道铁凝写这一节的时候可否流泪，她可是让读者忍不住泪流满面了。在《火锅子》的世界里，我们看到了真正的爱没有盘根错节，没有怨恨，很干净、很唯一。即使世界都死了，唯爱情长存而且永不褪色。

廊桥一瞥刺痛人心
——读《青木川》

早春二月，草未青，花未开，但是万物萌动的气息势不可当地弥漫在空气中，轻灵甜润的清冽感无处不在。这样的时刻，跟随叶广芩的笔行走在青木川的廊桥上，魏福堂的大院里，凤凰山的山路上，傥骆道的茂林间，百转千回，有一丝落寞，几许冲动。生活里的人也是故事里的人，时光颠覆，功过是非，恩怨情仇，都只是过眼云烟。时光像个搅拌机，总会把一些东西翻转轮回。就像这个夜晚，回顾书中的情节，脑子里竟然有丽江的影子、《廊桥遗梦》中的廊桥、乌镇的木房子。这些杂乱的印象因为青木川被集合在一起，也有了早春的气息和江南小镇的味道。

我用了五天空余时间读完《青木川》。同事小妹过年时去青木川旅游，在种德书屋买了这本书，大概她还没看，我倒是先睹为快了。书扉页上的毛笔题字是：青木川种德书屋二〇一四年新春。小说中许忠德是魏司令的少校参谋，是魏福堂资助上大学的学生之一，曾是四川大学历史系学生，中途收到魏福堂的亲笔信回到青木川，回来就当上了司令的参谋。现在他大概九十岁高龄了，我真想能见到这位穿越历史的耄耋老人，听他亲自讲魏福堂；讲谢静义校长——这个魏福堂敬重的红颜知己；讲朱彩铃——这个舞台主角，手握双枪杀敌人的女英雄；讲行尸走肉般的冷美人大赵、小赵；讲给魏福堂收尸的解苗子。他是那段历史的见证者，不知他近况如何。

叶广芩是写作高手，把一个复杂的历史题材，以倒叙的框架，用三条线索交错推进。通过七十多岁的老人对往事的回顾，年轻的作家对素材的整理挖掘，蜀道研究员对唐代杨贵妃踪迹的追寻，青木川从民国年间到解放后几年的历史浮出水面。在线索交错、场景切换中，在各色人物轮番登台、纵横穿梭中，一段历史撩开烟尘，一个形象逐渐清晰高大。看似平静的叙述中掩藏着惊涛骇浪，荡起的巨浪以公正的素色冲击世人的眼睛和心灵。她用灵动温婉又厚重细致的笔使青木川从历史中苏醒，苏醒的青木川给魏福堂鸣冤昭雪，魏福堂管治的青木川继续造福这里的人民。青木川因魏福堂从诸多古镇中脱颖而出，必将走向更远。魏福堂和青木川注定不可分割！

青木川的风雨桥是一座廊桥，横跨在金溪河上，沟通新老街道，也串起了青木川的过去和现在。

关于廊桥，叶广芩只漫不经心的一笔，便抓住了读者的心。魏福堂被枪毙的时候经过廊桥，他的夫人解苗子远远地站在一边，大概是心有灵犀，一直被五花大绑、头也没抬的魏福堂就在那一刻，很快侧了一下头，他看见了穿着蓝色旗袍的解苗子。这是他与唯一的亲人最后的一眼。作者再无后话。读到此处，我的心被深深地刺痛了。这一眼包含了千言万语，但该如何说？关押、行刑、枪决，这一系列的严刑折磨算得了什么？无以言说的苦痛早已切碎了他的心。他修的学校成了他奔赴黄泉的起点，他建的风雨桥成了他该死的罪证。他送出去上学的高才生的家眷成了看热闹的围观者。他辛苦建好的镇子没有他一丝功劳。他，是罪人，是受到他庇佑福泽的乡民的罪人。没有人替他证明，没有人为他哭泣。叱咤风云的二十几年都如梦境，他如此孤独！他怎能甘心？幸好那一侧头，他知道还有人替他收尸，他知道那边立雪在等他。有立雪就好了。生前，她是他振兴教育的希望，是他遇到难题时的决策者，是他心中冰清玉洁、完美无瑕的女神，他们心照不宣，彼此敬重。死后他们还会在一起，还会如此惺惺相惜、携手人生吧！他可以安心上路了，他没有可留恋的，所以刹那侧眼就够了！而解苗子呢，她是懂他的。他，去了。她无能为力，她还要活着，她不能让他曝尸荒野。她要给他守住那个大院，她要看到大院里还会发生什么……

这是叶广芩轻描淡写背后渗出的悲伤。她不说，想必是不忍，她不说胜有说。

同样是廊桥，弗朗西丝卡站在廊桥上，朝阳金色的光穿过廊桥斜洒在她的身上。她幸福、痴迷、安静、甜美地看着桥下茂盛的青草中摆弄相机支架的摄影师，这是个潇洒成熟、带些野性的帅气男人，他叫罗伯特。摄影师时不时地侧头看她，她对他招手。桥下河边大片的青草上满是晨露，摄影师镜头里的廊桥连同周围的景色美得让人着迷——她，被暖暖地框进镜头，框进他的心里！这是《廊桥遗梦》中的醉人片段。风雨桥——青木川的廊桥上，解苗子穿着谢静义的蓝色旗袍，早早地站在桥头等。她的丈夫，那个开明的民团司令被押过来，经过她身边只侧头看了她一眼，没有说话，是来不及，是不用说，是不知说什么。他们彼此的心里承受了多重的分量？弗朗西斯卡的廊桥是幸福桥，洒满金色的阳光。解苗子的廊桥是生死永别，是阴阳相隔，是你在我面前，我却没法跟你说话的疼痛。第一座廊桥是人性本真的见证，相信它一直以温柔的暖色存在于我们的心里，想起来只有美好！青木川的廊桥是时代悲剧的缩影，它以悲伤的姿态述说着历史，即便是以钢筋水泥的生硬冰冷取代了木质的妥帖兼容，它依然是历史的遗存。

廊桥一别，一个是天涯咫尺的守望，是后半生漫长的回忆和怀念。这是甜蜜的，珍藏于心灵深处，滋润枯燥乏味的生活。一个是永久的离别，来不及整理的一生，就这样稀里糊涂地被终止。你一定会在廊桥上的这一眼中心疼。

于无声处听惊雷
——评《人民文学》2015年第9期温亚军《空巢》

以有限的篇幅构建厚重深刻的内容，而且让人读着不沉重，甚至有散文诗般的气质，这是温亚军短篇小说《空巢》的特质。小说以空巢老人二舅的生活为切入点，隐射当下城市化建设中农村及农民的命运。发展经济导致了空气污染；土地被征用，农民失去了土地；年轻一代外出打拼，老人独守家园，孤独寂寞；由于儿女以及生存舆论的影响，老年人情感生活困顿……这些具有现实意义的重大话题，全部有条不紊地融进一万多字的小说之中，而且衔接得严丝合缝，合情合理，足见作家驾驭重大题材、设计小说的功力。

小说取材于现实，直面社会发展中出现的重大问题，不回避，不逢迎，有一说一。二舅在儿子、女儿的支持下盖了三层楼的新房，但是老伴去世，儿女都在外面打拼，偌大的房子出出进进就他一人。三楼的阳台就成了二舅的瞭望台，他在这里看村子的"天下"。可是很多时候雾霭重重，二舅看不到什么，只能转身回屋，独自在饮酒、上下楼中打发时光。二舅独守空巢，是空巢老人的典型代表。这一层意思不仅反映老人的生活，更反映了时下空气污染的严重性。在作家的轻描淡写中，这两个严峻的问题摆在了眼前，引发思考和关注。修高铁站要圈占土地，农民们为了多获得赔偿，抢着在地里栽果树，以做生意为生的二舅儿子瞅准时机贩卖树苗赚钱。二舅痛惜他的一亩多地，他要守着这土地，吃自种自收的放心粮，儿子却说修了高铁站经济利益更可观——家里的三层楼房会增值。这就是当下活脱脱的现实。一方面是老一辈农民对土地难以割舍的感情。"二舅还在那里种着一亩多的麦子，如果征地的事是真，那他就失去了所有的土地。一个农民没有一寸可种植的土地，这将意味着什么？"一方面是迫于生活压力不得不想方设法多要赔偿的行径。"为多挣点补偿款，大家又纷纷在自家仅有的那点地里挖起了树坑，赶在征地前植下果树。"不能说哪一方面不对，怎样更合理地解决土地与建设、建设与环境的矛盾是一个复杂又庞大的话题。作者通过小说人物的行为摆出这个事实，可见小说主题宏大。

作者在组合材料的时候不拐弯抹角，甚至在小说创作时也完全采用现实主义的传统技法。作者用温婉的笔触和语调，讲述社会大环境和普通百姓的生活，读者看到了一个活脱脱的小街原型，就好像置身其间成为其中一员，跟小说中的人物同呼吸共命运了。这是作者语言的亲和力，在这种亲和力的娓娓讲述之下，又隐射出严峻的社会问题。这种语言足有四两拨千斤之力，最是叫人欣赏。

题目画龙点睛，具有双重含义。空巢不仅指老人独守老屋的寂寞冷清，结合小说内容，不难看出还有一层含义：如果环境得不到保护，继续雾霾天气，我们的家园迟早也会成为一个巨大的空巢，一眼看过去全是灰蒙蒙，不见蓝天碧水，就如二舅看到的一样。同样，如果一味地追求经济效益，一味地开发建设，土地没有了绿色的生机，全部被钢筋水泥覆盖，我们的生存环境也就成了一个空巢。空巢之内有何生存意义？

于无声处听惊雷，短篇小说也可以表达如此宏大的思想，而且表达如行云流水。从容如此，自由如此，乃是小说创作的一大境界，让人叹服。

迎面扑来的生活气息闪疼了谁的心
——读云岗的小说《八爷的爱情》

云岗的小说是从肥沃的黄土地里长出来的，带有浓郁的山野气息，你可以嗅到玉米秧在清晨的雾水里散发出的草叶味道，可以看到从地里掏出来的土豆或者红薯带着泥沙憨憨的模样，你甚至可以感觉到农民在田间地头侍弄庄稼和在院落里伺候牲畜时忙碌的身影，以及他们来回奔波时脚下飞扬起来的灰尘。你好像跟在他们身后，能嗅到他们汗湿的衣衫在风中散发出的浓浓的汗味，能看见他们风吹日晒的古铜色皮肤布满黄土地一样的沟沟行行。跟在铁板一样硬朗的身后，你会感觉到自己的弱不禁风和不堪一击，就像飘零的叶子没有了分量和质感。

这个感觉来源于小说《八爷的爱情》（原刊发于《天津文学》2013年第12期，《新叶》2013年第4期）。小说塑造的主人公八爷，没名没姓，一辈子凄苦，但是坚不可摧，苦难压不垮他，饥饿与流浪是他生命的一部分，成全他人、给村民做媒是他自以为不可推卸的责任。受苦受难一辈子，没名没姓不说，就连死后都无葬身之地。这样一个忠厚典型的苦难农民，他已不是单独的个体，他就是一尊塑像，一座大山，一座苦难年代农民的丰碑。读完小说，你不仅会为八爷的命运难过伤心，还会对他的人格仰视致敬。

八爷的形象塑造得如此成功，这是作者的功劳。

初读小说，你会以为题目是不恰当的，直接就叫《八爷》或许更准确一些。八爷的婚姻是家族的一个叔伯给解决的，与"爱情"毫不沾边，而且八爷性情粗犷，说话做事直来直去，骂人时文骂粗骂很是在行，对八婆动辄拳打脚踢、破口大骂，哪懂什么美丽的爱情？可是读到结尾部分，你不得不为作者匠心独具的这个题目暗自叹服，拍手称好。正是因为加上了"爱情"二字，方显一份情感在八爷心底的重量，根深蒂固，融进血液，与八爷的生命同在。生长于同患难的生活之中的爱情原来就是安安静静，无须张扬和外露的，它只静静地住在心底，彼此相扶相依，对抗一切苦难。八爷之所以能够淡然面对生活，并通过白手起家一点点改善生活，生儿育女，并为他人作嫁衣，完全是他拥有八婆这个精神支柱的缘故。小说的亮点正在于此，不说爱情，句句都在为爱情铺路。这爱情裹挟在旧农村食不果腹、衣不蔽体的苦难之中，不是单纯的男女之爱，是对生活的对抗和成全，高于挂在嘴边的爱情。这爱情更纯粹、更持久、更灼伤人心，这爱情走了很长很苦的路。八爷小时候因为后妈的折磨出走，成为村里的流浪儿，生活没有要他的命，他被当作不要工钱只赏饭吃的长工收留，之后他成立了一个贫苦的家庭。至此苦难减轻，爱情刚刚萌芽，这爱情就是共同撑起一个家的抵死奋斗。

土地是农民的命。八婆死了，被八爷埋在自家地里。从此，那座孤坟就成了八爷的精神归宿地。伤心难过时，高兴喜悦时，遇难事时，八爷都去坟头坐一坐、哭一阵。后来八爷连这点自由权都没有了，怕乡亲们说三道四，给儿媳妇造成不孝顺的恶名，八爷只能做贼似的偷偷摸摸到八婆坟头去倾诉心事。八爷的唯一愿望是死后能和八婆埋在一起，卧病不起的八爷对他儿子说："我这一辈子最对不起的是你八娘，最离不开的也是你八娘。这下好了，我终于能见到你八娘了，你八娘……恓惶啊！"可是土地改革时村里重新分配土地，通过抓阄，八爷的那块地被外人抓了去。他苦苦哀求，别把八婆的坟挖了，那一块地的产量他如数还上。八爷哪里知道，八婆的坟地最终被平，他死都没有和八婆埋在一起，几年后他的坟地也被平了。

我们常常诅咒心里最痛恨的恶人"死无葬身之地"，其实一些恶人恰恰是活着风光，死后靠生前的钱权也葬得风风光光，倒是老实本分、恪守人格尊严和道德风尚的人却是死无葬身之地。试问，公共墓地能有几个平头百姓可以葬得起？八婆和八爷老老实实，苦难一生，倒真是死无葬身之地。这是小说的又一亮点。这个亮点叫人万分难过，可怜的八爷，活着、死了都不得安生。侵占土地只为赚取更大的利益，这已是时下不争的事实。小说也暗含了这点，不过作者很聪明，只是点到为止，结尾处轻描淡写，画了一个韵味悠长的休止符。

与生活纠缠是我们普通百姓一生的宿命，诚如八爷和八婆。我们如今不必过那种朝不保夕的苦日子，但是我们缺失的却比八爷八婆少不了多少，诸如刻进骨子里、融进生命里一生不变的爱情，成全他人的人格魅力。

人无完人，八爷的缺点是活着时对八婆的暴脾气。而作者的写作也不可能尽善尽美，比如写作到最佳状态时的语言任性，以及行文中为了铺垫而铺垫时的累赘。语言的精练性、表述的紧凑性是本小说可以考虑一下的。

（刊载于 2015 年 11 月 15 日《北京晨报》慢阅读《迎面扑来的生活气息——读云岗短篇《八爷的爱情》》，同日被网易新闻转载）

有云岗峻
——读云岗散文集《苜蓿》

题目出自云岗散文集《苜蓿》253页《情结贾平凹》一文，是云岗长篇小说《城市在远方》中贾平凹的题词。文坛大腕贾平凹先生自然是非同一般，这题词依据云岗名字顺手拈来，精简巧妙又韵味十足：高岗的峻拔巍峨以云雾飘渺装点，使得冲天的阳刚坚毅之气中具备了轻灵梦幻的飘逸感。名如其文，"有云岗峻"这四个字用来概括阅读《苜蓿》之后的感受，简直就是量身定制，恰如其分。

读罢这本书，我没来得及打开电脑或是找个本子写下想法，而是激动地拿起笔在目录前的空白处奋笔疾书，密密麻麻地写下了这样的话：了解云岗就看他的散文集，你就会知道这是一个多么丰富多彩的人，他的生活呈多面性，涉猎面极其广泛。亲情、友情自不用说，单说对生活的品位就足以让人惊叹。对关中美食、乡情故土以及时代特点那种触摸到灵魂的体验和感悟，不由让你疑惑：这究竟是怎样的人？一个人能对生活如此且近且远，来回穿梭，自如驾驭，他一定是生活的宠儿，这个宠儿一定是强者，可以把生命的宽度和韧度任意拉伸。

阅读后的瞬时感受绝对是最真实的，事实也如此。写这点读后感时，我没看开篇和谷先生的序言，也没看后面云岗另外作品的后记，只看了他在这本书中辑录的散文。不是不爱看题跋或后记，尽管这些都是众多评论中的精华，对阅读有一定的导向作用，但我有意识地避开了，只是为了表达最纯粹的个体阅读感悟。

在阅读这本书的过程中,我有过众多的切身体会:哭过,笑过,也为之食欲大开,或者头脑中放映过热闹的作品研讨会场面,也曾透过文字目睹过陕西文坛大腕陈忠实和贾平凹先生的尊容以及他们的言谈举止。诚如一位现在移居华盛顿的老乡妹妹所言:"我现在不喜欢看小说,喜欢读传记和纪实文学,因为这些真实的人和事情总会触动我的心灵,让我感触到人生的苦难、泪水、曲折、希望、信念、奋斗、感恩……这就是人生。"在云岗的散文里有丰富的人生历程,有生活最真实的原味,有厚实的烟火味儿,那些描述精准而不失美感的文字会把你拉进去,去体验生活,去回放人生,去重新审视那些曾经淡化在视野中的美丽风景。

读到《父亲在喝水》《父亲和秦腔》的时候,我在第29页倒数第五行后面写下"父亲呀"这三个字就泣不成声。云岗的父亲酷爱秦腔,为了看一场秦腔花了住旅社的五毛钱,自己在屋檐下蹲了一个晚上,回家后还津津乐道给我们讲戏,并告诉我们要好好学习,考上大学,就和城里人一样了。这情景,这腔调,这心思完全就是我那父亲的样子。我的父亲没有云岗父亲的生活好,至少他的父亲能看自己喜欢的秦腔,看过电视,死后身边还有一台自己喜欢的播放秦腔的收音机陪伴。我的父亲生前缺衣少穿,一辈子只活到43岁,没见过收音机,更不知道这个世界上还有叫电视机的机器。我停留在这篇文章之后,在心底轻轻呼唤"父亲呀",然后泪雨滂沱。我的童年,我的父亲,这些封存在岁月箱底的记忆完全复苏,被云岗的文章擦亮,我的心灵回到了故乡。这就是文章的魅力,我们的记忆需要这样的唤醒,我们的心灵需要这样的泪水来滋润,孝道、亲情永远都是人生路上最为动情的支撑。

读了《耀州咸汤面》,白中泛黄的滑溜溜、亮晶晶的劲道面条,冒着热气,香喷喷的汤面味道撩动味蕾,久久不散。此时我的大脑中还停留着小面馆里那个麻利、乐观开朗的面师傅模样：肩上搭一根白毛巾，手持大勺，在热气腾腾的煮面大锅前躬身忙碌，一会儿捞面，一会儿向大碗里舀调制好的高汤，然后笑容可掬地端给大方桌前的顾客。这让我想起很多电视镜头里的乡野饭馆，老板豪爽，在腾着尘土的大地上，小生意做得红红火火，不掺假，不欺生，只要在大方桌前一坐，就称兄道弟，天南地北地聊，吃得贴心贴肺，顾客真正是宾至如归。还让你想起古旧的小镇上买卖兴隆、井然有序的情景，过路的、叫卖的、讨价还价的、游街看风景的，大家各行其是。搭个敞篷的面馆里座无虚席，成了集镇上最温暖最有人情味儿的去处。读《红苕》《苜蓿》《豆腐情结》《家乡的柿子树》，浓郁的家乡山野味道瞬间就包围了你，让你格外怀念那些或许不富足但是吃得最安心最香甜的旧时光。

中国的饮食文化其实都是从乡野村间传扬出去的。这些顺应自然、土生土长的食材和土色土香、保留原味的食物，随着工业时代科技的迅速发展，正褪去它们原有的味道和颜色，被配制以花样众多的添加剂，迷惑我们的味觉，隐性侵蚀着我们的身体。读到这种散发着乡野味道的美食，忽然觉得这样保持本色的文章，多年之后正是我们找回曾经记忆的凭借。

云岗的视觉是发散型的，他的思维也是全方位的。除了精通家乡美食，他对家乡的山水景致也是了如指掌。在描述这些自然风景时，不是那种看山是山，而是引经据典，再设身处地地游走，然后仰仗亲眼所见亲身体验，用独特的思维把风景落在纸上，不仅赋予铜川地区独特的人文特色，也精准描写紫阳、佛坪、清涧等地的特色。其想象充满灵动和新颖感，让人读罢如清风扑面。

在文学之旅的板块收录了七篇，这些作品详细描写了如何结识、走近陈忠实、贾平凹、叶广芩等作家，从中可以看出他对文学的虔诚之心以及对这些文学领头人的崇敬之情。尤其在写与贾平凹先生交往时，由于对贾平凹十分敬慕，云岗把自己从小如饥似渴、想方设法买他的书看的过程写得甚是详尽。此时的云岗完全变了一个面孔，你感觉他就是一个永不知足的跋涉者，一个在文学路上孜孜以求的学者。可是在长篇小说《城市在远方》的研讨会上，他又成了一个成功者，一个有资本骄傲的作家，这个隐性的蜕变过程又会给人以启发和点拨。在这些文章里，你还可以领略文学大腕的风采，真是受益颇丰。

真正的作家是全才，有百科全书式的大脑。绝好的小说家也能写出脍炙人口的散文佳作。云岗写小说，也写散文。他的散文和小说一样，都是根植于生活，具有浓郁的乡土气息，读着亲切自然，入心爽目。有云岗峻，磅礴透迤的大山从大地上长出来，巍然屹立，并引来大量气流盘旋缠绕，营造出梦幻般的仙境，云岗的散文就如此，这份姿态甚好。

流年如歌
——云岗小说集《罕井》一观

"在当代陕西文学版图上，作为新一代中青年作家群体中成绩显著的一位，作家云岗的小说作品，既秉承了陕西文学传统中的厚重深沉，又具有新时代鲜活的血液。他心性豪爽，属文学性情中人，其农裔成籍的身份，使其乡土题材的写作具有知识分子'精神回乡'的独特体验。其小说作品勾画了一幅幅既有历史纵深感，又有强烈现实感，丰富多彩，文学意味浓厚的乡村社会人情风俗画卷。"（陈忠实 2015 年 5 月 23 日）——非常荣幸，我能在云岗小说《罕井》的封底上看到陈先生的亲笔字迹。我是偶尔合书时看到的，随即便读了三次，先生评价云岗的一百多字，字字珠玑，句句有所指、有所依。我想自己再用多少文字也难以概括出云岗作品之一二，倒是先生的这段话集中概括了云岗其人其书。拜读云岗作品，在字里行间切实能体会到陈先生这段话的重量和力度。

"精神回乡"的独特体验

云岗中短篇小说集《罕井》中编选的5个中篇、7个短篇全部取材于过去或当下生活，扎根于陕西厚重的黄土地，和祖辈们乃至现在依然生活在那片土地上的人们息息相关。从第一篇《罕井》中的民风民俗，到最后一篇《十一朵红玫瑰》中爱与家庭的回归，勾画的是与土地密不可分的生活图景，彰显的是黄土地上人民勤劳朴实、厚道善良的传统美德。

《罕井》以村里杀猪匠老刘头和会唱戏、靠捞桶为生的老井为主人公，把民风乡俗、家长里短通过他们的所作所为来展现，时光一下子就回到了二十世纪六七十年代的农村。祖传的杀猪手艺人如何处乱不惊宰杀一头猪："待爬在猪圈墙上的人把惊恐万状的猪赶到猪圈口，老刘头手里的杆子飞快地往前一伸，又狠狠地往上一提，铁钩子便牢牢地钩住了猪脖子。然后他身子向后一倒，蹬着四蹄，声嘶力竭嚎叫的猪一下子便被拖了出来。旁边守着的人一哄而上，七手八脚地按住了猪。老刘头卸掉铁钩子，顺手拿起一把明闪闪的刀，伸出左手大拇指，轻轻在刀刃上拭一下。人们尚没有反应过来，只见眼前闪电般地一亮，'噗'地一声猪脖子里的血便'哗'地涌了出来。"读罢这样的叙述，文字已然化作家乡逢年过节宰猪的生动场景，声形具备，喜气洋洋又紧张非凡。老刘头是村里的调解员，邻里之间的矛盾纠纷都靠他来理顺疏通，斗字不识的他却对"仁、义、礼、智、信"尊崇有加:"这几年,按报纸上的话说,批林批孔运动开展得如火如荼,老刘头没有从正面理解那些犀利的批判言辞,反而感叹道:'还有脸批判人家孔老二,让我说如今世风日下,缺的就是人家说的克己复礼、仁义道德、礼义廉耻!'"苦难的日子压不垮斗天斗地斗生活的老井,他还能唱出地道的戏曲:"老井笑了笑,说:'你就爱听我的封资修。'说着,清了清嗓子,吼道:'刘彦昌哭得两泪汪汪……'饲养室梁上的灰尘似乎落了下来,在射进来的阳光里舞蹈起来。正在吃食的牛驴骡马们停止了咀嚼,支棱起了耳朵。"这就是二十世纪六七十年代农村人们的生活写照,他们就是这样对待生活和人生,再苦他们都有自己的为人原则。你能联想到农村杀猪的场面,肯定能想起村里某一个能说会道、调解邻居关系的和事佬,你还能听见劳动的间隙某一个村民面对黄土和大山吼出的最朴实最率真的那一腔调,穿山越岭,回声悦耳。在吵闹凌乱的城市生活中的你,瞬间就和自然接近了,你闻不到汽油味,听不见汽车喇叭和机器轰鸣的噪音,你一定能体会到"柴门闻犬吠,风雪夜归人"的归宿感,"绿蚁新醅酒,红泥小火炉"的温馨感。

《家里住了个女知青》是特定时期的农村生活模式,最能反映乡土家园人性的魅力,同时把人的成长植入到生活的广阔田园中,使得男孩、女孩初开的情窦呈现出清新、明亮、干净的生机感,把人心灵深处尘封的纯真之心,惊遇妙人的狂喜和无限希望通过逼真的心理刻画表现出来,使得爱的雏形散发出初春田园的清甜味儿,具有原生态小说的魅力。你能从中一窥《山楂树之恋》中田园牧歌式爱情的质朴纯真,《德伯家的苔丝》中苔丝穿束腰长裙,戴大盘草帽,在夏季蔬果茂盛的庄园里奔走的场景。扑面而来、沁透心脾的乡野味道时时荡涤你蒙尘的心肺,这就是一幅幅纵深的乡村风情画卷。

写实小说的诱人处,就是让你有似曾相识之感的同时又时时收获意外惊喜。在熟悉与欣喜间，获取美的体验，并由此拉近过去与现在生活的距离，营造出亦真亦幻、难舍难弃的亲切感。

主题的现实意义

取材于老旧的生活，但不等同于叙事和主题的老旧。云岗的小说时不时会让你觉得这就是彼时的生活现实，但是当你一路读下去，就会发现主题的当下社会意义和语言构建的时代感、新潮感。这个特点突出表现在《八爷的爱情》和《十一朵红玫瑰》两篇小说中。

《八爷的爱情》除了浓墨重彩地表现父辈们勤劳持家、踏实生活的厚重人性美之外，还隐射时下的一种社会现象，即无休止地征地建房造成的毁灭祖坟、侵占良田现象，同时还透露出越来越集中、越来越昂贵的公共墓地对于普通家庭造成的两难境况。

《十一朵红玫瑰》则是当下时兴的话题：中年人偶遇初恋的尴尬处境。一方面尘封的情感被撩开了幕布，一方面家庭的道德标杆直竖眼前。心灵的出轨在现实面前徘徊踟蹰，尴尬不已。"没事搞搞同学会，拆散一对是一对。"这一句网络惯用语其实是对生活现象赤裸裸的表述。初恋的美好在日子的尘封中一旦被撩开，就会发生一些家庭的重组现象，这也是人之常情。在家庭责任方面，个人情感总是不讲道理。可是云岗的小说对现实的处理做了很好的回答，或许你要说，生活里的多数情况都是这样：面还是要见，心里还是有点恋，暧昧不会没有。区别在于，小说中的初恋女同学终究没有去见男友，而是送了十一朵玫瑰到男主角吃饭的宾馆。这十一朵玫瑰可以理解为那场初恋就是一生一世，或者根本就是祝福你们夫妻二人一生一世。我更愿意理解为这是一种深刻的祝福，如果初恋的她想说和"我"一生一世，她不会不来见"我"，何况"我"不差钱，好歹是一个不大不小的市级

部门领导。事实改变着人,不管当初多么倾心,二十几年后各自都变得全然不同。小说中当初的女神面对男友"我"短信要求定宾馆,说:"我哪有钱嘛?"如此庸俗的回答全然没有了一丝女神的范儿。而法院副院长的老婆则是变得不修边幅,看起来憔悴邋遢。"我"的老婆则是婆婆妈妈、唠唠叨叨,很是烦人。人到中年,那些少年的光华褪去,留下的尽是本色,而这才是生活的原貌。

细节的生动感在精准的语言描述中有声有色

乡土小说的语言凸显的是地方特色,云岗的小说无疑关注了这点。在《罕井》中,老刘头和老井的语言特别符合人物身份,特别有关中老农民的味道,他们说话爽直,不失乡间粗俗味儿,但是绝不粗野。村里来了一个钻井队,打坑钻井没找到水后走了,村民不知道这些人是干啥的,老刘头就去找公社书记论理。小说中这样写:"老刘头去找公社书记又来了劲,拍着手说:'这不就结了,老先人早都说了,咱这地方本来就是个枯井,要不咋就叫个罕井呢?人老几辈都没有找见水,你叫一个鸡巴样的黑玩意扑通扑通往地里钻,就能找见?水没找见,还搅扰得地下先人不得安宁,你知道这叫啥?这就叫羞先人哩!'"一个农村人,不畏官不唯官,说话以理服人,敢于为村民利益代言的形象跃然纸上。

而在现代都市化人物心理小说《十一朵红玫瑰》中,现代语感就特别强烈,可见云岗还是一个驾驭语言的好手。请看这样的语言——把少男少女初见的胆怯羞涩写得惟妙惟肖:"每次当我的眼光和她的眼光相撞时,我觉得她的眼光就像一支箭,正嗖嗖地向我射来,方向看似是我的眼睛,中箭的却是我的心。我的心隐隐地疼了起来,很舒服的那种疼。我赶忙收回眼光,仿佛落荒而逃的败将。"把心灵出轨时的悸动借助环境来烘托："五月的夜晚，天空澄净得像姑娘的眼眸，沉静，明亮，纤尘不染。空气中流淌着甜丝丝的芳香，熏得人有一种微醉的感觉。不知名的生灵或含蓄，或迫切地鸣叫着，不知道是在欢唱，叹息，还是在呼唤心上人。"

诸如此类传神的语言小说中随处可见，如此精准的语言不仅对细节的刻画起到了丝丝入扣的作用，而且特别符合人物身份，对塑造人物起到了画龙点睛的作用。细节决定成败，小说的细节最能彰显作者的想象能力，也最能调动读者的阅读想象，在作家的写作和读者的阅读之间，这个细节就是一幅活的画，一个以假乱真的生活场景。

流年如歌，在语言构筑的小说大厦中，流年被留住，而且散发出鲜活的气息。阅读小说集《罕井》，就是把那些逝去的光阴用现在的诗意的眼光重温了一回。在不断推进的时间的淘洗下，过去的、现在的、现实的、虚构的人物和事件交杂参差，巧妙融合成一支生活的长歌。我们既可以寻找到过去生活的蛛丝马迹，又可以触摸当下生活的温度，《罕井》就是这样一支歌。

（刊发于2015年12月30《文化艺术报》）

也谈"水浒"美女

施公大男子主义肯定严重，所以他创造的梁山水泊是男人的世界，但是在二元化的世界里，离不开女性对故事的成全和丰满。万绿丛中一点红，为数不多的美女出现在罡气浓郁的男人世界就显得格外妖娆，秀色可餐，不妨单列几个饱饱眼福。

京师第一大名妓李师师：

少年声价冠青楼，玉貌花颜世罕俦。万乘当时垂睿眷，何惭壮士便低头。

容貌似海棠滋晓露，腰肢如杨柳袅东风。浑如阆苑琼姬，绝胜桂官仙姊。有诗为证：芳容丽质更妖娆，秋水精神瑞雪标。凤眼半弯藏琥珀，朱唇一颗点樱桃。露来玉指纤纤软，行处金莲步步娇。白玉生香花解语，千金良夜实难消。

李师师是《水浒传》中的绝色花魁，她不仅有倾国倾城之容貌，更是才华横溢，琴棋书画无所不精，一柄凤箫吹得"穿云裂石"，一副阮儿拨得"玉佩齐鸣"。多少男儿对她可望不可即，见到她便自惭形秽。北宋有名才子周邦彦和她谈诗说词，拥有三宫六院七十二嫔妃的皇帝赵佶为她甘屈九五之尊，钻地道来与之幽会。

在繁华东京三教九流的社交圈中，李师师无疑是出入名利场、官场、娱乐场的名人，但是她绝非一般的女子靠色相闯天下，她早脱离了低级趣味，成为女神级别的社交名媛。在新版《水浒传》中，李师师与浪子燕青俨然一对知音，一个吹笛，一个抚琴，大有俊男靓女琴瑟和谐的美感。可惜燕青是梁山的外交员，他身负政治任务，李师师充当了说客。

宋江老婆阎婆惜：

花容袅娜，玉质婷婷。髻横一片乌云，眉扫半弯新月。金莲窄窄，湘裙微露不胜情；玉笋纤纤，翠袖半笼无限意。星眼浑如点漆，酥胸真似截肪。金屋美人离御苑，蕊珠仙子下尘寰。

阎婆惜从小长于东京娱乐圈，自幼浸在欢场大染缸里，她眼神妖娆多情，充满勾魂摄魄的魔力；她的腰肢飘摇善动，尽是吸髓蚀骨的销魂；她的声音清喉娇啭，绕梁三日，余韵徐歇；她的舞姿袅袅娜娜，翩若轻云，娜似弱柳。她是典型的娱乐圈美人，可是却遇一个并不热衷床笫之欢的丈夫,被宋江金屋藏娇,自然是祸水一滩。这容貌描写为她日后的宿命埋下了伏笔。施公并不单纯写美,美即是倒霉的前兆。只是这美丽又倒霉的女人却成就了梁山头把交椅的坐拥者。

武大郎老婆潘金莲:

眉似初春柳叶,常含着雨恨云愁;脸如三月桃花,暗藏着风情月意。纤腰袅娜,拘束的燕懒莺慵;檀口轻盈,勾引得蜂狂蝶乱。玉貌妖娆花解语,芳容窈窕玉生香。

潘金莲的美是风骚性感之美。施公用"风情月意""蜂狂蝶乱"惟妙惟肖地写出她的妖艳模样。所以围绕她的风情月意,施公成功地刻画出市侩小人王婆、地方恶霸西门庆、憨厚老实的武大郎、勇武豪放的武松。潘金莲原本在一大户人家中做婢女,主人看她颇有姿色,欲染指于她,但她始终不从,还向主人的夫人告状,因此惹恼了主人。主人抱着"得不到就毁了"的心态把她嫁给身形丑陋、绰号三寸丁谷树皮的武大郎,不但不要聘金,还奉送嫁妆。这个人施公显然是不太爱的,按理说是可怜人,得到武大郎那样的爱护,能自己做主了,就该有好生活。可是之后她纯粹被写成了荡妇,当然这是出于故事需要。

十字坡包子店女老板孙二娘:

门前窗槛边坐着一个妇人,露出绿纱衫儿来,头上黄烘烘的插着一头钗环,鬓边插着些野花。见武松同两个公人来到门前,那妇人便走起身来迎接。下面系一条鲜红生绢裙,搽一脸胭脂铅粉,敞开胸脯,露出桃红纱主腰,上面一色金钮。见那妇人如何?

眉横杀气,眼露凶光。辘轴般蠢坌腰肢,棒槌似桑皮手脚。厚铺着一层腻粉,遮掩顽皮;浓搽就两晕胭脂,直侵乱发。红裙内斑斓裹肚,黄发边皎洁金钗。钏镯牢笼魔女臂,红衫照映夜叉精。

从穿着到容颜，施公对孙二娘写得很是详尽。这是一个粗俗的凶神恶煞般的夫人模样，单看"绿纱衫儿""鲜红生绢裙""桃红纱主腰"这个装束真够靓丽，色彩搭配甚是妖艳。薄薄的丝短衫，盈盈的丝摆裙，敞开的酥胸，低低的小内衫，加上头戴小野花，女性味十足，很可爱的样子。可惜装束归装束，她的长相实在是有些恐怖，满脸杀气、眼露凶光、粗大的手脚、粗糙的皮肤，一下子就让人倒了胃口。作者把她写成了粗鲁悍妇，与她从事的杀人勾当相关。

寻亲不着被郑屠夫强占的民女金翠莲：

髻松云鬟，插一枝青玉簪儿；袅娜纤腰，系六幅红罗裙子。素白旧衫笼雪体，淡黄软袜衬弓鞋。蛾眉紧蹙，汪汪泪眼落珍珠；粉面低垂，细细香肌消玉雪。若非雨病云愁，定是怀忧积恨。大体还他肌骨好，不搽脂粉也风流。

得鲁达救助后嫁给赵员外的金翠莲生活优越，人也变样了：

鲁达看那女子时，另是一般丰韵，比前不同。但见：

金钗斜插，掩映乌云；翠袖巧裁，轻笼瑞雪。樱桃口浅晕微红，春笋手半舒嫩玉。纤腰袅娜，绿罗裙微露金莲；素体轻盈，红绣袄偏宜玉体。脸堆三月娇花，眉扫初春嫩柳。香肌扑簌瑶台月，翠鬟笼松楚岫云。

无疑，这个女子并不很美，但却是作者钟爱的，她和贫穷的父亲最终得到了安稳、富足的生活。也难怪，施公专爱他刻画的好汉鲁达，所以一并连他救护的民女也爱了。前后不同的金翠莲完成了丑小鸭到天鹅的蜕变，都是因为鲁达的出手相救。美丽的女子是需要好的生活来供养的，赵员外虽然年龄大点，但是他能够给这一对父女提供安稳的生活。

蒋门神小妾：

眉横翠岫，眼露秋波。樱桃口浅晕微红，春笋手轻舒嫩玉。

冠儿小，明铺鱼鲅，掩映乌云。衫袖窄，巧染榴花，薄笼瑞雪。金钗插凤，宝钏围龙。尽教崔护去寻浆，疑是文君重卖酒。

蒋门神小妾也够美的，这么美的一个娇人儿，嫁了蒋门神这个一团赘肉的莽汉。文中没有描写二人的感情，但从武松找茬"调戏"这小妾的时刻，可见这美人的可爱和个性。武松进得店来，双手撑桌，正面目不斜视地看酒台里面的夫人，看得人家不好意思就偏过头去，假装没看见。然后他又吆喝："这位夫人来陪酒。"手下酒保终于无法忍受。可以想象武松这么一个二十五六年纪，长得威猛无比的汉子紧盯一个少妇时候的情景，可这少妇就是不理他，比起潘金莲要可爱多了。

张都监家的侍女玉兰：

脸如莲萼，唇似樱桃。两弯眉画远山青，一对眼明秋水润。纤腰袅娜，绿罗裙掩映金莲；素体馨香，绛纱袖轻笼玉笋。凤钗斜插笼云髻，象板高擎立玳筵。

玉兰的美是天然美，从"素体馨香"可感知。可惜这么一个美人参与了陷害武松的勾当，最后死在武松的刀下。只是她的命攥在主人手里，尽管看起来对武松有些许情意，但那都是糖衣炮弹。月圆之夜她奉命出来给张都监和武松唱曲陪酒，一曲《明月几时有》叫武松伤感了一回，也就在那夜她直接把武松引进了埋伏圈。

杨雄的老婆潘巧云：

黑鬒鬒鬓儿，细弯弯眉儿，光溜溜眼儿，香喷喷口儿，直隆隆鼻儿，红乳乳腮儿，粉莹莹脸儿，轻袅袅身儿，玉纤纤手儿，一捻捻腰儿，软脓脓肚儿，翘尖尖脚儿，花簇簇鞋儿，肉奶奶胸儿，白生生腿儿。更有一件窄湫湫、紧挡挡、红鲜鲜、黑稠稠，正不知是甚么东西。

施公对这位的描写用了一些叠词，读罢好叫人怜爱，这纯粹就是一个嫩嫩的柔若无骨的小鲜肉，香喷喷、肉奶奶如初生婴儿般粉嫩。但是这般细腻到可触可摸可嗅可感的美人儿，却是十分泼辣风骚的，敢对丈夫直接表达不满，敢把自己的风流事直接当着抱怨说出来。

林冲的老婆林娘子：

这是《水浒传》中最完美的女人，是施公理想的居家过日子的夫人，她美到让施公不能正面描写，他大概害怕稍不留神就写得跟那些美人儿雷同了，干脆就通过高衙内的三番五次调戏，千方百计害死林冲来体现。高衙内作为典型的官二代，过着声色犬马、锦衣玉食的生活，风月场上什么样的女子没见过，可他就偏偏喜欢林娘子，他的喜欢不无道理：林娘子温柔善良，善解人意，品性高端，绝对是相夫教子持家的好手。她宁为玉碎不为瓦全，被高太尉威逼成亲，自缢身死。多么刚烈的女子！

施公的笔斑斓多彩，描写美人的方法和遣词都不一样。每一个女性的美都不同，她们体态婀娜，细腰金莲，如雪肌肤，如柳娥眉，秋波含情，无限风光聚一身，但是却有明显的区别。显然他最欣赏的是林娘子，林娘子的结局正是他对于女性的期许：恪守妇道，相夫教子，内外兼美。他最为敬仰的该是李师师，李师师美丽妖娆，深入红尘却特立独行，身处底层却多才多艺、高雅脱俗，李师师应该是用来欣赏和仰视的。他最同情最爱护的是金翠莲。

张弛有度，余音绕梁
——读《暴力倾向》

　　《暴力倾向》是《当代》第一期上高远的短篇小说，讲一个叫赵大有的六十岁老人，半辈子杀猪宰羊，后来靠一张嘴皮替人消灾解难。小区门口来了一只不知主人的藏獒，吓得人们不敢出入。警察也无能为力，开枪怕主人家找来索赔，硬逮又不敢靠近，最后找来能掐会算的绰号赵半仙的乡民赵大有。他手握粗绳子，佯装左顾右盼，却慢慢靠近那只大狗，之后嘀咕一阵，狗便流泪了，气势汹汹、一副拼命的架势被他的嘀咕彻底瓦解，竟然束手就擒，被他套住装进警车。后来，小区门口又堵住了，醉酒的儿子要开车出门，老子躺在地上以命相胁不让出门。大家又找来赵大有调解，结果醉酒的儿子打伤了赵半仙，原因是他的嘀咕声想控制开车者，而且说的是"碾过去，碾过去"，可是他身边却没有一个人听见。

　　小说情节简单，好像截取了一个常见的生活片段，读来画面感极强。作者显然是写故事的行家里手，把短短的八千字写得跌宕起伏。三处悬疑三处波澜，恰是小说引人入胜处。其一，开头通过群众惊恐的样子、警察束手无策的情态来表现场面的恐怖。你会以为墙角蹲着的随时准备突击观众的是一个丧心病狂的亡命徒。可是作者笔锋一转，才知道那是一只狗，作者的幽默、调皮尽在这个节骨眼上了，打破了观众的认知常规，小小的手段使读者乐意继续读下去。其二，赵半仙到底跟藏獒嘀咕了什么，能使那么凶残的家伙动了真情自投罗网，虽然之前赵半仙透露了自己嘴皮功夫的根基是掌握对象的属性，比如能叫蛇起立躺下源于蛇爬久了就要伸腰,但是读者还是想不到他说些啥,连现场警察也好奇不已,终不得其解,而以"语言暴力"记录在案。其三,结尾处司机硬说赵半仙嘀咕了"碾过去",是想怂恿他碾死自己的亲爹,所以要打他。可是没有一个现场者听见这句嘀咕。赵半仙不狡辩也不喊冤,带着皮外伤走了。而在场的辖区警察却在本子上记录:赵半仙,语言暴力倾向。这个结尾依然是个未解之谜,留有丰沛的回味余地。这便是小说的灵活之处,不写死,不给固定答案,百人百解,余味悠长。小说还有一处寓意丰沛之处,就是赵大有反复说的,跟人难以沟通,人的思想总是曲折迂回,难以捉摸,而动物就简单得多,你想控制它,只要掌握它的特点便可。

　　作者更大的高明在题目的反讽用意上。赵大有,被称赵半仙的人,他自始至终没有动一根手指头,就解决了两桩分别让警察和父亲棘手的事。警察有枪不敢开,怕的是索赔,经济受损,而他们的职业便是保一方平安,结果在危难之际他们的看家本领只会放个警戒线。父亲怕儿子酒驾出车祸,左右拦不住,以命相抵。解难的人只嘀咕几句,棘手的事便迎刃而解。赵大有,就是个游走四方讨生活的底层人,被警察提防或者瞧不上眼,被认为不务正业、坑蒙拐骗,却能够替警察办事;劝解醉汉即便被打一顿,也毫无怨言。极具讽刺意味的是,警察凭借模糊的不知真假的印象,隐约想起有个名词术语"暴力倾向",便拿个本本毫无实据地给他记录一笔:暴力倾向。一正一反,不露声色中揭露得入木三分、淋漓尽致,果真有于无声处听惊雷的功效。如果说赵半仙的语言是对人对物的精神控制,属于语言暴力,可是他的出发点却是好的;警察毫无凭据地给他记录在案的"暴力倾向"何尝不是自己扇自己耳光——警察才是真正的暴力倾向实施者。小说中的人都在有意无意地使用暴力,是无血光验证的软暴力。

　　看似没技巧是最大的技巧,把想要表现的主题巧妙地融进故事中，不评判，不叙述，靠故事主人公的作为来陈述作者的思想，使得故事张弛有度，余音绕梁。

发卡的命运
——读丁小村《玻璃店》

发卡是女性的专用饰物，充满阴柔之美，给人柔性的美好遐想。丁小村的短篇小说《玻璃店》就以一个16岁妙龄女子的发卡为线索，构建了一个悲惨的故事。

小说内容：

一个成绩差、不爱学习的青年，成天流连于街道上一家玻璃店前，被玻璃的透明和散发的神奇光泽，尤其是划破玻璃的清脆声吸引。这只是一个引子，真正吸引青年的是玻璃店主的女儿小小，她蹲坐店前读书的模样让青年迷恋不已，无法自拔。小小头上银色的蝴蝶型发卡更如魔法般让青年痴迷。为了维护心中这幅雕像般诱人的画面，当玻璃店遭遇城市小混混骚扰威胁之时，青年压制住内心的惊惧，暗自报了警。这帮混混被警察轰走了，店主得到了暂时的安宁。可是更大的麻烦来了，玻璃店隔三岔五遭遇混混的骚扰。原先玻璃店前安静读书的环境没有了，小小只好到河边的乱石滩上找一处安静的地方读书。青年依旧骑着一辆破旧的自行车，暗自跟随心中如蝴蝶般轻灵安静的女孩，他远远地守望心中的女神，从不曾靠近。可是，恐怖而悲惨的事情发生了，女孩被强暴之后，暴尸乱石滩。青年在乱石滩找到女孩的尸体，替她整理好凌乱的衣服，捡起散落一旁的银色发卡装在衣兜里。此时，警察来了，青年被当成嫌疑犯带走了。

玻璃店，简单、透明、干净，它的功能就是装饰人们的生活，遮挡灰尘，抵挡狂风暴雨，给人们一个透明、清澈、安静的环境。即便是象征情色的美容美发厅、象征暴力以及罪恶交易的通宵录像厅夹在中间，玻璃店的本色不会变，相反，还有一个清纯简单的女孩在嘈杂混乱中沉浸书香，美若茉莉。"琉璃世界白雪红梅"，生活本该是这么简单，纯粹美好。可是，在一个法治混乱、小混混横行的区域，一切单纯的美好都会被玷污，一切正义的力量都会被打压。小青年的结局是一场阴谋，是那一帮小混混嫁祸于人，谁说没有某些所谓警察的作祟？

题目的隐喻：

从匠心巧设的题目中，我体会到作家的愤怒、悲悯，还有深深的诉求与渴望——玻璃店这一多么简单透明的地方，根本没办法藏污纳垢，可是污垢偏偏沾染上来；纯洁的女孩就如一块透明的玻璃，她经不起打击和污染，没办法保持自己的本色，破碎得体无完肤；玻璃世界，一切都透明如溪，可是，玻璃映照出来的恰是黑白颠倒，善恶不分。"我"——一个辍学的青年，"我"追求美，崇尚美，崇尚玻璃般的简单纯洁，可是"我"的出场注定就是一个悲剧，注定是一场罪恶的替死鬼。"我"的下场就是伸张了正义，结果被正义要了命。"我"渴望这世界如玻璃般保持本色，干净透明。"我"渴望每一个生活里的人都如玻璃般坦诚以待。"我"渴望美好的初恋如蝴蝶般徜徉百花园，如沐书香。可是世事往往背道而驰。这些都是小说所要表现的思想。在品味中，你越发能体会到小说的妙处。

"发卡"的功能：

玻璃店前读书女孩头上的发卡如一只翩跹的蝴蝶，充满灵气和神韵。青春的气息和着书香，把环境衬托得安静优雅，在夕阳的柔波里美得像一幅画。发卡，可以理解为初恋的美好情愫，也可以理解为这世上一切靠劳动本分生活的小民，或者就是人们简单美好的追求。青年因为情窦初开迷上女孩以及她头上的发卡，这发卡最终成了青年犯罪的证据。初恋也好、暗恋也罢，都是爱，爱是人的本性，是无比美好和自由的。发卡怎么就成了犯罪的证据？这一小小的物件，在小说中起着重要的作用，它不再是简单的物象，而是一个隐喻，一个事件的象征。贯穿小说始终的发卡还是那只发卡，但是人物的命运变了，拥有发卡者遭遇强暴致死，热爱发卡者当了替罪羊被冤死，由此，点缀美、装扮美的饰物成了针对正义者的"法卡"——法，管治的是邪恶，维护的是正义，在《玻璃店》里，法偏偏管治的是美好和无辜。

作家在小说里设置的这个小物件多么精巧，从发卡起笔到最后落笔，反映的是生活的小主题，牵引出国家法治的大话题。小说在漫不经心间设置了一个假象——看似是关于情窦初开的爱情小说，实则是有关国家法治的社会小说。社会混混对人民生活的骚扰，一方治安团队的不作为或者胡作非为，你不知道是非法人员骚扰了普通民众的生活，还是维护一方平安者充当了帮凶。玻璃不说话，事实一清二楚，百姓心里有杆秤。

叙事及语言的特色：

显而易见，"葫芦僧乱判葫芦案"是一个重大的话题，牵扯着社会的神经，自古如此。作家的高明在于以诗性的语言和柔若江南的行文气质构建了这个沉重的故事。没有波澜起伏的跌宕情节，没有铿锵有力的语言攻势，有的是诗性而浪漫的温婉。阅读的过程你是平静的，可是越到最后你的情绪会越压抑，有苦说不出，满腔的愤懑无处发泄，一切语言好像都是多余，失语、接受是最好的选择。

文中主人公"我"遭遇的事件像极了当下生活中的事件。提起这些事件的时候，凡是正直善良的人无不义愤填膺，恨得咬牙切齿。就是这样最虐心的事件，作家能按捺住内心情绪，波澜不惊地以初恋的名义来描写。这是一种写作的修为和能力，非标新立异的构思不能达到。

发卡，美的隐喻，女性的化身，弱势群体的代称，愿它只成为爱和美的信物。

（刊发于2016年8月《西乡文艺》第4期）

入赘后被阉割的人生
——读《二十年》

21年前的1995年，寇挥在《新大陆》第二期发表了短篇小说《二十年》，随后又被《中华文学选刊》转载。非常有缘分的是21年后的炎夏，我有幸读到。21年后读《二十年》，这个数字，这个时间跨度，好像冥冥中有什么巧合，或者暗示了什么，我暂且说不清。但我最明确的是，这个关于入赘女婿的故事，隐喻的主题会一直新鲜下去，42年、84年、168年甚至更长的时间，只要人类不灭或者人类没有完全退化到低级动物的层面，这个故事就一直有警示作用和普遍的社会意义。因此，早在21年前，寇挥就已经成功创作了被评论界认为的寓言体小说。遍读世界经典的寇挥，被众多的作家、读者、评论家称为寇大师，我觉得这个称呼恰如其分。世界上任何一个国家的著名作家，他都能够如数家珍；任何作家的经典作品，他都能够通晓其内容、思想、构思技巧、写作特色。每一年的诺奖花落谁家，寇挥都能够准确预测，甚至在多年前读到的作品，寇挥都能够感觉到未来可能获诺奖。这不是吹捧，熟识寇挥的众多文学界朋友可以作证。很难想象，一个中年作家能达到如此广而深的阅读量，这需要多大的耐力和文学水准。

因为能够全盘掌握世界文学的概况，其创作的起点和高度就完全和世界文学接轨。他的小说与迎合市场之类的小说有着天壤之别，是经得起时间冲刷和社会发展动向验证的。就如这篇入赘女婿的故事一样，讲中国家喻户晓的故事，表达全世界共同面对的问题，探讨人性在现实中如何被阉割，被以温柔的关怀做伪装逐步控制，从而钳制思想，扼杀意识，把人变成人偶。在传递这一普遍存在却又无可更改的现状的时候，作家又立足于本土文化——"饮食男女，人之大欲存焉"这一论断。凡是人的生命，不离两件大事：一个是生活的问题，一个是性的问题。小说正是以这个理念为轴心，完成故事的构建和主题的表达，堪称寓言体小说的典范。通俗流畅的叙事中不乏细腻的心理刻画和玄妙的想象，使得一个现实题材的故事有了某种神秘的味道，这就具有了中国文学和外国文学的相通点。

一个21岁的热血男儿入赘到条件尚好的两女家庭，却迟迟不能结婚，7年之后指定的未婚妻结婚前夜猝死，他又被指定等待小他14岁的姨妹子长大再结婚，在岳父看似温柔关爱的监督教唆下，他逆来顺受地海量吃饭，出蛮力劳动。岳父通过咒语般的念叨"多吃点，多吃点"，来堵塞并榨干青年的荷尔蒙，并以"再等几年，你很坚强"的蛊惑迫使青年按捺和自觉抵制本性的冲动。在14年等待结婚的岁月里，男儿改名换姓，逐渐失掉本我，成为一具空壳的废人。岳父在小说里犹如一个幽灵，对这个入赘的青年进行身体和心灵的捆绑及占有，青年毫无个人空间，还得接受岳父14年如一日的咒语念叨：

半夜我发现父母都悄悄溜走了，窑里只有我和珍珍，我的心狂跳不已……我望着她，我颤抖，我爬起来，我看见她裸露的细白的肉，我的心紧绷，我忽然被头顶岳父的声音吓坏了："孩子，你很坚强，三年都过去了，再过四年是很容易的。一个男人的意志难道抵挡不了七年的诱惑？抵挡得了七年诱惑的男人是什么事都能干成的。而沉沦在七年之内的男人只能是一滩猪矢。"我四处寻找岳父,我看见他从窑顶上那条大裂缝间进去了……

　　这段就是小说中岳父的惯用伎俩,他貌似很和善,对入赘女婿充满爱与关怀,实则根本就是一个十恶不赦、杀人不见血的刽子手。他腐蚀人的灵魂,扼杀人的自由与个性,把人当成他的傀儡和私有工具。岳父无孔不入地监督和教化这个正值壮年的男人,最终侵蚀了他的灵魂,彻底摧垮了他男性的特征。

　　小说中还有一个象征意味的物体,也是岳父给他的结婚通行证——要想结婚就得从遥远的舅舅家扛来一个没有口的特制大瓮,而且还要亲自砸碎这个大瓮才能进婚房。大瓮里装满了金灿灿的粮食,等村民们哄抢从大瓮中源源不断流出来的粮食的时候,就是他和岳父的二女儿成婚的时刻。人们关心的只是吃,只是粮食,所以他们一致认为男青年入赘是掉到福窝里去了,是走了脱离贫穷的捷径。人们的意识停留在饮食的层面,只要吃饱而不管何种办法,可是他们不知道吃饱之后可能就是精神、人格的沦陷。一边是为饮食忙碌,一边是为人性丧失沮丧,这就是现状,就是一个时代或者更多时代不同阶层的人的悲哀。

　　面对新婚妻子,等待了14年已经35岁的青年丧失了男性功能,于是他又开始了期盼:再等6年,等岳父死了,他大概就有希望找回男人本色。一个没有思维的空壳,完全丧失男人特征的41岁男人还能有多少本色?反讽中透露出一种莫大的悲哀。

　　小说采用倒叙手法,以回忆为主干逐步揭示主题,回忆与当下交错行文,这很像勒克莱齐奥的《蛊惑》。但是相比而言,这篇小说的主题更加宽泛宏大,更有穿透力和现实意义。稍微逊色的是行文语言方面。当然,作为译文小说,难免会有译著者的个体风采。行文的语言也受故事题材的限制,《蛊惑》的人物是吉普赛女郎,而吉普赛女郎是世界有名的美人儿,能歌善舞,四海为家,充满浪漫主义的流浪色彩。加之作者崇尚的是语言感官的狂欢，这是作家的个体特色决定的。中国题材、中文叙事反映世界话题，将传统与现代、民族与国际糅合统一，既具有传统特色，又具有国际风范，这便是《二十年》仍旧如新的原因。

我读冯骥才

"为人民写作""深入底层""接地气"，诸如此类的写作警世恒言被提到了很重要的位置，也就是说现在某些文学写作远离了人民生活，悬浮在空中说空话、大话、无厘头的话已经普遍了，所以需要大张旗鼓地宣传提醒。在经济利益主宰一切的当下，以文学为幌子赚取利益和噱头的人不在少数，某些人确实打着文学的旗号扬名得利。在喧嚣的文学领域，无厘头的闹剧频繁上演。我们越发需要真正的文学来清洗大脑，洁净心灵。读名著我们会明白真正的文学是深刻厚重、经得起时间地域考验的，读脚踏实地又不失文学内涵和美感的作品，我们就会感受到日常生活中被遗忘或者忽略的美好。读冯骥才的散文或者小说，你能感受到他创作的真诚，以及语言表述的美学特色。生发于生活真实的质朴让人亲切而温暖，文字表述的精准和优雅、轻灵而厚重能极大满足阅读味蕾。不管是读小说《俗世奇人》，还是读配画散文《水墨文字》，你会感受到文学和生活从来都是不可分割的，好的文学作品同时承担着留存民族传统文化的重要作用。时代像一辆加满了油、开足了马力的超速列车，一路狂奔一路丢弃，沿途的好风景被毁坏的、错过的、消失的不计其数，而来源于生活真实的文学作品就是这条路上的收藏者，把遗落的精华用精美的语言串起来，构成一部民间生活的秘史。这样的作品是恒久不衰的，是常读常新，让人身心愉悦的。

　　写底层人，他为底层人发声，写他们身怀绝技却又任劳任怨，写他们谋生但不失优雅，出苦力但不失尊严。东岳泰山可迎日出，八方游客关注的是泰山压顶的盛景，冯骥才却看到了山道上持重往返的挑山工，他写他们的辛劳和顽强的意志力，他们正是农耕时代中国农民的真实写照。刷子李每日面对冰冷笔陡的墙面，穿黑衣刷白浆，他干得精益求精，干出了高超的艺术技能，他把繁重的体力活干成了优美的舞蹈。泥人张不畏权贵，不硬碰硬，以其人之道还治其人之身，于无声中维护底层人的尊严。他关注他们，从细节处着笔，显示人物魅力，刻画生活的真实，反映一个时代和一个地域劳动人民的质朴与聪慧，再现中国市井的真实影像。在数字化时代，这种极具人气和人性的描写更加彰显出非凡的文学艺术价值。

　　写动植物，他赋予它们人的性格和魅力，让人沉浸其中，感受无比美好。凄风冷雨中盛开的小花儿在他的笔下活灵活现，好像就开在你的身边和心里，柔弱且坚韧，散发悠悠香气，给你动力，让你心情大好。娇小机灵的珍珠鸟会陪伴你写作、阅读，跟你一起喝茶，站在你的肩膀给你按摩，在你的纸上阅读你的作品。他说：信赖可以创造奇迹！人是自然世界的人，那些被人类视为草芥的万物在他笔下比人类更具灵性和温情。他诗化的描写和细腻的情感体验滋润着读者的心。他笔下的这些自然神灵能够充实我们心灵的空白。

　　看他的散文和绘画，你像在聆听真正的天籁。《水墨文字》中每一幅画和每一篇文章都相得益彰，文学与绘画原来可以衔接得那样自然妥帖，读来唇齿含香。他说："心有柔情，线则缠绵；心有怒气，线也发狂。心静如水时，一条线从笔尖轻轻吐出，如蚕吐丝，又如一串清幽的音色流出短笛。可是你有情勃发，似风骤至，不用你去想怎样运腕操笔，一时间，线条里的情感、力度，乃至速度全发生了变化。"看看，用文字表现出来的美术线条每一根都代表着不同的情感色彩。是文字赋予了线条情感特征，还是线条果真如他所言是画家的"心电图"，正如《水墨文字》呈现出的美学魔力一样，每一幅画好像都会说话，每一篇文章好像都是从画中诞生出来的，画和文字都是他生活体验的艺术表现，有对自然的歌咏，有对过往生活的追念，让你感到回忆录也可用水墨画来表现。这是冯骥才得天独厚的艺术天赋，只有他能够用朴素却优雅的散文表现一幅画的内涵或创作缘由，使得他的画具备了更深刻的情味。读读《维也纳生活圆舞曲》，跟他一起聆听各种鸟儿婉转独特的鸣叫，恍若走进了山林之中，你定会被他神奇的描述功力折服。听他描述维也纳花园的弯曲小径，好像是听到了袅袅娜娜、九曲回肠的抒情小调。

关注底层人民，关注民俗文化，用文学艺术的形式再现民族特色，用独特的语言组合彰显汉语的博大精深，他的画和他的文都堪称经典。

（刊登于2017年5月16日《汉中日报》）

一个人的"宿命"
——读《解剖》

丁小村的小说《解剖》讲了一个因情而生的凶杀案。弃政从商的暴发户彭百万包养了二奶李琳，中学生物教师赵卫东爱上了李琳。于是，在一次彭百万暴打了李琳之后，李琳杀死了彭百万，赵卫东则用一把精致的解剖刀完成了自小就迷恋的尸体解剖。故事取材于犯罪案件中并不少见的杀人碎尸案。稀奇的是丁小村手术刀一样的笔触，他让这场凶杀案成为一个人宿命的必然，把一场血腥案件的前因后果写得十分巧妙，充满艺术感。在他的笔下，杀人不仅是一次完美的人体解剖，还像是一次精致的艺术雕刻。青年教师赵卫东的宿命就是爱上了薄如蝉翼、亮光闪闪的手术刀，而这种古怪的爱好则是启蒙于农村走乡串户的骟猪匠。小说用诗性的语言构建场景，灵巧中氤氲着丝丝忧郁。故事阐明这样一个隐性的观点：嗜好是宿命的工具，性或者爱情是宿命的终结。

足够的铺垫让故事少了血腥，故事结局成为必然。小说开始对赵卫东迷上手术刀做了充分的描写，他迷上骟猪匠到来时的号角以及猪挨刀时的尖叫，更对手术刀产生了奇妙的好感。手术刀的锋利小巧吸引着赵卫东想要一试为快。他想考上医科大学操持手术刀，充分享受手术刀的精致以及解剖的医学美感。可是他只考上师范院校的生物系，当过教师后他的解剖青蛙之类的课堂成了他过瘾的好时机。他迷恋人体解剖，跟随医科大学同学一同上人体解剖课，看着墙上的人体图都能想象出整个人体的机能纹理、构成框架，在他眼里人体无秘密可言，他不用手术刀便可以看到血管骨架细微的部分。

在这样的故事构建中，我们不难看出一个人对某件事着魔般的痴迷，这种痴迷生发于幼年时期单调的生活，而一旦作为启蒙陷进心里，这人便一生无法摆脱。可见，启蒙对一个人成长的重要性。当今，我们应该给予孩子怎样的启蒙呢？我们不能说赵卫东受到的启蒙教育不好，这是农村的环境造就的必然。农村骟猪是为了增收或者有更多的肉吃。骟猪匠作为农村的匠人是必不可少的，他是为农民做好事的。赵卫东迷上手术刀、爱上解剖也不是坏事，他最初想当外科医生治病救人，愿望没能实现。当上了生物课教师也不是坏事，教授学生生物知识也是传道授业。而让他最终走上犯罪道路的是彭百万自己。这个暴发户包二奶喜新厌旧，仗着腰缠万贯毁掉不知多少女人的一生，赵卫东的手术刀不能治病就解剖坏人，他不一定有多爱这个别人的二奶，但是他可以解剖坏人让坏人罪有应得。而当他完成对尸体的解剖时，他从小痴迷手术刀的宿命也就到头了：手抖，再也不能操刀上完美的生物解剖课了。夜深人静时他想起曾经的情人李琳，只是用刀子颤颤巍巍地划伤自己以获得所谓的快感——微痛的自我解救和麻痹。

对女性的怜悯是小说透出的另一个思想。碎尸三四个月后，赵卫东终于被警方盯上了。曾经给过他小手术刀的同学马东法医说他干得好，是指解剖技术独一无二。小说结尾，赵卫东对法医马东说：这世界谁都该死，她不该。李琳不该死，因为她是女人，她是被权力和金钱奴役的女人，她没有更大的力量对抗这世道的不均衡。她只想得到女人该有的爱和家庭，希望稳定和长久。可是她被玩弄后又被抛弃了，被当成泄愤工具般虐待暴打。都说女人半边天，事实上，现实中女人的出人头地附加了无数的条件，说到底还是不能真正平等。这一点在丁小村的文章里屡屡可见。他的散文《妇科病房》对女性在社会中的处境做了客观、全面、真实的描述。

刀走偏锋，小说中杀人碎尸的前因后果并不是小说正面描写的内容，作家正面讲述的是赵卫东对手术刀痴迷程度加深的几个过程，通过几个过程来一步步呈现赵卫东和刀不可分割的关系：童年时期的骟猪刀，中学时期同桌男生马东给的手术刀，大学时期跟同学上医科大学的尸体解剖课见识的真正手术刀，工作后上生物课给学生示范解剖青蛙自己亲自操的刀。手术刀就像一股不可抗拒的无形力量一步步把赵卫东引向了犯罪，而直接导致他犯罪的却是爱情或者性。小说中并没有过多笔墨来刻画赵卫东和李琳的感情，读者所看到的只是他们的几次性关系。就是这几次关系，了却了赵卫东痴迷二十年左右的人体解剖实践，但也把他推上了绝路。

语言的清新细腻、诗意化是丁小村小说的特色。这或许与他写诗歌相关，也或许与他精通日本文学有关。我读的日本文学不多，但是村上春树的《挪威的森林》、川端康成的《雪国》等还是读得比较细致，那种清新舒畅中略带忧郁的气质在《解剖》中表现得比较清晰。你看不出情绪的大波动和过激表现，但是能从看似平静甚至冷峻的语言中感受到一种画面。而在描写赵卫东对手术刀的深度痴迷时，读者也能感受到本来寒光凛凛的手术刀的美感，那好像是一件玲珑剔透的艺术品，就像《玻璃店》中描写的玻璃——宛若青瓷的水样质地，不染尘埃的晶莹闪光，脆薄而诱人。

宿命论是一种被多数人认定的思想观念，富贵贫贱、吉凶祸福，以及死生寿夭、穷通得失，无一不取决于冥冥之中非人类自身所能把握的力量，即命运的安排。《解剖》无疑是对宿命论的一次全面阐释，一把手术刀把一个青年自小就有的嗜好定格或者终结了，手术刀就是赵卫东的宿命。因为爱所以迷失，因为痴迷所以尘埃落定。

《尘埃落定》的思想取向

《尘埃落定》是2000年茅盾文学奖得主阿来的长篇小说。小说取材于二十世纪三四十年代康巴藏区土司的故事，以土司的二儿子傻子的视角讲述神秘的藏族文化，见证时代更迭时期土司制度消亡的过程。故事内容和小说语言都给人全新的感受，和霍达《穆斯林的葬礼》一样，写我们不熟悉而颇感神秘的少数民族文化习俗，加之阿来轻曼简约又不失新颖独特的语言风格，以及小说贯穿的思想取向，使得小说散发出神秘的吸引力。中国西部少数民族地区延续了700多年的土司制度，到了民国之后，随着中日战争、国共战争的发生，最后共产党解放人民，土司这一封建奴隶制度才宣告结束。《尘埃落定》着笔于四川康巴地区18家土司中最大的麦琪土司，通过土司家被公认的傻子少爷的成长经历完成线性叙事，把中国儒、释、道思想渗透在故事之中，渐次丰满小说主人公傻子的性格特点，完成作家世界观和信仰的表达。

对道家思想"大智若愚"的故事性诠释。小说开头以傻子的性启蒙开启故事之旅。雪后清晨在野画眉的鸣叫声中，13岁的麦琪土司家二少爷在18岁侍女的默许下完成了男孩向男人的转化。这个开头韵味悠长，应和了伊甸园亚当夏娃的神话故事，这是人类智慧的起源。长到13岁，被大家公认是傻子的二少爷只在侍女卓玛眼里是聪明人。就连自己的母亲土司太太也认为这个儿子是傻子。所以没有人对他设防，他的同父异母的哥哥，这个被土司钦定的继承人也很爱这个毫无威胁力的弟弟。可是这个被人认为的傻子却具有神性的力量，他冷眼旁观土司之间的利益冲突，经历着土司家的种种事件，自有是非判断和结局预感，却从不公开发表意见，但是事情结局往往如他所愿。他18岁成人礼时在自家领地长途巡游的过程中，意外发现仇家土司偷种的鸦片花，挖出来后发现是从腐烂的头骨里长出来的。麦琪种鸦片发了财之后，眼看别的土司跟风般广种鸦片，他就在边界大搞屯粮。成人后的傻子少爷被土司派去镇守北方边关。在这里他施行"仁政"，不树敌，不贪心，善待邻邦土司饥饿的人群，广开门路，和邻邦土司做交易，各取所需。他不强取豪夺，不恃强凌弱，不动一刀一枪，建立起了各土司交流贸易的现代化集镇，创造了土司历史上地域性的乌托邦社会。与之相对的是镇守南部的土司继承人哥哥，靠武力征服别的土司，却连连吃败仗。两兄弟回麦琪官寨复命时，老土司喜不自胜，连连夸赞："我的好儿子啊，你是世界上最聪明的傻瓜。"

  他主张人人平等，没有尊卑观念，能和自家奴隶索朗泽朗、土司家世袭行刑人尔依成为好哥们。他重用被父亲麦琪土司排斥的藏传佛教使者翁波意西，并和他心意相通成为知音。一个好汉三个帮，这个傻子时常把土司父亲搞糊涂了。父亲不知道自己儿子到底是聪明人还是傻子，但是他可以跟这个儿子不设防地谈话，并在一些大事上听从傻儿子的意见。比如：播种季节到来，土司问家人到底种什么，鸦片还是粮食。傻瓜儿子毫不犹豫地说种粮食，结果粮食大丰收，鸦片大跌价。当别家土司的人群饥寒交迫之时，麦琪土司领地丰衣足食、安居乐业，财大气粗地跟邻邦土司做生意，再次发大财。

  "无为而治"是道家的治国理念，傻瓜二少爷正是用这个理念治理着他自己的小王国——麦琪土司的北方边界。官寨外开阔的平地上，外来的土司带来自家领地的产物珠宝、药材等和他们换粮食，这是最初的市场雏形。没有剥削和压迫，只有公平交易，大家彼此遵守游戏规则。后来曾经在四川国民政府当特派员的黄先生再度来到这里，做了傻子的师爷，他在这里实行收税制度，用以建设市场，并建立了银号以满足市场上生意人的需求。在这个王国里，傻瓜只是巡游视察，接受好建议，完善市场建设，逐渐把这里建设成了现代化的小集镇，有了酒肆、茶楼、饭馆、妓院。"我无为而民自化，我好静而民自正，我无事而民自富，我无欲而民自朴。"阿来笔下的傻子少爷把老子的思想用得炉火纯青，他的管理顺其自然，总是充分发挥手下人和人民的创造力，做到了理想王国建设的自我实现。

  《论语》有言"吾日三省吾身"，傻瓜二少爷把这句话贯彻执行得很好。傻子每天早上醒来都要想清楚两个问题："我是谁？我在哪里？"想清楚了这些问题他才起床。他是土司的儿子，只要他和哥哥争抢继承人位置，凭着他的心智及处理事情的神性也是完全可以的。但是他忘记了自己的身份，摆好了自己的位置，不与别人争抢。他随着心做事，看起来他的言行与当时现状格格不入，实际上他傻得恰到好处。在边关干了一番事业，为麦琪家赚到满库白银的时候，他回到了父亲的官寨。他回去后奇迹发生了，那个被父亲下令割掉舌头的翁波意西重新会说话了，这是神的昭示。万民欢呼，官寨内外沸腾了，傻子被民众抬起来抛上天空，可是傻子没有借助这个土司传位的惯用机会推翻老土司继承官位，错失了上天赐予的机会。

当老土司正式宣布了继承人是哥哥后，傻子周围指望他当未来土司的人都失望了，他们盼望成为自由民身份的梦想成了泡影。当翁波意西直接表达了不满后，他再次被土司继承人割掉了舌头。知音再次不会说话了，傻子在官寨的这段时间也彻底地沉默了一段时间。但就是在这段沉默的时间里他有了当土司的愿望，那完全是为了他周围的人，比如索朗泽朗、卓玛和银匠等人的自由民身份。

他和国民政府中的黄特派员一样主张共同抗日，而不是自己人打自己人。他曾答应叔叔捐款十万两白银支持抗日战争，给逃跑到来的国民党军队提供吃住，但是当他们胡作非为，祸乱他的小王国，破坏市场秩序时，他坚决要他们离开，并不排除使用武力。这就是他，一个傻子，做该做的事，出发点就是为了地方的安宁繁荣，废除那些森严的等级制。

百善孝为先，傻子的人生以"孝"终结。整个故事进程中，从傻子的视角看都透出一种"冷"，土司制度中亲情的"冷"。他与生存的环境格格不入，父亲所有的扩张战争以及土司制度的森严等级都与他无关。他总是以一种冷峻的态度甚至有些鄙夷的眼光，以旁人看来傻乎乎的神情在观察父母和长兄的言行。但是在逃往拉萨的途中，他听见了从官寨传来的枪声，便带领随从放弃独自逃命的机会，不顾管家的阻挠返回去寻找父母。在共产党军队对官寨的包围下,他和父母度过了他们的最后时光——母亲吞食大量鸦片安乐死,父亲在官寨的高楼上死于共产党激烈的炮火之中,他却被共产党留了下来。

被救不一定能活下去。按真实的历史,解放初期土司制度还保留了一段时间。可是阿来没有按这个常规去写,那样傻子就不是最聪明的傻子,就不是阿来想要的韵味绵长的结局,也不会留下大空白让读者去任意联想了。家破人亡的傻子跟随共产党军队回到了自己的小王国,在那里他以替父亲赎罪的方式了结一生——当年最效忠麦琪的渣渣头人之妻,被年轻力壮的麦琪土司霸占,土司还以莫须有的叛乱之罪杀死了渣渣头人,让他的两个孩子成了孤儿。两个儿子活着的目的就是替父报仇。仇人之子要杀的是麦琪土司,但在傻子无意识的阻挠下保全了麦琪土司的性命,却让继承人哥哥成了冤死鬼。回到镇子被治好伤,并被共产党允许之后还可以继续当土司的傻子,正午时光让镇上开酒肆的仇人之子报了仇,安静祥和、毫无痛苦地结束了一生。仇人之子和傻子无数次饮酒谈话,他们有世仇,但各自保留信仰,互不干涉,最终以双方的死亡一了百了。一个要复仇,一个要承担罪过,两个无辜的青年成为土司制度最后的殉葬品。

因果轮回的佛家思想。"我当了一辈子傻子,临了我才知道,我不是傻子,只是在土司制度结束时,以一个傻子的面孔来这世上走了一遭。是的,上天让我看见,让我听见,让我置身其中,又让我超然物外,上天是为了这个目的,才让我看起来像个傻子。"傻子短暂辉煌的一生结束了,土司制度也土崩瓦解了。阿来以轻灵曼妙、诗性流淌的语言构筑了西部边陲藏族土司的故事,字里行间散发着康巴藏区天高地阔、云淡风轻的味道,其反映的时代却是风起云涌。

中国儒、释、道思想的精华被阿来巧妙地融合在人物的言行举止中,通过密集的故事发散出来,和康巴藏区辽阔的草原、明亮婉转的河流、天光云影下绵延的远山融为一体，灵巧而精准。本书以全新的小说气质吸引读者，不愧为茅盾文学奖的长篇佳作。

（刊发于2017第2期《西乡文艺》）

由一场约会窥见的人性百态
——读须一瓜的《老闺蜜》

读《收获》2014年第2期须一瓜的中篇小说《老闺蜜》，我被作家驾驭生活素材的能力深深折服。小说里的事情就像发生在身边，小说里的人也似曾相识。但是这些人暴力怪异、冷漠野蛮、自私狭隘的形象叫人感觉恐怖和可恶。

两个闺蜜约定在常去的红茶餐厅喝茶等人，等从新加坡归来的她们共同的同学。要等的人一直没来，两个老太婆毫不掩饰地把内心的不满、怨恨吐了个够，还肆无忌惮地搞了几个恶作剧，结果被警察带进了派出所。

作者好像肩扛一架广角镜头的摄像机，站在熙熙攘攘的人流一隅，细微、冷静、全面地洞察世相。透过镜头中人物的行为举止，我们看到了残酷而真实的人类世态万象。作者毫不隐瞒，毫不粉饰太平，毫不敷衍塞责，毫不虚情假意地为我们生存的空间族类高唱赞歌，他只冷静地观察，近乎残酷地描写人情冷暖。作者丝毫没有直白地表述主观意见，但我们透过作者细腻的笔触和敏感的思想，以及准确入微的描述，能够迅速体察并判断人物言行举止的善恶美丑。穿梭在作者笔下的俗世生活情景中，我明显感觉到人性暗藏的恶："老而不尊"的恶毒像一股臭气在蔓延；"一个人的悲剧，一群人的狂欢"在闹市上演；"世风日下，人心不古"在闺蜜之间呈现。这些镜像在如今这个庞杂的群体生活中，屡见不鲜，但是我们不愿正视。

多元经济的社会模式下，以科技飞速发展为标志的物质时代，精神文明往往是缺失的，物质的进步和精神的进步总不能同步进行。作者正是透过现象看本质，在外表的繁华之下，看到了被掩盖的人们价值观的坍塌。

按中国传统的生活模式，七十几岁的老太太往往走路颤颤巍巍，说话因为听力问题得大声叫喊，做事循规蹈矩、谨小慎微。城市老太太，一般太阳出来就在太阳底下安安稳稳地晒半天，阴雨天气就在家里看电视，吃饱睡好，再三五一堆，端个小凳儿，坐在门口或墙根下嚅动嘴唇，不咸不淡、不紧不慢地说一些家长里短。如今社会发达了，生活好了，老太太也赶时尚，有事没事，约三五老姐妹逛逛街遛遛弯喝喝茶聊聊天，生活有滋有味。按理说这是一个好现象，是文明生活的表现。可是作者笔下的古稀老太全然不是这样的状态。

小说一开始就讲了一个司空见惯的乘车场景。下雨天，一大早上班高峰期，七十几岁的高老太乘公交车去红茶餐厅赴约，腿关节不好的她一上车就等待有人给她让座，可是她一上车，车内的人全都反感她：站着的嫌她杵在身边碍事，坐着的嫌她站着煎熬人。于是满车的人假装各做各的事，看手机，打瞌睡，看风景，看病历，就是对她视而不见，没有一个人主动让位。她心里很气愤，就跟随车的晃动剧烈摇摆身体。一位消瘦的六旬老头看不下去了，给她让座，她看老头那么瘦那么老坚决不坐，她就是想让年轻人让座给她。结果她跟老头子拉扯间，不仅座位被一个四旬女人一屁股塌了上去，还碰翻了一个女孩的早餐奶。老太太气急败坏，要抡起拐棍打那个抢座的女人，却不料车子一颠簸，老太太就四仰八叉摔倒了，膝盖碰在座椅上起了一个大包。满车的人屏息凝神，没人敢扶她起来，刹那间你一言我一语不怀好意地说风凉话。在被扶无望的情况下，老太太在极端尴尬中自己站起来，好不容易到站下车。

作者用工笔对这个片段描述得惟妙惟肖，对老太太的心理刻画更是入木三分，读后如临其境，但是你不知道该痛恨老太太的为老不尊呢，还是谴责满车人的冷漠无情。在老太太和乘客的对峙中，人自私狭隘的本性就完全露出来了。给老弱病残让座应该是自觉的行为，况且公交车喇叭都播放了几次，满车的人却是无动于衷，竟然有四旬女人乘机抢座位。老太太摔倒后，批评的有之，说风凉话的有之，埋怨停车的有之，出谋划策的有之，好像个个都是谋士和天使的化身，就是没有任何一个人伸出手去拉。这是集体的冷漠无情，是老人尴尬处境的写照。

这个插曲，读者很容易想到老人假摔讹诈事件。为老不尊好像是时下社会的通病，当然很多人对这样的事件充满宽容和关怀，都觉得老人不容易，是社会不对。作者已经给了理性的答案，但他没有明说，只把人物的言行通过有力的描述赤裸裸地呈现出来，剩下的就是读者的事儿了——不是某一个人的错，是老人的倚老卖老，是集体的麻木和冷酷，是社会负面影响的结局。由此，小说写这样一个镜头的思想就体现了：针对社会上频频出现的老人假摔讹诈事件，我们的相关部门是否应该有一个明确的条文规定，以便约束这些丧失人性、丧失人情导致的族群相斥的现状？"无规矩不成方圆""老吾老，以及人之老"这样的思想就暗含在作者描述的场景里，这是作者的用心良苦，是对社会现实的真切思考。

跳楼事件也是这些年频频发生的公众事件。生活压力和个人承受力的缺失，使得一些人不堪承受生命之重，选择了一跃而下，完成了人生的"英勇壮举"。作者照样切中热点，选取读者熟悉的事件，不厌其烦、花样翻新地进行描述。一个人在几十层的世贸大厦楼顶准备跳楼，警察对跳楼者喊话，几个人拖着海绵垫在楼下对着跳楼者的方位移来移去,一拨拨的围观者看大戏一样在下面守望狂欢,阴阳怪气地高声谈笑。一个人的悲剧,一群人的狂欢,作者大篇幅着力描述这个内容,在充分的场面描写中表现另一个担忧:集体的麻木和无意识。

四个小时的跳楼场面,作者竟然写得让人毫无冗长拖沓的感觉。而目睹这个场面的就是来红茶餐厅喝茶的一对老闺蜜。她们先是隔着玻璃有一搭没一搭地看,看是主线,看的过程中两个老闺蜜聊邻居的自私损人,聊老公做小生意的弄虚作假,甚至用"屁"诬陷餐厅年轻的服务员。这些小事儿贯穿在看的过程中,就把前文没有交代清楚的彻底说清了,譬如老闺蜜各自的家庭、老公、住所、职业,以及怎么成为闺蜜的。这是作者匠心独运的安排,为后文故事的高潮做了充分的铺垫。在漫长的等人的过程中,她们把茶喝得淡如水,还说喜欢喝淡茶;吃了最便宜的一碟小吃,还说别的吃不惯,漫长的时间里,一碟小吃显然不够吃,再要一盘子的时候心里想的是反正有来赴约的华侨同学付钱。作者用这些小插曲来刻画人物的细微部位,把故事推向高潮,把人物的性格特点塑造得很丰满。

老人终于等得不耐烦了,走出靠墙角的座位,来到门外看跳楼的情景。作者又把读者的目光引向人群。张老太看见她家一楼那个坚决反对安装电梯的自私分子,她要走过去报复邻居,可是在密集的人群里穿来穿去,无良司机从小车窗吐出的浓痰吐在她袖口上了。她要找司机算账,又要走过去抓邻居,这样一折腾,邻居不见了,无良司机开车溜走了。老太太窝了一肚子气。

铺垫到这个份上,作者开始写人们看十几层高的楼顶广告牌边缘的跳楼者,张老太和众人一样疯狂了,他们不再担心和忧虑,只希望跳楼者干脆利索,做完这个自由落体运动。场面一片混乱,人群彻底疯了,歇斯底里地对着跳楼者谩骂扔东西。张老太和林老太这一对老闺蜜也疯狂了,张老太嘶哑着声音,笨重的身体跳一下呐喊一下，挥舞手臂想要激将跳楼者跳下来。警察动怒了，开始抓瞎起哄的乱民。别人腿脚好使唤就跑了，老闺蜜跑不动还喊得欢，自然跑不了，被抓进警察局了。作孽的人要受到惩罚，老闺蜜就这样结束了一场约会。

作者让老闺蜜作为世相的代言人，用她们的眼睛、行为和心理表现世相。作者的创作构想很让人惊喜。

倒叙和首尾相呼应的方法，使得小说浑然一体。开头警察局里，两个老闺蜜互相埋怨，结尾老闺蜜同时被抓，故事画了个圈。

主线和副线，即明线和暗线齐头并进，使得故事进展水到渠成，人物形象塑造丰满圆润。主线即老闺蜜和老朋友的约会，在这个主线里讲了两个故事：在公交车上摔倒和围观贸易大厦跳楼。副线是她们在茶馆里的谈笑风生。有侧面描写的，她们彼此讲的邻居的家庭和老公；有直接描写的，她们对茶馆服务生做的恶作剧，林老太"放屁"，被她们巧妙地安放到服务生身上，她们为自己的损人恶作剧乐不可支，还有她们不停地添加茶水和要小果盘的事件。

混乱的都市，冷酷的人群，生命之间没有温情，只有自我。两个七十多岁的老闺蜜是恶的聚焦点。她们语言粗俗，行为怪异，狭隘自私，贪图小便宜，倚老卖老，全然没有古稀老人的温润和敦厚。公交车上的大众，楼下围观跳楼者的人山人海，无一不是呈现病态。治病救人是医生的职业，文学虽不能救人性命，但能以其思想性拯救灵魂。敢于面对生活的真实，揭示生活中不可取的一面，是文学的担当和使命。这就是《收获》头版头条的《老闺蜜》，一篇发人深省，让读者自我反思的现代写实小说。

短篇的张力,小说的诗化
——读叶弥《桃花渡》

叶弥的笔力在仅仅八千多字的爱情小说《桃花渡》中体现得很是迷人,我连续读了两次,还是意犹未尽。小说的构思和张力都是耐人寻味的,其语言的舒缓和灵性很有散文诗的味道。"80后"的女生遭遇多任男友还是遇不到心动的对象,以至于感情麻木,厌倦了城市的虚浮和吵闹,搬到乡下居住。雨后黄昏去桃花渡口桃花树下埋葬了病死的小猫后,她在景象迷人的桃花渡口遇见了身穿破旧僧衣的清定和尚,只一眼便爱上了他。接着,她在女友的介绍下回城相亲,对象恰恰就是渡口遇见的并无任何言语甚至连彼此看一眼都没有的清定和尚,不过相亲见面时他是居住在湖中心岛上清云寺的居士,他姓崔。两人彼此相谈甚欢,谈的是关乎童年、关乎乡下的事情,说完了过去就再无话可说,分手后各奔东西。"我"见了崔先生后,爱情复苏,并知道清定和尚就是相亲见面的崔先生,开始寻找他,两天内三次到湖心小岛上的禅寺找他。船工告诉"我"清定和尚正式出家了,他按照梦中佛的指引,遇到了前世本是配偶的女孩,一生就圆满了,对尘世间再无牵挂。知道了真相,"我"的内心反而一片澄明,过往的一切都变得美好。桃花渡,隔离了红尘俗世对内心的困扰,清定和"我"都得到了一个圆满结局。

对时间的虚化处理,让相亲故事变得迂回、神秘。初次没打招呼的见面、二人相谈甚欢的城里相亲、最后无声息的道别,三个环节彼此关照,相互印证。清定乘坐船工老曾的慢船上了花码头渡口,乘坐公交车而去,实际是进城相亲。"我"接到电话也赶到城里，按约定到达"好"茶馆。可是如果疏漏一下，你会分不清穿僧衣的清定和一身白色西装的崔先生，到底哪个是现实中的，哪个是梦中的。男主人公在这里就成了分裂的角色：暂居清云寺寻找梦中人的清定和城里生活的崔先生。崔先生善解人意，见到"我"就谈他的童年，"我"跟他讲在乡下半年对自然草木的见闻。这是一段二人都彼此欣慰愉快的时光，都觉得是今生最好的一次爱情。作家在这里告诉我们：真正的爱情经不起世俗的折腾，在追求爱情的路上，顺着心中佛的指引，便能得以圆满。正是这样一种思想倾向，小说笼罩上了一层神秘的轻纱，像桃花渡湖心岛周围的水雾一样，虚虚实实，神秘如梦。清定出家了，因为他找到了该爱的人；"我"重新容光焕发，内心获得安宁和平静。湖心岛中通向清云寺山顶的所有道路都被万道金光笼罩，炫成峨眉金顶佛光流泻的幻境。这是佛性的昭示，是人心脱离俗世藩篱困扰的解放，是自在圆满的释然。

　　人物名称的拟定颇有象征意义。崔先生遇到佛指引给他的前世配偶、美丽女子"我"，他就情定一生，圆满皈依了，他的僧名就叫清定。"我"搬到乡下时，捡到一只流浪猫，起名叫小玫瑰。养它半年后生病治疗不好，死了，"我"用自己的睡衣给它裹上，把它埋在桃花渡口的桃树下。这一埋葬实则是埋葬了俗世的爱情。"我"埋葬了小玫瑰，却看到清定上岸，在那里驻足伫立，后来还看到小玫瑰坟上清定插上去的小白花儿活了。俗世中物质的带着利益倾向的爱情埋葬了，禅界中精神的灵魂的爱情开花了。爱情在这里得到了永恒和升华，成了物质生命的唯一、精神生命的永恒。"好"茶馆的名字也起得很有味道，二人相亲的地点是市内并不奢华起眼的茶馆，但它叫"好"。茶馆窗外有高大茂盛的梧桐树，其实是说：人们追求的爱情和喧喧嚷嚷的尘世没有相同点，这就是"梧桐"（无同）。城市的喧闹和文明是为了驱逐人们内心的孤独、寂寞，却不料越驱逐越孤独。因为有

"好"茶馆,有梧桐树,后来清定(情定)皈依,"我"的内心也能够佛光普照。再到题目《桃花渡》其蕴意就明确了:一个大然的渡口,一条人工摇橹的慢船,一湖烟灰色或淡蓝色的清水,几树盛开的桃花,就是红尘与禅境的界限。在这里,清定渡了自己也渡了"我",除却了"三蛊"(贪、嗔、痴),真心本定,超出凡尘外,人生得自在。

对乡村自然景物描写的诗意化,营造出无限美感。叶弥显然是描写高手,她的语言生动优美,超过人间四月天的清新蓬勃,字字句句都如玲珑剔透的露珠闪闪发光,把人很快带入草木葱茏、小动物自由生活的天然环境中去。小说对雨后菊花湾村花码头桃花渡的描写,让你身临其境,感受到湖水的丰沛,以及水雾的升腾变换;对菜园子里黄瓜等蔬菜成长的描写,赋予了婴孩般成长的悸动;对草木叶尖露珠的描写,精美细腻,栩栩如生;对小动物的描写更是灵气十足,充满欣喜。读罢让人爱不释手,读了还想读。譬如:

各种颜色的蜘蛛中,数那种通体碧绿的透明蜘蛛最好看。各种颜色的蝴蝶里,还是大黄的引人注目。田地的上空,回荡着各种鸟类的叫声,山鸟和水鸟,最让人喜欢的是白鹭。

再说露珠。湖边的露珠与城里的露珠是不一样的,现在这时候,城里的露珠一出太阳很快就蒸发了,而湖边的露珠到了十一点钟还在。但是需要加以说明的是,早晨六点的露珠与十一点钟的露珠在大小和透明度上是不一样的。

时令恰至清明,大自然欣欣向荣,生机勃勃。在这样美好的季节读生机盎然、禅意幽深的小说,实在是快乐无比的美事儿。读着你就能进入她营造的无限春色之中,不由得想起萧红的句子:

蝴蝶有白蝴蝶、黄蝴蝶。这种蝴蝶极小,不太好看。好看的是大红蝴蝶,满身带着金粉。蜻蜓是金的,蚂蚱是绿的。蜂子则嗡嗡地飞着，满身绒毛，落到一朵花上，胖圆圆的就和一个小毛球似的不动了。

这就是大自然，不屈服于人的霸道，保持着原始的生长权利，作者让它们在自己的文字里继续自由生长，让我们看到自然本真的大美。作者有这样的描写功力，使得读者读小说就像读一首大自然的赞美诗，唇齿生香，满目春色，身心俱爽。

对生命的哲学思考和禅意诠释，是隐藏在小说中的深层思想。看似是一篇爱情小说，但因一个"渡"字便使小说赋予了禅意佛性。

事件发生的地点，作者起名就暗示了小说基调。"白菊湾、桃花渡。菊花是死亡或不朽，桃花是短暂和忧伤……"死亡是所有生命不可抗拒的归宿，死亡也就预示着不朽。桃花是一切美好事物的象征，尤其象征爱情。爱情是维系人类繁衍的纽带，但在物欲横流、利来利往的俗世间，爱情成了很奢侈很难得的东西，即便得到了又能维持多久呢？这似乎又有宿命论的基调，生命存在其实就是一个完成宿命的过程。既然宿命是谁也逃脱不了的，得到和失去间又有多大区别呢？作者这样说："而现在，崔先生，我刚找到了你，转眼之间又失去了你。"

作者还透露出自然规律的不可违逆性，这是对生命的哲学思考。她说："说实话，爱上一个僧人，我并没有犯罪感。这个爱不是我要的，是天和水，草和木，总之是大自然让我重新感受到了爱情。"一读便知：一切顺其自然，遵从生命本质。爱情是一个大命题，产生爱情就应和大自然的生长规律一样，是人类生命成长的必然。我不懂佛学，但我想到了这样的佛语：何期自性，本自清净；何期自性，本不生灭；何期自性，本自具足；何期自性，本无动摇；何期自性，能生万法。

作者崇尚自然，追求小说语言的诗意化，对佛理禅机颇有研究，因而在行文中不急不躁，还能让有限的篇幅涵盖丰厚的韵味,彰显无限的生机。

(刊发于 2017 年 12 月《西乡文艺》第 6 期)

一次死亡全过程的体验
——读《丁庄梦》

一个上午,我无所事事,只好开电脑胡乱浏览,信手打开收藏夹里不知何时收藏的小说《丁庄梦》开始阅读。我读了开头,觉得语言啰唆重复,就想这部小说可以边读边改下,这是多年当语文老师形成的"顽疾"——文从字顺,言简意赅。可是当我继续往下读的时候,这种轻浮的胆大妄为彻底不存在了。我心开始沉重,准备读着玩玩的心态没有了,我不由自主地正襟危坐,一脸严肃,难过又"害怕"(我不知道用哪个词更合适)地读下去。读到第四章的时候,感觉自己的心理承受力有限,窒息的恐慌感弥漫心头,空气里好像充满了血腥味,我的周围也弥漫着热病的病毒,我赶紧关了电脑出去透气。

此后的两天里,我想读又怕读,我想:阎连科写这种小说实在太伤害身体,太遭罪了,难怪他会说"千万别走我们的路""写作的崩溃"这样的句子。

小说叙述者是已经死亡的 12 岁的孩子,因为父亲丁辉倒卖全村人的血,导致村民染上艾滋病,村民为了报复下毒毒死了这个无辜的孩子。小说以孩子的眼光来写德高望重的学校看门人兼财产管理者爷爷丁水阳、倒卖血液和棺材牟取暴利的父亲丁辉、怕死而又极尽男欢女爱之事的叔叔丁亮,以及各色村民在疾病笼罩阴影下的复杂人性。丁庄是黄河平原上的一个村庄,因贫穷而卖血,全村染上艾滋病。丁辉是村里响应上级号召买血卖血的血王,他私设采血站,在毫无设备及卫生保障的村头、田坎边随时抽取愿意卖血的村民的血。由此,他发了家,在村外和更多因卖血有钱的人开辟了一条新街,修起了高楼大厦。他的父亲丁水阳文化不高,但是敦厚善良、德高望重。丁水阳是村外二里地远的学校的看门人兼管理者,学校缺了老师他就去上课,全村扫盲时他担任扫盲老师。全村热病大规模爆发后,学生放假,他让得热病的村民们统一住进学校里,以便统一管理,免得传染给更多的家人或村民。由此逐渐演变,村民们形形色色的人性像艾滋病晚期一样集体暴发,谋私利、偷窃、偷情、争权等自私自利的行为如同病毒一样蔓延开去。

爷爷身上有作家本人的影子,他站在纷杂的事外看清楚了每一桩祸事的来龙去脉,看清楚了所有人性的善恶和事情的好坏,力图通过性本善的关怀温暖人心、消除祸端,并期望通过个体的自我反省和救赎来化解更大的灾难,共同面对病毒、抱团取暖,可是他势单力薄,无能为力。在市里开了会之后他得知了村民认为类似感冒的热病就是艾滋病,是无可救药的绝症。可是回村后,他告诉患者是有新药可医治的,他想让患者抱着希望活下去,让他们平静度过生命不多的时日。在艾滋病患者集中的学校里,他建立了规范的制度,大家过了一段衣食无忧、有秩序、有希望的日子。可是这点管理学校、看护病人的权力也被眼红者剥夺,他们合力降低了丁老汉在群众中的威望,以偷盗来的村委会公章发号施令,最终解散病人,私分学校所有公物。病人扎堆死,村里碗口大以上的树木都以村主任的名义分到各户,连根砍除用来做棺材。学校不在了,树木不在了,人们好坏不分、死活不顾,只顾眼前既得利益。村里最后的希望和最后的秩序被彻底捣毁,整个村子陷入了互害和权力崇拜的怪圈。

这场灭绝生命的始作俑者,原市教育局高局长当上了副县长,主管全县热病工作,他的基层帮手丁辉当上了热病管委会主任,他们再次联手变本加厉地作恶,把免费发放的棺材当成私人财产,以不等价格卖给各村各户,并拿棺材当人情解决私事。死亡蔓延,人性恶蔓延,以权谋私更加肆无忌惮。最后,丁辉利用职权给二婚不久后同日死亡的弟弟丁亮和弟媳玲玲操办了一场最豪华最气派的葬礼。小说在全村人对财富和权力崇拜的如雷掌声中结束。

无药可医的不是真的疾病,是权力、财富、政绩鼓噪下的隐形流毒。豪华的墓葬,如雷的欢呼和掌声,无不是这个流毒对这片人类生存土壤的彻底侵害,从内到外,通透而彻底。

语言的一唱三叹加重了不可言状的无奈和恐怖气息。这是本小说最大的特色,一如开头给阅读者的假象。正是重复中细微变化的语言模式,更加契合小说沉重的主题。看似温和的不急不躁的重复中,一种蚀骨的焦灼震撼灵魂,让人无处躲避,揪心恐慌。

不同季节、不同时段的景物描写,作者采用通感手法,把光、色、气息、声响妥帖地融为一体,使得小说有活生生的可触可碰感,增加了小说荒凉、干燥、血腥、死亡的气息。患病的村子正在现实中虚化,虚化成一种死亡的影像。

(刊发于2018年8月3日《文化艺术报》)

妙文绘趣友
——读沈从文《一个戴水獭皮帽子的朋友》

把一个人写真、写活,让读者能"看见"他行事的样子,"听见"他说话的嗓音,甚至能"闻到"他散发的热烘烘的独一无二的气息,这笔法该是十分精准有力,是很贫民化、生活化、口语化的。这大概就是我们常说的"平白如话",这种笔调恰是最难掌控拿捏的，弄不好就成了口水文，既然是文学作品，口水文肯定是沾不上一星半点文学味的。平白中见功力、见真性，方是大家所为。当然，把人写到像是从文字中走出来，站在你面前，小说的细节描写大概可以做到，大篇不厌其烦的絮叨写进故事中，一个人也能够从文字的海洋中浮出头来。但这种效果大概要借助冗长错综的故事纠缠，细致入微的文字堆砌，这个被文字塑造的人物才能渐次饱满。而小说中的人被读者认识和接受，还是得借助小说本身的艺术质量和迷人程度，说穿了就是小说的本身框架、故事构成、语言功力，否则心急的读者怎么能认识并感知小说中的人物呢？

用不大的篇幅写真、写活一个人，读沈从文《一个戴水獭皮帽子的朋友》，便可见功夫。活泼的生活现场，逼真的人物形态，可触可感的生活细节，你误以为自己就是文中的某个旁观者或者作家的贴身随从，你会跟着作家和他文中的朋友一同乘车观景，聊天爆野话，坐船观光，出入朋友的旅店，看画评画，听他天南地北、粗中有细地海侃。在朋友无所顾忌的幽默闲谈中你会朗声大笑，会惊讶于这个朋友大剌剌的行事风范，会爱上这样一个戴水獭皮帽子的开旅店的朋友，会引以为豪：有友如此，生活便舒畅通达，郁闷忧愁、拧巴顾忌都沾不上边。

《一个戴水獭皮帽子的朋友》是沈从文《湘行散记》的头一篇。沈从文写这个朋友的性情：懂人情、有趣味，爱玩字画、爱说野话，言语行为粗中有细，有人称他豪杰，有人叫他坏蛋。沈从文说他带点儿妩媚，算得上是个妙人儿。综合前面这些特点，"妩媚的妙人儿"总结得很好。这个朋友先前在军营中干事，当过巡防军、庶务、军需、参谋，后来在湖南武陵县（今武陵区）开了一个名叫杰云的大旅馆。此篇散文写沈从文从武陵县到桃源去，这个朋友坐车送他，二人一路上看风景，谈画的一些事情。沈从文是个大家，他没有把这次朋友相送的情景单线型写下去，而是采取插叙、承转、回忆等方式，时空交替糅合，把二人交往的过往片段，甚至是对此朋友性情、学识、经历的补白通过剪辑加进叙事中。行文枝蔓清晰，节奏紧致，缓急相生；语言雅中有野，情趣盎然；内容有生活，有艺术，有故事，有风俗。艺术中的生活，生活中的智慧，交叠辉映，颇有嚼头。

野话的穿插妙用，使得绘画艺术和自然之景相辅相成，阳春白雪与下里巴人达成和解。

一开头，作家开门见山，说他和朋友乘坐从常德到桃源县的公共汽车在河堤路上奔驰。移动的汽车和窗外移动的风景，营造出鲜活的现场感和动态美，二人在车里很幽默很地道地对话，谈论自然风景和名家名画。这是作家重点描述的第一件事。先交代身边的朋友戴着一顶48元的水獭皮帽子，这算是应题。朋友35岁，年轻时风流成性。作者在此埋下一个伏笔："想到国内无数个中学生认真地读《桃花源记》，觉得十分好笑。再想到身边这位年轻时大约亲近过一百多个女人白净的胸膛，跟他一同到桃源去，很幽默。"读到这一句，你来不及思考就会莫名一笑，你会笑作家思想跨度之大，笑作家笔法之妙。你暂且没弄明白作家为何如此想，因而留给读者的想象空间很大：学生读《桃花源记》，那是一片圣洁神秘的现世乌托邦，人类似乎处于天真无邪的孩童岁月。学生在读，他们尚且不知道生活的另一种味道，所以好笑。或许身边这位总和桃源纠缠不清，但他还要去桃源，这太幽默。这样一句作家的自我想法，在开头就出现，像一段柔和的平音部忽然蹦出一个跳跃的音符，为下文做铺垫。

接着笔锋一转，作家点明这个朋友爱玩字画说野话的特点，引出下文事件的主题内容：车窗外的自然野景和明四家之沈石田以及清代王麓台的画作比较，把朋友说野话的豪放不羁性情写活写实。朋友的野话实在劲道，可爱至极，以下几句很是给力：

1. 朋友口中糅合了雅兴与俗趣，带点儿惊讶嚷道："这野杂种的景致，简直是画！"——"嚷"用得极其鲜活，把车内朋友不拘小节的豪爽性情一下子就表现出来了。"野杂种"用来形容自然风物，怕是首创。在乡间，俚俗语言常用"野杂种"来骂人，非常狠毒。看到窗外好风景，惊叹是人之常情，惊叹到大声嚷，开口大骂，这程度怕也是绝无仅有。

2."沈石田这狗养的，强盗一样好大胆的手笔！"说时还用手比划着，这里一笔，那边一扫，再来磨磨蹭蹭，十来下，成了。——这一次不光是语言野蛮，直接上手了，这样一个指手画脚、口出野话的人，一定是不拘小节、真性情的爷们。简单直率的真性情，我是极爱的。从他大胆勾画的手头动作来看，这个人是懂绘画艺术的。"划"和"扫"二字极其传神，这个人瞬间就从文字中跳出来，站在你面前，你惊讶好奇地看他挥笔。

3. 他就说："看，牯子老弟你看，这点山头，这点树，那一片树梢，那一抹轻雾，真只有王麓台那野狗干的画得出，因为他自己活到八九十岁，就真像只老狗。"——叫"我"公牛，沈从文那样儒雅腼腆的人，怎么和公牛的野劲相比，这称呼真是太好笑，直接让我这个读者忍俊不禁。王画家画得好就好，骂人家野狗干的，活得像只老狗，这显然都不是真骂，而是太妒忌，太热爱，爱到无好话可表达，于是就用粗野的骂人的词藻来表达。这个朋友的语言系统绝不是儒家那一套，与文人墨客的之乎者也差之万里。他的语言是从泥土里拎出来的，是附着了农民的魂魄的。

如此个性的语言，在此文中还有很多，读着酣畅淋漓，大快人心，叫人浩气长舒，感觉很久以来的小心翼翼、斟酌再三、谨言慎行全部消散，话便要如此说，人便要如此做：真性情，真情感，真态度。

插叙与补白：叙事和讲述丰满人物。

汽车上一番关于自然之景和绘画之趣的详谈之后，作家暂时顿笔不写旅途之事。转入回忆，概括写朋友13年前陪"我"坐船，大雪天为了爬上岸去见一个女人落水的事件，又写3年前，"我"又住进他的旅馆，"我"跟他看了一整天他收藏的画，为了跟一个女人好，他还把文徵明的山水画只卖了300块钱。两件跨度如此大的事，作家用十来行就讲清楚了，但是那场景、那幽默感依然如临眼前，叫人开怀。这一段插叙就和开头作家想到的"幽默、可笑"接榫。

作家用白描法回忆、插叙这么多信息，你还停留在文字描述的远景中琢磨着，作家又不紧不慢、胸有成竹地用一句话把你拉回来，接上前文的主体叙述："现在我又让那个接客的把行李搬到这旅馆中来了。"读了这一句，我着实惊叹不已：这是一支怎样的笔，可以在错落的时空里自由出入，还如此恰切顺畅！他们一见面，朋友毫不肉麻地握住他的手说："咳，咳，你这个小骚牯子又来了，什么风吹来的？妙极了，使人正想死你！"一个35岁的男人，拉着另一个男人，这样说话，毫不含蓄，太可爱了。然后，朋友一边说10年前的野话，一边欣赏他的收藏，请他品评自己花40元买的倪元璐摹写的《出师表》。你以为作家到此该言归正传，把朋友陪伴去桃源县的事说完了吧？你想错了，作家带你钻进正题里去看了看，又灵巧地拉你出来，通过剪辑法把朋友的经历和能力说透彻。而这段补白更是活色生香，让你大快朵颐。不妨细嚼慢咽，品出味道来。

这一段插叙，作家毫不隐瞒，先说朋友的经历，说他的旅馆布置，直接用叙述式语言，言明朋友的见多识广，生活味浓郁，是现实版的百科全书。从湘西上行过川黔考察方言歌谣的先生们可以从朋友这里得到最全、最活、最有趣、最丰富的语言。编撰《国语大辞典》的先生们不用劳心劳力、兴师动众地翻查古籍，朋友就是一部活生生的大辞典。经济调查团想要弄到材料，朋友比当地"包打听"还清楚得多。作者用一句很幽默"很黄"的话来总结这一段叙述："只要想想，人还只在二十五岁左右，就有一百个青年妇人在他面前裸露过胸膛同心子，从一个普通读书人看来，这是一种如何丰富吓人的经验！"这些补白结束后，作者又把笔拉回到去桃源县的事情上。这么一路下来，车终于到了桃源县车站，还要坐船，一番折腾，天黑了就住在船上。可是朋友竟然不住，他到岸上一个女友那里去过夜，天刚亮又赶来给"我"送行。这一趟旅行才算结束。作家文章的叙述主线也就完整了。

小说或影片的表现方法中有一种叫"公路小说"或"公路电影"的说法，以一段旅程为背景，在线性叙事中完成情节冲突和性格塑造。有人说这种单线叙事很难完成，但也最见艺术功力。沈从文的这篇写人叙事散文，也可称线性叙事，可他叙述得如此高妙有趣。

他把不同时空的事情通过重组，让它们集中在旅途中，叙述以旅途为轴线，旁枝斜出，如绣花般把这个朋友写活写透，用欲扬先抑、诙谐幽默的笔法，妙趣百出，庄谐杂陈，实为高手行文的典范。

(刊发于2020年4月《西乡文艺》第2期)

未来狂想与现实关怀
——读王十月《如果末日无期》

再也没有什么比大厦轰然倾倒，一切处心积虑、耗尽心血努力营造的都将成为灰烬，让人感到恐惧而孤独绝望的事情了。

的确，王十月在《如果末日无期》（人民文学出版社）的最后一部中书写的内容，和《百年孤独》的结尾一样具备了极端孤独的荒芜恐怖气息，极大的虚无感让人喘不过气来，像是自己正在一点点地风化消失，归于空洞。

不过，作家想象出人类科技发展到登峰造极时段，处于财富和权力顶端的人就能够利用他们的绝对资源达到永生，可是永生带来的终将是人类的灭绝，家族亲人的死亡。

永不见天日的19层地下监狱的孤独生活。

人被时间囚禁，最终化为尘埃，飘散在空茫宇宙。

人，始终是"科技"这个巨型魔轮的中心，当人类创造的科技终究反过来控制人类，当人的属性终将被机器冰冷的程序、符号取代，当人为主角构建的人间消失了一切温暖、一切情与爱，人类成为科技的奴隶和副产品时，人类生存有何意义？

这正是《如果末日无期》打动人心的力量。

在科学幻想的迷宫里，作家引领读者去了解更新奇更前卫的科学成就，用非凡的想象力让你见识未曾听闻的科幻空间。平恒宇宙、量子隐形转态、蜂巢思维矩阵、莫比乌斯时间带等科学术语，被作家用足够丰富的想象，以严密的逻辑和思维条理揉进小说故事情节中，显得不再高深莫测。

作家构筑的这座无限广大的科学幻想迷宫，其超凡脱俗、血肉饱满的故事内核，始终彰显的是温暖动人的爱。作家以诗化的语言对人类终极命运表达了深层次的担忧，给科幻小说灌注了浓郁的文学情愫和人情味儿，是未来现实主义的狂想，是对人类生存的担忧，更是对当下魔幻现实的科幻表达。

对人类自由属性的热切关注贯穿始终。

蜂巢思维矩阵强大到可以解决人类一切难题，却是丧失自由意识的牢笼。永生人俱乐部拥有至高无上的权力和财富，无视广大生命存在。科技在宇宙空间无限膨胀，人性的贪欲霸道随之也登峰造极，人类由此而产生的孤独蔓延至四海八荒。平等、自由、公正与爱泯灭之时，遥远的未来退回到蒙昧初始，似乎只是一场大梦。

辩证学、佛学、中外古典文学等知识的渗透，使小说具备浓郁的文学气质，极大提高了小说的可读性和知识性，增加了小说的内在气质和思想厚度。

作家把矛盾的双面性客观地揉进小说叙事中，既没有夸大科幻世界完美无缺的神话色彩，也没有妄断科学进步的后遗症。在二者之间，作家始终以具有独立思维、意志自由的人为标准来构拟小说。

现实中的作家王十月就是小说中的作家张今我，小说中的人物奥克土博其汉语意思不也是十月吗？

而张今我在小说幻想的三重世界中又有自己不同的名称、职务和故事，这种身份就如马尔克斯《百年孤独》中的人物，这些人物彼此呼应，身份界限没有明确的楚河汉界，使得故事发展的通道一如莫比乌斯时间带，盘根错节，扭曲而贯通，为写作提供了极大的自由空间。

小说人物直接跟作家对话，作家的创作过程也是故事的发展过程。

莫言的《酒国》《蛙》也有类似的叙事方式，作家本人进入小说，直接充当角色，小说人物直接和作家发生联系。小说蒙上了一层神秘面纱，营造出怪异的阅读诱惑力。

《百年孤独》开启了魔幻现实主义文学流派，《如果末日无期》开启了未来现实主义之路，二者的共同点是立足于现实，以"爱"为中心点，意识流动，时空倒错。其人文关怀意义终将永恒而伟大。

恍然间我好像来到了马孔多布恩迪亚家族即将幻灭的破败宅院里……世界是真实存在的吗？我是谁？我是蝴蝶的梦，那蝴蝶又是谁的梦？

（刊发于 2018 年 10 月 28 日《羊城晚报》）

安神定性，诗意栖居
——读王方晨短篇小说《凤栖梧》

老实街，"凤栖梧"馍馍房，老板苗凤三。

后佛楼街，"功"裁缝店，老板鹿邑夫。

他们是好友。两个人都是淳朴民风的凝聚物，有着不被世俗同化的为人准则；神秘，安静，安贫乐道，不随波逐流，不为小生意蝇营狗苟。

文字这样一组合，小说主角的特点、身份、性情，就很明显了。

馍馍房老板是个坚守原则，良禽择木而栖的坚守者和实践者。小说一开始，苗凤三登场，一个满身烟火气的蒸馍师傅，却是一个具有仙风道骨的缙绅风度的人。他儒雅恬淡、深藏不露、很有气质，这实在难得。做小本生意，赚一分分钱，却自得其乐，与这个讲究经济效益的时代格格不入，这是小说一开始就注入的一股清流。

裁缝店老板也有功夫，他的功夫不光在于从不随波逐流，坚守原则，做得一手好中山装，还在于有打架的真功夫，他专打威胁恫吓老伙计、同门师兄苗凤三的混混。

继续沿着文字的脉络，我们看到小说的主旨，即：在故土流逝、除旧翻新的时代，坚守传统手艺，保持传统人格道德，不沽名钓誉，不乱心性，是需要顶住风浪，扛住引诱、威胁的。

在舆论的风口浪尖，在吃瓜群众一时快感的怂恿鼓吹下，捕风捉影的事情天天发生。在利益至上、名气至上的经济飞速发展时代，讲究实惠、想方设法捞取好处者不断出现。但在老实街上的苗凤三和哥儿们鹿邑夫看来，不管时代如何发展，人如何变，都要吃饭穿衣，这是人的基本需求。

于是，他们坚守，他们无暇计较利益。但是，生活千变万化，此刻不知下一刻会发生什么。

事情来了：当年苗凤三在一次酒醉后几步跨上屋顶为孩童取下风筝。坊间一直鼓吹苗凤三只身上墙、飞檐走壁的轻功如何了得。于是，到了今天，混混小丰想要拜师，所谓的"民俗专家"给小丰出谋划策，厚礼送上门，杂耍威胁送上门。苗凤三坚守：不还手、不答应、不拒绝，以空投馍馍表示招待，以沉默对抗热闹。鹿邑夫看不惯了，不动声色地邀请这一伙杂耍威胁者单挑，一抖手就撂倒一个，为苗凤三排除骚扰或者后患。这是小说故事的主框架。

在这个过程中，你看见了喧嚣和嘈杂，看到了时尚街市的众声沸腾，却更加深刻地感受到安神定魂、岿然不动的两座大山：苗凤三和鹿邑夫。

他们是簇新之中带着古意的存在，沉稳，淡定，坚守。一边是咋咋呼呼，吵闹不休，好事者和围观者的此起彼伏；另一边是观戏者，我有想法我不说，看你七十二变如何打。

你会想到两个不同的生活图景，或者是不同的人生态度，或者是不同的社会状况，总之，是热热闹闹的浮躁现实与稳稳当当的传统操守的对抗。对于苗凤三来说，凤凰非梧桐不栖，街上有名的混混、无赖、杂碎，怎配学习"我"的功夫？

作者借小说中的苗凤三说话："凤栖梧"是斋号，也是草标。其寓意也很明确。斋号是和尚和道士住的房子的名号。

苗凤三没有借助自身功夫以及众人赐予他的威名招摇耍威风。他似乎有清静无为的仙风道骨，洁身自好，身怀绝技却低调做人，藏而不露，同时也在招贤纳士寻找同道中人吧。"草标"不就是要择取合心意的买主吗？其实就是合作者，即志同道合的人。

这让人想到诸葛亮的隐,他的隐终究在三顾茅庐中得以圆满。只是苗凤三甘愿一生清寂,也要保持处事原则。

鹿邑夫在和苗凤三的无形较量中,终究是失败者,他照样有一身功夫,完全是外露的性格,但仍以另一种方式坚守住了传统的人格特性。

诗意栖居,是网络上或者现实中惯常说的词汇。苗凤三和鹿邑夫就是吵闹世界中诗意栖居的典范,一个身怀绝技,却一生选择"隐",大隐隐于市;一个选择"露",最终露得神出鬼没,留给大家高深莫测的印象。配上作家王方晨诗意清新、不紧不缓、有如行云流水的叙述语言,故事、人物和小说气质就融合得天衣无缝,恰到好处。

(刊登于2021年5月17《齐鲁晚报》)

给灵魂插上翅膀
——读郭小奇散文集《光影浮动》

读罢散文集《光影浮动》,头脑中闪过的全是一帧帧清晰质朴的山水人文画。画中有人,勤劳朴实,厚重立体,他们以自己独特的气质在画中书写自己的历史,感恩脚下的土地,留下耕耘的硕果,对家乡、对亲朋好友都以无言的行动践行生命的意义和价值。画中有历史,古旧的过去和崭新的当下以及遥远的未来参差交叠,一山一水、一石一木、一人一物无不承接了时间流过的痕迹。你像是跟随作者的笔行走在秦巴山地间,看他所看,想他所想,聆听他讲不同地域的人物事迹、历史风貌,还能够品尝不同地域土生土长的各种美食。由此,整个阅读过程就如寻找你遗留在外的足迹一般酣畅惬意。

亲历并有所思有所留存，就是对线性时间的无言对抗，是对庸常生活诗意的留存。人生的意义大概由此变得不同：不空洞，不虚无，充盈而饱满。书写对于读者来说更是一种精神文化的呈现和享受。这就是书写的意义和价值。散文书写讲究的是言之有物，而今一个时髦的术语就是"非虚构"。这本180页，分三个篇章的散文集就是一本非虚构的书写乡土乡亲乡愁的书，血肉饱满，质地醇厚，扎根于大地，又承接高空明媚的阳光。

第一章"云水谣"是我读得最细最慢的一章，我几乎一字不落地逐句细读，因此感触良多。不同于大众化浮于表面的风物书写，本书作者注重观感，但只是行文的基础，他更注重挖掘当地的特色和历史文化，并在行文中不着痕迹、自然渗透，还赋予自己独特的思考，这种思考是全面客观而又有见地的深度思考。因而，每一篇都有厚重的分量，他似乎在自古难以融合的两种审美之间找到了某种平衡——把阳春白雪和下里巴人很巧妙地糅合在一起，浑然天成。

写西乡县城南牧马河边的李家村遗址，他发出这样的诘问："七千年距离我们太遥远了，我们只需要那么一方小小的标注它曾经存在的石碑。其实，即使没有，也不会影响它真实的存在。无情与深情，有时旗帜分明，有时殊途同归。或者，因为有着七千年前的古老文明，我们今天应该活得更好一点。其实，七千年后的我们，难道不是同样面对着一个历史的命题：拿什么样的成就和进步，来迎接遗址打量的目光和后世寻访的脚步呢？"

站在当下，回顾历史，畅想未来，作者就隐藏在过去、当下、未来的时间节点上发出内心的隐忧：同样的困惑，同样会成为遗迹的当下，该如何自处？这是一个宏大的沉重的命题，每一个人都难辞其咎，因为我们每一个人都在创造一个地方的历史。这是作者踏古怀今的沉思，谁说不具有普遍的深刻的社会意义呢？而从写法上，你是否想起了《百年孤独》那个被无数作家借鉴、引用、模仿的经典开头呢？"许多年以后，面对行刑队的时候，奥雷良诺·布恩迪亚上校一定会想起父亲带他去看冰块的那个遥远的下午。"打通时间的界限，还原一个地方比人更长久的存在，这种表述技巧无疑是很妥帖的。

我们曾无数次经过那里，我们或许连那个石碑也视而不见。但是作者不仅再次专门去拜访，而且观察之仔细，想象之丰沛，思想之深刻，都不是一般的访古怀旧之文能触及的。

写极具代表性的略阳罐罐茶，那种古朴乡风民俗氤氲弥漫，你会被笼罩进去，温暖的火垄坑，热气腾腾、香气扑鼻的罐罐茶，足以让你的内心安静而恬淡。而康县的原生态，油画般的背篓女，水边石阶岩画般的雕刻，荡涤尘埃，心游物外，浑身上下便都是山花、野草、泉水的味道了。写平利桃花溪，真是美得返璞归真，让你似乎觉得去到那里，人和小动物一样变成了野的。你会不由自主地想起《小石潭记》《永州八记》中的山水，置身其中，真会被同化成草木的一分子。写《汉水，流过安康》，不仅文辞优美，更是思接千载，充满忧患意识和朦胧的诗意味道。

作者此文源于暖春四月到安康参加陕西省文学院的一次培训。所以文末一段韵味悠长，引人深思。谁人心中无情结？诗一般的含蓄和优美。

与《平利桃花溪记》《汉水，流过安康》这样精短的篇章，在结构和写作手法上形成明显区别的，是《吃花》《春色三描》《那些鱼》《宝鸡散章》《杭州的水》等篇。《吃花》有纪实的手法，由地理的南北东西，详细写了有代表性的11种花儿的吃法，还白描式地列举云南可吃的十几种花。花，本是世间最美好的东西，吃花当然是美上加美的事情。作者采用工笔加白描的笔法，写出了舌尖上中国的风味儿，其风格自信从容，手到擒来，让你感觉作者就是一个美食家和一部百科全书。

《春色三描》选取了三样具有代表性的春天的景物，地上的鱼腥草、天上的春雷、空中的玉兰花，这样的选景注重空间布局，以小见大、匠心独运，仅这三物便可囊括所有的春物，天地之间春色涌动，像一幅巨大的春景图。在此，文学的视觉中完全渗透了绘画、摄影学的综合美学原则，使得文学画面饱满又有恰当的留白。鱼腥草在过年前后就已经急不可耐，想要冲出地表，玉兰则是在正月刚过就开满花朵，而春雷在惊蛰前后响彻大地。看，这就是作者选材的高妙，怎么能从数不胜数的春景中选出如此有特色的三样呢，偏又这么巧妙和有代表性，这完全得益于作者敏锐的感知力、细致的表现力以及行文的胸有成竹。这篇文章，逐句读去直教人击节拍案，赞叹不已。《那些鱼》更是具有冲击力，作者选取不同的片段：春天鱼洄游产卵时那种逆流奋进的气势让人震撼；接着写老家河里因为生态好各种鱼很多；还写远离故乡的父亲对家乡的思念；最后又写到鱼和农人的密切关系。他们雕刻鱼的图腾，农闲时期打鱼，敬畏或者是滥杀。作者客观公正地叙述了人与鱼的现状，映射出对生态环境的深切关注。此篇文章富含哲理，这种哲理，既是大自然的哲理，也是人类生存的哲理。

纵览书中作品，散文的形散神不散，作者拿捏得很精准。包括对一些人事的看法，作者也是很客观地评论，绝不把话说死说绝对，充分尊重文中所描摹的人事，也尊重读者的独立思考。放开视界也能巧妙地收回视野，不拘泥于风物，完全打开思维，用自己开阔的视野宏观打量行走的足迹，文辞文思都堪称散文典范。

回顾三个篇章，作者的匠心可见一斑：云水谣——放开视界，向外看，看得远，看得开；长相忆——回归自我，向内看，看生活的真实；叶底风——从生活细微处着笔，发现司空见惯却又被大众熟视无睹的生活哲学。三个篇章就像摄影家的变焦镜头,长焦看的是纵深,微距显的是真实。全景是大视野,特写是聚焦重点。又像一幅巨大的画,类似《清明上河图》的那种包容性,纵深处是历史,画的重点是当下,而纵深和近景之间的宽阔地带,作者用他的笔道出了蕴含的自然哲理和人文哲学。

读完全书,我忍不住在书后的空白处写下这样的打油诗:履痕处处笔墨香,风土人情话家常。千古文脉一径传,融情入境气韵长。当然,一本书不可能尽是完美,仅凭自我肤浅的阅读看来,书中有两点可做探讨:1. 某些文章可在细节上多一些笔墨。2. "自不必说"这样的词汇,我在书中看到过几次,有重复之感。近14万字,45篇文章,这些不足终究瑕不掩瑜。作者是诗人,他的散文有诗性特征,其语言的张力,行文的洒脱自如,用材的精挑细选,思想的深刻独到,都是其优秀之处,值得学习。

路过人间,边走边看,边看边思,边思边写,给心灵插上翅膀,给思想一匹骏马,这般甚好!

(分别刊载于2022年3月9日《教师报》,2022年3月23《文化艺术报》,2022年2月《西乡文艺》)

很爱李煜词

年少时,我喜欢读南唐后主李煜的词,只觉得那种伤筋蚀骨的凄美、伤感,合了自己的少女心意,其实就是少年不知愁滋味的无病呻吟,所谓伤感是美的,疼痛的文字更能引起共鸣一样。于是我不仅会背诵《虞美人·春花秋月何时了》,还会唱,唱得深情婉转,愁肠百结。我尤喜欢《乌夜啼·林花谢了春红》。那年喜欢上一个男生,是那种深沉高冷型的。本人生性内向,考试前的一个大雪天，那男生借我《大学语文》课堂笔记用，有了浅浅的交际。毕业时某一晚，几个男生来看同寝室各自的女友，那男生也来了，临走时抱拳倒退着转身，那动作大有江湖隐别此生再不相见之感。此后我收到毕业礼物——红色封皮的笔记本，回赠一个笔记本加上手抄这首《虞美人·林花谢了春红》，此后真是永别。现在想来，到底是唐突了，那时成天清水洗脸都嫌麻烦，何来胭脂，更无胭脂泪。最主要的是彼此说话机会都很少，见面机会更是不超过四次。人家是千古词帝，写的是家国情怀，痛的是天堂和地狱的人生境遇反差，如释迦牟尼、耶稣基督一样心怀苍生。而我，一个积贫积弱家庭出来的山姑，真正是牛刀用来削苹果了。

我还很喜欢《相见欢·无言独上西楼》，至今，当初读词时产生的画面依然清晰：深秋时节，秋风萧瑟，草木枯黄，秋雨绵绵，梧桐叶落，天地一片沉寂。古老厚实的青砖高墙斑驳参差着湿漉漉的苍苔，雨打梧桐声声泣，古老的深院内，孤独到绝望的词人徘徊高墙之下，鬓发散乱，面容憔悴，形影相吊。那些前尘旧事，那些曾经的莺声燕语，那些飞红流翠的歌舞升平，终究如梦幻泡影，消遁得恍然一梦。当初有多繁华如今就有多落寞，真是人生天地间，缥缈孤魂影般寥落。

读词时的最初印象在心底扎根。如今人老黄花瘦，依然很爱很爱李煜词，大概命运所致，骨子里天生有抑郁成分。案头放着王国维的《人间词话》，翻阅过无数遍，我终究没能读进去，曾经狂傲地认为，书中所选取的诗词名句大都是熟悉或者会背的，于是就不静心去看。现在，在零碎的业余时间段，偶尔散散淡淡读一页半页，王国维对李煜词的评价着实让我吃惊不小。

他从气象和境界层面，拿温庭筠、韦庄和李煜词相比，说三者分别是句秀、骨秀、神秀。句秀是指温词用细腻的笔触描写事物，带有显眼的色彩美，这是最低层次的美。骨秀指韦庄词秀丽文雅，别有情致，这是第二层次的美。真正的大美是神秀，指李词不仅具备了前二者的优点，而且情感真挚，流露出无奈的凄美，宛若灵魂独白，把生命的苦痛、人生的无奈写到了极致，是血和泪的凝聚。

花间派鼻祖温庭筠的词，在诸如我般的读者读来，已经是相当不起了。尤其是古装剧《甄嬛传》把温庭筠的《更漏子·菩萨蛮》作为主题曲，通过甄嬛在皇家家宴上的《惊魂舞》，非常唯美地表现词境，人们看电视通过哼唱使这阕词得到了普及。读一读，唱一唱，都是唇齿生香，情动不已。但是在王国维看来，那只是句子秀美而已。怎么可能只是句子秀美呢？"小山重叠金明灭，鬓云欲度香腮雪。懒起画蛾眉，弄妆梳洗迟。照花前后镜，花面交相映。新帖绣罗襦，双双金鹧鸪。"

风韵少妇华贵典雅，晨起慵懒、慢条斯理地梳妆，那情态任是无情也动人。词人像是一个工笔画家，把美少妇的香腮鬓云都写得纤毫毕现，你像是能够闻到淡淡的粉脂香味，感受到暖暖的体温。温八叉的笔触够细腻，我还是很喜欢。

韦庄词，我读过的不多，但感觉和温八叉一样，词的画面感很强，用字成句也是让人唇齿含香，爱不释手。"春日游，杏花吹满头。陌上谁家年少，足风流？妾拟将身嫁与，一生休。纵被无情弃，不能羞。"多么英俊帅气的小哥哥，多么痴情胆大的小妹妹。在春意融融的季节，少女的心思竟被写得不管不顾，就是要嫁他，就是被嫌弃她也不觉得害羞。直率的姑娘大胆追求所爱，真让人感到爽快。此词有骨气有棱角有情致，有景有人有情有感，活泼轻快，让人如沐春风。可是在王国维看来，这只是骨秀，缺少神韵，大概就是灵魂深处的东西。

王国维说：词到了李后主这里境界变大，由戏子的歌词变为文人士大夫之词，开创了以词抒情的先河。亡国之痛和昔日生活的追忆全部寄托在词中："问君能有几多愁，恰似一江春水向东流。"凄婉深重的愁情以豪迈的句式来呈现,这种情怀无人能比。"自是人生长恨水长东。""流水落花春去也,天上人间。"宏大的气象同样无人能比。王国维还说李煜有赤子之心,这是多么难得的评价,我们现在把"初心"挂在嘴边,可见初心对于人是多么重要。李煜作为一代亡国帝王,生于深宫,对于世事知之甚少,他的心保持了纯真和感性,因为创作更能从本心出发,以血泪凝聚成千古珠玉,在中国文化史上熠熠生辉。"家国不幸诗家幸,话到沧桑句始工。"但是国破家亡,写词送命,付出生命代价而生出的神秀,代价何其大?他以自己悲剧的命运,成就了文学世界里词的命运,大概也是苍天对词人悲悯情怀的眷顾?他活在了词中,活成了千古。

(刊发于2023年4月11日《汉中日报》)

给灵魂安个家
——读《作品》2022年第10期冉正万《醒狮路》

"人生无根蒂,飘如陌上尘。分散逐风转,此已非常身。"生命短暂,人世无常,跨越一千八百多年,五柳先生的叹喟像谶语直指我们现在。处在纷杂多变的时代,世事快闪般眨眼无踪迹,信息如浪奔涌,一浪翻卷一浪永不止息。人就像一朵浪花、一片树叶,飘在动荡不安的尘俗中,肉体麻木,灵魂飘荡,随波逐流,看似与时俱进,实在灵魂跟不上脚步,游荡无所依。然而日子还是这样长了翅膀一样一年年飞逝。我们不禁怀疑:一年就这么快结束了吗?这还是我们小时候望眼欲穿、朝思暮盼的年吗?日子还是我们小时候的日子吗?时间没有变,地球并没有被拨快了转速,只是我们被改变了,我们的心静不下来,我们的灵魂没有依托了。

发表于《作品》2022年第10期冉正万的短篇小说《醒狮路》就发出了这样的呐喊和掷地有声却又不动声色的诘问，平静舒缓的叙事风格下掩藏了歇斯底里的追问和惊天动地的无奈。一条老街，一些陈旧的店铺，保持了类似旧中国的破旧冷清门面。这街道就像一张黑白照片，在新时代中恪守传统，却又摇摇欲坠，你担心会在下一刻被彻底清除，会消失得毫无踪迹，就像此街上钟表店所在地的那头狮子，不知何时消失，消失了人们才顿悟，于是开始纪念，把这条街命名为醒狮街。坚守传统、抱朴守正的主人公孔祥礼，在醒狮街上开了一家米粉店，他谨小慎微地经营店铺，跟这条街上任何人没有联系，把米粉、调料、油泼辣子都做得一丝不苟，尽善尽美。尽管米粉店生意兴隆、食客不断，但是他依然心神不定。终于在食客少吃了一颗鸡蛋而大发脾气的时刻，他因为怕闹事而灵魂出窍了，意识抽离了肉身，开始在回忆的河流中漂游：出门打工时一同乘船又翻船的两个弟弟失踪，二十多年没有音讯。现在他们的灵魂来找他了。他要逃离，要把他们引出米粉店，让他们找不到自己。作家把小说故事的主干放在手持铁勺、身系围裙的主厨孔祥礼刹那定住的时刻，通过他意识的游走对醒狮街的布局做了详尽叙述，也对往昔生活的回忆进行了补叙。弟弟们跟随他和父亲一同出门打工，打谷子用的拌桶做的"四方船"翻了，他独自出来闯世界，终于在贵阳市的这条街上开了一家饮食店，以卖米粉出名，兼卖各种吃食。但是弟弟们的灵魂得不到安息，竟然找到了他。在钟表匠的点拨下，他回老家给他们修了衣冠冢，算是给灵魂安了家。

给死的灵魂安了家，活的灵魂如何安顿？代表时间的钟表店已经没有生意，纪念狮子的街道已经没有狮子，故乡的老屋已经轰然坍塌，米粉店如此狭窄又不敢扩容。时间还是照旧往前推移，摆在眼前的这些事情如何处理？

作家的忧患和愤懑深埋在不动声色、安安静静的字里行间，醒狮街——睡醒的狮子，应该是威力无穷的，狮子没有了，醒来又如何？还可以理解为"唤醒我们生活的世界，即我们生活的空间"。如何唤醒？在一条街上生活了二十三年，见过的食客不计其数，但是孔祥礼不知道这条街上任何人的名字，一种彻头彻尾的孤独把人深埋。谁来唤醒自我？我又能唤醒谁？或许谁都是孤独的。所以但求自安吧，钟表匠就叫龚自安，他似乎没有多少顾虑，作家借助他的口说："倒就倒吧，将军府和铜狮子都不知去向，何况木瓦房。一切都会消失——在无人知晓的孤独中消失，恍若从未来过这个世界。"

小说结尾，不善言辞的孔祥礼收容了两只流浪猫：一只在店里待过，是在他灵魂出窍的那一刻蹭过他的腿；另一只是被早来的猫吸引过来的。或许收容两只流浪猫，可以缓解这人世的孤独，安抚这无以安放的灵魂吧？

此小说我读了两次，无数次在心底回想。读过之后只觉得没那么简单，却不知从何谈起。终于在晨跑的时候，于黎明前的黑暗中，当一缕清冷奇绝的蜡梅香窜入我的鼻息，我有如梦初醒之感：这是一篇寓言小说，一篇温和的却又锋芒毕显的心理探寻小说。它直指当下人的生存状态和心理病态，对人的处境做了现实呈现。在翻天覆地的大变革中，如何抱朴守正？我们的出路在哪里？我们凌乱的心灵该如何安顿？小说并没有指明方向。但我想：小说家给出的人名龚自安，是否可以但求自安呢？就如孔祥礼收容两只猫，亦是但求灵魂自安吧！

（刊发于2022年12月《西乡文艺》第60期）

时间迷宫
——读《作品》2022年12期《时间控制仪》

发表于《作品》2022年12期的短篇小说《时间控制仪》，是一篇探讨人生过去和当下的心理小说，把人在时间里的无奈、遗憾、希望诠释得非常周到。我们都是时间的奴隶，这看不见、不可触的时间，总在无形中改变着一切，我们所经历的一切好似都有一双无情的大手和一种不可抗拒的力量推动，你无法预测下一秒，不知道未来会怎样。时间控制仪可免除时间轴上的悲剧时段，留住高光时刻，或者返回曾经，看见来世，让你暂时逃离现实，完成内心的自我救赎。说到底，就是弥补遗憾，对抗现实。小说以第一人称的口吻，讲述"我"的舅舅，119岁的派出所退休所长，因不甘独生女割掉女婿税务员王小川的私器被判刑入狱的事情，想制造一台时间控制仪，让悲剧不会发生，女儿不会进监狱。于是这台机器招引来退休老校长想要看到年轻时想看的音乐教师换衣服的美丽姿态，胡屠夫想要了解父亲在WG中到底是被谁所杀，妻子樊梨花想要回到新婚燕尔水蜜桃一样的青春时光。这类似于用魔幻的手法植入现实的叙事，全篇的重点故事都通过时间控制仪，以回忆的形式呈现，使得叙述游刃有余。在魔幻和现实之间自由切换，这种方式真可谓高妙。

小说弥漫着《百年孤独》的气息，每一个人都有自己的无奈，都沉浸在自我的世界里执着地干着自己的事情，都有很多不得已和遗憾。就如校长夫人传话筒般的裁缝米桂兰，几十年如一日地缝制衣服，到老来还把老校长打扮得花里胡哨，这跟《百年孤独》中的阿玛兰妲类似。阿玛兰妲一生没有爱，母亲生下她就把她交给仆人抚养,后来爱上钢琴师,却被在母亲支持下的表妹横刀夺爱,此后她就沉浸在自我的世界里为自己缝制寿衣,白天缝晚上拆,最后把自己裹进寿衣离世。一个女人的一生就这样在无爱无欲的绝望中结束,让人唏嘘。而"我"的舅舅潜心研制时间控制仪的状态多像制造小金鱼的布恩迪亚上校,循环往复地制作小金鱼又随即销毁将其熔化,是因为上校在经历惊心动魄的战争后,经受着希望的一次次破灭,面对自己不能主宰的无意义的命运,逐渐寻求内心的安宁,通过繁复刻板的行为消磨度日、逃避命运。"我"的舅舅忘记了自己的年龄,他夸张地说自己马上120岁,每日每夜地研制时间控制仪,在时间控制仪的辅助下,他想到了自己一次打开保险柜的经历和救治烈性犬的经历,这些大概是他人生的高光时刻。这也是退休后无所事事的孤独感所致。

马孔多小镇上弥漫着化不开的孤独气息,而小说中的知名小镇柳林镇照样被孤独笼罩,那些走马观花似的各国人士来来去去,镇上的空气污浊难闻,那是腐朽之气。在黑暗的屋子里,舅舅蜷缩在藤条椅子中像个躯壳,蜷缩在框子里的老狗更是奄奄一息。这个屋子就是破译羊皮卷的那间黑屋子,也被腐朽的死亡气息笼罩。时间控制仪想要呈现的是生命的蓬勃和愉快喜乐。然而,毕竟只是幻象,一切都不会停息,一切都将化为泡影。人深陷进时间的怪圈中无力自拔。

小说的语言表述也是一大特色,逻辑性很强,干净利索,层层推进,一些词句的用法很是科学,比如"后来""从前""确切地说""不过""不久"这些段落开头的词汇,很高妙地把上下文串在一起,构成一个严密的整体。这些词没按顺序,但是恰巧地把不同时段、不同人物的故事勾连起来,悬念迭起,给人爽快之感。

小说结尾,舅舅的时间控制仪因线路问题燃烧爆炸,愈发苍老的他说些胡话,还坚持要改进时间控制仪。他不甘心生命的遗憾和短促,这大概是很多人回顾一生时的感受吧?我们都是迷失在时间迷宫中左突右冲的孩子啊。生命是奇迹,更是无常;时间能创造奇迹,也能毁灭一切。生命在时间的流中跌宕起伏,所有的遗憾,所有的高光,都会消失在时间中。疫情三年,从开始的恐慌到如今的自闭,似乎也是一个轮回的圈,突破这个怪圈,出口似乎明了又似乎毫无踪迹,但终究还是会在时间的平复下归于宁静吧?由此看来,《时间控制仪》确实具有深层的现实隐喻意义。

(刊发于 2023 年 5 月《作品》第 5 期)

寻找人性本真之美
——读《作品》2022 年第 5 期《哈桑的岛屿》

《作品》2022 年第 5 期索南才让的《哈桑的岛屿》,是一篇基于现实的幻想小说,打通了人和动物的界限。小说以心中的意念为终极目标,以梦中人羊对话为轴心构建文本。遥远的山上有什么?玉山上有玉吗?羊真的会说话吗?梦里的世界和现实的世界如何交替?在现实和意念之中自由穿梭的牧童丹增与他的小黑羊哈桑如同知己,他们有一个共同的目标——找到意念之中的奇怪石头,那似乎是玉石,又似乎不是,但是对二者都显得很重要。其实就是一种说不清、看不见的信念。在寻找模糊意念的漫长旅途中,人与羊、朋友与自己、自己与陌生人之间的沟通之美,包容互助之美,都从漫长的寻找中一点点溢出来。从这个意义上说,这是一篇写对人性本真的追寻的小说。寻找的过程彼此护佑和成全,完成自我历练和成长。当完成这个信念的时候,我们不一定要获取什么，那只是一个过程，而等待我们的，依然是现实的生活，依然是一座孤岛，被水包围，岛石耸立。只是，完成这一趟旅程之后的"我"和之前的"我"全然不同，在整个寻找的过程中，其实是完成一次对自己的历练和完善。

这让人想起英国作家蕾秋·乔伊斯创作的长篇小说《一个人的朝圣》，英国南部小镇60岁的酒厂退休司机哈罗德，某一天忽然收到20年前一个女同事奎林身患癌症的告别信。于是毫无准备的哈罗德打算徒步走到英国北部的疗养院去看她最后一面，哈罗德坚信：只要我走，她就一定能活下去。他走了87天，横跨整个英格兰，一路上风餐露宿，靠回忆丈量了627公里的行程。伴随整个旅程的是他对前几十年的追忆和反省。主人公哈罗德的出发点是为了给予友人希望，最终却实现了自我救赎，激发了对自我价值的再肯定、对成长缺陷的新认知及对现实命运的接受和理解。这跟《哈桑的岛屿》表达的主旨几乎不谋而合。

在快节奏的时代，或许我们每个人都需要一场朝圣：向内倾听我们的心跳，等等我们的灵魂。慢下来，远离缤纷的喧嚣，为一个目标不懈努力。享受过程，在梳理前尘旧事的同时，与自己和解，并且认可当下，选择适合自己的路子继续前行。这不就是会说人话的小黑羊与丹增共同完成的一场心灵朝圣吗？

小说叙述细致如拉家常，把一个没有任何波折或者新鲜的特别简单的故事无限拉长，无限细致，这是需要极大耐心的，佩服作者的细腻耐心。这种叙述风格正和小说主题相吻合。静下心来，享受棉布摩擦皮肤般细致的感触，而后懂得：远方一无所有，但是路途充满变数，享受过程就是完成自我救赎，就是触摸人性本真之美。

（刊发于2022年11月《作品》第11期）

跨越千年的反调
——同题诗《枫桥夜泊》的比较

读张继《枫桥夜泊》的时候,想到了元代孙华孙的同题七绝《枫桥夜泊》。二人相隔一个大宋,五百八十年左右的距离。但是感觉是在唱反调,确切地说是后来者孙华孙唱张继的反调,唱得直白果断,毫无同情心。如若张继灵魂不灭,有所感知,该会气死。对比看看,你肯定同意我的看法:

枫桥夜泊(唐·张继)

月落乌啼霜满天,江枫渔火对愁眠。
姑苏城外寒山寺,夜半钟声到客船。

枫桥夜泊(元·孙华孙)

画船夜泊寒山寺,不信江枫有客愁。
二八蛾眉双凤吹,满天明月按凉州。

张继本是湖北襄阳人,考中进士进入体制内谋了个一官半职,安史之乱后安逸的官员生活被打破,逃难途经姑苏城,在深秋的夜里露宿寒山寺。那应该是一个十分寒冷孤寂的异乡之夜,诗人的心被深重的孤独填满,他大概是通宵失眠,江南的烟雨浪漫在他的心里、眼里都消失了,他看到、听到的都是极冷极寒的景象和调子。月亮沉落,二十四桥的波心动荡不起心醉的涟漪,只是彻骨的冷,只是无际的黑暗;乌鸦悲啼,毫无"枯藤老树昏鸦"的苍茫空旷,只是压抑,只是身处世界尽头的寂静。江边的枫树，根本不是"霜叶红于二月花"的喜庆和鲜亮，那明明灭灭的渔火温暖不了诗人的双眼和内心。他的每一个细胞都充满着"愁"，离乱的愁，孤独的愁，前路渺茫的愁。而那不解人意的钟声却是雪上加霜，像重锤一样一锤锤敲打着诗人的内心而难以入眠。

那个夜晚，姑苏的千古风情完全化作了诗人的旷古深愁，只是，他不知道，那个夜晚的失眠和孤寂多么值得。他的愁被定格在唐诗的典籍中，从此世代流传，从此被无数人热爱、诵读、疗愈。

但是，这一切对稳居中原大地，见识了汉人安逸又精致生活的游牧民族来说，是多么不可思议——如此富庶滋润的安居生活，有何可愁的？风光霁月，歌舞升平，丰衣足食，享受还来不及呢，我才不信有人到了上有天堂、下有苏杭的温柔富贵乡，还忧愁的。孙华孙直怼张继，他说"不信江枫有客愁"，乘坐如此豪华奢侈的游船画舫，荡漾在水乡的碧波之上，犹如画中游，还有江边枫树来凑兴，何愁之有？你看那身边的画舫上豆蔻少女蛾眉清扬、风情万种，纤纤玉指配合樱桃小口，正在吹奏凉州曲呢，满天月华和潋滟波光，简直不要太美哦！孙华孙的心情好到了极点，一切在他眼里都温柔可亲，都妙不可言。这个快乐的诗人简直想不到张继的丝毫忧愁，果真是一切景语皆情语。

读孙华孙的诗，总感觉他在偷懒，原创太少，引用太多，但是这种引用似乎已是历代诗词大家们的惯例，用得好便出神入化超越原版，后世反倒能记住引用的句子，事例太多不再赘述。这首诗里边引用了很多人的诗句。张继无疑是他写诗的直接模板，李白、王之涣的诗歌意象也被他化用进来。所以这首诗依托张继原诗构成了一首表明自己欢快、愉悦心境的诗。诗中"二八蛾眉双凤吹"句，我很是喜欢，美好、纯净的事物谁不喜欢呢？感觉与"豆蔻梢头二月初"的句子有异曲同工之妙。美丽的少女，那是未经世俗污染的人间尤物，看一眼便觉美好，让人神清气爽。

提到蛾眉，便能想起古代女人们化妆的讲究，大概不亚于现代美女们的整容化妆技艺。光是眉毛的画法就有好多种，远山眉、卧蝉眉、蛾眉、柳叶眉等。"懒起画蛾眉，弄妆梳洗迟"，多么婉约慵懒的美。远山眉，更是水墨画般含蓄隽永，韵味悠长。"水是眼波横，山是眉峰聚。"山水可亲，美人可比，加上满天明月，大地清辉，笛声悠扬，江南撩人夜色直教诗人乐不思蜀。

然而，喜庆欢快的孙华孙版《枫桥夜泊》到底没法跟愁断肠的张继版《枫桥夜泊》相提并论。是模仿的错，大概还是情感力量的差距。

一切都会过去
——读铁凝《无雨之城》

当官的步步高升，被抛弃的被改变后继续生活，蝼蚁般的小民呜呼哀哉。几个不同的家庭，几场不同的纠葛，随着枢纽人物车祸丧生重归安宁。一场风雨之后，生活的小船好像在风平浪静中继续悠悠荡荡。这大概就是现实生活中绝大多数人的日常生活写照。这是铁凝的《无雨之城》所讲述的内容。诗意化的语言，平缓温和的叙述节奏，夫妻、情人、闺蜜之间微妙的或公开或私密的情感故事，读来如同生活的一个横断面。

常务副市长普运哲爱上了杂志社离婚女记者陶尤佳，市长老婆拍照抓把柄以巩固自己原配的地位，不料底片落入鞋厂技术工人白以鹤之手。在升迁市长和市委书记的官道上，市长原先的信誓旦旦变成了对女记者的左躲右闪。原先想以照片威胁老公维持家庭的市长夫人，开始了一段漫长的维护家庭、维护官运亨通的老公的保卫战。在满足了底层技术工人白以鹤买空调，送女儿白银上贵族学校的愿望后，不料白以鹤骑自行车被大货车撞倒后身亡，市长夫人的威胁解除。原先承诺和陶尤佳结婚的市长，其誓言烟消云散。老实巴交、毫无情商和审美观的市长夫人在迎来送往的频繁接待中，变得聪明、世故、圆滑，重新赢得丈夫的赏识。而胳膊骨折的陶尤佳，经历了一场欺骗后重归自己的生活轨道。

小说的风格是温和的，在矛盾冲突看似不可调和时，并没有你死我活的血刃相见，但却有搅动心灵的力量。这是一种绵劲，女性作家特有的敏感和直觉。

小说中的男人个个性情鲜明，他们或阴险狡猾，道貌岸然；或贪得无厌，面目可憎；或逃避生活，故作高雅。比如小说中刻画的能力强、肯吃苦、脑子灵的常务副市长普运哲，在官运仕途上一路高歌猛进。但是对待他声称要和她结婚的陶尤佳，前后判若两人。他可以在开会的间隙像个孩子一样冲进陶尤佳的家里一解相思苦，他可以利用北京开会的机会带她幽会北京城。但是在竞争市长的时间里，对内，他不仅巧言骗娶了老婆的信任，安抚了她的心，还让老婆觉得自己做得很不光明，很对不起在家里客厅偷情的丈夫和陶尤佳。对外，他在陶尤佳跟前装模作样，甚至无中生有地吓唬她：老婆要到单位去闹，要把我们的关系公之于众。他利用陶尤佳对他的爱与信任，着实威胁了陶尤佳一番。他甚至把从石头上摔下来的陶尤佳丢在山路上，自己回外出调查的工作岗位。这一点实在是龌龊不堪，跟整篇小说普运哲的行事风格完全不搭。

再说白以鹤，他本是一腔怨气，在鞋厂当工人的老婆跟一个意大利技术员跑了，留下他和上小学二年级的女儿。他看见女儿捡回去的红色皮鞋，气不打一处来，几斧头砍出了夹层中的胶片，认出了男主角普运哲，从此就有了一条生财之道。他一次次地进入市长家，连饮料、啤酒都能装进口袋拿走。他让市长老婆买空调，让她帮女儿进贵族学校。在普运哲正式担任市长时，还想继续一步步敲诈下去，可是天命使然，他被车压死了。

读小说的整个过程，牵着我心的就是要看白以鹤与市长夫人如何了结这场只属于两个人的威胁与被威胁。没想到是这种结果，我感觉小说家有点残忍，白以鹤小市民之气严重，逮着一张底片就如同拿着了一把尚方宝剑，但是那都是生活所迫，一个为生活而生歹念的底层人物，也不至于死得这样惨吧。这是诅咒，还是小说家找不到合适的结束方式？

还有一个边缘人物，陶尤佳的舅舅，他擅长画西洋画，而且画的都是女性的敏感部位。这样一个大胆开放、擅画女体的画家，在男女之事上却天真笨拙得匪夷所思。陶尤佳的闺蜜、白以鹤的前妻、原省长女儿邱叶爱上了这个不修边幅、清高怪异的画家，想帮他打开一条售画的销路，他却觉得庸俗，降低了艺术品位，但是邱叶假借自己名义说他的画已经被宾馆买去，并给他三千八百元时，他显然高兴得走路都轻飘起来。

这就是小说中正面出场的三个男性，个中特点读者自有看法。

我倒是很欣赏邱叶，她虽不是小说中的重要人物，但是她的特点很突出，洒脱干练，能力强，理性思维发达。在陶尤佳面前，邱叶多次提醒她，看清一个人的真面目，不要上当。对待自己喜欢的画家，她毫不掩饰，并想方设法让他有成就感。对待朋友，她可以辞掉省政府的公职，下海做生意合伙人。她因为历史问题，被前任丈夫白以鹤无情抛弃，但是从来不怨恨。她可以单刀直入找到市长夫人，用两万块钱打开公司包揽工程的门路。

小说没有给邱叶和陶尤佳圆满的结局，她们的未来怎样呢？似乎不是本篇小说操心的问题。无雨之城注定干巴巴的，死气沉沉的，尽管小说中不止一次提到要加大绿化面积，绿化面积是衡量一个城市文明程度的标记。市长的办公桌上依然放着一盒薄荷糖，带给人清凉，解除来人的拘谨，甜一下来访者的内心。陶尤佳被甜过，之后被无情冷落了。设计院四十岁未婚女工程师被甜过，还有谁呢？

我喜欢铁凝小说的温婉谦和气质，再大的愤懑都如微风细雨般逐层化解，再多的仇恨都会在时间的推移中消散。小说中的人物从来不会歇斯底里，疯疯癫癫，大吵大闹，他们似乎不会采用极端手段，解决问题的办法都是怀柔策略。生活很苦，苦中也有诗情。比如，暗夜里路虎狂奔在山道上、山顶之上、大石板之上，赤身裸体的陶尤佳发疯般地喊叫，市长被动安抚，看似风刀霜剑，撕心裂肺，实则充满黑色的浪漫，小说家的头脑真是创造奇迹的熔炉。

生活的实质就是平淡的无风无雨的样子。那些让人焦头烂额的偶然事件终究只是某一段注定的小过节、小插曲。

一切都是瞬间，

一切都会过去，

而那过去了的都会成为美好的回忆。

回归心灵的花园
——读《大浴女》

《大浴女》是铁凝的长篇小说，于 2000 年首次出版。该小说主要描写了女主人公尹小跳的成长过程与情感历程。故事背景是"文革"时期和改革开放的新时期。这两个时期是政治、经济、文化以及人们的社会心理最急剧变化的年代。社会大环境下，人的成长和发展都被烙上了深深的印痕：一是对自身处境的抵死抗衡，二是对人生完美的不懈追逐，三是对至亲至近的人又怀着深深的妒忌或者是仇恨。粗略看过去，每个人在性格上都是有问题的，不能说是变态，至少都怀着隐隐的冷和桀骜执拗的特点。

小说重点写了四个从小一起长大的女性：尹小跳和妹妹尹小帆，唐菲，孟由由。除了唐菲，其余三个从小生活在一个大院里。她们一起玩耍上学，在苦难的年代中，聚集在擅长并热爱烹饪的孟由由家做美食、享用美食。

尹小跳，兜兜转转的情感，终成一个人的狂欢。

大学毕业后的尹小跳靠女友唐菲以色情换来出版社编辑的工作，后来当上了出版社副社长。尹小跳身边出现过三个男人：第一个是国内外知名导演加编剧方兢，他是尹小跳真正意义上的初恋，是她唤醒了他顶天立地的男性本色，但是他最终抛弃了她。后来他回心转意想继续和她生活在一起，但是已不可能。第二个是美国男孩迈克，第三个是和她青梅竹马的设计师陈在。陈在和学校教美术的妻子离婚，做好了一切结婚的准备，当他们如胶似漆的时候，尹小跳放弃了深爱的陈在，回归到自己内心的自在花园。她对谁都爱得真，谁对她都动了真情，可是总在他们三人中摇摆不定。如果说小说中前二人不会跟她有结果，但是陈在无疑是做够了铺垫，他们在一起有根深蒂固的基础，一切都水到渠成。可小说结尾忽然一个急转弯，转得近乎没有道理，之前所有的铺垫都归了零。在我看来，这是小说的一大败笔，为啥非要给青梅竹马、彼此深爱的人以无疾而终的结局？离开陈在的理由也太草率，陈在关心前妻风雨夜没有关窗，就这么简单，不足以驳倒尹小跳 12 岁就萌生出的情愫。12 岁那年，尹小跳因后悔给父亲写信揭发母亲跟唐医生的婚外情，趴在邮筒上痛哭。17 岁的陈在初次见她，并喊她：小孩儿，你没事吧？后来她骑自行车重重地摔倒，被住同院的陈在悉数看在眼里，她却忍痛无事一样哼着歌进了楼道。25 岁那年，在火车站方兢跟她分手，她哭得无着无落，是陈在安慰她并带她回家。陈在结婚的时候征询她的意见，她竟然祝福他。

更重要的是，当尹小跳把自己内心深重的负罪感一股脑儿倒给陈在的时候，这个看似与事件毫不相干的人，却也是"同谋"之一。尹小跳和妹妹尹小帆眼看着母亲与唐医生的私生子，自己2岁的小妹妹尹小荃跌进下水坑，10米外的她们没有去拉她一把，导致死亡。而无故敞开的井盖却是唐菲前一天晚上揭开的，陈在把唐菲揭开井盖的行为完全看在眼里，却没放在心上。

这个情节的安排着实高明，完全出乎我的阅读预料。其实一个小区院子，一个下水井盖的偶尔打开，完全是正常的，不足为奇。但在小说中，它是一场谋杀案的前奏，小说的重点人物因此事纠缠在一起，这个谋杀案就成了众人犯罪：唐菲妒忌舅舅有了孩子，她不想把仅有的爱被分割走，她太缺少爱，所以，她要事先揭开下水井盖。陈在看见了，却没有出于安全考虑去盖上盖子，或者上前询问为啥要打开。姊妹俩奉母命照看妹妹玩，眼看妹妹走向深坑却不上前拉住。尽管小说家把它洒落在小说的不同章节，相隔甚远，但是当读到这种安排的时候，让人眼睛一亮。

唐菲，靠着一股泼辣劲与现实的孤苦抗衡，终究是命运的牺牲品。

唐菲的母亲未婚先孕，死在了大变革批斗的舞台上。她和当内科医生的舅舅唐医生相依为命。上学期间她遭受一帮男生的侵扰，干脆和他们一起混；高中毕业后进国营大厂当沙子搬运工，打算以情色换取好的工种，遭遇厂书记拒绝，但最终得到一份体面的轻松工作。再后来和厂里男士结婚，遭遇家暴后离婚，帮助尹小跳得到好工作，帮助前夫姐姐的孩子上好大学，自己却得了肝癌，孤苦死去。在省城副省长的办公室里，她借着曾经是他的下属职工，直截了当地说要给前夫姐姐的孩子选一个理想的大学，省长拉着她的手责怪她年纪轻轻抽烟太凶，二人心照不宣地

253

觉察出父女关系：女儿是将死之人，父亲却位居高官。小说借助遗言的由头，坐实了原先的国营大厂书记，到后来的副省长，就是唐菲的父亲。可是这个看似桀骜不驯、天不怕地不怕的孤儿，终究没能战胜她活着的世界——找到自己的父亲，过正常女孩到女性的生活。

唐菲在三十几年的生命里，饱尝了人世艰辛和苦难，以女孩儿柔弱的躯体踩着刀尖，强作无坚不摧，为活着孤军奋战，终究被命运打垮。这是一个彻头彻尾的牺牲品，她被不负责任的父亲丢弃在人群中，延续着母亲难以承受的活罪，叫人万分心疼。不知道小说家如何忍心让这个女子的人生这般不堪。

曾经帮助唐菲换工作的厂书记大概早就感觉到女孩与自己的关系，却终究畏缩于权力的大手之下，这个权力是建立在牺牲一对母女的命之上的，甚至可以说搭上了唐菲舅舅唐医生的命。这个独身的男医生因为姐姐的事情低人一头，抚养姐姐的遗孤，最后在众人偷窥欲极大满足的追赶之下，从锅炉顶端一跃而下，一丝不挂地离开那个荒凉冷漠的世间。

在浑浊的水中，如何能洗清自己，保持蓬勃的生机，保持对生命的尊重？油画《大浴女》，描绘的是生命无限自由、无限蓬勃的欢欣。现实中的"大浴女"，她们经历了昏天黑地的社会大变革，心灵留下了深刻的疤痕——多疑敏感，追求完美，却又千疮百孔。百转千回的人生，总有那么多的不尽人意。可是那颗心将在何处歇脚，谁又知道呢？一切都消散了吧，死的死了，远走高飞的远走高飞了，那个固守故土的她，只能走向自己给自己开辟的那片心灵花园。或许这个花园谁也进不去，她也走不出来了。

"在每个人的心中都有一座花园的，你必须拉着你的手往心灵深处走，你必须去发现、开垦、拔草、浇灌……当有一天我们头顶波斯菊的时候回望心灵，我们才会庆幸那儿是全世界最宽阔的地方，我不曾让我至亲至爱的人们栖息在杂草之中……"

纵是戛然而止，也要千古一活
——读2023年第4期《作品》之《戛然而止》

《作品》2023年第4期阿成的短篇小说《戛然而止》是由三个独立故事构成的。三个小故事都以主人公名字或绰号为题目：曾抗美、老布鞋、大裤衩。三种不同职业、不同境遇的底层人物，代表了三种人生，诠释了生命的跌宕和无常。人生不能预设，会遭遇什么都是预料之外，或显赫高光，或引入烟尘，终归难逃宿命，这是对生命形式的素描，是人生难以掌控的无声叹息。戛然而止，便是生命真实状况的典型呈现。

小说不纠缠于细节，不沉醉于心理刻画，用勾勒的线条描画出三个或者更多人的生命轨迹，娓娓道来，却留有空白。或许人生没有那么复杂，就是这样的粗线条，这样没有预谋地在人世间走一回后，忽然休止。曾抗美，在铁路上烧锅炉差点炸毁火车，辞职后去上了创作班，省钱买古董后开古董店，而后在微信群里边当了老师，带领一帮青年创作、讨论诗歌。他自己俨然太上皇，受到群里成员的吹捧和尊重。但是，因为患有严重的糖尿病，而自己又不检点生活，到最后，树倒猢狲散，微信群沉寂，没人知道他的下落，一个曾经坚持梦想、看似风生水起的文化人、古董商就这样戛然而止。正如小说中的一句话：岁月是一个谜，人生也是一个谜。

三个故事中，此篇内涵最丰富，类似于复调小说。通过曾抗美和"我"的对话，我们还能窥见其父亲半生的蛛丝马迹。父子不和缘于儿子养狗，父亲恨狗缘于抗美援朝战场上，亲见美国犬咬死战友,因而对儿子领养的狗也显得极度反感。父亲对曾抗美教育严格,动不动就暴力相加,没有过多的语言沟通和交流。更为匪夷所思的是,父亲的葬礼上没有哀乐,竟然是《志愿军进行曲》"雄赳赳气昂昂跨过鸭绿江"的豪迈音乐。儿子终究是爱父亲的,这种爱其实是一种对真男人的敬仰。如此宏大的历史事件,小说家寥寥数笔足以见证一个时代人的精神境界和品格,父亲军人的形象便如丰碑一样立起来了。

老布鞋,原本是前途远大的大学生,莫名其妙地被打成右派后,变得酸腐粗俗,专聊他人的隐私。小说家在文本中说:他仍保持着旧文人那种桀骜不驯的样子,他是一个敏感的人,一个心网如丝的人。这样的人在经历了沉重打击后,神经不受伤是不可能的。"有几个人能把握住自己的命运呢?我们都是俗人……看似很小的事情,也可能让你不能承受之轻。"时位之移人,原本可以有质量、有厚度的人生,在关节点上出了岔子,之后便会改变方向。这是个沉重的话题,小说家只通过一个人的改变来暗示一个历史事件的沉重,是时下环境所致。老布鞋还活着,戛然而止的是雄心壮志。大概他还是幸运的吧?有多少老布鞋可能呜呼哀哉。

大裤衩是个东北女人,先是出门打工,因为跑步快,体力好,被招进冰球队。她退役后到了学校教书,之后遇上了彼此能看对眼的人,一个有点娘气、瘦小斯文的小学音乐教师。结婚生子后,二人到省城打工,男的当了托儿所男阿姨,大裤衩在药店当搬运工,之后干脆自己开药店,在省城买了两套房,儿子在英国留学。风风火火大半生,一切看似都顺风顺水,自己却悄无声息地死于心肌梗死。生命无常,命运捉弄,底层人的宿命,谁能逃脱?生命是奇迹,也是千古之谜。来日方长只是熬煮生活的过程,无法预知的每一天都是绝版,戛然而止大概是常态。

总览此三个小故事,我们看到了宏大历史事件下个体生命的生存状态。被时代裹挟，却要挣扎着活出自我，但是在滚滚车轮之下，个体生命终究宛若蝼蚁。过程是精彩的，结局是惨淡的。"世界虐我千百遍，我待世界如初恋。"明知生命无意义，还是要为生命而奋斗，奋斗的过程就是意义，所以不必内卷，必定来世一遭，总要干些事，总要看看。像大裤衩一样，叱咤完自己的一生，小说家赐予她最后的告别语：大裤衩千古！所有披荆斩棘、不甘命运、努力生活的人千古！

（刊发于2023年《作品》第9期）

孤独永恒，找寻永无止息
——读刘震云《一句顶一万句》

没有宏大主题，目光放低，把笔伸向普罗大众，看见小人物的生存状态和精神困境，写他们的生活、家庭、人际关系，以及自我突围。这是读刘震云长篇小说《一句顶一万句》后的整体印象。这部小说分为上下两部分，上部《出延津记》12章，下部《回延津记》10章。上部《出延津记》，重点写小说主人公杨百顺经历诸多事情后，离开延津，去寻找跟人私奔的老婆，路上弄丢了唯一跟自己能说上话的五岁养女巧玲。下部《回延津记》，写巧玲的儿子牛爱国继续寻找跟人私奔的妻子以及曾经爱上又逃避的情人，又回到延津。长辈走过的路又被后代踏上，宿命的轮回在人世间重复上演。牛爱国带着找到情人章楚红问清楚"一句顶一万句"的希望继续奔波在找寻的路上，没有结束和终点，无所谓希望和失望。或许，这也是人活一世的终极使命，祖祖辈辈无法替代：找一个灵魂的知己，解决人固有的灵魂孤独的问题。

主题：孤独永恒

"出延津记"和"回延津记"看似在讲杨百顺和牛爱国两个人的个体生存历史，细细品味，便会明白实际上是在讲人生而"孤独"的历史。"孤独"世代相传，难怪有评家说《一句顶一万句》是中国式的《百年孤独》，是用传统的中国故事，用简约的现实主义写实笔法完成了类似加西亚魔幻现实主义的叙述。在一地鸡毛的个体生存环境中，每个人都在为自己争取话语权和存在感，都想给灵魂一个安顿处，但是不管怎样努力，无论有多大的梦想，经历过怎样的折辱或者委屈，终究难以达到肉身与内心的和谐。

生活看似跟过去有天壤之别，但是人的精神世界依然丰盈不了多少，物质的空前富裕繁盛与精神的富足安乐永远是两回事。在高科技带动的时代车轮中，底层大众有很多类似杨百顺和牛爱国类型的迷茫的人，他们在不停地寻找梦想，用尽各种各样的方法，依然找不到出路。草根阶层，竭尽全力想要成为与众不同的人，何其不易。想要突破重重壁垒，找到与己心灵契合、同频共振的知己，在多变曲折、缠绕纠结的道路上苦苦挣扎，依然被前无古人后无来者的苍凉包裹！然而，还活着，找寻就会继续！人生短暂，孤独漫长，找寻无止境。

"世上的人遍地都是，说得着的人千里难寻。"

看，这就是人生终极孤独的悲哀！

"话，一旦成了人与人唯一沟通的东西，寻找和孤独便伴随一生。心灵的疲惫和生命的颓废，以及无边无际的茫然和累，便如影随形地产生了。"

子非鱼，安知鱼之乐？子非我，安知我不知鱼之乐？心灵、视界千差万别，谁是谁的谁？沟通，需要双向互动。你想说的，未必是对方想听的，对方想听的你未必想说。隔膜，就这样一层层加叠，终究，我们活成了百年孤独。

1. 虚假的婚姻，何以安顿？

一代代人凑合的婚姻，毫无信赖和情分，似乎就是上辈有仇、今生报仇一样，千疮百孔，啼笑皆非。

吴香香的老公去山西贩卖大葱，跟人发生口角被人杀死，之后吴香香搬出婆家，用婆家的店铺开了馍店。为了生意红火多挣钱，和在县政府为县老爷种菜的杨百顺结婚，吴香香很势利地认为可以沾丈夫在县政府上班的光，大赚一笔。没想到热爱种菜的原县长被撤换了，丈夫也被热爱行伍的新县长赶了出来，倒插门的杨百顺在吴香香眼中完全成了废物。吴香香和馍店隔壁银饰铺掌柜老高厮混，事发后二人干脆私奔，吴香香奔赴爱情，抛弃了五岁的亲生女儿巧玲。

杨百顺的闪电婚姻，他还没反应过来是怎么回事，就已经是鸡毛乱飞，遍体鳞伤。唯一的赚头是得了个能说上话的五岁养女。他就带着这个养女踏上了堵人口舌的虚假的寻妻路，谁料到女儿还被信赖的旅馆同住者拐跑了，可怜的五岁女儿被倒卖三次手，终于落定在无儿无女的曹家，改名曹青娥。她同样嫁了一个无爱无情的人家，生养了三儿一女。牛爱国是她第三个儿子。牛爱国恍若就是爷爷辈的杨百顺，他唯一的不同是原本有固定工作——工厂司机，但是因为迁就搞婚外情的妻子失掉了固定工作，开始了祖辈的逃亡路或寻妻路。

牛爱国和庞丽娜的婚姻，恰似杨百顺和吴香香的婚姻。所不同的是，牛爱国曾经失掉自我挽救过这段婚姻，但终究失败。庞丽娜继续私奔，牛爱国继续假找。

有孩子又能如何？巧玲被生母抛弃，牛百惠也被生母抛弃，孩子挽救不了家庭，夫妻之间依然是逃亡和寻找，只不过逃跑是真逃跑，寻找是假寻找。婚姻的真相是什么？现代人做得比较体面而已。

2. 脆弱的友情，找个能说上话的人比登天难。

"一个人的孤独不是孤独，一个人找另一个人，一句话找另一句话，才是真正的孤独。"

小说中的人物都希望找一个能说上话的朋友，找一个能够灵魂相依的人，最终都失望至极。连原本自以为的朋友都是虚假的，每个人都活得十分孤独。卖豆腐的老杨即杨百顺的父亲，自以为和赶大车的老马能说上话，是朋友，到死去前才明白，老马根本瞧不上他，也只能无奈地自我解嘲：一个胆小如鼠的人还看不上我，我他妈还看不上他呢！一辈子不拿我当朋友，我还不拿他当朋友呢！

牛爱国和冯文修是从小玩到大的朋友。牛爱国参军时，冯文修对他说："不管你到天南海北，咱俩好一辈子。"几年后，牛爱国转业回家，两人依然像以前那样，感情很好。他们天真地认为，任何事情都不会破坏他俩的友谊。

牛爱国的老婆出轨了，心里堵得慌，便去找冯文修喝酒，酒后说了很多心里话。

不久，牛爱国去冯文修的肉铺买了10斤猪肉忘了给钱。当晚，冯文修的老婆就来到他家要钱。钱是给了，但牛爱国心里有气："这么多年的交情了，难道还抵不过10斤猪肉？"

第二天，郁闷的牛爱国向别人吐槽了这件事，话就怕传递，一传二、二传三就完全变了味。传到了冯文修的耳朵里，就成了是非。冯文修心里非常难受，喝了些酒，借着酒劲把牛爱国向他吐露的心里话都说了出来。

好事不出门，坏事传千里。

从此，两个发小形同陌路，原因就是10斤肉而已。

3. 冷漠的人情。

杨百顺出身贫困，不论是父亲，还是亲兄弟，都很少和他说话，更别提掏心窝子的肺腑之言。表面上他家里人丁多，但实际上感情很冷漠。他所接触到的人，没有一个看得起他，所以他的朋友很少，没有一个能说话的人。

他跟着老曾学杀猪，老曾的老婆经常找理由扣他的工钱；跟着老蒋学染布，染坊的工人没有一个真心对他；跟着老鲁学破竹子，因为工作时声音太大被辞退。就这么一个不受人待见的人，却在一次戏剧表演中得到县长的赏识，后来就被调到了县政府工作。

不停地更换工作，实际上是在调整生存的困境，企图寻找一个更适合自己、更舒服一点的饭碗，然而种种不如意如影随形，这不就是底层人的生存困境吗？工作劳累，遭人算计，还被瞧不起，活着是真的难。阴差阳错地进了县政府，当起县太爷的种菜工，暂时扬眉吐气了。芸芸众生的势利眼和势利心思齐聚爆发。

从此之后，他的生活发生了天翻地覆的变化。

修鞋不要钱，街坊邻居见了主动打招呼，如果谁手里有拎着东西的，一定会分给杨百顺一点，就连馍坊的女老板都主动招他入赘。

杨百顺突然感觉阳光很温暖，空气很清新，周围的人个个语气客气，面孔友善。这些人都是看在"县政府"的面子上对他礼貌相待。

不久，县长倒台，杨百顺被赶了出来。周围不再有挂着笑脸的众人，补鞋的老头也不准他赊账，更是被姜家人打了一顿。

趋炎附势、小人得志的市井众生相活灵活现，风光背后的人情凉薄更让人唏嘘不已。

谁都走不进谁的心里，掏心窝子的遇上虚与委蛇的，看似彼此需要却又深深防范。那条人际的鸿沟或者说心理层次的永不对等无法消弭，孤独便层层加深，谁都在人群里怀着各种生活或者精神的困境，匆匆忙忙地穿梭寻找，疲倦而迷茫。

主人公杨百顺和牛爱国：

《一句顶一万句》可以说是对底层农民、手工业者、小商人的集体亮相，他们扎根在河南延津这块具有浓郁乡土风韵的土地上，行走生存，各具情态，形象鲜明。上下部两个主人公杨百顺和牛爱国，他们遭遇多变，把每一种磨难似乎都经历了一遍，生命顽强，命运多舛，最终依然在寻找的路上不得停息。他们两人都能吃苦，都遇上了妻子私奔的难事和丑事，都不得已踏上寻妻路，却在路上阴差阳错地节外生枝，经历心理和身体上的双重折磨。杨百顺一生坎坷，一点也不顺，先是在读书的问题上，被父亲老杨用抓阄的方式断了上学路；接着尝试不同的工作，在短短的几年时间里干过许多活计，开始跟他爹老杨在家做豆腐，豆腐做了一个月，就跟老杨闹翻了，16岁离家出走，剃头、杀猪、种菜、挑水、扛活、蒸馍样样干过。在生活的浪潮中杨百顺被动地改写着人生：信主后，教主老詹把杨百顺的名字改作杨摩西，倒插门后名字就变成了吴摩西，最后改为罗长礼。

当生活磕磕绊绊、支离破碎、毫无安全感的时候，人谈何信仰？活下来，稍微活得体面一点，都很难。所以杨百顺从小喜欢喊丧的罗长礼，他觉得那一喊大概可以把心底压抑的晦气浊气完全吐出来吧？经历了那么多，他最终把自己的名字改成罗长礼，完全失去自我。因为一辈子唯一能说上话的养女巧玲丢了，他就再也没有什么了，他死在寻女的路上，是为解决心灵孤独而亡。

牛爱国的命运应该比杨百顺好一些，至少他不用从事那么多工作。他会开车，跑长途，为妻子庞丽娜做得一手好菜，在城郊租了房子，有母亲巧玲（被倒卖后改名曹青娥）时不时含蓄地开导他，给他战胜困境的力量；有一个能说得上话的姐姐牛爱香；而且曾经有一个愿意跟他私奔的情人章楚红。他最后是踏上了寻找情人章楚红的路。牛爱国发生这些事的时候35岁左右，比杨百顺大了十几岁。

两个主人公都给人身强力壮、百病不侵之感，尽管小说中并没有专门对他们的身形进行描述，但是在他们经历这么多难缠之事上，读者完全可以感知到：他们体格强壮，面容成熟而沧桑，风尘仆仆，粗衣烂衫，一副与生活抵死抗衡的模样。

市井人物群像图：

主要人物之外，小说中出现了若干次要人物，刘震云以不多的笔墨稍作点染，就能够使人物立起来，留给读者的印象同样是难以磨灭的。先说集镇上各行业的手艺人。

老一辈的杀猪匠老曾、卖胡辣汤和烟丝的老窦、赶大车的老马、弹三弦开染坊的老蒋、竹业社的老鲁、看相的瞎子老贾、喊丧兼做醋的罗长礼，还有泼辣的女人吴香香、庞丽娜，小说人物不一而足，他们各有各的招数和绝活，性格迥异，都十分有个性。路边饭店老板李昆的小老婆章楚红，作家虽然用的笔墨很少，出现在他笔下的无非是她与牛爱国之间的相爱，以及通过他人之口转述的她跟丈夫李昆之间毅然决然的果断分手过程，但一个热情似火、敢爱敢恨、处事干脆利落的青年女性形象已经跃然纸上了。再比如小说一开始登场的卖豆腐的老杨，虽然很早就退出了读者的阅读视野，但刘震云通过对他与几个儿子之间关系的描写、他与所谓的"老朋友"老马之间关系的描写，寥寥数笔，就把一个遇事总是优柔寡断、缺少主见而又患得患失、目光短浅的农民形象鲜明生动地塑造成功了。这一组人物群像的成功塑造，是小说家对乡村人性世界的精到把握，更是作家深厚的艺术功力的呈现。

这有点类似《创业史》开头的人物群像画卷，柳青用大镜头刻画了饥荒年代逃荒的村民们齐聚村口的大景象，每一个人都是独立的鲜明的个体，他们不同的表情和穿着共同组成一个时代的缩影，像是一幅旧中国的古旧长卷照片，也或者类似于《伏尔加河上的纤夫》那样的怀旧的油画，定格在一个时段、一个地点，古香古色，每每想起都能震撼心灵。在《一句顶一万句》中，人物数量庞大，人物关系驳杂，故事情节热闹，但是在时光的洪流下个个渺小，他们的命运底色灰暗，内心被荒凉充满，活着就是和孤独拼死抵抗。

叙事方式：

拟话本的叙事方式，从一条线索捋出另一条线索，节外生枝，枝上再生枝。在故事行进中，看似顺着这根线走了，走着走着那条线上的人自然就出现了，这时候，你会忽然醒悟：咦，我怎么把这个人忘记了？可见小说的情节在语言的推动中十分精彩，以至于很长时间那个人没出现你都不会在乎，但是作者不会写丢，他把那人藏着呢，需要的时候自然就出现了。这就是"草蛇灰线，伏脉千里"的笔法吧。小说一开篇先讲杨百顺的爹与赶大车的老马之间的关系，扯出了镇上铁匠老李的故事，而这衍生出的故事里，又扯出老李与母亲之间的纠葛，那么长的篇幅，只是为了说清一句话——卖豆腐的老杨和赶大车的老马"不过心"，或者说，"老杨跟老马过心，老马跟老杨不过心"。语言就这样肯定再否定、否定再肯定地缠绕着，越缠越深刻，最终凸显的是小说家想要强调的重点。这是典型的中国世情小说的叙事模式，如小说中所言"每个事中皆有原委，每个原委之中，又拐着好几道弯"。所以语言也拐着弯呢，整部小说中这种语言模式随处可见。这是刘震云此篇小说的一大特色。

因果轮回的观点论。小说的上下两部：出走和回归，构成一个圆形的呼应结构。小说的内容也是围绕这一结构行走，话多和话少，有话和没话，虚虚实实，这些看似悖论的观点纠缠在一起，构成一个祖辈和晚辈生命的循环轮回。剃头的老裴在要杀娘哥的路上救了杨百顺,而杨百顺在杀赶车老马的路上则又救了来喜,杀人和拯救很自然地构成一体。"一句话"和"一万句话"更是以对立的形式遭遇。牛爱国就是想问章楚红没有说出的那一句话是什么,他不辞辛苦地满世界找她去了。事物总是以一种悖逆的方式与我们谋面,瞬间和永恒,坚持和放弃,离开与回归,记忆和忘却,相互对立又彼此依存。

　　写底层人的生存状态,刘震云是非常在行的。《我不是潘金莲》,是一部女人对个体命运的反叛史,是向男权社会的抵死挑战。虽然终究一败涂地,但是那种捍卫自我尊严的精神真给女性朋友长志气。《一地鸡毛》是对饮食男女生存困惑的集中体现。《一句顶一万句》作为男性的主人轮番出现,他们在这个世界上打拼,想要找一个说话的人,想要找一个心灵相通的朋友或者说灵魂的伴侣,难上加难。而女性在这部小说当中绝对占了优势,是对男性猛烈耳光的回击。你没有出息,你没有走进我的心里,你不能给我灵魂上的安慰,那么好,我不管不顾,我去私奔。哪怕摆地摊过得狼狈不堪,我就要离开你,我就要和我心理上爱的人一起(吴香香和银匠老高)。但是反叛也好,救赎也罢,大部分人生活在这个世上就是孤独的,就是灵魂无依的。所以,这中国式的百年孤独,是对生命终极生存状态的概述。在地球生物界中,大概人类是最感孤独的一族。不说过去,单说现在,这种孤独何止百年?这种孤独,在信息高级发达、男女关系解禁的今天,显得愈发孤独。被物化的时代里,忠诚、真诚和发自内心的善良都成了稀缺品,表面上一团和气,实际上又是如何的呢?"长的是磨难,短的是人生。"人只能怀着卑微的愿望在艰难的境遇中求得无奈自嘲的心理满足,尽管"一地鸡毛",还要认真执着地过完这一世。"生活虐我千万遍,我待生活如初恋。"尽管生而孤独,寻找依旧没有止境。

机村的拉加泽里和达瑟
——读阿来《空山》

阿来新作《机村史诗》第六部《空山》，讲到了一个植树造林的青年村民拉加泽里，他在林场门前用景区搭戏台弃用的钢材、木料搭建了一个空旷的门廊。这个门廊自发地形成了机村的酒吧，视野开阔，空气通透，是村民们欣赏峡谷、草地、村庄风景的窗口，茶余饭后的新闻传播中心，更是村民们怀旧聊天的休闲场所。《空山》这部小说就以这个酒吧为中心辐射开去，把老、中、青几代机村人和机村的过去、现在以及未来糅合在一起。新旧观念的冲突，传统与现代的碰撞，都由此展开来叙述。整部小说中最有亮点、最有故事又最像个符号般的人物，在我看来，除了拉加泽里，就是老一辈的农民达瑟，他们一老一少互为补充，构建起机村的文化符号。如果说达瑟类似于一个神秘的预言家的话，拉加泽里就是现实中的一个传奇。他们两个人的经历和气质都充满了神秘感、神圣感和温暖的人性美，传统的乡亲理念和现代的新观念恰到好处地在他们的性格中达到统一。

在小说中看到拉加泽里的时候，他已经承包了林场，以林场的厂房为基础，以栽树为生存的意义。小说中陆续交代他植树造林的资金来源和初心，当年开茶馆的李老板临死前把一生的积蓄托付给了监狱中的拉加泽里，希望他把这笔钱捐给植树造林的人。出狱后的拉加泽里承包了县里的林场，用这笔钱雇人栽了好几万棵树。村里人笑话他是赔钱的老板，但是这个他不想开而开起来的酒吧却为他赚钱。

拉加泽里是一个自我救赎的植树造林英雄。他曾经在修建峡谷景区的临时小镇上开过补轮胎小店，参与了砍伐树木的队伍，也和同村更秋家老五打架进了监狱。出狱之后，他唯一的心思就是植树造林。等他绿化了峡谷的山脉，满山绿起来的时候，双江口的水库要修起来，他植的树有一大半将被淹没。他要恢复被炸毁的拉嫫措湖，却挖出了千年古村落遗迹，这是机村的前身，巧合的是，机村要搬迁上移，过去、当下和未来就打通了。机村的命运在不断改变、不断翻新，最终离不开先民遗留的"根"。

达瑟是一个颇具传奇而神秘的人物。拉加泽里林场跟前的酒吧是他鼓动逐渐形成起来的。此后这里就成了村民们的活动中心，也成了外来游客进峡谷景区必到的地方。他曾经在民族干部学校学习，和当今的副省长是同学。中途退学后他把大量的书藏到树屋上面，后来因为乱砍滥伐，树木被砍伐掉，他就把书藏了起来，直到死也想不起把书藏到何处了。小说最后讲到在机村的下方双江口要建设一个大的电站，整个峡谷村落机村是淹没区，机村人为了获得更多赔偿，家家加盖房屋。正在村民们准备大干一场的时候，达瑟家的房子一面高墙垮塌，达瑟那些百科全书以及日记才从墙的夹层里边漏出来。因为这面墙的垮塌，村民们集中为达瑟加盖房子而停止了各自的房屋加盖，也由此避免了和政府拆迁政策的冲突，保住了机村在县里当干部的几个人的饭碗。

达瑟就是机村人基因传承的代言者，他知道机村的过去、现在，甚至似乎已经预知到了未来。他写的古歌唱红了机村年轻一代的古歌三人组。我们没法看透他的人生，印象中他仙风道骨又破衣烂衫，长髯飘飘又少言寡语，连他的死都是自然死亡，是喝着山泉水结束生命的，而且是天葬，不留丝毫痕迹在这个世上。看不透他的人生就像看不透以机村为代表的藏民习俗和藏文化基因一样。在这个村子里，老一辈的人都是有仇恨的，但是仇恨过后他们又亲切如初，彼此成全。老一代经历了波折之后回到了机村，新一代唱着摇滚乐涌向了大城市，混杂在新生事物里边。机村代表了中国广大的农村，大概这也是世界各个农村的命运。在新旧交替之间，在新事物的冲击下，传统渐次消亡。人们的生活日趋好转，但是在一路前行时也一路丢失一些东西。

在我看来，阿来正是以《机村史诗》为焦点反映了大时代之下广大农村的命运和现状。环境的破坏与修复，在改变和固守之间的难以取舍，革故鼎新时人们的复杂心理，富裕后的若有所失等，不一而足。所不同的是在《空山》这部书的叙述当中，他一改《尘埃落定》中故事的密集性和新奇性，更多了一些平和的日常琐碎的谈话，更多地叙述机村人的日常生活。在谈话中我们渐次明白了老一辈人与人之间的恩怨情仇，新生代对外界生活的融入以及追求。所以小说的故事性并不那么强烈，叙述也并不显得紧凑和干练。由此，我宁愿相信这是一部非虚构小说。

不管你排斥还是融入，时代终究是滚滚前进的。正如达瑟日记中的话："这么凶，这么快，这就是时代。"达瑟还在日记中写了一首歌词：

雨水落下来了，落下来了！

打湿了心，打湿了脸！

牛的脸，羊的脸，人的脸！

雨水落下来，落在心的里边——和外边！

苍天，你的雨水落下来了！

这雨水是甘露还是泪水？这泪水是喜极而泣还是悲痛难耐？纷杂的情绪所有的经历者都能够体验。这首已经唱红了的机村年轻一代人的古歌在确定了作者后，被付五千元买断，从此机村的老一代人和新一代人便隔断了联系。

机村深山峡谷中觉尔郎景区的开发，下端双江口水库的建设，曾经的金野鸭湖底部机村老祖宗遗址，这些新旧事物的交叠出现，好像是在大时代中机村人的宿命。水位上涨，机村搬迁到祖宗遗址上去，这似乎又回到了原点。小说结尾，诗一般的峡谷雪景覆盖了机村，真有《红楼梦》的结尾，白茫茫大地真干净的虚空感。

评论家说《机村史诗》一共六部，是花瓣式结构，我想《空山》便是这花瓣结构的最后一瓣，对这花瓣做了一个完结。在时代的潮流中，一个村庄在传统和现代的夹缝中间如何续存？伤痕累累后又如何修复？一代又一代的村民，他们如何坚守祖宗的传统，又如何容纳新生事物，这大概是作者抛出来的思考题吧？

（刊发于2020第5期《西乡文艺》）

最后一个祭师
——读阿来《云中记》

评论家根据内容给文学定了不同种类，其中有一种是灾难文学。阿来2019年4月出版的《云中记》，从内容取材来看应该属于灾难文学的范畴。2008年发生大地震，5年之后，云中村最后一个祭师独自一人回村祭拜族群的山神和安抚地震中丧生的村民亡魂。小说以他在因地震而成废墟的云中村的活动为轴线，借助祭师不顾移民回流的禁令，执意和云中村同消失的行为，对古老村落的习俗做了最深刻的巡礼，具象化呈现了新事物对旧事物的冲击、少数民族地域文化的消解与瓦解。阿来不会简单粗暴地描述灾难过程，歌颂救灾中的英雄，也坚决不会以"感谢你，冠状君，你让我看到了××"等让人肉麻恶心的语言来制造文学灾难。他把笔触伸向人心，去触摸血浓于水的亲情和根深蒂固的乡情；伸向少数民族村落形成的历史，去反观祖先精神和村庄的人们生活的状况，以小见大，让乡土文化的消融过程可触摸化，让笔下的祭师阿巴为自己代言，写就了一曲古老村落文明消失的挽歌。

灾难临头时，村民们的刚毅果敢、团结互助的本能精神和美好品德在村民的具体行为中得以呈现。村中祭师阿巴，地震中为自救断掉一条腿的央金姑娘，忘我营救村民的仁钦，他们都是普通农民，灾难到来时，他们条件反射般自发地自救或救人。在他们身上，我们看到人性自带的光芒。

地震发生时，央金全家三口都遇难，自己被压在钢筋水泥柱下一天一夜，有生命危险时，自断一条腿活下来，被救护康复后以独腿舞上春晚。之后她被公司包装设计，为了参赛给公司拿奖挣得名气，专门到云中村废墟上拍摄演出背景。面对残败不堪的故乡村落，她情绪崩溃，再也难以出色镇静地完成表演，后来拒绝消费灾难，住进移民村阿巴的房子里和村民们团聚。拼命救护伤者，并因行为果敢、眼光开阔而当上乡长的仁钦，是地震中施救者的农民英雄。作为祭师阿巴的外甥，他是小说的第二主角，他和央金共同映衬和完善着祭师阿巴的强悍人格。灾难发生时，人性的自私贪婪、邪恶丑陋的阴暗面也会暴露无遗，比如村中原先以偷窃发家的祥巴家，四个儿子三个在地震中丧生，活下来的中祥巴跟旅游公司合作开发灾区旅游项目——热气球旅游和汽车露营。热气球拍摄并在网上直播即将消失的云中村镜头，把围观一个古老村庄的消失作为销售卖点，在网上遭到一片骂声。但是最终面对残败不堪的地震现场时，央金和中祥巴都良心发现，悬崖勒马，没有再干辱没良心、旁观他人痛苦的龌龊事。

村干部面对信任危机时的果敢和真诚，是对时下乡村旅游业如何保持良好发展势态的一次现场观摩。阿来把视野聚焦现代，对于整部小说的主题风格不但毫无违和感，反而增添小说的时代性与生活性，对侧面烘托舅舅祭师的人格起到了无声胜有声的作用。正是因为他有一个心胸博大、善良敦厚，视乡邻为亲人的舅舅，才在灾难中成长为一个行事有大视野，责任感强，对人真诚的好乡长。地震后，仁钦被任命为云中村所在的瓦约乡乡长，负责灾民们的后续事务。一方面要安抚人心，让他们重拾信心，重新过上安定的生活；一方面还要重振乡村经济。在瓦约乡旅游开发旺季，一些当今常见的景区宰客事件频发。比如：农家乐把一盘普通野菜——野生鹿茸韭当二级保护植物，售价几百；有马的人家送游客上山，途中让游客下马步行；厕所脏乱差，收费者还态度恶劣；等等。这些现象在网上发酵后，造成恶劣影响，导致瓦约乡旅游业中断。因为舅舅阿巴执意回云中村而被停职的仁钦，再次临危受命，以身说法，带着乡干部进城搞新闻发布会，澄清事情真相，公开真诚道歉，并把村民们亲自采摘的野生鹿茸韭送给现场群众，从而扭转局势，恢复瓦约乡旅游秩序。

独腿舞者央金，敢作敢为、年轻有魄力的乡长仁钦，养活四个孩子、靠做生意维持生计的中祥巴，他们都是云中村的后生，是新一代的杰出代表，在他们身上有一个共同的衔接点：同一个祖宗阿吾塔毗遗传下来的血脉情感，他们是融进新时代的少数民族代表。老一代祭师阿巴是他们成长的见证者，也是大山深处村落传统文化的最后一个守护者。

一个村落就是一个集体，村民们朝夕相处建立起来的感情形成的凝聚力，在灾难发生后更加得以彰显。云中村地震中死去近百人，全村移民，海拔高度两千多米的村子即将整体坍塌下陷，那些失去的亲人成了远离故土的活人的永远牵挂。祭师便在死人和活人之间搭起一座血脉相连的亲情之桥，让死者安息，让活着的安心活着。

祭师阿巴被政府任命为非遗文化传承者，他上过政府组织的专业培训班，肩负两个任务：祭祀神灵和安抚鬼魂。前者是原始自然崇拜，与尊重和保护大自然的时代精神契合。安抚鬼魂也是一种感恩祭祖的传统。他带着这两个使命，独自上山回村生活了七个月，最后和雪山之下半山平台上的云中村一同坠入岷江。他身穿祭师服摇铃击鼓走访村中每一家，安抚他们的亡魂，并相信他们的灵魂寄托在了树上。在这个过程中,村子的历史、每户人家遭受的灾难、阿巴的前半生等小说必需的元素,我们都能明了。这是小说家的本能和匠心,避免了线性叙述的枯燥乏味,增加了故事的曲折性,满足读者阅读的期待和好奇心理。因为祭师的出现,我们了解到一个全新的视域——少数民族有宗教信仰的原始村落那种神秘感、生活的仪式感和凝聚力。由此,阿巴祭奠山神的片段变成了阅读中最具吸引力的章节。在神秘的祭奠山神的过程中,阿来不紧不慢,缓缓叙述,增添了无限的悲壮感,让人身临其境又倍感苍凉。

  在祭山神的程序里,"我是谁?我从哪里来?我该何去何从?"这样的哲学命题都被一一破解。一个村子的由来,古老祖先的智慧和生存的意志,对自然的敬畏和生活的无限情趣,都在祭师安抚亡灵的进程中一一呈现。因为发展乡村旅游,祭山神的时间根据村子耕种实情固定成每年5月15日,即山神节,类似于我们当今的油菜花节、茶叶节、桃花节等新兴节日。可是地震发生,事情被耽搁。阿巴在2013年5月8日回到村子,5月15日独自一人上山祭礼。按照祭山神程序,村民们那一天携儿带女排成长队集体出动,在山路上要放开嗓子对歌,歌唱大地万物。到达祭祀地点,点燃大堆祭火,火焰冲天连接天地,天神下凡与人同在。祭师摇铃击鼓,围着火堆跳祭师舞。祭师吟诵祖先阿吾塔毗的故事。接着是向山神献马一千匹(印着骏马的四方纸片,抛向天空),男人举着五彩经幡的箭杆向山上奔跑,冲上祭坛,在高高的石堆上扎箭,并跪在石堆下念石头上的八字真言。祭山神结束后,人们在草地上享用美酒美食,跳舞摔跤,比赛枪法,吃喝玩乐,尽情狂欢。在作家的描述中,一个信奉苯教的村落过往火红的生活历历在目。可是在地震中云中村死掉近百人,全村移民,村子即将整体滑塌的时刻,祭师的行为无疑是一场极端悲悯的法事,是人在自然面前的无能为力。村子因处在断裂带上,注定要塌垮消亡，千百年来的睦邻互助等约定俗成的民风民俗都无可依存，祭师阿巴作为被政府任命的非遗传承人，他"我以我血荐轩辕"，与废村厮守七个月，完成使命后与村子同消亡。不禁想到，在城市化快节奏的发展中，在科技无所不能的现代化生活中，我们的传统村落将何去何从？依附于厚重土地上的民风民俗将何去何从？

生长于康巴藏区的阿来，写出茅盾文学奖《尘埃落定》的阿来，正是凭着切身体验和观察，凭着对故土重大灾难的无限悲悯，凭着小说艺术的构思，向我们呈现我们所不知道的地域秘史，既缅怀过往又观照未来，在时代的语境下呈现不落窠臼的灾难文学范本，是一个优秀作家使命感的表现。

在伸进乡土内部的叙事结构中，阿来的细致足以让读者明白他语言背后的意思，但也正是如此，整本书的叙述显得冗长累赘，尤其是第一至第七天的内容，反复写祭师回乡七天内的经历，显得很是寡淡，这种叙述的事无巨细甚至超过《空山》某些部分的拖沓和重复。这或许也是阅读的先入为主——标杆式的参照物《尘埃落定》的精准诗话语言构建的缘故。但不管怎样，阿来的良苦用心和文字背后深层的社会隐忧超越了寻常灾难文学的范畴，其意义更博大，现实价值更深刻。

灾难文学不在少数。2003年非典之后，毕淑敏有《花冠病毒》问世，那是作为一个医生个体身处疫情之中的经历，其视觉重点依然在医护人员，而非遇难人群。薄伽丘《十日谈》，讲述了意大利的佛罗伦萨1348年发生了可怕瘟疫，昔日美丽繁华的城市变得坟场遍地，尸骨满野，惨不忍睹。马尔克斯《霍乱时期的爱情》，写了一个男人和一个女人在50年跨度中所经历的爱情模式，透过"连霍乱本身也是一种爱情病"的故事，描绘了一幅波澜壮阔的哥伦比亚历史图景。这些灾难终究无法和2008年汶川地震相提并论。毕竟，地震只是自然地理现象，并无丝毫人为元素。由此，阿来能够客观理性而又深情地讲述一个村子和它的风俗是如何消亡的，在整个消亡的进程中，展现偏僻村落人们生活的种种。最后一个祭师守护的是"根"，滑下去的结局是宇宙万物的宿命。正如阿来在扉页上写的，这是一部《安魂曲》，庄重而悲悯。

女性立世的哀歌
——读黄孝阳《一男一女》

《作品》2019年第1期刊发了黄孝阳的中篇小说《一男一女》。该小说以先锋文学的姿态，通过三个不同阶层相互关联的女性，给现代都市女性描摹了一幅集体画像。从外在的现象型生活切入，深层次探析女性处身立世的种种窘境，透过生活本质渗入式地架构女性艰难的生存状态。可以说，这是一首纷杂世相下女性命运的悲歌。简单的故事，无可选择的社会关系，艰难的人生囧途，作家以顺藤摸瓜式的故事脉络不断地蔓生枝丫，不断地荡开故事外延，在现实和魔幻甚至是江湖小说之间跌宕开合，自由运作。作家敏锐的视角、灵动的思维、新潮的语言，让故事弹拨出的弦外之音跃出故事内核，直抵世道人心。幽默、灵动的语言激流中，时时溢显出尖利深刻的刺痛感直搅得你身心疲累。迭出的新鲜感，枝丫横生的故事节奏，又吸引着读者不停地思考，不停地想要知道一个结果。可是，当你跟着作者的思路读下去，一切都没有结果。掩卷之后，个性分明的小说人物忽然变了个模样，全然不是小说阅读进行中的模糊样子，他们集体沐浴之后跳上了岸，抖落一身水珠，赤裸裸地站在阳光下，你看清了他们。三个性格迥异的男人，三个可怜可叹的女人，他们T台走秀般掠过眼前，你惊呼：原来如此！

"一男"的指向。

小说中的一男作为主角指的是小三劝退师赵高，也可指体制内官员省宣教处长刘法，还可指大学生赵勇夫，也是指社会混混胡某，或者就是所有的男人。小三劝退师赵高周旋于正妻与小三之间，靠三寸不烂之舌明拿工资暗提成，收入不低。小三劝退师，这个社会发展应运而生的职业，听起来有啼笑皆非、莫可言状之感，真是花花世界、无奇不有啊。劝退师在从业过程中，被小三饶美丽的处境深深触动，他恻隐之心复苏，对从事的劝退职业产生蔑视，放弃了这个并不光彩的职业。

刘法，代表着官宦之辈们，他们有体面的身份地位，在外可以享受前呼后拥的待遇，在家庭中却得不到相应的恭维、顺从，于是心有不甘，吃在碗里看到锅里，忘记家庭伦理道德，蜕掉正人君子的虚伪包装，以钱权为诱饵去猎艳。正当渠道得来的钱财不足以支撑包养小三的费用时，他们便会铤而走险，贪污受贿或者非法集资牟取暴利。刘法走的是第二条路——参与妻子同学操办的高利润理财，自己投资也充当捎客以期谋取中介费。毫无悬念的是，他想套狼，却被狼套。小说如果这样写下去，就如记录生活一般缺少新鲜感了。故事在此时一波三折，出乎预料：刘法之妻徐瑶的闺蜜陈丽娜一手导演了一场投资落空风暴，在她制造的弥天大谎事件中，暗藏在一对闺蜜内心深处的恋情火山爆发般发生。但你不能责怪她们的性取向问题，尤其是刘妻徐瑶，你不仅不会责怪她，还会深刻同情她。因为另有隐情，与徐瑶初恋的大学同学、怪癖冷漠的赵勇夫有关。如小说之言："不经历几个渣男，如何成长？"

赵勇夫是个大学生，这个人物名字极具讽刺，"勇夫"应该是顶天立地、无所畏惧、言必行行必果的。可是他却极端自私，外表强悍，内心卑鄙。为完成博士论文，他和女友一同外出考察环境状况，当女朋友徐瑶遭遇恶人强暴时，贪生怕死的他眼睁睁看着女朋友受辱，不仅不搭救，而且为自保也参与辱骂凌辱女友的禽兽行径。事情结束后，他还反咬女友不贞洁。徐瑶的初恋就这样噩梦般发生，大概这就是导致她性取向转变的原罪。小说中这个男人出镜不多，事发不久他就被女友的闺蜜陈丽娜推下天台坠亡，彻底退出了小说叙事。作者这一节采用反讽笔法，以青年男女初恋的惯常手段来着力刻画赵勇夫的"勇"和文字表达爱情的"魅"，在给女友的情诗中信誓旦旦表忠诚，而在现实中的危难关头他的行为和诗歌完全背离。作者显然对这种人充满鄙夷和痛恨，他实在是一个庸夫懦夫，是渣男。

"一女"映照的社会现象。

几个男人携带出的女人们恰是小说的主角。徐瑶的遭遇和饶美丽的个人境况的叙述，是小说的重点内容。饶美丽家庭不幸，父亲患癌症，弟弟有残疾，她是家庭顶梁柱，需要钱挽救父亲生命、养活弟弟。身为公司职员，她有机会接触到宣教部处长刘法，和他共处了457天，为给父亲治病要过刘法50万。当遭到劝退，她的唯一目标是要钱，否则就让对方身败名裂。无论劝退师怎样花言巧语，怎样动之以情晓之以理，她只有一个标准：达不到想要的钱数，就要让他身败名裂。在劝退师赵高反复劝说和看到他手机后，她动摇了。饶美丽的遭遇是很多职场打工女性的现状，她们中不乏为生活所迫而充当小三者，没有哪个心智健全、追求真爱的知性女会甘愿当小三。她们牺牲青春，插足别人家庭，真爱是难以产生的，出卖自己为了钱是真的。作家借饶美丽的遭际给予这部分女性充分的同情和悲悯。所以作家让劝退师放弃了这份职业，让饶美丽叫劝退师哥。这是作家给予弱者的希望之光，微弱却温暖，是对读者心灵的关照。

作家的人文情怀和悲悯情怀还体现在徐瑶身上。徐瑶不爱丈夫刘处长，她对男性无法产生真正的爱。按说她冷艳高雅，是现代都市白富美类型的女性，但是内心却被学生时代恐怖的梦魇锻造成豹子。她精神错乱般对丈夫讲自己和海明威的关系，那是噩梦般的过往在吞噬内心，她的伤口在疼痛。她的非正常行为，得到的是读者的怜悯与痛惜。

生于当世，每个人都他囿或自囿在固定的生活模式中，时刻保持着外在的体面稳妥，高贵甚至不可侵犯，内心与生俱来的小兽却无一刻安宁，左奔右突，纠结挣扎。皮囊和灵魂分离又依存，人就是一个矛盾的斗争体。刘法是不安的，处长的官位和包养情人的事实总归是危险的阴阳两面。徐瑶的人生是痛苦艰难的，她首先是强悍精明的官太太，在外得时刻保持精明漂亮的处事姿态，她要不露声色地赶走小三，维护家庭和自身地位。对内她是一个不将就的妻子，她要的男人特立独行、与众不同，具有冒险精神和强悍驾驭世事的魄力，但是丈夫生活习惯邋遢，她从内心瞧不起他，不爱他。她美丽高雅的长相下，掩藏着猎豹样的灵魂。美女遭遇过野兽侵袭，又渴望具有野兽般的威力。彪悍与柔弱在她的性格中达成和谐，她就是这样一个性情分裂的女性。

写实与魔幻的深层意蕴。

小说构建潇洒自如，切换无痕。运转自如的全局总控和细节诗意的舒畅表现，纵横捭阖的收放缓急都精妙天成。插叙、伏笔、铺垫等文学表现手法，作家用得十分精巧。劝退师和工作对象的故事，完全是对现代都市众生百相的浓缩写法，现代城市的浮躁匆忙，通过男主人公赵高的眼睛和语言呈现出来。校园写情诗谈爱情，以及情侣结伴而行的场景类似于青春小说的桥段，作家写得文艺范儿十足，诗意涌动。这些小说骨干内容基本是写实笔法，写实中以插叙讲述徐瑶的初恋，与陈丽娜"遇难"的现行故事两相对照，镜头切换，二人的遭际对比又为后文隐藏着的恋情爆发做够了铺垫。闺蜜之间的这种感情，作家在行文中时有埋伏。其一是大学时期，徐瑶和赵勇夫走在一起，并不是发自心底的真正爱情，小说中说那是青春荷尔蒙作祟的结果。但二人依然是恋人，那是因为燃烧的情诗对白起到了催化作用。其二，徐瑶和刘法结婚也不是因为爱情，是现代貌不合神早离婚姻的典型。与赵勇夫谈恋爱的时候，徐瑶也和陈丽娜互动写诗。虽然属于调侃式的，但显然暗藏了一种不可名状的情愫，或许她们自己也不知道。陈丽娜跟过不同男人，年近三十也没遇到结婚对象。她处心积虑炮制出来的老总卷款失踪案就是想要试探徐瑶，如果徐瑶毫无此意，她将携款离开，只要徐瑶还想她，她随时会出现。作家在关键时刻，以跳上车盖的一只青蛙点醒徐瑶内心沉睡的感情，原来这种要命的情感一直蛰伏在她们的体内。

作家的小说是发光的，光芒扫射处，把物质世界的真和精神世界的真和盘托出。在物化的外衣下，作家在探索遭遇物化世界摧残后的心灵世界，你觉得它是心理小说或者哲理小说也是站得住脚的。物化世界中心灵如何安放？只有基于现实又超越现实的魔幻能够呈现人心深处道不明、理不清的那一部分。徐瑶给自己画豹子图案、傩戏脸谱，以及脸谱和海明威的联系，就是徐瑶内心极端压抑后的爆发，也是遭遇强暴后留下的恐怖后遗症。她要以更恐怖的外相来压制内心的狂躁，而不至于让自己疯掉。一个女人要怎样隐忍才能消除巨大的伤害留下的阵痛？她引导儿子极其刻薄甚至狠毒地反击他人，无不是对世道的提防与还击。她近乎精神分裂，而这种鬼怪式的脸谱才能压制邪气，稳住她的情绪，海明威、豹子都是她拯救心灵的良药。小说末尾，二位闺蜜在月色下相爱，又像是徐瑶做的一场梦。在真实与梦境之间，你会产生眩晕感。其实，二者都是真实的，一个是物化生活的真实，一个是精神层面的真实。

在此，小说家已经完成了他要表达的情怀——对女性立世境遇的主题表达，探析女性同性恋产生的根由。

如果说小说还有什么不足的话，那就是对陈丽娜和刘法的刻画显得单薄浅显了些。刘法和遭遇强暴后的徐瑶如何能够结婚，如果有所披露，哪怕只是伏一笔暗线，可能对徐瑶的命运更能表现得深刻一些。陈丽娜为什么会爱上闺蜜，她经历了那么多男人都没有真爱，难道只是因为徐瑶的遭遇辐射连带关系？

第三辑　听雨声

那些曾经热炒的影视

"言之不足则歌之",语言、音乐、舞蹈都是人类表达感情的方式,当感情强烈到语言无法表达时,就让音乐来表达。语言的尽头是音乐开始的地方。

唯有爱可战胜一切
——观电影《阿凡达——水之道》

在《阿凡达》中，人类面临资源枯竭，决定向潘多拉星球掠夺资源：砍伐森林，开采矿藏。在一众科学家的研发试验中，创造了集地球人与潘多拉星球上的原住民纳威人基因于一体的阿凡达人，并把此项掠夺计划称为阿凡达计划。星球大战中，负伤的前海军战士杰克·萨利被派往潘多拉星球打进内部，执行此项计划。他只身打入纳威部落，爱上了纳威部落的公主妮特丽，向她学习了纳威人的生存技能，承担起捍卫森林王国的任务。为了保护自己的家园，最终萨利率领纳威人向人类宣战。

第二部《水之道》，核心内容逐渐缩小，接近人类生活现实：保护家人安全，捍卫家园稳固。该片讲述了萨利和妮特丽组建家庭，生育了两个男孩和一个女孩，收养了已故女博士格蕾丝留下的女儿琪莉以及上校的地球人儿子蜘蛛。在神秘美丽的森林部落里，萨利夫妻与五个孩子生活得十分安宁祥和，他们一同在森林湖泊中叉鱼，在草木之间追逐奔跑，驾驭他们美丽凶悍的大鸟穿梭悬崖深谷，萨利一家与族人们过上了田园牧歌般的恬淡祥和生活。然而危机未曾消散，复活的上校夸里奇被赋予摧毁潘多拉星球的任务，重新归来，一心要找萨利复仇。为了族人的安危，也为了保护孩子，萨利辞去部落首领，带着家人离开森林部落，前往海洋部落，展开全新的生活。正当一家人与海洋部落经过重重磨合，终于适应以水构筑的新家园时，新的危机一触即发。夸里奇上校带着强悍的战队追杀过来，并联合海洋捕猎队大肆捕杀海洋部落的好友族群：图鲲。宁静浩渺的蓝色海洋失去了往日的博大宽厚，血光火光染红了海域，大量的图鲲遭遇杀害，海洋部落的生活秩序被彻底打破，一场屠杀与捍卫、凶残与温情联袂出演。这是影片的核心内容，也是最精彩最震撼的片段，毫不夸张地说，比起最夸张的动作片、最烧脑的科幻片、最离奇的探险片，《水之道》中的海洋大战绝对是三者合一的巅峰之作，用时髦的话说就是：超乎你的想象，是你想要的惊险刺激的天花板级别的视觉享受。

血腥凶残的故事外壳下，涌动着浓郁温馨的亲情，像一股温热的血液从开头一直涌动到结尾，每逢绝境，每当生的希望即将消失，这一股温热的暖流就会给你注入强大的能量和生命的韧劲。这股暖流就是"家，亲人，友情，我们要在一起！"的信念。

幸福很简单！但是，只是一瞬间。

影片开头重复着一句话：幸福很简单！那是一片未经污染的原始丛林，植物和纳威人一样自由繁盛，那里干净多彩，每一种生物都按自己的模样生长。萨利的大儿子奈特亚出生了，被父母的双手高高托举，在森林绿光中，在阳光抚摸下，圣洁无瑕的新生命熠熠发光。接着又补充一句：幸福很简单，但是一瞬间就消失了。这是一种理念，影片投射的第一个信息：生命至高无上，人类的生活应该是与自然的和谐统一。爱，像植物、像阳光，我们在一起，我看见你！我们不分离！

海洋捕猎队，锁定了一头母鲸，就是影片中说的图鲲。母鲸带着出生不久的幼鲸漫游于深蓝色温柔的大海里，她哪里知道，母子俩已经被捕猎队牢牢锁定了。她在奋力逃生中始终掩护着自己的幼崽，那只小小的图鲲自始至终躲藏在妈妈的腹部之下。当妈妈终于撑不住、游不动的时候，可怜的幼崽依偎着死去的妈妈的庞大身体，发出了震撼海洋的悲悯呜咽，我的泪水在那一刻汹涌……捕猎队员们何曾有悲悯之心，他们群侃：图鲲比人聪明，它们有强大的智慧，有自己的音乐、哲学、数学、文学……接着捕猎队员们开着大型机器船进入了图鲲的身体内部，用电钻钻入图鲲的大脑，提取一小管价值八千万的不老精髓，被抓去同行的蜘蛛看得目瞪口呆。他阻止不了这一群地球人的疯狂行径，只看得匪夷所思，不禁发出了这样的惊叹：就为这一点液体？人类的狠毒和疯狂在这一场景中暴露无遗。坚硬的机器，海空配合的庞大捕猎队，彪悍狰狞的猎手们与肉体的图鲲、温和的水域形成一组强烈的反差，直击观众心灵。你能听见心的震颤和呼唤！为何如此残忍？怎能下得了手？蔚蓝色浩瀚的海洋也不能开化作恶者的心吗？

所有的能量都是借来的，早晚有一天要还回去。

这是萨利的大儿子奈特亚在海战中死去时，影片悲伤歌曲中出现的一句台词。奈特亚是萨利挚爱的大儿子，他从小跟父亲一起学习狩猎，学习为人处世之道，关爱弟妹，懂事谨慎。在海战中他为了配合弟弟去救落单的蜘蛛，被枪弹击中身亡。父母亲、兄弟妹妹们一起把他抬上岸，终究没能挽留住他的命。为了救两个妹妹，父母亲化悲痛为力量，他们再次出战，拼尽全力，最后一家人在图鲲的帮助下终于回到部落中。当海洋部落挽留他们接纳他们，想让他们成为永久的海洋部落时，萨利决定重回森林部落，他说保护家人不应该逃避，森林部落才是他们稳固的堡垒。在返回的海域中，圣母的哀歌伴随一家人的队伍，海面上被花瓣覆盖的奈特亚的身体重回出生时弯曲的模样。从哪里来回到哪里去，这就是"所有的能量都是借来的，早晚有一天要还回去"的最好诠释吧。

"I see you. 我看见你。"

在平日里，这句话往往被我们忽略了。但是影片中这一家人常常说这一句，我看见你，爸爸！我看见你，妈妈！我看见你，洛克！我看见你，我眼中有你，心中有你，忽然变得意义不一般。众声喧哗，被看见，已是幸运。眼睛是心灵的窗户，看见并入心用情，人生这一趟便不孤单，灾难来临便可有勇气共同战胜。萨利一家用行动战胜一个族群——贪婪入侵的人类，就是一个信念：我看见你，一家人永远在一起！

因为我看见你，尽管你作恶多端，生命危急时，我还是会救你，但你是个坏蛋，你去吧！这是人类的孩子蜘蛛在决战中救了生父夸里奇上校后的言辞和行为。影片中唯一没变异的人类孩子蜘蛛，他的良心尚未泯灭，这该是编剧或者导演留给人类的唯一指望吧。

人和生物、地球生态应该是一个融洽和谐的统一体，就像海洋部落的五十多个村庄，他们生活在海洋中，与庞大凶悍的图鲲亲密相处，互为朋友；就如森林部落中所有的动植物和族群一样相处融洽。洛克被海洋部落大公子欺负，把他引入一片险象环生的海域，鱼群袭击他，受伤的图鲲却能跟他交朋友，此后他们每次在深海中遇见，洛克的第一句话就是：I see you。看见你，关注你，因为你是我患难中的朋友。图鲲没有负他，最后决战时，图鲲发威，以身体击碎庞大的战船，并让洛克一家乘坐它的翅膀返回森林部落。

影片的音乐和台词引人入胜，在特定的情境下，每一首音乐都能让耳朵怀孕。而那些台词简直就是超凡的现代诗，都是经过精挑细选的精品呈现，给整部影片笼罩上一层诗意的梦幻美。

三个女人的自救之路
——有感于《梦华录》之"半遮面"茶楼

虎年暑假正值高温时期,我断断续续追剧《梦华录》。导演也是费了一些心思,使得这部电视看起来既唯美又有料。虽然刚开始的几集似曾相识的片段,有违生活逻辑,略显疲软,不能一下子抓住观者的心,但是到了13集之后就有看头了。爱情、背叛、报复、创业、权谋、派系斗争,可谓是大杂烩。我对其中女性创业很感兴趣,女性在遭遇渣男严重背叛时,该怎样重整旗鼓自立自强,去赢得更好、更值得拥有的爱情,以便风光地安身立命,电视剧能引起观者的一点思考。

都说三个女人一台戏,这三个女人都是才貌双全、各怀绝技的苦命红颜。赵盼儿,本是官宦之女,因父亲犯事、家道中落被逼落入乐籍,但是毕竟出身不凡,练得一身独门才艺:精通茶道;精于财务管理;画得一手好画且善于收藏;舞得游龙惊凤、行云流水,恍若仙女下凡尘。她头脑机敏,以柔克刚,善于以其人之道还治其人之身,报仇雪恨不动声色。宋引章,赵盼儿同行好友的妹妹,姐姐临死前托付赵盼儿好好照顾这个小妹,是东京(今开封)第一琵琶圣手,后进入宫廷教坊做琵琶教师。孙三娘,本是刀子嘴豆腐心、力大能干的良家妇女,无奈遭遇渣男老公,带着儿子一起背叛她,害得她差点送命钱塘江。她做得一手好茶点,可谓是现代糕点大师。

三个女人的遭遇很是相似,都是被曾经热恋挚爱的男人无情抛弃。

赵盼儿在钱塘江畔开赵氏茶楼,卖各种档次的茶饮,孙三娘则做各种糕点送至茶楼，茶和糕点一组合，生意远近闻名，很是兴隆，二人亲如姐妹。钱塘落魄书生欧阳旭落水，得到赵盼儿搭救和资助，发展成为许诺婚约的情人。谁料欧阳旭中二甲进士后，被赐婚皇宫幕僚高家之女。赵盼儿找到东京，验证欧阳旭悔婚事实，提出三点要求，便不再和欧阳旭有瓜葛，也不影响他仕途。可是欧阳旭一件都不能做到。

宋引章，被风流浪荡子周舍骗婚，日日要供奉周舍赌博费用，还要遭遇毒打辱骂，无奈之下写信求助赵盼儿。赵盼儿使出乐妓的色媚本事，狠狠地打击报复了恶人周舍，救出了宋引章，兑现了诺言。

孙三娘的老公带着儿子休了孙三娘，和第三者结婚成家。孙三娘净身出户。

三人在东京合伙开茶楼，历经波折越开越红火。茶楼也走上了集文化、娱乐于一体的雅乐之地。爱情失意、遭遇背叛似乎是致命的。但是这三个女人不是软弱之辈。她们有积蓄有能力，从钱塘县到大宋皇城，一路遭遇变故的时候，还能阴差阳错地结交上大宋皇城司副使顾千帆等掌握大权之人。于是，她们开茶楼有了坚实的政治靠山。她们结识了街头混混，在做生意时，可以给她们的茶生意当托儿。加上赵盼儿灵光的大脑和满身的才艺，她们的半遮面茶行似乎坚不可摧，任你栽赃陷害总能逢凶化吉，之后生意更加兴旺火爆。

在走上自强之路，即做生意的路上，她们的行为囊括了现代生意场的一切手段：

其一，打铁本身硬，不做弄虚作假的欺诈把戏。赵盼儿的斗茶技艺高妙绝伦。在斗茶大会上，赵盼儿大显身手，从碾茶、点茶、分茶的环节，把舞蹈艺术、声乐艺术、绘画艺术、语言艺术等美学元素融入得恰如其分，妙不可言，简直是视觉、听觉、味觉的超级享受。碾茶，就是将茶饼经炙烤、在碾子中磨成细末；

点茶就是把碾好的茶末投入茶盏，加水调成膏状，称之为"点"，再用茶筅击拂茶膏，直到茶汤表面出现厚厚的泡沫，即古人所谓的"沫饽"；其中技艺最高者，更是可以"分茶"，在沫饽之上作画，展示出花鸟鱼虫乃至于山水云雾，称为"茶百戏"，也称"水丹青"。这一套工序下来，根本就是一场全能综合才艺比赛，真让人眼花缭乱。

其二，社会是个熔炉，难免有叼人使坏，有个强有力的背景保护，才能逢凶化吉，有惊无险。茶街上老字号的茶老板们集结一帮人到马街上来砸赵盼儿的半遮面茶行，幸亏皇城司顾千帆早已安排护卫队暗中保护，方能平安无事。这个规则大概世代相传。

其三，在严酷的市场竞争中，价格战、宣传战、新鲜彩头样样都不能少，只要使得恰到好处，就可事半功倍。半遮面茶行锐意进取，从原先的点茶到后来的冲泡茶、散茶，高中低档都齐全。更重要的是，她们善于研发新茶点，从口味、名称上做足了功夫，因而即使天价也有识货之人前来烧钱。

茶楼的主心骨是赵盼儿，也是整部剧的女一号，她的智勇不是我等愚人所能想到的。她把玩弄者玩弄于股掌之上的胆略和周密堪比诸葛亮，比如整治花心大萝卜周舍，比如对付薄情郎欧阳旭，简直不能想象是一个封建时代的弱女子所为。在我所看过的20集中，赵盼儿的作为真是大快人心。

抱团取暖，锐意创新。面对命运的无情变故时，不自怨自艾，及时抽身，振作精神积极应对，放得下，拿得起，便可破蛹成蝶，重建属于你的一片天地。

荒漠中走出一条生之道
——浅评电影《沙丘》

掠夺与杀戮，权力和财富，背叛和忠诚，成长与挫折，征服与服从，梦幻与现实，生与死，这些重大命题聚合在一起，是2021年被热炒的科幻大片《沙丘》的主题。编剧的野心够大，几乎把现实世界物种的生存现状全部呈现。荒凉的沙漠帝国，毫无生机，根茎植物在沙漠深处繁殖，冒出地面的植物香气浮在沙尘表面，皇帝和外族侵略者争夺收割这些香料以便占有绝对的财富。于是各帮各派明争暗斗，背叛和忠诚联袂上演。夹在权力和财富之争中间的公爵世家一心维护王权、效忠皇帝，但是遭到猜忌以及利益冲突中挚友的背叛，几近灭门。公爵世家之子保罗担负起维系家族命运的重任，在不断的灾难和梦幻之间逐步成长，战胜恐惧，逃离死亡，并在决斗中杀死部落首领，取得族群信任，带领部落走向有生命的绿洲家园。

漫无边际的沙漠，沙漠或岩石空洞中如虫类一样的族群，还有超现实的魔幻机器宫殿，以及长相野蛮、身形魁梧的铠甲战士，腾飞在沙漠上空的折翼飞机，全部是灰黑厚重的铁青色，和灰白的沙漠色构成影片的主色调，整部影片充满压抑的沉重感。尤其大片的连绵起伏的沙丘，以及涌动的沙尘暴，弥漫天地之间混沌一片的沙尘，简直让人呼吸困难，喉咙直发痒。环境学家、植物学家在这样的沙漠王国中，真是极大的讽刺。在这样难以生存的帝国中，人们照旧凶残冷漠，为追逐权力和财富不择手段，以至于被公爵杀掉的帝王在大黑油锅的沸腾中还能活过来，继续为权力和财富谋划，庞大的帝国机器被驯服得妥帖之极。肥大的野象一样的帝王除了大嚼特嚼巨大的肉块，就是用类似腹音的声调发号施令，他从那个卧榻宝座上站起来，腿就无限延长，在本就魁梧威猛的宫廷成员中间成了一尊无法撼动的巨型邪恶雕像，单凭他膨胀的圆鼓鼓的肚子就能惊吓身边的侍卫。

这让我想到近期正在阅读的世界级大书《我们的土地》，这部书中腐朽的濒临死亡的帝王在为自己和已故的13代帝王修宫殿，其实就是类似于秦陵的置放亡灵的宫殿，他如行尸走肉一般奴役并统治整个帝国，看似一指头就可以让他入地狱，实际上他的寿命和威力无可估量。一群人在寻找新大陆，一群人在自身变体中不断死亡和复活，重复着自己又改变着自己，像是一群不甘命运的生灵在寻找更合适的活法，实际是一场徒劳的生命游戏。

我还想起王十月老师的《如果末日无期》。权力和财富的至高拥有者，最终活成了孤家寡人，最终因孤独而湮灭于苍茫宇宙，像一阵风、一片雾幻灭得无迹可寻。

但是宇宙何其大，总有生命要继续成长。公爵之子保罗便是生命的希望所在。责任和爱让他逐渐成长，在养尊处优的生活被彻底改变的时候，本来拥有无限权力的他在梦幻和现实中游离，他要保护父亲，但是父亲被信任的医生杀害。他和母亲在逃离追杀中相互鼓励和支撑，每当恐惧和绝望袭来，他就进入梦幻之境，梦幻中天边的沙漠女郎一袭长衫，走在光晕中给他引路或是只远远地指引，然后他重新振作，重新突围。凭借一架折翼的像蜻蜓一样的飞机穿越死亡的沙漠风暴，逃离帝国军队和掠夺者的魔爪，战胜终极恐怖，最终找到梦幻中的所爱。他的梦幻是干冷死寂的沙丘中唯一的暖色，像旭日初升的光芒，在遥远的沙漠边缘闪着柔和温暖、迷人的浪漫之光，这也是整部影片唯一的亮色。这片亮色是爱，爱可以创造奇迹。在绝命的沙丘中，有母子之爱，有爱情之爱，有责任之爱，生命就可以焕发出意想不到的生机而得以延续。茫茫沙丘抛之身后，未来是一片生机勃发的绿洲。这是导演或是编剧给人类命运最后的指路：生命的家园是绿色繁盛的，在目之所及又遥远的前方，抵达的路艰难而充满变数，但是拥有爱，就一定能回归。

保罗的身上明显有《指环王》中弗罗多的影子。弗罗多的使命是把戕害中土人民的魔戒送到末日山顶的火山口销毁，还世界和平。保罗则是引导人们走出沙丘，走出无休止的财富争夺和王权侵害，走向生命的和平绿色之境。这完全不同于《百年孤独》中的绝对幻灭，人类有希望，那就是在荒漠中走出一条生命之道。

我所惊叹的是，原小说家或是编剧，他们怎么能够在如此冷血恐怖的死寂世界中植入生命无可抵挡的温情元素，并那样自然地糅合在一起，最终以温暖的姿态结束权力和死亡沙漠对生命的踩躏。保罗的梦境大概就是人类得以延续的最终出路。

大团圆背后的人生隐忧
——电视剧《平凡的世界》结局浅析

56集电视剧《平凡的世界》以大年夜双水村大团圆落下帷幕。这一中国式传统影视剧结尾惯用的桥段，没有给人俗套之感，也没有给人皆大欢喜的心灵安慰，相反，却让人潸然泪下，悲伤难忍。

年三十这一天，双水村在外上学的、工作的、成家的、没成家的都不约而同地赶在天黑时回到了村子。他们背着沉重的生活包袱，带着各自如麻的现实隐忧和内心伤痛，来奔赴家乡这一场盛大的团聚。他们每个人都是这片土地上"烂包光景"的亲历者、见证者、记录者、奋斗者。每一个人都是一部书，一部记十年苦难生活的书。他们以不同的方式走出村子，又以各自依然不同程度的凄惶回到原点，以喜庆的方式给这片造就他们人生轨迹的土地以隆重的"祭礼"。

在大红灯笼高挂的窑洞内外，在烟花绽放的双水村夜空，在看似喜庆的表象之下，在大团圆的时刻，还有那么多的隐忧和挑战潜藏着，在被烟花照亮的夜晚，这些隐忧和苦难并没有消失。这群和命运抗争的人们在这样的时刻，暂时忘却苦痛，享受短暂的幸福，而这团聚的幸福却让人如此心酸。

少安媳妇秀莲确诊肺癌，被少安从医院"偷回来"过年，走到村口秀莲睡着了，和他们一起从原西县城回来的少平、从家里出来迎接他们的兰香和兰香的未婚夫，包括少安自己还以为她死了。电视采用蒙太奇的镜头把少安的十年回顾了一次，和润叶的彻底分开、砖窑的破产等重大事件一幕幕在少安脑海呈现。现在支持他、和他一起拼命的秀莲要死了，生活对他实在是太苛刻无情了。守住村子拼命劳作，为家庭、为村民一心要改变光景，光景是好多了，可是致命的灾难接踵而至，这就是平凡人的命运，谁能不掬一把同情泪。这个时候你想骂人，却不知道骂谁，就像少安，他连骂人都没劲头了，深深地抹一把泪抬头看天，那神态绝望得让人揪心。

地委书记田福军，按理应该是过上富足安宁的生活了，可是他的悲惨不亚于守住黄土地辛勤劳作的百姓。回双水村之前，他孤身一人来到黄源古塔山杜梨树下，给女儿烧纸钱，跟女儿说话，把他一生的悲情在这个孤独的场景中推向高潮。过年了，他的家庭却是妻离子散，老婆稀里糊涂犯了受贿罪，被检察院抓走关起来了。天黑时，他回到村子，站在双水村的高土台子上，俯视村里家家户户的窑洞和院场，看着点缀于村落的灯火，那种难以言明的苦楚戳痛着人心。

少平的坚持更叫人难过。晓霞死后，他通过沉重的劳动缓解情绪，以至于妹妹给他调动工作，他都不予考虑，坚决拒绝。年轻美貌的省医院医生金秀向他表达爱慕之心，他也坚决回绝，他把自己的一生定在了深山的煤矿里。与其说是坚持理想，崇尚苦力劳动，不如说是认命，是对悲苦命运无声的诅咒和抵死对抗。他的文化修养、他的气质，怎样也不适合一辈子守在那样的环境中，更不可能和一个寡妇成家。即便这个寡妇曾经给了他多少慈母般的关照和家的温暖，也不至于就要和她组成家庭。

这一幕幕的个人悲剧就贯穿在结尾的剧情中，使得这个结尾在一份喜庆中有万份悲情。

这个结尾完全不同于春晚那奢华、高大上的团圆场景，所有演员齐上阵，彩花满天飞，灯光炫目流彩，演员个个喜气洋洋，然后齐唱《难忘今宵》。这个结尾也绝不同于传统家庭生活剧结尾的大团圆：大红灯笼高高挂，全部演员齐上阵，好像直接就传达出这样的意思——这是一部戏，是我们这些演员演出来的。

电视剧《平凡的世界》中，这个不是结尾的结尾以牵一发动全身之力，把贯穿小说也是贯穿整部电视剧的思想内涵揭示了出来，而且隐射现世。诸如土地和家园、生活和现实、命运和环境等相互依存又彼此矛盾的关系。

和现实对接，把人们对故乡、家园的眷恋，对亲情、乡情的呼唤集中呈现，使得小说具有了活脱脱的现实感和生命感。这是导演的匠心独运，是对小说本身意义的延展。导演毛卫宁在接受采访时说："我们希望通过这部经典所反映的人物，以及人物的精神来对比当下。其实更多的观众，会通过这部小说反思今天的生活环境，所以我们更强调的是这部书的精神作用。"

城市建设以摧枯拉朽之力汹涌澎湃地展开，我们的家园正在渐行渐远，或者被高大的建筑、不断延伸的公路占据，或者完全荒芜直至自然坍塌、消失。经济浪潮冲击之下，年轻一代的农民背井离乡、脱离土地成了浩浩荡荡的打工族，他们把血汗与青春挥洒在陌生的城市,自己永远是那里的过客。城市要建设,农民要挣钱。土地在锐减,原先绿葱葱、四季瓜果不断的田园被圈占或者荒芜,田园牧歌似的生活场景即将成为历史。人们开始怀念"家"的味道,于是在景点甚至郊区"农家乐"如雨后春笋般冒出来,以满足根植于人们血液中的"家"的味道。

导演抓住这一心理需求,让原西县双水村来承载人们对于家园无法割舍的情感,人们回来了,在这个依旧荒芜贫穷的村落里,人们对于"家"的牵念得以安妥。聚在村子的时候,大家不分你我,都是这片土地的孩子。不管生活还有多少苦难,明天还要面对怎样的变数,在这一刻所有的人是安全的、踏实的。他们彼此无须诉苦,无须把生活的遭际和希求转嫁给他人,让他们为自己的光景买单,不管是亲人还是邻居都不可以。他们只要知道彼此都好,日子也会越来越好。这是人们对家园和土地的情感,与生命同在。

想想我们的中国年,分散在各大城市的打工族只有在年的召唤下,才有足够的理由不辞舟车劳顿、辗转万里回到家乡和亲人团聚。他们卸下一年的劳苦和牵念,重新体会久违的血脉亲情。外面的世界再怎样灯红酒绿,有多少山珍海味,都不及家乡的朴素安稳。

"有钱没钱回家过年,原来我想衣锦把家还……怀揣着理想在外闯荡,酸甜苦辣不愿对人讲……有钱没钱回家过年,家里总有年夜饭。"亲情、乡情、家园故土,永远都是我们坚实的后台、灵魂的栖息地。

然而,生活和现实永远是矛盾的,不会因为年的喜庆和这一场大团聚改变什么。乡村的落后贫穷,命运的无常捉弄,与命运的不屈抵抗终将继续,这是电视剧结尾透露的另一个思想。苦难依然在,奋斗还要继续,守着这荒凉干燥的黄土坡,生活的光景又能好到哪里去?我们热爱家园,我们不甘贫穷,但是环境和生活的变数总在左右我们的人生。"苦难"是原小说的魂，导演恰巧地把握了这点。十年的奋斗，改变了馍馍的颜色，改不了这片黄土的干燥与焦渴，更改不了生老病死的突然袭击。所以在大团圆喜庆的氛围里，这种悲剧的情愫格外明显。导演用两个镜头凸显这一点：

大学生兰香和父亲提篮拾粪，远处黄土台上的平地里，村里的秧歌队在排练，鲜红喜庆的颜色和周边荒凉干燥的环境形成鲜明的对比。兰香用迷茫的眼光远远望过去，说"还是没有变"，简短的语言表达出双重含义：村民热爱这片土地、热爱生活的态度没变，村民继续着血汗与泥土交融的日子没变。

是的，怎么会变？过年之后，田福堂，这个双水村曾经的领导会继续孤家寡人的老年生活，他的哮喘因为儿女们的回家好了。儿女们要走，他又会继续原先的生活，这不是当下中国农村老人们的现实生活写照吗？

少平从煤矿回家，先到县城中学去看，恰巧少安接秀莲回家，也先去了中学院子，他给秀莲讲当年给牛看病顺便去学校给少平送五元钱的事。他的回忆把少平无处发泄的怨气一股脑儿表现出来。当年的哥俩为五元钱在院子里纠缠，十年后的现在兄弟俩继续在院子里相遇，钱不缺了，可是新的愁苦在眼前。秀莲病重，晓霞已死。少平要挖煤，少安要开砖场，要给病人治病。新的灾难不亚于生活的贫穷。贫穷可以改变，死亡和疾病无法掌控，生活就是这么无常和无情。

"人生来是受苦的。人在世间，独生独死，独去独来……"路遥小说的苦难观渗透了这种佛理禅机，他把大爱和大悲化解成无数的"点"融进平凡的生活，由小说人物的苦难经历和与命运抗争的精神来彰显，并用诗意的文字表达这种苦难，留给读者莫大的共鸣。导演抓住这个贯穿始终的情绪线条，遵从小说的气质，在结尾处把这些元素恰当巧妙地糅合在一起，并披上了温暖的外衣,看起来格外动人。"人无远虑,必有近忧",这种忧患意识是当今娱乐至死的年代缺少的。倡导乐观豁达的生活态度,并不意味着生活的道路就是繁花似锦、阳光普照。前途漫漫,无法预知,那就各就各位,靠着不灭的意志和决心踏踏实实地走下去吧。

导演谨慎对待小说的态度让人佩服,既尊重了原小说的魂,又和现实紧密对接,这样接地气的精妙改编确实值得点赞。

(刊发于2015年6月《西乡文艺》第3期)

电视剧《白鹿原》：史诗和当下的融合

由陈忠实垫棺之作《白鹿原》改编的77集电视剧是金鸡之夏的热门话题,尽管电视剧已播放完毕多日,可是街头巷尾还时不时有谈论者你一言我一语地评品说道——白嘉轩真好啊,简直是个好村官;鹿子霖那个下场就是活该,流氓贪官一个,歹事做多了。白灵那个女娃娃太虚假了,疯子一样,父母那么爱她,说跑就跑,一个女孩也喜欢穷折腾,结果却是那样悲惨的下场,你说她父亲白嘉轩该有多难过呀。那个鹿兆鹏嘛,简直是个二愣子,就跟李家那娃一样,不干正事,成天闹得家里鸡飞狗跳,把一个村子都折腾散了。这个人就是一个鬼影子,他一闹腾白鹿原就开始乱了,结果还把白鹿原闹没了。黑娃是个好娃,虽然做过坏事,但那都是鹿兆鹏造成的,这个娃本质上最厚道仁义,可惜被那个虚伪的坏县长给整死了……多次外出散步,多次跟在人后或人前听这些乡老们用最简单最地道、毫无粉饰的话语表达对电视剧的看法。他们或许都没看过原著,不知陈忠实是何许人,更不知导演是谁，但是他们喜欢追剧，追完了还要议论一番，可见这部电视剧是真走进了他们的心，他们从中看到了曾经亲历的过去，以及他们心中或者身边人物的原型，甚至深深触动了他们内心深处烙印一般的价值观。

不仅是他们，读过原著的，深深被陈老先生如椽大笔震撼的我们何尝不被电视剧吸引呢？有人说某处背离原著，某处事实不符，可是他们忘了一个基本点：影视剧和小说根本是两个范畴，它们虽同处于一个蓝本——生活，但是它们的艺术形式是有极大差别的。

小说用叙述、描写、铺陈、想象等手段来渲染各种气氛、环境，各种心理活动、情感等，读者通过个体体验和想象来领悟感受，各人的文化差异、世界观、生活阅历不同，对同一篇小说的感悟自然不同，这就是老生常谈的"一千个读者就有一千个哈姆雷特"，也就是鲁迅最为直观的言论："《红楼梦》是中国许多人所知道，至少，是知道这名目的书。谁是作者和读者姑且勿论，单是命意，就因读者的眼光而有种种：经学家看见《易》，道学家看见淫，才子看见缠绵，革命家看见排满，流言家看见宫闱秘事……"可见经过作家苦心经营、披沙拣金出来的成功小说，其内涵是何等丰富广博。

影视剧，通过声音、影像，用演员的表演来诠释剧本，且多数剧本本身就是由小说改编而来的。电视剧通过人物关系、主线剧情、出彩的桥段构成画面，营造艺术效果，而塑造人物只有靠台词和动作。观众通过直观画面、对话来了解故事，欣赏剧情，感受人物。由此，由文学名篇改编而成的影视剧，自然不能等同于原著，更不可能把原著中的大篇心理刻画、大段环境描写搬进荧幕，那样是会吓跑观众的，何谈收视率？何谈成功制作？

纵观77集电视剧《白鹿原》，相比之前林林总总的改编，比如话剧、电影等，我认为这次改编的电视剧，从演员对小说人物的塑造、在原著基础上的情节创新、音乐效果的铺成渲染都是比较成功的。

人物形象立体性的塑造。

白嘉轩是白鹿原的魂和主心骨，他是儒家思想的忠实践行者，"仁、义、礼、智、信"是他的人格支柱。他没多少文化，但思想成熟，心胸宽广，严于律己，是一个言必行行必果的族长。导演很好地把握住了原著中这个角色的特质和顶梁柱作用，作为一号男主角，导演让演技高超、经验丰富的实力派明星张嘉译来演绎。张嘉译不负众望，举手投足间活脱脱的白嘉轩模样，他把白嘉轩这个封建地主的真实人性演得淋漓尽致，让人信服。

剧中人白嘉轩坚守"耕读传家"的古训，他让姐夫写的"耕织传家久，经书济世长"的对联便是最好诠释。在教育儿子上，白嘉轩以严父的形象，将几百年来白家所固守的一切儒家传统文化灌输给儿子。当长子白孝文被鹿子霖当作整治白嘉轩的筹码，引诱教唆他跟田小娥好上并被族人发现后，白嘉轩在祠堂里按乡约族规严加惩处，毫不留情，而且把这个族长继承人扫地出门，并拒绝给他任何帮助。即便是后来白孝文当上保安团长、当上县长，他这个父亲并不认为是光宗耀祖之事，对他的态度远不如对待黑娃亲热。最后黑娃被县长白孝文枪毙，白嘉轩气血蒙目瞎了眼睛，把白孝文关进屋子里，让他认错，父子二人有一番对话。这是电视剧的大结局，导演把全剧的重点在此处做了高度凝练化的处理，使电视故事的指向性高于原小说文本。仔细分析父子二人的对话，果真就有鲁迅所言的多种可能性。

白嘉轩眼瞎了，孝武媳妇找回白孝文看父亲。孝文一进屋就被白嘉轩拉着手坐在炕上，白孝文一脸狐疑："大，这是咋了，这可咋办？"他为父亲的瞎眼不明缘由而着急。孝武媳妇从外面把门锁上了。在此之前白嘉轩已派孝武去陇西请鹿兆鹏来抓孝

文。白孝文明白真相后,想要出去,可是门被锁着。白嘉轩拉着孝文不让他走。他们的对话如下:

白嘉轩:"我这辈子做的最错的一件事就是由得你装,装仁义、装亲民、装君子、装哭、装笑。只有那晚在塔前跪下哭才是真的。"

白孝文:"我这样的人才适合当官,鹿兆鹏那是有才能没头脑,不会装当不了官。"

白嘉轩:"你将来可能会当大官,那老百姓可就遭殃了……"

孝文出不去,拼命地砸门并大声吼:"你以为这扇破门就能把我拦住?"门开了,鹿兆鹏被孝武请了回来,一进门一身红军装束的鹿兆鹏义正词严地说:带走。孝文被绑住了,他彻底绝望了,撕心裂肺地重复一句话:"这辈子,这辈子,大……这辈子啊……大……"那场景叫人肝肠寸断,三人的立场、三人所代表的思想全在这一喊一绑中显现出来。观众看到什么就是什么。对于靠投机倒把钻营当上县长的白孝文你不会产生特别的恨意,他的眼泪、他的绝望、他的呐喊都让你产生巨大的同情。对一生以仁义宽厚自持的白嘉轩你没有多么浓重的敬意,他一生对于这个长子的教育是失败的,白孝文走上这条道可以说作为父亲的白嘉轩有极大的隐形推动作用。从小他就看不上这个白孝文,白孝文在他身边总是唯唯诺诺,没有主见少胆量,就是新婚之后夜夜房事都受制于家里管束。对鹿兆鹏也不会产生骨子里的敬服,因为他并没有轰轰烈烈、造福乡民的英雄事迹,倒是白鹿原的天灾人祸到来时,他消失得无影无踪,一旦落难时就会受到土匪黑娃团伙的庇佑和照顾。之所以百般滋味混搅着并发,没有痛快与仇恨的明显界限,因为他们都不是完人,不是神,他们有各自的局限性。对于这一点整个电视剧有足够的铺垫。

回到颇具深意的父子对话上,白嘉轩一生的信条在这里得到深化和总结。他仁义,亲民,敢作敢为,事事身体力行:救济寡妇，为村民筹集存粮，舍身求雨渡旱灾，把长工鹿三当着亲兄弟，包括对他的儿子当土匪、打断他的腰杆也不记仇，二度进监狱救因闹交农事件入狱的鹿三，求儿子对黑娃网开一面，闹瘟疫的时候把祠堂开辟出来救治患者。他制定乡约，以地方法律的名义规范村民行为，使他治下的白鹿村就是一个有法可依、独立自治的世外桃源。在他的信条里，仁义亲民、宽厚诚实、知错就改都是好娃。可是他不是完美无缺，他也有自家的小算盘，有根深蒂固的封建思想。在觉察到鹿子霖家坡地冬天也有小草长起时，他觉得这是块风水宝地，便拿天字号地貌似吃亏地和鹿子霖交换，对于爱女白灵的婚事简直就是不近情理。白灵是他最为珍视溺爱的女儿，可是对待封建婚姻这件事，他表现了一个封建家长冷血霸道的一面，不惜如囚犯人般关押禁锢她，之后还断绝父女关系。

白孝文说这扇破门拦不住他，这扇破门就是人性善之门，是白鹿原上的仁义礼智信之门。这扇门果真没拦住风起云涌、势不可当的社会变革——从祠堂被砸、毁乡约起，白鹿原就接二连三地遭遇灾害，大旱、瘟疫、匪患、战乱，预示着一个自治自足的传统村落的和平宁静被打破，信仰和敬畏开始沦丧和颠覆。后生们在变革中被裹挟着各奔东西，最终死的死、疯的疯、逃的逃，在狂风暴雨的革命形势下一个有法律、有秩序、有亲情、睦邻友好的传统村落土崩瓦解。

在这扇仁义礼智信之门中，除了白嘉轩这个腰杆挺直的族长之外，还有一个和他抗衡的人物鹿子霖，他是原著作者创造出来的典型反面人物。在整个电视剧中，他的戏份多，正是人性百态的集中写照，人性的多样性不分时代、不分地域。人性的贪婪狠毒从来没有消除，即便是现在经济腾飞的文明时代，这种人性的反面特质更加明显，这已是大家有目共睹的事实。鹿子霖作为白鹿原上第二大当家，一辈子争强好胜，自私贪财无原则，为了目的不择手段，好色成性。为了压倒白嘉轩，他不顾长辈身份诱奸田小娥，拿苦命的田小娥当诱饵，从白孝文着手打垮白嘉轩，在这个阴谋中继续使用连环计，趁人之危买下白孝文的房屋，从根基上羞辱白嘉轩；怂恿乡亲们聚众赌博，煽动乡亲们种植鸦片。这个人物一身流气，痞子味很浓，官瘾更大；私藏粮食，处处以小人之心度君子之腹，给白嘉轩拆台，结果祸害乡民，灾年闹饥荒。

出演鹿子霖的演员何冰演技不亚于一号男张嘉译。他没有张嘉译那样沉稳有谋略，处处透出精明强干之气。他说话语速快，陕西腔调更浓郁，出口"呀，呀，弄啥哩嘛"，表情和语气让你感觉那就是阴险之人鹿子霖的模样儿。他成日叼一管旱烟锅，东游西串，村里干儿子遍地，走到哪都希望成为中心。何冰与张嘉译把两位不同性格的男主角演活了。

对于人物的塑造，通过一件接一件的重大事件来完成，在事件发展过程中完善对人物形象性格的塑造。无论是他们的语气、表情还是走路的体态都给人真实之感。这是电视剧最为成功之处。难怪街头巷尾人们议论时，你会以为电视剧就是生活中的真人真事。

白嘉轩和魏辅唐的叠合。

一个时代有一个时代的文化符号。在《白鹿原》五十年的历史长河中，我们看到白嘉轩这朵大浪花翻滚时带起的无数小浪花，我们从这些大大小小的浪花中看到一个时代的巨变和无数被造就、被定格的生命模样。他们可以算作是作者给予那个时代印记的代言人或者标本。白鹿原承载着五十年的中国历史烽烟，映射着变革时代中国农村的人情风貌，你已分不清先有白鹿原还是先有白嘉轩。《白鹿原》是我们尊敬怀念的陈忠实老先生的扛鼎之作，作品和作者已成一体的话，那么白鹿原就是白嘉轩的白鹿原，他们也是不可分割的一体。

我便想到《青木川》和叶广芩，青木川和魏辅唐。魏辅唐在历史上果有其人，而且他治下的深山小镇青木川果真是躲进深山成一统，叶广芩捕捉到这一历史脉络，赋予这一历史人物和地域以艺术的传奇色彩，塑造出立体的魏辅唐、立体的青木川，蜗居深山老林中的青木川因此走向外界视野。

历史上大概没有白嘉轩这个人，是作家的文学塑造。但是我们通过电视剧明明看到那个时代，那个承载华夏厚重文化的塬上，真有这样一个弓着腰蹒跚在村子行走巡查，或者在塬上麦田里劳作的身影，他那样真实地存在于我们的视野，存在于我们那一段历史中。那个塬上的祠堂，祠堂里的乡约石碑就在那里，我们好像还看见在他的带领下全族人齐声背诵乡约的壮观场面，还能听见从古老的塬上飘过来幽幽不绝的声音。那是我们的文化之根，信仰之根，德行之根。

如同魏辅唐重视文化，办中学、办剧社，送乡里贫困孩子出去念书一样，白嘉轩也设立学堂让全族孩子都去上学。如同教育乡邻互助友好、遵纪守法一样，白嘉轩种植鸦片不让族人吸食，他还制定乡约乡规。在青木川的魏辅唐创造了"辅唐盛世"，他制定与众不同的政策，给一方乡民营造出宽松的环境，形成一个"世外桃源"，并吸纳外资，外地各行各业人士纷至沓来，使青木川一时成为川、陕、甘三省交界处的商贾云集之地。魏辅唐也种植大烟，自己却不抽，也不允许部下和村民抽；而向往山外生活的魏辅唐却从没有出过山。青木川解放前很繁华，有洋行、商户、茶馆、酒店……这一切均是魏辅唐的成就。白嘉轩没有自己的武装，他靠的是祠堂这个共同祖先的聚集地，乡约这个共同的法律，并身体力行严格践行儒家传统道德来治理乡民，他为每一个家庭排忧解难，带领族人度过接踵而至的灾难时刻。他们都是乱世中一个地域的守护神，不过一个是具象的历史人物，一个是集华夏文明符号于一体的创造性人物。具象或意象都给我们真实之感。他们通过作家的小说和导演的电视剧走进我们的心里，让我们窥见一段历史，窥见人性的多样性。

主题思想和当下时代的融洽对接。

导演的高明在于给原著注入了时代新的气息，打破了帮派之间水火不容的局面，以农村秩序的被颠覆隐射当下，忠于原著又不受牵制，实在是一大创新性贡献。

现今，社会分工越来越细，各行各业彼此之间独立却互为交错，人的关系变得更为紧密复杂，不再是小国寡民老死不相往来的局面。这个观点在电视剧中有所渗透，而且导演做了大胆突破，那就是白鹿原饥荒年，白嘉轩上山去找土匪大拇指借粮。自古民匪势不两立，可是土匪确实答应借粮，白嘉轩信守承诺，丰年后真正上山还粮食。这一人性化的情节设置，不能不说是一大亮点，而且丝毫不显得突兀，因为土匪头子就是白鹿原三官庙的和尚，虽然时常下山来抢粮食摸鸡鸭，可是在关键时刻，他们人性善的一面显现出来，入情入理。白嘉轩还粮食时精挑细选，土匪收粮时说了一句："他还真还。当初借他的时候压根儿没想到他会还。"导演借助土匪的话把这一情节设置的用意道得一清二楚，无疑对白嘉轩仁义忠厚的性格特点又加深了一层。

白鹿原原本安静，可是自从镇嵩军围困西安时到白鹿原征集粮食，白鹿原从此便乱套了。加上国共两党的明争暗斗，黑娃一帮人搞的斗地主风，鹿兆鹏和韩裁缝领导的地方革命运动，让白鹿原自治的秩序从此分崩离析。乡约乡规这种古老的信仰和乡民自我约束的标准被废除，一个传统村落在大的历史进程中土崩瓦解、灰飞烟灭。时下农村的凋敝是城市化进程的必然，更是经济至上的产物。从短期利益看来，似乎是很好的事情，和泥土打交道的农民终于不用面朝黄土背朝天地靠三亩地生活，也不用过那种捉襟见肘的紧巴日子，住进了楼上楼下电灯电话的时代新居。曾经贫苦的家园渐渐恢复原始的面貌，貌似环境变好了。但是从长远来看，所有的人拥挤在城市里，有工作有出路的人或许好点。没工作没技术、仅靠外出打工的人一旦停止卖苦力，该怎么办呢？农村失守了，土地荒芜了，人变懒了。该何去何从呢？大量的人口聚集，造成的一系列环境问题必将更加严重。这种情形好像和白鹿原在历史大变革时代的遭遇类似，白鹿原上的仁义礼智信到现如今的国人心中还残存多少？我们农村睦邻友好的鸡犬相闻之声成了历史的绝响。

背景音乐的精妙点染。

影视剧中的音乐是烘托气氛、渲染场景的催情剂。《白鹿原》片头的童谣可算是精美绝伦、恰到好处，歌词极其简约："原上的白鹿呀，我爷我大的白鹿呀。吆喝嗨。"这歌词一句顶一万句。赵季平不愧为大师级别的作曲家，歌词极简，调子幽婉缠绵而又内涵丰富。《白鹿原》原著丰富饱满的隐喻全在这句歌词中，不同的听众、观众或者读者，只有你想不到的，没有歌词不能容纳的。第三代在唱第一代、第二代，白鹿原是我爷我大的，不是我们这一辈的，我们太能折腾了，我们成天稀里糊涂、茫无目的地模仿大自然的风搅雪，登台唱大戏，越闹越疯狂、越兴奋。国民党、共产党、土匪、乡团这党派那集团，到底是干啥的，我们到底想干啥尚且不明白，就跟着风摆柳似的闹革命，砸了祖宗牌位，断了亲情伦理，得意时六亲不认整人害人，失利时亡命天涯保命要紧。这是一群死皮赖娃们干的事，白鹿原原本有秩序、有规矩的生活就这样被狂风暴雨冲刷，失去了仁义、理智和敬畏，最终死的死、疯的疯、逃的逃，在狂风暴雨的革命形势下一个有法律、有秩序、有亲情、睦邻友好的传统村落土崩瓦解。我们的乡土家园，我们的心灵栖息地，我们的信仰从此化为尘土云烟。

从旋律上看，首尾人声的两次重复是幽怨哀伤的基调，中间纯旋律的器乐合奏铿锵有力，在反复和变调中多层次渲染情绪。从洪亮的号声中能嗅到厚重的黄土气息，透过斑驳的历史幕帐隐约看到无数生命艰难走过的印记。这种四两拨千斤的音乐效果直击人心，是导演对文本精髓领悟之后的匠心独具，更是写歌人呕心沥血的艺术创造。"言之不足则歌之"，语言、音乐、舞蹈都是人类表达感情的方式，当感情强烈到语言无法表达时，就让音乐来表达。语言的尽头是音乐开始的地方。

这首极简的片首曲顷刻间把你带入悲壮浩荡的情景，白鹿原上曾经的风起云涌，如一幅写满沧桑的画卷在眼前徐徐展开，而后逐渐风烟俱尽。你的怅然若失，你的无法挽留，你的百般不舍该有多么揪心。

渭河平原五十年变迁的雄奇史诗被导演细致入微地搬上电视屏幕，在尊重原著的基础上有所变动，使原著厚重深邃的思想内容、复杂多变的人物性格、跌宕曲折的故事情节、绚丽多彩的风土人情形成触动心扉的电视艺术，并赋予恰当的时代气息走进千家万户，不仅毫无违和感，而且具有了时代意义，不愧是成功的创作。

梦回大唐，看见遗留的诗篇
——观电影《长安三万里》

癸卯夏天，你注定要看见并沉醉于《长安三万里》，你需要那种辽阔的宏大场景来挤兑生活的狭窄逼仄，你需要一种独属于自己的信仰来坚守并为之乐此不疲，你需要无边无际的乐观来应对命运与生俱来的障碍，你更需要一场诗歌的洗礼来开解生活的枯燥乏味。在电影里，你能明确真正的朋友是什么，你能知道坚持的意义，知道走过的路、吃过的苦都可化作胜利的盾牌，成全你自己！梦回大唐的恢宏与开放，一睹大唐文豪们如何策马扬鞭驰骋人生，不亦快哉！

电影的结构就是小说的笔法，首尾呼应，线索贯穿，讲述回忆，让当下和过去糅杂并行，达到一箭双雕的叙述效应。细节出彩，高潮频出，绝对让你每一个细胞都能跳舞，每一滴热血都洋溢愉快。让人称奇佩服的是导演的超强构思：非3D动画不能呈现盛唐恢宏气象，非讲述不能涵盖大唐文化圈冲天文气。安史之乱爆发，节度使高适驻守西川边城打算围魏救赵，出于战略需要临时撤兵，而遭遇朝廷猜忌，遂派程公公到兵营调查实情。在程公公的一连串追问下，高适一段段回忆自己与李白交往的过往，一点点呈现二位诗人的人生遭际和在大唐官场或战争中的起落跌宕。围绕二人的人生踪迹，杜甫、张旭、王维、王昌龄、贺知章、李邕、岑参等，还有唐代乐圣李龟年、唐代名将哥舒翰、郭子仪纷纷登台亮相。从开元盛世到安史之乱，从水清若空的江夏到"大道连狭斜"的长安，从笙歌迭奏的扬州到白日黄云的西塞，一部大唐万里山河画卷在观众面前徐徐展开，辽阔高远，一望无际。

电影中两个情节属于高潮中的高潮，实在是神来之笔。一个是高适收到李白的信到长安找李白，恰逢一帮文人墨客齐聚酒肆，正在饮酒取乐，在天井高空平衡木上饮酒作诗，作不出来便罚酒。这一段中狂草书家张旭演得尤为传神，他的身形和动作就是那一个个狂野的草书。而李白无疑是这一群人中的翘楚，身着红色官服，在天井横木上翻飞攀越、东倒西歪，一边倒壶灌酒，一边狂笑不止，一边豪迈吟诗，一副舍我其谁、天下无敌的狂放气势。酒肆内金碧辉煌、金光夺目，简直是大唐文化圈的一场斗酒赛诗大会。接近尾声时，在黄河边，李白、高适、杜甫、岑夫子、丹丘生等人围坐一圈饮酒，李白借着酒兴作《将进酒》的场景直接是超现实主义的呈现，打破并消除了天地人神的界限，天地万物都呈现于醉酒诗人的诗句和动作中，你像是看见了最前卫的科幻大片，或者直接进入了《阿凡达》的迷幻之境或《指环王》的异度王国。他们时而颠簸于波峰浪尖激流勇进，时而驾仙鹤穿云破雾任意东西。谪仙人李白直接驾鹤前往凌霄宝殿，与天上诸神推杯换盏。震彻苍穹的爽朗狂笑与豪迈诗句，清脆有力的酒盅碰击声，你会跟着诗仙激扬情绪。一番笑傲人生上天入地之后，"呼儿将出换美酒，与尔同销万古愁"的千古悲壮，让你的情绪瞬间落地。整个《将进酒》的华丽壮景怕是难有其二。资料中说：由于这场戏是在李白念诗的声音中完成的，对台词、音乐、画面三者的和谐度要求高，很考验视觉想象力。《将进酒》这场戏从最开始制作就提上日程了，光是其中一个镜头的制作就花费半年之久。而整个项目的制作周期共三年，《将进酒》的制作时间跨度就接近两年。一个场景花费两年时间，真正是精益求精，呈现给观众的当然是无可比拟的视觉冲击，让李白式的大唐浪漫达到了巅峰！美哉！壮哉！

除了极具震慑力的这两个片段，更让人震撼的是高适的用兵策略。以退为进瓮中捉鳖，敌人煞费苦心的夺城计划，全在高适的预测之中，而在旁人看来这是不抵抗、投降叛逆之举，连朝廷派来调查高适的程公公也始料未及、拍案叫绝。大败吐蕃的功名却让给了严武，功成身退的高适对人生交了最完美的答卷。

高适和李白从青年时代相识，二人的性情完全不同，但这并不影响二人一生的情谊。他们的情谊是建立在彼此欣赏、彼此帮助的基础上的。互相成就、互相学习，他们一起切磋刀剑术，一起提升相扑术，一起分享好诗。三年五载相聚一次，却毫无隔阂。高适在一路碰钉子一路辗转中不再口吃，读书也顺畅了，写诗也自成一派。李白在遭遇两次入赘后，依然不减诗仙的仙气和豪爽浪漫的本色。出身商人之家不能科举入世，不能投卷入官，连王维都需要玉真公主引荐方能进入体制内。在严格等级制度的入世氛围下，他们依然保持了大唐的尊严和人性高贵的本色，活得通透豪迈，活出了大唐无与伦比的广大气象。

人生博大，天地之间任我游。人生豪迈，三五知己有诗酒。人生多歧路，不要沉沦，让《长安三万里》唤醒你的激情。

"潘生"的救赎
——观电影《孤注一掷》

为自由而战，为尊严而战，不屈服于命运设置的陷阱，不自弃于外界无情的绞杀，肖申克用 20 年的时间凿开监狱厚重的高墙成功自救，重建充满阳光的个体自由世界。反诈巨片《孤注一掷》中的男主角程序员潘生，像极了肖申克。作为银行家的肖申克博学多才，在监狱中他利用智慧和能力取得信任，步步实现自我救赎。潘生本是程序员，被人挤兑不能升职加薪，遂辞职另谋高就，不料落入了一场精心策划的境外网络骗局。他受尽了毒打胁迫，和其他一百多名程序员一样成为诈骗团伙实施诈骗的工具。他所在的境外诈骗集团不亚于肖恩克所在的监狱。他们从进去起就没有停止过自救。潘生每一次计划失败都会遭到更加残忍的毒打，但是他的善良正义之心没有被非人的折磨消磨掉，他利用一切可以利用的机会想方设法与外界取得联系，自我救赎，也救赎和他一样被困的一百多名程序员。最终，他在同样被骗入诈骗集团的安娜的协助下，成功回到了家。

网络诈骗防不胜防，尽管公安反诈等相关部门做了很多反诈工作，但是对于为了获取暴利而丧尽人性的诈骗团伙，其威慑力显然不够。对于普通民众，尤其是年轻一族，面对房价、物价、教育等生活成本的暴涨，杯水车薪的工资根本难以支撑体面的生活，于是，谁都想要高薪，想要迅速获取财富。电影中的潘生如此，知名模特安娜也如此，还有那一百多名被骗的程序员，他们要养家糊口，一个月三四千的工资捉襟见肘，谁不是如此呢？但是，天上从来不会掉馅饼，即使你精通计算机网络，是编程高手又如何？说到底，拒绝诱惑，提升辨识力，甚至降低一点对生活的要求，才是避免被骗的当务之急。

生活是艰难的，幸福和灾难总会在某一时段和你不期而遇，没有任何人能够保证自己及家人一生平安顺遂。当遭遇厄运身陷囹圄之时，不放弃、不灰心，坦然相迎，并积极想办法解决，大概是唯一可以活下去的办法。"一个人并不是生来要给打败的。你尽可以消灭他，可就是打不垮他。"不被生活打败，就要有足够的自我拯救力，像潘生，像肖申克一样，不屈从于命运赐予的考验，当你足够强大，连海浪也要给你让路。"未曾走到绝境路，彼岸花不开……"即是如此。

灾难和苦难如影随形，唯本性的良善和内心无可撼动的正义可以消弭不幸。诈骗集团二把手阿才虽然残忍歹毒，但在关键时刻他并没有完全丧失人性，他欺骗上司挽救了安娜，于是，与安娜同病相怜的潘生有了生还希望。潘生从未想过认命服软，所以他成了一百多名程序员的希望。因此，阿才、潘生、安娜，虽然他们是对立的双方，但是在大是大非面前，他们又是精诚合作的被诈骗人员的大救星。究其原因，大概还是爱与良善以及正义之心的存在。

上帝关上一扇门，必定给你打开一扇窗，相信这世上还有温暖，还有信任。这是电影情节需要的桥段，也是给观者最后的安慰。我们也相信：无论世道如何改变，人性善不会消失，都应该勇敢地活下去。

"诱惑的背后只有陷阱,恐惧的尽头只剩绝望,一份被吹嘘可以一夜暴富的疯狂梦,实则是对你生命和自由的极致操控。"这句电影台词会让你提高警惕,防患于未然。但是当你身不由己,毫不知情地遭遇了突如其来的打击,跌入困境,不妨学习肖申克和潘生,用你所学,以你智慧,全力以赴地自我救赎,你该相信自己,相信正义终会来临!